KNAUR

Im Knaur Taschenbuch Verlag sind bereits folgende Bücher der Autorin erschienen:
Eine Nacht im November
Irgendwann in Marrakesch
Melodie der Erinnerung
Die Stunde der Schwestern
Das Haus unter den Zypressen
Das Haus ihrer Kindheit

Über die Autorin:
Katja Maybach lebte viele Jahre in Paris und arbeitete in der Modebranche. Ihre Arbeiten wurden in zahlreichen Zeitschriften, unter anderem der italienischen »Vogue«, veröffentlicht. Nach einer schweren Krankheit begann sie erfolgreich, Romane zu schreiben. Die Autorin hat zwei erwachsene Kinder und lebt heute in München.

Katja Maybach

Die Nacht der Frauen

Roman

KNAUR

Das Zitat von Aristoteles wurde folgender Quelle entnommen:
Eberhard Puntsch: Das große Handbuch der Zitate.
Das ultimative Nachschlagewerk für Schule, Beruf und Familie.
Berlin: Signa, 1997

Besuchen Sie uns im Internet:
www.knaur.de

Wenn Ihnen dieser Roman gefallen hat und Sie auf der Suche sind nach ähnlichen Büchern, schreiben Sie uns unter Angabe des Titels »Die Nacht der Frauen« an: frauen@droemer-knaur.de

FSC
www.fsc.org
MIX
Papier aus verantwortungsvollen Quellen
FSC® C083411

Originalausgabe März 2015
Knaur Taschenbuch

Redaktion: Carola Fischer
Covergestaltung: ZERO Werbeagentur, München
Coverabbildung: © Riitta Supperi / Gettyimages
Satz: Daniela Schulz, Puchheim
Druck und Bindung: CPI books GmbH, Leck
ISBN 978-3-426-51606-5

2 4 5 3 1

»Freundschaft ist eine Seele in zwei Körpern.«

Aristoteles

Eins

Dalia

Paris, Juni 1979

Wenn sie sich nicht bewegte, einfach nur ruhig dalag, verloren sich die Bilder, die Erinnerungen, die sich ihr aufdrängten, seit sie den Anruf erhalten hatte. In diesem Augenblick zog die Musik sie in die Wirklichkeit zurück.

Dalia hob den Kopf und lauschte. Tamás hatte sich im Musikzimmer an den Flügel gesetzt und spielte Schubert.

Leise flehen meine Lieder durch die Nacht zu dir …

Dalia lächelte und entspannte sich langsam. Schließlich stand sie auf und zog den Kimono an, den ihr Tamás von einer Konzerttournee aus Japan mitgebracht hatte. Im Musikzimmer trat sie unbemerkt hinter ihn und schlang ihre Arme um seinen Hals.

»Schön«, flüsterte sie ihm zu, »das klingt wie früher.«

»Ja, es wird besser«, gab er zu, ohne sich umzudrehen. Dalia ließ ihn los und setzte sich auf die *récamière,* nicht weit entfernt vom Flügel.

»Kannst du nicht schlafen?«, fragte er, nahm die Hände von den Tasten und wandte sich ihr zu.

Dalia schüttelte den Kopf. »Ich habe wieder geträumt, von damals.«

»Wieso so plötzlich?«

Als Antwort zuckte sie nur schweigend die Schultern und schien ganz damit beschäftigt, ihren Kimono über die Knie zu ziehen.

»Was ist los?« Tamás warf ihr einen prüfenden Blick zu, erhob sich vom Schemel und setzte sich neben sie.

Jetzt sah Dalia auf.

»Gestern hat mich der Anwalt meines Vaters angerufen, ein Dr. Küppers. Er bat mich, in die Rheinberg-Villa zu fahren und dort Dokumente aus dem Safe zu holen.«

»Kennst du die Kombination?«

»Nein, noch nicht. Aber ich bekomme sie in einem verschlossenen Kuvert. Dr. Küppers betonte, mein Vater sei sehr eigen in dieser Sache und will nur mir die Kombination geben. Er wollte wissen, wann ich kommen könnte und so haben wir uns auf nächsten Freitag geeinigt.«

Tamás schwieg, massierte nur seine Hand und ließ sie kreisen. »Warum hast du mir nichts von dem Anruf erzählt?«, fragte er dann. »Das klingt ja alles sehr geheimnisvoll.«

»Ich wollte mir erst klar darüber werden, was ich will. Jetzt aber habe ich mich entschlossen, heimzufahren. Es ist der richtige Zeitpunkt«, setzte sie ruhig hinzu und sah Tamás an, der weiterhin seine Fingerübungen machte.

»Warum solltest du das machen?«

»Mein Vater ist in einer Klinik. Wo genau, hat man mir nicht gesagt, es soll geheim bleiben.«

»Wieso geheim?«, wollte Tamás wissen.

»Weil ihn die Presse verfolgt, seit er letztes Jahr zum erfolgreichsten Unternehmer des Jahres gekürt wurde. Er ist schwer herzkrank und muss jede Aufregung vermeiden.«

»Wegen dieser Auszeichnung wird er verfolgt?«

Dalia schüttelte den Kopf. »Nein, aber irgendein Journalist hat die Vergangenheit ans Licht gezerrt. Und plötzlich ging die alte Geschichte wieder durch die gesamte Boulevardpresse.«

»Ach so, verstehe. Und wirst du deinen Vater besuchen?«, fragte Tamás weiter.

»Tamás, bitte stell mir nicht so viele Fragen, ich weiß es einfach noch nicht.« Tamás sah seine Frau überrascht an, da ihre Stimme ungewohnt gereizt klang. »Du weißt doch«, erklärte Dalia jetzt in ruhigerem Ton, »mein Vater und ich hatten nie eine enge Beziehung. Wir vermissen einander nicht. Aber trotzdem werde ich am Donnerstag nach Wien fliegen, da der Anwalt mir am Freitag den Brief mit der Kombination bringen lässt.«

Tamás war immer noch damit beschäftigt, seine rechte Hand zur Faust zu schließen, sie wieder zu öffnen und die Finger zu bewegen. Dalia konnte das kaum mitansehen.

Vor zwei Jahren war ihr Mann so unglücklich eine Treppe hinuntergestürzt, dass er sich mehrmals seine Hand gebrochen hatte. Auch nach mehreren Operationen hatte er noch nicht die ganze Kraft seines Spiels und seine berühmte Leichtigkeit wiedererlangt. Doch Tamás arbeitete mit eisernem Willen an seinem Comeback.

»Aber ist es denn so eilig? Muss es schon diesen Freitag sein?«, fragte er. Dalia wollte ihm einen Kuss auf die Wange geben, aber er wich ihr aus und ging zum Flügel zurück. Er spürte ihr Mitleid, und das konnte er nicht ertragen.

»Es ist schwer für dich, dorthin zurückzukehren, nicht wahr?«, Tamás wandte ihr den Rücken zu und legte seine Hände auf die Tasten. Leicht schlug er mit seiner linken Hand ein paar Noten an.

»Ja, das ist es«, erwiderte Dalia. »Aber ich muss zurück, und jetzt ist der richtige Zeitpunkt gekommen.«

»Dann ist es ja gut«, antwortete Tamás, ganz auf sein Spiel konzentriert. »Ich arbeite noch ein wenig. Ich versuche mich gerade an Sergej Prokofjews Konzert Nr. 3. Das ist vollkommen neu für mich. Vielleicht könnte ich es nächstes Jahr in Hongkong spielen«, setzte er beiläufig hinzu. »Zusammen mit den Londoner Symphonikern.«

»Das wäre schön«, sagte Dalia. Sie stand auf. An der Tür blieb sie stehen und drehte sich noch einmal um. Wie immer trug Tamás eine schwarze Hose und ein schwarzes Hemd. Beides stand ihm sehr gut zu seinem dunklen Teint und den graumelierten Haaren. Auf seinem Gesicht jedoch lag eine tiefe Müdigkeit, auch Enttäuschung und Resignation. Aber kaum spielte er die ersten Töne, schienen sich seine Züge zu straffen, die neue Herausforderung setzte frische Energien frei und ließ ihn alles vergessen, was nicht mit Musik zu tun hatte.

Dalia ging in ihr Schlafzimmer zurück, legte sich wieder ins Bett und zog die seidene Decke über sich. Sie dachte an das Telefonat mit Dr. Küppers. Sehr spontan hatte sie ihm zugesagt, in ihrem Elternhaus diese Dokumentenmappe aus dem Safe zu holen. Sie würde ihrem Vater damit einen Gefallen erweisen. Ausgerechnet sie, die seit einundzwanzig Jahren nicht mehr mit ihm gesprochen hatte. Nicht einmal, als sie seine Erlaubnis brauchte, um mit achtzehn Jahren Tamás Marai, den berühmten ungarischen Pianisten, heiraten zu können. Tamás hatte damals seinen Anwalt beauftragt, sich um die notwendigen Papiere zu kümmern. Mit einem Ruck richtete sie sich auf. Sie lauschte auf das Klavierspiel, das gedämpft zu ihr hereinklang. Es war nicht Prokofjew, es war …

Wien, Wien, nur du allein …, spielte Tamás.

… sollst stets die Stadt meiner Träume sein.
Dort, wo ich glücklich und selig bin.
Ist Wien, ist Wien, mein Wien …

Dalia ließ sich in die Kissen zurückfallen.

»Tamás«, flüsterte sie, während ihr Tränen in die Augen stiegen. Er spielte diese Melodie für sie. Irgendwann hatte sie ihm erzählt, dass der alte Schlager sie an ihre Vergangenheit erinnere. Ihr Mann wollte ihr aus dem Musikzimmer einen Gruß schicken, durch die Musik zu ihr sprechen, wie er das immer tat, wenn die Worte ihm nicht genügten, sich auszudrücken. Er dachte, diese Melodie brächten ihr eine schöne Zeit in Wien, an ihre Jugend zurück.

Dort, wo ich glücklich und selig bin …

Tamás ahnte nicht, dass sie mit dieser Melodie auch eine düstere Erinnerung verband.

Die Musik hörte abrupt auf, und Tamás kam leise ins Schlafzimmer. Als er sich aufs Bett setzte, wandte Dalia sich zu ihm um. »Was ist?«, fragte sie, da er stumm blieb.

»Du siehst so jung aus.« Tamás strich ihr über die kurzen schwarzen Haare. »Du hast dich kaum verändert, seit du damals zum Vorspielen gekommen bist.«

»Das ist einundzwanzig Jahre her«, sagte sie und lächelte ihn an.

»Ich denke oft an diesen Nachmittag«, sprach Tamás weiter. »Ich habe mich sofort in dich verliebt. Du hast so zart, so verletzbar gewirkt, so ernsthaft mit deinen achtzehn Jahren. Ein Kind noch und doch schon erwachsen.«

Damals hatte Tamás gerade seine zweite hässliche Scheidung durchgemacht. Er war achtunddreißig und wollte sich nie mehr auf eine feste Beziehung einlassen. Doch es war anders gekommen.

Aber Tamás hatte nicht gewusst, dass Dalia nur zwei Monate zuvor eine große Tragödie erlebt hatte. Sie hatte dem

Vorspielen bei dem berühmten Pianisten entgegengefiebert, daran hatte sie sich in dieser schweren Zeit geklammert. Doch Tamás' Urteil war hart ausgefallen. Ihr Talent reiche nicht aus für eine berufliche Karriere, es sei nur Mittelmaß. Für Dalia war das ein tiefer Schock. Ihre Lehrerin in Wien, Maria Slomka, hatte so sehr an ihr Talent geglaubt und deshalb dieses Vorspielen in München für sie arrangiert.

Dalia hatte seinem Urteil vertraut. Es war gut gewesen, aus Wien wegzugehen und ein neues Leben an der Seite des berühmten Künstlers anzufangen.

»Wie gut du duftest«, flüsterte er an ihrer Wange.

»Das ist Kamille, damit wasche ich immer meine Haare«, sagte sie mit geschlossenen Augen. Sie spürte, wie Tamás sie nachdenklich ansah.

»Bist du dir sicher, dass du jetzt fahren willst? Du hast so viele Jahre Alpträume gehabt, Angst, in dein Elternhaus zurückzukehren, und jetzt macht es dir nichts mehr aus?«

»Es ist lange her«, antwortete Dalia leise. »Die Erinnerung ist in den vergangenen Jahren verblasst, ist nicht mehr so quälend, so verstörend. Ich habe immer gewusst, dass ich eines Tages zurückmuss und die Bitte meines Vaters ist jetzt der konkrete Anlass dazu. Wahrscheinlich würde ich es sonst immer wieder aufschieben.«

»Dann ist es sicher richtig so.« Tamás beugte sich noch einmal über sie. »Hast du es jemals bereut, mich geheiratet zu haben? Ich meine …« Er wusste nicht weiter, wie immer fiel es ihm schwer, über Gefühle zu sprechen. »Du bist noch jung mit neununddreißig, ich hingegen …«

»Stell nicht so dumme Fragen«, erwiderte sie zärtlich. Er strich ihr nachdenklich über die Haare, die Stirn, die Wangen.

»Ich will dich nicht verlieren«, flüsterte er ganz nah an ihrem Gesicht. »Niemals.«

»Das wirst du auch nicht«, antwortete Dalia ruhig, nahm seine Hand und legte ihre Wange dagegen.

Zwei

Dalia

Neusiedler See

Wieso heiße ich Dalia?«, hatte sie mit sieben Jahren ihre Mutter gefragt, als sie vor einem Blumenstand am Naschmarkt mit herbstlichen Dahlien standen. »In der Schule werde ich immer gehänselt, weil es so ein komischer Name ist. Der Name einer Blume …«

Ihre Mutter lachte, das war selten, und sie sah erstaunt zu ihr hoch. »Der Name hat doch nichts mit diesen Blumen zu tun!«

»Ach so«, war Dalias kleinlaute Antwort gewesen.

Ihre Mutter lachte immer noch. »Ich wusste gar nicht, dass du das geglaubt hast, wie kommst du nur darauf? Dein Name ist hebräisch und bedeutet: Gott hat Großes getan.«

»Großes? Was meinst du damit?«

»Dass du geboren wurdest, natürlich. Und nun hör auf zu fragen.« Plötzlich hatte die Stimme ihrer Mutter so anders geklungen, so traurig, dass Dalia schwieg. Dann aber fügte ihre Mutter leise hinzu: »Es war der Vorschlag meiner besten Freundin Leah Weizmann, ihrer Familie gehörte das Haus neben uns.«

»Und jetzt gehört es Frau Jahn?« Dalia war neugierig geworden. Die alte Nachbarin besaß zwölf Katzen und zeigte sich kaum außerhalb des Hauses.

»Ja, aber das ist eine lange Geschichte, ich erzähle sie dir, wenn du groß bist.«

»Ich bin groß«, protestierte Dalia. »Ich gehe schon in die Schule.«

»Dann eben, wenn du noch größer bist«, antwortete ihre Mutter. Und dabei hatte sie ihr fast scheu über die dunklen Haare gestrichen; auch diese Zärtlichkeit war selten und machte Dalia verlegen.

*

Viele Erinnerungen, kurze Momente von früher drängten sich seit dem ersten Telefonat mit Dr. Küppers in Dalias Gedanken. Dinge, die längst vergessen schienen.

Gestern hatte sie noch einmal mit dem Anwalt telefoniert und von ihm erfahren, dass die Haushälterin ihres Vaters, Emma Karl, am Donnerstag in der Villa auf sie wartete.

»Sie wird bis drei Uhr im Haus sein, dann muss sie leider gehen. Frau Karl wird Ihnen die Schlüssel übergeben. Und falls Ihnen ein Reporter auflauert, sagen Sie nichts«, hatte ihr Dr. Küppers noch eingeschärft.

»Was sollte ich schon sagen, ich weiß ja nichts.«

Dr. Küppers war nicht auf diese Bemerkung eingegangen. »Bitte sagen Sie mir Bescheid, wenn alles geklappt hat.«

Dalia war einverstanden gewesen.

Während des Flugs von Paris nach Wien war sie erstaunlich ruhig und blieb es auch noch, als sie am Wiener Flughafen dem Taxifahrer die Adresse am Neusiedler See nannte. Doch als sie nach einer Stunde Fahrt ihrem Ziel näher kam, spürte sie, wie Beklemmung sich um ihr Herz schloss, sie kaum atmen ließ und die Erinnerung wieder lebendig vor ihr stand.

*

Es war ein kalter, verschneiter Januarabend, als Dalia von ihrer Klavierlehrerin Maria Slomka nach Hause gebracht wurde. Eigentlich hatten sie zusammen ein Konzert besuchen wollen, doch das war ausgefallen. Dalia hatte den Bus versäumt, und daraufhin hatte Maria Slomka ihr angeboten, sie nach Hause zu fahren. »Deine Mutter scheint nicht da zu sein.« Maria Slomka sah durch die Windschutzscheibe hoch zur Rheinberg-Villa, die sich dunkel gegen den winterlichen Himmel abhob. »Sie weiß ja nicht, dass ich heute nach Hause komme, sie dachte ja, ich übernachte bei Ihnen in Wien.«

»Das wird es sein. Soll ich noch mitkommen?«, fragte die Lehrerin, als Dalia zögerte und nicht sofort ausstieg.

»Danke, aber das geht schon, ich fürchte mich nicht«.

»Weißt du was, Dalia? Ich warte hier noch, bis du oben in deinem Zimmer das Licht anmachst, dann weiß ich, dass alles in Ordnung ist.« Sie sah Dalia aufmerksam von der Seite an.

Dalia nickte mehrmals, eine Unruhe hatte sie erfasst, die auch Maria zu spüren schien. »Aber was sollte denn nicht in Ordnung sein?« Sie stellte die Frage mehr an sich selbst als an ihre Lehrerin.

Dann stieg sie aus. Es schneite immer noch. Das schmiedeeiserne Tor war nur angelehnt, das war ungewöhnlich. Dalia stieß es auf und warf einen raschen Blick zurück zum Auto ihrer Lehrerin, das auf dem Schnee hin und her schlitterte. Nur mit Mühe brachte Maria Slomka den Wagen zum Stehen. Während der Fahrt hatten sie sich so intensiv unterhalten, dass Maria Slomka ganz automatisch in den Weg am See eingebogen war, anstatt oben die Anliegerstraße zu nehmen und direkt vor dem Eingang der Villa zu halten.

Vorsichtig suchte Dalia Halt auf den Stufen, die zur Villa führten. Sie waren vereist, und Dalia musste sich am Holzgeländer festhalten, um nicht auszurutschen. Ihre Mutter hatte offensichtlich vergessen, die Laternen im Garten und neben der Treppe einzuschalten. Der Wind warf den Schnee gegen die Stämme der Birken und trieb Dalia vor sich her, bis sie, mehrfach stolpernd, oben ankam. Stille und tiefe Dunkelheit umfing sie. Dalia drehte sich noch einmal um und vergewisserte sich, dass Maria Slomka vor dem Tor unten wartete. Es beruhigte sie, als ihre Lehrerin ein kurzes Zeichen mit den Scheinwerfern gab. Da bemerkte Dalia mit Erstaunen, dass die Terrassentür nur angelehnt war, genauso wie unten das Tor am Seeweg. Es war eigenartig, ihre Mutter konnte es nicht gewesen sein, denn Irene Rheinberg verließ die Villa immer durch die Haustür an der Anliegerstraße.

*

»Hallo, hören Sie mich? Da geht's nicht weiter. Privatgrundstück, Zugang verboten.« Der Taxifahrer drehte sich zu Dalia um, die aus ihren Gedanken hochfuhr. »Ist das richtig hier?« Dalia nickte, während sie in ihrer Tasche nach dem Geld suchte.

»Nobel, nobel«, meinte der Taxifahrer und sah neugierig durch die Scheibe hoch zur Rheinberg-Villa. »Und der Weg? Führt der weiter?«

»Ja, er geht an den Häusern entlang bis vor zum Friedhof. Dann verbindet er sich mit der Straße, die ins Dorf und dann weiter in die Weinberge führt«, erklärte Dalia bereitwillig. In diesem Moment war sie froh über jede weitere Verzögerung.

»Und alle Anwohner haben ein privates Seegrundstück?«

»Nein, nein«, antwortete Dalia. »Nur dieses Haus.« Das Haus meines Urgroßvaters, setzte sie in Gedanken hinzu.

»Ich weiß das«, fuhr der Taxifahrer fort, »weil ich einmal ein italienisches Ehepaar zu dieser Villa gefahren habe. Aber natürlich oben an der Straße. Die haben erzählt, dass die Bewohner hier ihren eigenen privaten Tennisclub haben, sehr exklusiv«, betonte er. »Acht Villen, stimmt's?«

»Ja, stimmt«, bestätigte Dalia dem neugierigen Mann, zahlte, nahm ihre Reisetasche und stieg aus. Sie wartete noch, bis das Taxi abgefahren war, erst dann sah sie sich um.

Kein Paparazzo, niemand, der ihr auflauerte. Hatte Dr. Küppers übertrieben? Interessierte sich überhaupt noch jemand für ein Ereignis, das bereits einundzwanzig Jahre zurücklag?

Unentschlossen blieb sie stehen. Durch den schmiedeeisernen Zaun sah sie, dass die Villa frisch gestrichen war, die Ockerfarbe erschien ihr dunkler als früher.

Dalia ließ die Tasche fallen und umfasste mit beiden Händen das Gitter des Tors. Jahrelang hatte sie eine Heimkehr kategorisch abgelehnt, doch in Gedanken hatte sie diesen Moment oft durchgespielt, sich ihn in allen Einzelheiten ausgemalt. War sie bereit dazu? Dalia zögerte.

Stille lag über der alten Villa, die ihr Urgroßvater Wilhelm Sandner Mitte des neunzehnten Jahrhunderts errichten ließ. Direkt daneben lag ein kleineres Haus. Gerüchten zufolge, hatte der Urgroßvater es für seine Geliebte gebaut und war nachts heimlich hinübergeschlichen. Nach seinem Tod hatte die Urgroßmutter die Geliebte hinausgeworfen und das Haus an die Familie Weizmann verkauft. Als Abgrenzung wurde zwischen den beiden Grundstücken eine Mauer gezogen. Der Baufirma unterlief ein kleiner Fehler, als sie unaufgefordert ein Gartentürchen in die Mauer setzten. So war es dann geblieben.

Dalia blieb stehen und sah den holprigen Weg entlang, über

den sie gerade mit dem Taxifahrer gesprochen hatte. Einem Impuls folgend, nahm Dalia jetzt ihre Tasche auf und lief den schmalen Weg entlang. Vom nahegelegenen Tennisplatz hörte sie das Schlagen der Bälle und das Lachen der Spieler. Geräusche eines entspannten, ruhigen Sommertags am See.

Ihre Schritte wurden langsamer, als sie den Friedhof betrat, zögernder, als sie den Mittelweg zum Familiengrab der Sandners nahm. In ihrer Erinnerung war der Friedhof größer, weitläufiger, die Zypressen und Thujen niedriger als jetzt. Vor dem Grab ihrer Großeltern blieb sie stehen. Ein pompöser Grabstein, rechts und links Engel, die ihr Gesicht in den Händen vergruben. Der Stein trug die Inschrift *»Wäre der Tod nicht, es würde keiner das Leben schätzen«*. Sie waren ein Ehepaar gewesen, das den Sinn des Lebens im Luxus suchte. Sie starben 1953, als sie mit ihrem Wagen eine Absperrung durchbrachen und über die Böschung in einen Abgrund stürzten. Dalia war damals dreizehn Jahre alt. Sie hatte nur vage Erinnerungen an ihre Großeltern. Viele Jahre lang war Dalia mit ihrer Mutter hierhergekommen, um Blumen auf das Grab zu legen. Manchmal hatte Irene ihrer Tochter von ihren Eltern erzählt. Verschwenderisch seien sie gewesen, leichtsinnig, aber auch liebenswert und großzügig. Dalia ging die paar Schritte weiter zum Grab ihrer Mutter. *Irene Rheinberg, 3. März 1914–18. Januar 1958.* Unter dem schmiedeeisernen Kreuz lag ein frischer Strauß gelber Rosen.

Dalia hatte an der Beerdigung ihrer Mutter nicht teilgenommen, sondern war erst einige Zeit danach hier gewesen, erst, als sich der Medienrummel gelegt hatte. Wochenlang hatte sich die Boulevardpresse mit dem Ehepaar Rheinberg beschäftigt. Dalia ging langsam weiter, an mehreren Gräbern vorbei, ließ ihren Blick flüchtig über die Inschriften gleiten, bis er an dem schlichten Kreuz eines kleinen Grabes hängen blieb. Dalia blieb stehen und las die Inschrift: *Rachel Weizmann, 30. April 1939–2. November 1939.* Darunter stand: *Der Tod kann nicht trennen, was die Liebe eint.*

Dalia erinnerte sich an einen Nachmittag, als sie mit ihrer Mutter das Grab der Großeltern besucht hatte. Danach waren sie hierhergekommen, und Irene hatte einen Strauß Vergissmeinnicht auf Rachels Grab gelegt. Schweigend waren sie dagestanden, bis Dalia schüchtern nach der Hand der Mutter griff.

Erst nach einem Moment, der Dalia eine Ewigkeit erschien, beugte sich Irene zu ihrer Tochter hinunter.

»Weißt du, ich habe dieses kleine Mädchen gekannt, ich habe erlebt, wie sie geboren wurde und wie sie starb. Rachel war die Tochter von Leah Weizmann, meiner Freundin.«

»Wo ist Leah jetzt?«, fragte sie.

»Sie ist tot«, erwiderte ihre Mutter mit leiser Stimme. »Irgendwann werde ich dir von ihr erzählen«, setzte sie hinzu und strich Dalia übers Haar. Aber dazu war es nie gekommen, und Dalia hatte auch nicht mehr danach gefragt.

Ein Blick auf die Uhr ließ Dalia aus ihren Gedanken hochfahren. Dr. Küppers hatte ihr eingeschärft, Frau Karl nicht warten zu lassen. Daher wandte sich Dalia rasch um und lief mit ihrer Reisetasche in der Hand den Weg zurück.

Atemlos blieb sie vor der Villa stehen. Im Licht der Nachmittagssonne glitzerte und funkelte der See, und wie in ihrer Kindheit schaukelten mehrere alte Kähne am Steg. Morsch und brüchig lagen sie halb im See, halb am steinigen Ufer.

Tief sog sie die Wärme des Sonnentages ein und lauschte auf die Stille des Nachmittags. Sie war nach Hause gekommen, doch ihre Angst stieg.

Drei

Emma Karl erwartete sie auf der Terrasse.

»Ich habe Sie mit dem Taxi unten ankommen sehen, Frau Marai. Aber dann waren Sie plötzlich verschwunden. Ist etwas nicht in Ordnung, hat ein Reporter sie aufgehalten?«, wollte sie nach der kurzen Begrüßung wissen.

»Nein, nein, ich wollte mich nur ein wenig umsehen«, antwortete Dalia.

»Ich habe nämlich einen wichtigen Arzttermin«, erklärte die Haushälterin. »Deshalb muss ich mich beeilen. Danach bin ich bis nächsten Freitag in Urlaub. Aber wenn Sie möchten, komme ich gern früher zurück.«

»Ich denke, ich werde mich schon zurechtfinden«, lautete Dalias Antwort. Aber entsprach das der Wahrheit? Wie würde sie sich fühlen, so allein in der großen Villa, mit all den Erinnerungen, die dieser Ort für sie barg?

Emma Karl drückte Dalia eine Gebrauchsanweisung in die Hand. »Das ist die Beschreibung für die Alarmanlage, sie ist leicht zu bedienen. Sicher haben Sie die Kameras am Tor zur Seeseite bemerkt. Das ganze Anwesen wird überwacht. Niemand kommt ungesehen hinein, aber Sie dürfen natürlich nicht vergessen, die Anlage einzuschalten.« Dann informierte sie Dalia noch rasch, dass neben dem Telefon in der Halle eine Liste mit allen wichtigen Nummern und das Verzeichnis sämtlicher Durchwahlen der Zimmer des Hauses lägen.

»Unten in der Küche steht eine Schale mit Obst auf dem großen Tisch. Im Kühlschrank finden Sie die verschiedensten

Lebensmittel. Ich hoffe, ich habe Ihren Geschmack getroffen, auch wenn wir uns nicht kennen.«

»Danke, das ist sehr nett von Ihnen.«

»Das übrige Personal ist im Urlaub, während Ihr Vater in der Klinik ist. Nur ich bin noch hier in der Villa geblieben.«

»Seit wann arbeiten Sie für meinen Vater?«, fragte Dalia höflich.

»Seit einundzwanzig Jahren, seit diese … Geschichte passiert ist.«

»Also haben Sie damals Frau Reisinger abgelöst?«

»Ja, das habe ich. Jetzt muss ich leider gehen. Das Gäste-Appartement im Erdgeschoss ist für Sie hergerichtet. Ich hoffe, das ist Ihnen recht?«

»Ja, ja, natürlich, vielen Dank.«

Während sie sich den Mantel anzog, erwähnte Emma Karl noch, dass Dalias Vater sich nur selten in der Villa aufhielt. »Er kommt ausschließlich zu den jährlichen Präsentationen der nächsten Schuh-Kollektion hierher. Die sind immer ein großes Ereignis. Da haben wir Kunden aus Mailand, Paris und Rom hier. Natürlich auch Presse, Vertreter der *Vogue* und *Harper's Bazaar.*«

Plötzlich hörte Dalia Schritte hinter sich und drehte sich unwillkürlich um. Durch das Gartentürchen in der Mauer konnte man auf das nahe gelegenen Nachbarhaus und dessen Terrasse sehen. »Es wurde aufwendig renoviert«, erklärte Frau Karl, die Dalias Blick bemerkt hatte. »Die alte Frau Jahn ist gestorben, und ihre Angehörigen haben das Haus verkauft. Irgendwie kam dabei heraus, dass die Jahns es sich im Jahr 1939 angeeignet haben, im Zuge der Arisierung.«

»Davon hatte ich keine Ahnung«, sagte Dalia überrascht und hörte interessiert zu, als Emma Karl weitersprach.

»Und jetzt hat ein Angehöriger der Familie Weizmann es zurückgekauft. Irgendjemand der Weizmanns in New York hat über Bekannte aus Wien erfahren, dass es zum Verkauf steht.«

»Ich weiß von meiner Mutter, dass ihre beste Freundin Leah Weizmann in diesem Haus gewohnt hat«, erzählte Dalia.

»Davon wusste ich nichts«, sagte Emma Karl erstaunt, »aber wir werden schon noch erfahren, wer dort einzieht. Jetzt muss ich wirklich gehen. Wenn ich nichts von Ihnen höre, bin ich nächsten Freitag wieder hier.«

»Da bin ich sicher schon wieder weg«, war Dalias Antwort, auf die Emma Karl nichts weiter entgegnete. Nachdem sie sich verabschiedet hatten, sah Dalia ihr im Gehen nach. Eine große, sehr schlanke Frau mit grauen Haaren, die sie im Nacken zu einem strengen Knoten gebunden hatte. Dalia hörte, wie die Haustür zufiel. Die Haushälterin hatte die Villa verlassen. Sie war allein.

Am späten Nachmittag saß Dalia auf der Terrasse und bewunderte die Rhododendren, den Hibiskus und die weißen Rosen, die in großen Töpfen um sie herumstanden. Ihr Blick glitt über den Garten mit seinen alten Birken, unter denen sie an Sommertagen oft gefrühstückt hatten. Die dichten Jasminsträucher entlang der Mauer, die das Haus der Weizmanns von der Villa trennten, verbreiteten ihren schweren süßen Duft.

Dalia atmete tief ein, während sie einen kurzen Moment die Augen schloss. Dann aber erhob sie sich, holte ihre Tasche, die sie in der Halle hatte stehen lassen und ging damit in das Appartement. Früher war es das große Gästezimmer gewesen, jetzt aber wirkte es wie eine Suite in einem Luxushotel, elegant und unpersönlich. Dalia stellte ihre Reisetasche ab und ließ sich aufs Bett fallen. Sie blieb einfach liegen, vollkommen reglos, während die Zeit verstrich.

Es war ruhig im Haus, kein einziges Geräusch drang an ihr Ohr, auch wenn Dalia jetzt angestrengt nach draußen in den Garten horchte. Nichts. Diese Stille war bedrückend, so bedrückend, dass sie wieder aufstand, das Appartement verließ und in die Halle ging. Dort verharrte sie an der Treppe. Scheu sah sie sich um. Die Nachmittagssonne fiel schräg durch die hohen Fenster, ein flimmernder Strahl Helligkeit. Wenn sie noch hochgehen wollte, dann sollte sie es jetzt tun, nicht erst, wenn es dunkel wurde. War es ein Fehler gewesen, allein hierherzukommen? In Paris hatte sie sich noch stark gefühlt, ruhig und entschlossen, bereit, sich der Vergangenheit zu stellen. Und jetzt? Wieder sah sie sich um, gerade so, als stünde sie zum ersten Mal in der Halle mit den holzvertäfelten Wänden. Etwas war anders, das fiel ihr jetzt auf: Die mächtigen Hirschgeweihe an den Wänden und der wuchtige Gewehrschrank waren entfernt worden, und deshalb machte die Halle nicht mehr den Eindruck eines ländlichen Jagdschlosses.

Spontan wandte sich Dalia ab, ging zum Arbeitszimmer ihres Vaters und öffnete die Tür. Es war dämmrig im Raum, die schweren Vorhänge waren zugezogen und ließen kein Licht durch. Dalia tastete mit ihrer Hand nach dem Lichtschalter. Alles schien wie früher. Die dunklen Möbel aus Eichenholz, die dicken Perserteppiche, die jedes Geräusch verschluckten, die hohen verglasten Bücherschränke.

Ihr Blick blieb an den drei Bildern haften, die über dem Ledersofa hingen. Es waren Gemälde eines bekannten englischen Malers aus dem achtzehnten Jahrhundert, die Jagdszenen auf dem Lande darstellten. Hinter dem mittleren Bild befand sich der Safe, den sie öffnen sollte. Was würde sie darin finden? Nur geschäftliche Unterlagen ihres Vaters? Oder vielleicht auch Briefe, Tagebücher ihrer Mutter? Sie verwarf diesen Gedanken sofort. Ihr Vater hätte ihr nicht jahrelang etwas vorenthalten, was sie dann plötzlich in seinem Safe finden würde. Unschlüssig verharrte sie noch vor dem Sofa und schaute sich um. Ein unpersönlicher Raum, dem man anmerkte, dass er selten benutzt wurde. Ihr Vater hatte ja schon immer die meiste Zeit in Wien gelebt und war nur selten in der Villa gewesen. Darum hatte sie ihn früher auch nicht vermisst. Sie fühlte sich ihm durch die Kindheit kaum verbunden. Dalia schaltete das Licht wieder aus, drehte sich um und zog die Tür hinter sich zu.

Jetzt … dachte sie … jetzt … jetzt gehe ich hinauf und bringe es hinter mich. Wie oft hatte sie in den vergangenen Jahren diese Szene in Gedanken durchgespielt. Sie kommt nach Hause, sie steht in der Halle und dann geht sie langsam, ganz langsam nach oben …

Sie spürte ihr Herz rasen, Schwindel erfasste sie, sie blieb stehen, rang nach Atem. Es war nicht so einfach, das jetzt zu tun, was jahrelang nur eine Fiktion, eine Vorstellung gewesen war. Auf unsicheren Beinen gelangte sie bis zum Fuß der Treppe und umklammerte mit beiden Händen das Geländer.

Jetzt nicht, noch nicht. Sie hatte Zeit, es wurde nicht so schnell dunkel und überhaupt konnte sie auch erst morgen … Dalia setzte sich auf die unterste Treppenstufe und versuchte, ihren Atem zu beruhigen. Sie wandte ihren Kopf und sah die vielen Stufen hoch. Als sie angekommen war, hatte sie sich bereit gefühlt. Doch jetzt verließ sie der Mut, die Stille des Hauses wurde übermächtig, nahm von ihr Besitz und ließ ihr Herz weiterhin dumpf schlagen.

Schließlich erhob sie sich und ging durch die Halle ins Musikzimmer. Sie musste ihre Unruhe in den Griff bekommen, ihre Kraft wiederfinden, dann würde sie hinaufgehen. Sie hatte noch Zeit. Auch hier war alles so geblieben, wie sie es in Erinnerung hatte. Ein großer Raum, von Sonnenlicht durchflutet. Entlang der Wände standen ein paar Biedermeierstühle und ein passendes Sofa. Neben dem Flügel ein Tisch, auf dem sich Klaviernoten stapelten. Ihre alten Noten. An einer Wand hingen Fotos von ihr. Dalia, als sie mit zehn Jahren ihren ersten Klavierwettbewerb gewann, mit elf bereits den zweiten, und so ging es weiter. Ein hübsches, strahlendes Mädchen mit einem Pokal in der Hand. Zart, ein wenig zu dünn mit langen dunklen Locken. Schon damals, mit zehn Jahren wollte Dalia nichts anderes als Pianistin werden. Dafür war sie bereit, zu arbeiten, zu üben, alle Nachmittage und schulfreien Tage am Klavier zu sitzen, während andere Kinder zum Baden gingen, Tennis spielten oder irgendwelchen Unfug trieben. Einmal hatte sie eine Unterhaltung zwischen ihren Eltern belauscht. Ihr Vater hatte ihrer Mutter Vorwürfe gemacht, das Kind sei zu blass, Irene dürfe die Tochter nicht so zum Klavierspielen antreiben. »Mütter, die ihre Kinder unter Erfolgsdruck setzen, sind verantwortungslos. Kein Kind übt gern jeden Tag stundenlang Klavier.« Doch ihre Mutter hatte sich nicht beirren lassen. »Dalia hat einen starken Willen, sie möchte spielen, und ich fördere ihr Talent«, hatte Irene geantwortet. Dalia strich mit der Hand über die silbernen Pokale auf dem Regal und griff einen heraus. Sie erinnerte sich an das Konzert, gefördert von privaten Sponsoren, an dem Jugendliche aus Österreich, Deutschland und der Schweiz teilgenommen hatten. Sie war damals dreizehn Jahre alt gewesen. Sie dachte an den Beifall, an das unglaubliche Gefühl, auf der Bühne zu stehen, sich zu verneigen und zu sehen, dass sie mit ihrem Spiel die Zuhörer begeistert hatte. Es war einer der schönsten Momente ihres Lebens gewesen. »Aus dir kann einmal eine große Pianistin werden«, hatte einer der Sponsoren, ein berühmter deutscher Dirigent, zu ihr gesagt. »Aber Talent allein reicht nicht aus. Wenn du diesen schweren Beruf ernsthaft ausüben willst, bedeutet das Disziplin, Fleiß und Verzicht auf viele schöne Dinge. Aber du kannst es schaffen.« Seine Worte trug Dalia seit jenem Tag in ihrem Herzen. Sie war bereit, jedes Opfer zu bringen.

Manchmal hatte sich Dalia gefragt, ob sich die Liebe ihrer Mutter über das Klavierspiel definierte, über den Erfolg, den Dalia hatte. Wenn sie einen Wettbewerb gewann, strahlte Irene und umarmte sie. Zärtlich war sie nur in diesen kurzen Momenten. Dalia stellte den Pokal in das Regal zurück und griff nach einem Foto, das sie als Sechzehnjährige mit ihrer Lehrerin Maria Slomka zeigte. Die Wiener Klavierpädagogin genoss in ganz Europa Anerkennung. Irene hatte alles darangesetzt, dass sie ihre Tochter als Schülerin annahm. Maria Slomka hatte die ehrgeizige Mutter zunächst immer wieder abgewiesen, bis Irene endlich einen Termin für ein Vorspielen bekommen hatte. »So viel Hartnäckigkeit muss belohnt werden«, hatte Maria Slomka damals mit einem ironischen Augenzwinkern zu Dalia gesagt. Nach dem Vorspielen aber war sie sofort bereit gewesen, ihr Unterricht zu geben. Im Laufe der nächsten zwei Jahre wurde Maria Slomka zu ihrer engen Vertrauten, sie verstand Dalias Selbstzweifel am besten. »Weißt du«, sagte sie dann, »Zweifel am eigenen Talent gehören dazu. Diese Tiefpunkte macht jeder gute Künstler durch, da bist du nicht die Einzige.«

Maria Slomka war eine schlanke, drahtige Frau mit kleiner

Brille und grauen Locken. Wenn sie am Klavier saß und sich ins »Zeug legte«, wie sie sich ausdrückte, baumelten ihre langen Türkisohrringe schwungvoll hin und her. Als Dalia dann nicht mehr nach Wien zurückkam, weil ihr Leben eine schreckliche Wendung genommen hatte, brach auch der Kontakt zu Maria ab. Sie war ein Teil ihrer Vergangenheit, den Dalia vergessen, hinter sich lassen wollte.

Sie wandte sich ab, und während sie zum Flügel ging, überlegte sie, wie alt ihre ehemalige Lehrerin jetzt war. Siebzig? Ob sie noch in Wien lebte? Dalia blieb vor dem Flügel stehen, dessen schwarze Oberfläche im Schein der Nachmittagssonne glänzte. Ob auch Tamás mit diesen Selbstzweifeln kämpfte, über die Maria Slomka gesprochen hatte? Kannte er dieses Ringen um Perfektion, um Anerkennung? Er sprach nicht darüber, er behielt seine Gefühle und seine Gedanken für sich. War sie auch nach über zwanzig Jahren Ehe nicht mehr als die schöne junge Frau an seiner Seite, die ihn überallhin begleitete? Nachdenklich beobachtete sie den Sonnenstrahl, in dessen Licht winzige Staubpartikel tanzten. Sie griff nach dem Klavierdeckel, zögerte, öffnete ihn dann nicht, sondern drehte sich um und verließ das Musikzimmer. Einen Moment stand sie vor der Tür, dann ging sie weiter bis zur Treppe und sah nach oben. Jetzt. Jetzt würde sie in den ersten Stock hinaufgehen und es hinter sich bringen. Und dann würde sie befreit sein. Ihre Hand umklammerte das Geländer, als sie die Stufen hinaufstieg, langsam, unerbittlich näher kam. Damals ... an diesem Januarabend war sie ebenfalls die Treppe hochgegangen. Langsam. So wie jetzt ... Stufe für Stufe. »Mama?«, hatte sie gerufen.

Oben schlich sie den dunklen Gang entlang bis zum Schlafzimmer ihrer Mutter. Genau wie damals. Ohne sich umzusehen ging sie weiter, stieß die Badezimmertür auf und blieb stehen. Die Erinnerung überfiel sie, sie durchlebte den Moment von damals so intensiv, dass sie eine Weile brauchte, bis sie es begriff: Es gab kein Badezimmer mehr.

Hier war nur noch ein Raum mit Einbauschränken, weiß und unpersönlich. Ein paar Wäschekörbe standen herum und ein langer Bügeltisch, sonst nichts. Die Wände waren nicht mehr gekachelt, sondern in einem diskreten Hellblau gestrichen.

Erst als sie den Raum verließ, erkannte sie, dass es auch das Schlafzimmer ihrer Mutter nicht mehr gab. Außer einem Sofa, bedeckt mit einem weißen Tuch und einem kleinen Regal war das Zimmer leer.

Dalia stand da, reglos, atemlos. Es dauerte, bis sie begriff: Nichts, gar nichts erinnerte an diesen Abend. Die Erinnerung nur noch ein Spuk.

*

Damals hatte die Tür zum Schlafzimmer einen Spalt offen gestanden, und sie war hineingegangen. Das Bett war zerwühlt gewesen, ein paar Kleidungsstücke lagen herum, aber das war nichts Ungewöhnliches bei ihrer Mutter. Auf dem Plattenspieler drehte sich eine Schallplatte. Langsam hatte sie das Zimmer durchquert. Durch den Spalt der angelehnten Badezimmertür drang ein Lichtstrahl. Ihre Mutter badete offenbar gerade. So war Dalia darauf zugegangen.

»Mama? Bist du da drin?« Es kam keine Antwort. In der Stille hörte sie nur das Rauschen des Wasserhahns. Hatte ihre Mutter vergessen, den Hahn abzudrehen, und war irgendwo im Haus unterwegs?

»Mama?«

Sie stand vor der angelehnten Tür, und als sie einen weiteren vorsichtigen Schritt vorwärts machte, rutschte sie auf dem Marmorboden aus, konnte sich gerade noch am Türgriff festhalten, während sie mit der anderen Hand nach dem Schalter an der Wand tastete. Das Licht ging an. Jetzt erst bemerkte Dalia das Wasser auf dem Boden, das unter der Badezimmertür durchlief und eine große Lache bildete. Starr vor Entsetzen sah sie zu, wie das Wasser sich rot färbte. War es Blut? Entsetzt gab sie der Tür einen Stoß. Der weiße Marmorboden im Badezimmer war bereits überschwemmt mit blutrotem Wasser. Dalia schrie auf, doch es war nur ein gurgelnder Laut, der ihr über die Lippen kam.

Ihre Mutter lag in der Badewanne. Aus dem Hahn rauschte das Wasser und lief unaufhörlich über den Rand auf den Boden. Dalia sah ihre Mutter dort liegen, aber noch begriff sie nicht, was sie sah: Irene Rheinbergs linker Arm hing schlaff über den Rand der Wanne. Aus mehreren tiefen Schnitten an ihrem Puls quoll Blut und rann weiter auf den Boden. Es hörte und hörte nicht auf zu bluten … Der Kopf ihrer Mutter war nach hinten gesunken. Das Schlimmste aber war, dass ihre Mutter diese Schallplatte aufgelegt hatte, bevor sie ins Badezimmer gegangen war. Niemals mehr würde Dalia diese Melodie vergessen können, die Melodie, die ihre unmusikalische Mutter im Moment ihres Todes gehört hatte.

Wien … Wien … nur du allein …
Da … wo ich glücklich bin …

War ihre Mutter jetzt glücklich? Das war Dalia damals durch den Kopf geschossen, bevor sie sich umdrehte, zur Treppe rannte, die Stufen hinunterstolperte, aus dem Haus und dann die rutschigen verschneiten Stufen hinunter zum Tor.

Sie hatte ihr eigenes entsetztes Schluchzen nicht wahrgenommen, bis sie unten die Tür von Maria Slomkas Auto aufriss und sich auf den Sitz fallen ließ. Die Lehrerin nahm sie mit zu sich nach Hause. Sie war es auch, die die Polizei verständigte, und sie blieb bei Dalia, als das Mädchen verhört wurde.

»Der tiefe Fall des Christian Rheinberg«

»Wo ist der Abschiedsbrief?«

»War es doch Mord?«

So lauteten damals die Schlagzeilen. Als Christian Rheinberg am nächsten Morgen seine Wiener Wohnung verließ, erwarteten ihn Vertreter aus Presse, Funk und Fernsehen. Er wurde von der Öffentlichkeit verurteilt, obwohl es nie einen Prozess gab. An dem Abend, an dem seine Frau sich das Leben nahm, war er bei seiner Geliebten, Feodora Mancini gewesen, einer jungen Designerin, die er kurz zuvor unter Vertrag genommen hatte. Sie sagte unter Eid aus, er habe sich zur fraglichen Zeit in ihrer Wohnung aufgehalten. Und davon hatte die Presse Wind bekommen.

Auch die Designerin wurde wochenlang von Paparazzi verfolgt.

Irene Rheinberg hatte Schlaftabletten genommen, bevor sie sich die Pulsadern aufschnitt. Ihr Arzt, ein berühmter Psychiater, sagte bei der Polizei aus, sie habe unter schweren Depressionen gelitten und sei schon seit Jahren suizidgefährdet gewesen.

Dalia erinnerte sich daran, dass Frau Reisinger ausgesagt hatte, sie habe ihrer Mutter noch einen Tee gebracht, dann aber sei sie wie jeden Tag um fünf Uhr nach Hause gegangen.

»Es kann sein«, bestätigte die Haushälterin, »dass ich aus Versehen die Terrassentür offen gelassen habe. Ich war in Eile und verließ die Villa zur Seeseite hinunter.«

Letztlich lösten sich alle Verdachtsmomente im Nichts auf. Doch die Angestellten der Schuhfirma *Walter Sandner GmbH* tuschelten über ihren Chef, und die vornehme Wiener Gesellschaft distanzierte sich von ihm.

Auch Dalia wurde auf der Straße von Journalisten verfolgt. Eines Tages brach sie weinend zusammen und wurde ins Krankenhaus gebracht. Sie konnte nicht einmal an der Beerdigung ihrer Mutter teilnehmen. Als es ihr besserging, holte Maria Slomka sie ab und brachte sie in ihre Wohnung in Wien. Niemand wusste, wo Dalia sich aufhielt. Jeden Kontakt mit ihrem Vater lehnte die Achtzehnjährige ab, und Christian Rheinberg schien ihre Ablehnung zu respektieren. Er unternahm keinen einzigen Versuch, seine Tochter zu sehen. Dalia blieb zwei Monate bei ihrer Lehrerin, bis sie an einem kalten Morgen im März in den Zug nach München stieg, um Tamás Marai vorzuspielen.

*

Später rief Dalia ihren Mann an.

»Ich war oben«, erzählte sie.

»Und wie war es für dich?«, fragte Tamás.

»Nicht so schwer, wie ich gedacht hatte.«

»Wie fühlst du dich jetzt?«

»Ich kann das gar nicht genau beschreiben. Erleichtert, das schon. Ich habe es endlich hinter mich gebracht, mehr kann ich gar nicht sagen. Nicht im Moment.«

»Es war mutig von dir«, sagte Tamás. »Ein erster Schritt.

Vielleicht kannst du jetzt auch den nächsten gehen und dich mit deinem Vater versöhnen.«

»Tamás, ich muss das alles jetzt erst einmal verarbeiten. Ich will nichts überstürzen.«

»Ja, aber überlege es dir, vielleicht bleibt dir nicht mehr allzu viel Zeit.«

Dalia erschrak. »Du meinst, weil Vater schwer krank ist und vielleicht ... stirbt?« Sie hatte von Dr. Küppers erfahren, dass er herzkrank war, aber sie hatte nicht realisiert, dass er bald sterben könnte.

»Ja, genau. Wenn das passiert, wirst du dir immer Vorwürfe machen. Ich denke, du solltest jetzt die Gelegenheit ergreifen, dich mit ihm auszusprechen.«

»Ach, Tamás.« Dalias Stimme klang müde und kraftlos. »Ich weiß doch gar nicht, wie krank er wirklich ist. Es ist auch so lange her, wer weiß, vielleicht ist es für eine Versöhnung längst zu spät.«

»Dazu ist es nie zu spät. Und es wäre wichtig. Auch für dich. Versuch es. Er wird dir entgegenkommen.«

»Wieso bist du dir so sicher?«, fragte Dalia.

»Ich kann es mir nicht anders vorstellen. Genau weiß ich es natürlich nicht«, antwortete Tamás.

»Es ist furchtbar schwierig«, Dalia blieb unsicher, »ich kann einfach nicht vergessen, was passiert ist und vor allem, *warum* es passiert ist. Ich denke, mein Vater hat meine Mutter sehr unglücklich gemacht. Sie war immer traurig und sehr einsam. Als dann herauskam, dass er eine Affäre hatte, war ich sicher, sie hatte sich aus diesem Grund umgebracht.«

»Dalia, was weißt du schon, was zwischen deinen Eltern passiert ist? Du hast mir erzählt, dass sie damals bereits seit Jahren nur noch offiziell verheiratet waren. Ihre Ehe war schon längst zerbrochen. Wieso sollte deine Mutter also darunter gelitten haben, dass dein Vater eine Geliebte hatte? Kein Außenstehender weiß, was ein Mensch fühlt, der beschließt, seinem Leben ein Ende zu setzen. Du hast nicht das Recht, deinen Vater zu verurteilen.«

»Das mache ich auch gar nicht mehr«, warf Dalia ein, doch Tamás sprach weiter, ohne ihren Einwand zu beachten. »Du warst jung, und für dich war es das Einfachste, ihm die Schuld zu geben. Aber heute bist du eine erwachsene Frau. Vielleicht gibt es Dinge, von denen du bis heute nichts weißt. Deine Mutter war offenbar selbstmordgefährdet, hochdepressiv. Warum bist du so sicher, dass die Affäre deines Vaters der Grund für ihre Entscheidung war? Warum muss er für ihre Traurigkeit, wie du es nennst, die Verantwortung tragen? Sprich dich mit deinem Vater aus, ich kann es nur noch mal sagen.«

»Wahrscheinlich hast du recht«, antwortete Dalia. Vielleicht war die Sache mit dem Safe und den Dokumenten für ihren Vater nur ein Vorwand, um sie nach Hause zu holen, um sich mit ihr zu versöhnen? Sollte sie dann nicht auch bereit dazu sein?

»Wie lange willst du bleiben, Dalia?« Sie war so vertieft in ihren Gedanken, dass Tamás seine Frage wiederholen musste.

»Das weiß ich noch nicht«, erwiderte sie zögernd.

»Ich muss zu Vorbesprechungen für das Konzert in Hongkong nach London fliegen, da möchte ich, dass du mitkommst«, erklärte Tamás, »das habe ich dir doch gesagt, oder?«

»Das geht nicht.« Und als sie merkte, wie irritiert Tamás war, fügte sie schnell hinzu: »Es tut mir leid.«

»Nun, dann gib mir Bescheid, wenn du weißt, wie lange

du bleiben wirst.« Seine Stimme klang kühl, und er machte keinen Hehl aus seiner Verärgerung.

»Tamás, bitte«, Dalias Stimme klang fast beschwörend. »Du sagst doch selbst, ich soll mich mit meinem Vater aussprechen, also muss ich noch hierbleiben. Ich bin ja heute erst angekommen und … einmal wirst du ja auch ohne mich auskommen.«

Warum konnte Tamás sie nicht verstehen? Er selbst hatte ihr eine Versöhnung mit ihrem Vater vorgeschlagen, aber dafür brauchte sie ein paar Tage, um sich vorzubereiten, ihre Gedanken und ihre Erinnerungen zu ordnen. Verstand er sie nur so lange, wie sie nicht seine eigenen Pläne umwarf?

Vier

Es war Abend, und Dalia verspürte den Impuls, ihre Reisetasche zu nehmen, ein Taxi zu rufen und nach Wien zu fahren, um dort in einem Hotel zu übernachten. Dann aber blieb sie doch in der Villa.

Aus der Küche im Souterrain holte sie sich Brot, Butter, Tomaten und Schnittlauch. Sie öffnete eine Flasche Rotwein, einen Zweigelt, der in der Nähe angebaut wurde, und schenkte sich ein Glas ein. Dann stellte sie alles auf ein Tablett und trug es auf die Terrasse. Sie aß ein wenig, trank einen Schluck von dem Wein und blieb sitzen, bis es Nacht wurde und am Himmel die ersten Sterne funkelten. Sie sah den Glühwürmchen zu, die zwischen den Birken im Garten lautlos umhertaumelten, und lauschte auf das beruhigende Plätschern des Sees, der leise glucksend die Pfosten des Stegs umspülte. Da hörte sie, wie jemand im Haus der Weizmanns Klavier spielte. Einige Zeit lauschte sie der Musik, dann kehrte sie ins Haus zurück, stellte die Alarmanlage ein und ging ins Gäste-Appartement.

Es war still, und Dalia schrak zusammen, als das Telefon neben ihrem Bett plötzlich schrillte.

»Hallo?«

Sie hörte nur ein Atmen.

»Hallo?«, rief Dalia noch einmal, jetzt lauter, in den Hörer. »Hallo, so sagen Sie doch etwas!«

Klick. Der Anrufer hatte eingehängt.

Langsam legte Dalia auf. Der Anrufer musste sich verwählt haben. Doch ihr Herz klopfte laut. Sie stand hastig auf, ging zur Haustür vor und überprüfte die Alarmanlage. Die Fenster waren alle geschlossen, die Läden heruntergelassen. Jetzt schaltete sie auch noch die Außenscheinwerfer ein, die das Anwesen in helles Licht tauchten. Ihr konnte hier nichts passieren, entschied sie. Bei dem Anruf hatte sich einfach nur jemand verwählt.

Als sie am nächsten Morgen aufwachte, wusste sie nicht gleich, wo sie sich befand. Verwirrt richtete sie sich auf, strich sich die Haare aus dem Gesicht und sah sich um. Dann fiel ihr alles wieder ein, ihre gestrige Ankunft, Frau Karl, der Moment, als sie die Treppe hochging und nichts mehr so war wie damals. Die Angst, sich der Erinnerung zu stellen, hatte ihre Kraft verloren, sie hatte es geschafft, dort hinaufzugehen. Erst Stunden nach diesem entscheidenden Moment, lange auch nach ihrem Telefonat mit Tamás, hatte sie sich endlich befreit gefühlt. Sie war spät ins Bett gegangen, viel zu aufgeregt, um schnell einzuschlafen. Sie hatte wach gelegen, darüber nachgedacht, warum sie jahrelang nicht nach Hause gekommen war. Aus Angst vor der Erinnerung. Und es war so viel leichter gewesen, als sie gedacht hatte.

Sie erhob sich, ging ins Bad und stellte sich unter die Dusche. Von nun an würde alles leichter werden. Der grauenvolle Anblick, das Gesicht ihrer Mutter im Tod, ihr Arm mit den durchschnittenen Pulsadern, das rauschende Wasser, durchtränkt von Blut. Diese Erinnerung würde allmählich in den Hintergrund treten und anderen, schönen Momenten aus der Vergangenheit Raum geben.

Später, nach einem ausgiebigen Frühstück auf der Terrasse, ging sie wieder hoch in den ersten Stock.

Noch einmal sah sie sich in dem Bügelzimmer, dem früheren Badezimmer ihrer Mutter, um. Dann stieg sie hinauf in den zweiten Stock. Als sie noch ein Kind war, hieß jeder Raum Salon. Der »kleine Salon«, der »gelbe Salon«, der »große Salon«. Verbunden waren diese Salons durch hohe Flügeltüren. Dalia erinnerte sich an antike Möbel mit geschwungenen vergoldeten Füßen, an Sofas, deren Seidenbezüge im Laufe der Jahre verschlissen und die Blumenmuster verblasst waren. Nun waren die Räume in puristischem modernem Luxus eingerichtet, der im reizvollen Gegensatz zu den Decken mit ihren Stuckverzierungen stand. An den Wänden hingen überdimensional große Fotos in Schwarzweiß, Abbildungen von *Walter-Sandner*-Schuhen, alles Entwürfe von Feodora Mancini. Auf einem der langen Tische waren Modelle der letzten Saison ausgebreitet. Pumps aus Satin, bestickt und mit Glitzersteinen verziert, Plateauschuhe, sehr hoch, aus Wildleder, und ein paar rote Ledersandaletten, die Dalia sofort ins Auge fielen. Alle Modelle hatten die Größe 38, offenbar wurde die Kollektion in dieser gängigen Größe angefertigt. Sie konnte nicht widerstehen, die Schuhe anzuprobieren. Sie passten wie angegossen. So nahm sie die roten Schuhe einfach mit. Sie würde es ihrem Vater sagen, wenn sie ihn besuchte. *Wenn* sie ihn besuchte – doch noch während sie das dachte, verspürte sie den Wunsch, ihn zu sehen.

Wenig später rief Dr. Küppers an, er habe das Kuvert mit der Kombination für den Safe seinem Referendar Klaus Berends übergeben.

»Er könnte in ungefähr einer Stunde bei Ihnen sein, ist Ihnen das recht?«

»Ja, natürlich, ich bin zu Hause.«

Kurz darauf rief Tamás an. Er schlug Dalia vor, sein Sekretär könne ihr Karten für die Wiener Oper besorgen. »Schau dir den Spielplan an. Wien ist eine Kulturstadt, es gibt keinen Ort auf der Welt, der mit Musik so verbunden ist. Jeder Taxifahrer kann dir erzählen, welcher Sänger gerade engagiert wurde. Man nimmt Anteil am kulturellen Leben, man interessiert sich, das findest du nirgendwo sonst, du spürst die Kultur, du atmest sie ein.« Dalia hörte sich seine Begeisterung mit einem Lächeln an. Es war klar, was er beabsichtigte: Er wollte, dass sie wieder lernte, Wien zu lieben. Sie sollte Freude daran haben, in die Oper zu gehen, durch die Straßen zu schlendern und die Stadt zu genießen. So wie als junges Mädchen.

Doch Dalia wollte allein sein, sich Stück für Stück ihre Erinnerungen zurückholen. Erinnerungen, die nichts mit dem Tod ihrer Mutter zu tun hatten.

In diesem Augenblick betrat sie ihr früheres Zimmer. Auch hier war nichts verändert worden. Schon als Kind verbrachte sie die meiste Zeit im Musikzimmer und hatte sich hier fast nur zum Schlafen aufgehalten. In der Mitte stand ihr Himmelbett mit den gedrehten dunklen Pfosten, auf dem Kaminsims saß ihre Puppe mit dem zarten Porzellangesicht, blonden Locken und einem kleinen Strohhut auf dem Kopf. Ob ihr Vater noch wusste, dass er sie ihr an dem Tag geschenkt hatte, als sie ihm zum ersten Mal gegenüberstand? Sie hatte nie mit Puppen gespielt, aber diese war so schön, dass Dalia sie damals vorsichtig genommen und dort oben auf den Kaminsims gesetzt hatte. Und dort saß sie auch heute noch, eine schöne Dekoration. Daneben standen gerahmte Klassenfotos, eine getrocknete Rose in einer schmalen Vase, die ihr ein begeisterter Verehrer nach ihrem ersten Konzert überreicht hatte. Dann noch eine Büste aus Gips des Komponisten Ludwig van Beethoven, erstanden auf einem Wiener Trödelmarkt. Ihr Blick glitt weiter zu dem weißen Regal mit den vielen Büchern. Mädchenbücher und Abenteuerromane der Autorin Enid Blyton, die damals gerade erschienen waren und die sie mit vierzehn Jahren abends im Bett verschlungen hatte. Das waren aufregende, intensive Momente gewesen, doch viel zu selten, denn meist war sie zu müde zum Lesen und schlief sofort ein.

Ihr Tagesablauf war streng organisiert. Vormittags Schule, Heimfahrt mit dem Bus, Mittagessen, Hausaufgaben, anschließend ging es sofort ins Musikzimmer zum Üben. Ein Pädagoge der Wiener Musikhochschule kam jeden zweiten Tag und auch am Sonntag, um mit ihr zu arbeiten. Sein Name war Alfons von Weiterhausen, ein verarmter Adeliger, wie Irene ihr erzählt hatte, eigentlich ein begabter Pianist, der leider aber nie den Durchbruch schaffte.

Dalia fuhr mit ihrer Hand über die Buchrücken und sah sich die Titel durch. An viele davon hatte sie seit Jahren nicht mehr gedacht. Es waren auch Klassiker darunter. »Anna Karenina«, »Krieg und Frieden«, Lieblingsromane ihres Vaters, der versucht hatte, in Dalia die Freude an der Literatur zu wecken. Aber sie hatte einfach keine Zeit zum Lesen gehabt. Dalia sah sich weiter um. Es war schön, dass alles noch so war, wie sie es verlassen hatte. Noch einmal ging sie in das ehemalige Schlafzimmer ihrer Mutter. Nichts mehr erinnerte an Irene Rheinberg. Es war so, als habe sie nie gelebt. Viele Gedanken gingen ihr durch den Kopf, während sie auf den Referendar wartete. Sie erinnerte sich an eine bekannte Journalistin, mit der sie während einer Einladung ins Gespräch gekommen war.

»Meinen Recherchen nach haben Sie schon als Kind zahlreiche Preise bei Klavierwettbewerben gewonnen. Und Sie sind eine ausgebildete Pianistin«, hatte sie zu Dalia gesagt. »Haben Sie ihre eigenen Pläne aufgegeben, um voll und ganz die Frau an der Seite von Tamás Marai zu sein? War das der Wunsch Ihres Mannes?«

»Nein, es war mein freier Wille«, hatte Dalia lachend erwidert.

»Nun, wir leben in den Siebzigern«, die Journalistin hatte nicht lockergelassen, »und Sie geben sich immer noch mit Ihrer Rolle als Frau im Schatten eines Mannes zufrieden?«

Dalia hatte sich über die junge Frau geärgert und betont, sie habe ihre eigene Karriere aus freien Stücken aufgegeben, das habe nichts mit ihrem Mann zu tun.

Einige Tage später war dann ein Artikel über die Ehefrau von Tamás Marai erschienen, die für ihren Mann auf ihre eigene Karriere verzichtet hatte. Dalia hatte sich sehr darüber aufgeregt, gedroht, die Zeitung zu verklagen. Doch Tamás hatte nur gelacht.

Als sie ihn geheiratet oder, besser gesagt, sich in die Ehe mit ihm gestürzt hatte, war sie eine Verzweifelte, eine Ertrinkende gewesen. Er gab ihr Sicherheit, Ruhe und die Kraft, die sie so dringend brauchte. Er hatte sie, das junge Mädchen, gerettet, als sie verzweifelt und verstört zu ihm kam. Sie bewunderte Tamás, auch heute noch, den Pianisten, vor dem sich die Musikwelt tief verneigte, wie ein Pariser Kritiker einmal geschrieben hatte.

Klaus Berends kam erst am frühen Nachmittag, um ihr das Kuvert mit dem Schlüssel für den Safe zu bringen.

»Es tut mir so leid, nur Stau auf den Straßen, eine Katastrophe«, entschuldigte er sich. »Ich muss auch sofort wieder los zu einem wichtigen Termin. Leider kann ich nicht auf die Dokumente warten, leider …« Sie standen an der Haustür, und Klaus Berends wandte sich bereits wieder zum Gehen.

»Ich dachte, es sei so dringend«, rief sie ihm nach, als er schon auf die Straße hetzte. »Nein, nein, es hat sich alles ein wenig nach hinten verschoben. Am Dienstag bringe ich die Dokumente zu Ihrem Vater in die Klinik. Passt es Ihnen, wenn ich am Vormittag vorbeikomme? Dann kann ich direkt von hier aus zu ihm fahren. Sie sind doch noch da, oder?«

»Ja, ja, das geht in Ordnung«, erwiderte sie, ohne nachzudenken. Er nickte ihr noch zu und stieg bereits in seinen Wagen, den er direkt vor der Tür geparkt hatte. Am Dienstag also würde er die Papiere abholen, und sie hatte, ohne zu zögern, zugesagt. Sie stand noch einige Minuten an der Haustür und drehte das Kuvert mit der Kombination in der Hand. Dann erst ging sie ins Haus zurück.

Sie holte den Schlüssel aus dem Kuvert und ging damit ins Arbeitszimmer. Sie war neugierig, gestand sie sich ein, vielleicht fand sich doch etwas von ihrer Mutter unter den Akten und Geschäftspapieren. Sie zog ihre Schuhe aus und stellte sich auf das Ledersofa, nahm das mittlere Bild von der Wand, legte es vorsichtig neben sich aufs Sofa, riss dann das Kuvert auf und holte den Bogen Papier mit der Zahlenkombination heraus. Dann öffnete sie den Safe. Als er aufsprang, war Dalia überrascht, wie wenig darin war. Ein großes Kuvert mit der Aufschrift *»Mein Letzter Wille«,* ein Schmuckkästchen, das sie sofort öffnete. Darin lagen eine Perlenkette, der Ehering ihrer Mutter und ein Armband aus dunkelroten Rubinen. Vorsichtig schloss Dalia das Kästchen wieder und legte es zurück. Sie fand noch einen Ordner mit der Aufschrift

»Steuer«. Schon wollte sie ihn an sich nehmen, doch letztlich unterließ sie es. Sie hatte kein Recht, hier herumzuschnüffeln und das Vertrauen ihres Vaters zu missbrauchen.

Als Nächstes griff sie nach der gewünschten Dokumentenmappe. Dabei flatterte ein dünnes Kuvert aus dem Safe auf das Sofa. Neugierig griff Dalia danach. Es stand weder ein Absender noch eine Adresse darauf. Nach einem Moment der Unschlüssigkeit zog sie einen Brief heraus und begann zu lesen.

2. November 1939

SCHENKUNG

Hiermit schenke ich meinem guten Freund Christian Rheinberg meine Firma Juventus Sport Schuhe GmbH. Ich bedanke mich damit bei ihm für seine Loyalität und seine Freundschaft.

Eliah Weizmann

Was hatte das zu bedeuten? Nach einigem Überlegen legte Dalia den Brief und auch die Dokumentenmappe wieder zurück. Dann schloss sie den Safe und verließ das Arbeitszimmer.

Erneut lief sie hoch ins ehemalige Zimmer ihrer Mutter. Ihr Blick wanderte über das Sofa zu einem abgenommenen Wandbord, das jetzt auf dem Boden stand. Darauf lagen ein paar Bücher.

Wann aber hatte ihr Vater das Zimmer renovieren lassen, direkt nach dem Tod ihrer Mutter oder erst im Zuge des großen Umbaus im zweiten Stock? Neugierig griff Dalia nach einem schmalen roten Band, Gedichte von Heinrich Heine.

Sie setzte sich damit auf den Boden, lehnte sich mit dem Rücken gegen das Sofa, und schlug das Buch auf. Gleich auf der ersten Seite stand eine kurze Widmung: *Für Irene von Leah, dafür, dass Du meine beste Freundin bist. September 1928*

Dalia lächelte und blätterte weiter. Ein Foto lag zwischen den Seiten. Es zeigte zwei lachende junge Mädchen, Irene und Leah. Auf der Rückseite stand: *Lavinia hat das Foto gemacht. Sommer 1930.*

Wer war Lavinia?, überlegte Dalia. Da erinnerte sie sich an eine Bemerkung ihrer Mutter. Lavinia war die schöne Schwester von Eliah Weizmann gewesen, vier Jahre älter als Irene und Leah. Dalia sah sich das Foto genau an. Leah, ein hübsches Mädchen mit dunklen Haaren und mit einem strahlenden Lachen, daneben Dalias Mutter Irene. Sie hatte den Arm um die Schultern ihrer Freundin gelegt, und auch sie lachte in die Kamera.

Dalia betrachtete das Bild lange, bevor sie es zurück in den Gedichtband legte. Sie hatte nie eine wirkliche Freundin gehabt. Wie mochte es sein, zusammen in die Schule zu gehen, gemeinsam erwachsen zu werden und später auch noch eng verbunden zu sein? Mit einem nachdenklichen Lächeln blätterte sie den Gedichtband von Heinrich Heine weiter durch. Einige Seiten später stieß sie erneut auf eingelegte Blätter.

15. März 1938, ein denkwürdiger,
ein furchtbarer Tag

Liebe Irene,
heute haben wir Schreckliches erleben müssen. Eliah und ich wollten seinen Onkel Jakob in Wien besuchen. Wir wussten nicht, dass Adolf Hitler auf dem Balkon der Hof-

burg eine Rede halten würde. Schon als wir unser Auto abstellten, war die Stadt erfüllt von lauten Heilrufen. Und überall wehte die Hakenkreuzfahne. Tausende drängten sich auf dem Platz. Eliah und ich standen am Rand, wurden aber mitgerissen. Wir mussten zusehen, wie zahllose Juden verhöhnt, geschlagen und getreten wurden. Es war grauenhaft! Auf der Rückfahrt war Eliah außer sich. »Warum?«, fragte er immer wieder, »warum ... warum ... wir sind Österreicher, wir sind hier aufgewachsen, und plötzlich werden wir wie Verbrecher behandelt!«

Er war so erregt, dass seine Hände zitternd das Lenkrad umklammerten.

»Ich denke, was wir heute erlebt haben, ist doch mehr auf die Stadt, auf Wien begrenzt, hier auf dem Land gibt es diese Ablehnung nicht, sie kennen uns doch alle«, antwortete ich ihm. Davon war ich auch fest überzeugt, doch Eliah schüttelte nur immer wieder den Kopf, ohne auf meine Worte zu achten. Als wir vor unserem Haus anhielten, wandte er sich mir zu: »Ich habe eine Entscheidung getroffen. Wir werden Österreich verlassen. Und zwar so schnell wie möglich.«

Es ist sehr spät geworden, ich wollte bei Euch nicht mehr anrufen, aber ich musste mir das alles von der Seele schreiben. Eliah hat lange oben im Schlafzimmer telefoniert, und jetzt läuft er auf und ab, zur Tür und wieder zurück. Ich höre seine Schritte über mir.

Ach, Irene, ich habe solche Angst vor der Zukunft. Eliah plant, zu seinem Vater nach New York zu gehen. Auszuwandern, in ein fremdes Land, dessen Sprache wir nicht beherrschen.

Ich denke, er ist durch die heutigen Erlebnisse in Panik geraten, es ist einfach nur eine Kurzschlusshandlung von ihm. Die Lage wird sich wieder beruhigen, daran glaube ich ganz fest. Als ich ihn vorhin fragte, ob Lavinia und ihr Mann auch an Flucht aus Deutschland dächten, schüttelte er nur den Kopf. »Die brauchen das nicht, sie sind enge Freunde des Führers«, hatte er höhnisch betont. Du weißt ja, er hat seinen Schwager nie leiden können. So, jetzt mache ich aber Schluss. Ich sehe noch Licht bei euch und vielleicht schaust Du noch schnell an der Mauer und holst meinen Brief. Wir haben schon eine seltsame Angewohnheit, wir wohnen direkt nebeneinander und trotzdem schreiben wir uns jeden Abend Briefe. Das ist ein bisschen komisch, oder? Aber einmal hast Du gesagt, man kann oft besser über Dinge schreiben als darüber reden, gerade, wenn sie belastend oder sehr emotional sind. Du hast recht. Ich drücke Dich ganz fest.

Deine Leah

Noch lange starrte Dalia erschüttert auf diese Zeilen, bevor sie zum nächsten Brief griff.

10. Mai 1938

Liebe Irene,
Eliah ist besessen von der Idee, Österreich zu verlassen. Er hat versucht, Kontakt mit seinem Vater in New York aufzunehmen, aber bis jetzt ohne Erfolg. Er wartet bereits seit März auf eine Nachricht von ihm. Aber wieso sollte sein Vater sich melden? Vor neun Jahren sind sie im bösen Streit auseinandergegangen und haben seit dieser Zeit keinen

Kontakt mehr. Lavinia ist heute wieder abgefahren. Auch das ist kein Wunder, denn Eliah ist dickköpfig, will sich unbedingt mit seinem Vater versöhnen, doch Lavinia versteht seinen Wunsch nicht.
Sie kann es ihrem Vater nicht verzeihen, dass er bereits sechs Wochen nach dem Tod der Mutter mit seiner Schwägerin Lotte nach New York ging. Beide, Lavinia und Eliah, hatten ihre Mutter abgöttisch geliebt, und Lavinia beobachtete bei der Trauerfeier, als das Kaddisch gesprochen wurde, wie ihr Vater heimlich sein Knie an das von Lotte presste. Abstoßend, wie Lavinia fand. Doch davon will Eliah nichts mehr hören.

Bei dem Streit ging es natürlich auch um Hanno Schwarz, den Ehemann von Lavinia. Eliah nennt ihn einen Opportunisten, denn Hanno ist zwar Jude, aber ein Freund des Führers.
Ich habe Angst. Eliah will seinen Plan durchsetzen, egal, ob auch ich das will. Irene, es ist alles so schwer geworden. Ich bin so froh, Dich als meine Freundin zu haben, einen Menschen, dem ich vertrauen kann.
Ich umarme Dich. Heute regnet es, wie gut, dass in der Mauer ein paar Platten rausgefallen sind und wir ein trockenes Versteck für unsere Briefe haben!

Deine Leah

Hinter diesem Brief fand sich noch ein dritter. Die Schrift war weniger gut lesbar als bei den anderen beiden, so, als wäre er in großer Eile verfasst worden.

Liebe Irene,
heute, am 3. Juli 1938, habe ich erfahren, dass ich schwanger bin. Für mich ein denkwürdiges Datum. Ein Tag, an den ich mich immer erinnern werde. Nach sechs Jahren Ehe geht mein sehnlichster Wunsch in Erfüllung! Trotzdem kann ich nicht so glücklich sein, wie ich es gern möchte. Denn es ist fraglich, ob ich das Kind austragen kann. Nach der Untersuchung hat mir Professor Leitner das vorsichtig beigebracht. Ich muss sehr aufpassen, mich ganz ruhig halten, die ersten Monate nur liegen. Was mich aber vor allem so tief verletzt, ist Eliahs Verhalten. Aber das erzähle ich dir, wenn wir uns sehen.
Ich umarme Dich.

Deine Leah

Was wollte Leah damit bloß andeuten? Was war passiert?

Fünf

Leah und Irene

Neusiedler See, 1938

Irene saß am Ende des Stegs und plantschte mit ihren nackten Füßen im Wasser. Der Tag war kühl, auch wenn die Septembersonne glauben ließ, es wäre noch ein warmer Spätsommertag. Als sie Schritte hinter sich hörte, drehte sie sich nicht um. Sie wusste, wer da kam. Erst als sich Leah langsam neben ihr niederließ, wandte Irene den Kopf.

»Vorsicht!«, warnte sie ihre Freundin. »Das Wasser ist kalt, und du musst aufpassen. Du darfst nicht krank werden.«

»Aber ich bin doch nicht aus Zucker«, setzte Leah dagegen und zog ihre kurzen Söckchen und die bequemen Schnürschuhe aus. Doch als sie mit ihrem Zeh vorsichtig das Wasser berührte, schrie sie leise auf und zuckte zurück.

»Du hast recht, das ist mir zu kalt«, gab sie zu, zog ihre Beine hoch und schlüpfte wieder in Söckchen und Schuhe.

»Du hast einen hübschen Hut auf, er steht dir gut.« Bewundernd sah Irene ihre Freundin an.

»Findest du?« Leah errötete. »Lavinia hat ihn mir mitgebracht. Sie entwirft und gestaltet Hüte in einem Münchner Salon.«

»Seit wann? Und ihr Mann erlaubt, dass sie arbeitet? Als Ehefrau eines berühmten Regisseurs?« Irene war erstaunt.

»Darüber hat sie nicht gesprochen, sie hat es nur erzählt. Dann haben wir nur über meine Schwangerschaft geredet. Lavinia freut sich so sehr, dass sie Tante wird. Heute musste sie leider wieder weg.« Etwas in Leahs Stimme ließ Irene aufhorchen.

»Was meinst du? Wer freut sich denn nicht?«

»Ach«, Leah machte eine wegwerfende Handbewegung. »Lassen wir das lieber.«

Als die Freundin schwieg, wechselte Irene das Thema.

»Wieso läufst du überhaupt hier herum? Du musst dich doch schonen.«

»Ich lege mich auch gleich wieder hin. Aber mir gehen so viele Gedanken durch den Kopf. Jetzt, da …«

»Was?«

»Ach, ich denke an unsere Kindheit. Weißt du noch? Hier haben wir bereits mit sechs Jahren zusammengesessen. Immer wenn wir uns Geheimnisse anvertrauen wollten.«

»Du und deine Geheimnisse.« Jetzt sah Irene ihre Freundin lächelnd an. »Es gab immer etwas, dass du nur mir anvertraut hast, schon als Kind. Aber richtig los ging es dann, als du dich mit fünfzehn Jahren in den Sohn unserer Nachbarn verliebt hast.«

»Eines Tages stand ich am Zaun und habe Eliah so lange angestarrt, bis er zu mir herübersah und mir zulächelte.«

»Und dann bist du weggerannt«, erinnerte sich Irene. »Und hast mich stundenlang genervt, ob er wohl einfach ›nur so‹ gelächelt hat oder ob er dich hübsch fand.«

»Damals hing mein ganzes Glück von Eliahs Lächeln ab. Und ständig habe ich mich gefragt, ob er eine Freundin oder sogar eine Verlobte hat, schließlich war er bereits vierundzwanzig.«

»Und drei Jahre später hast du ihn geheiratet.« In Gedanken daran lächelte Irene. Leah aber gab keine Antwort, und so saßen beide Frauen jetzt still nebeneinander und sahen auf den See hinaus, der in der Abendsonne glitzerte und sanfte Wellen ans Ufer warf.

»Wenn dich etwas beschäftigt, dann sag es mir«, nahm Irene den Faden schließlich wieder auf und zog sich ihre Schuhe an. Dabei beobachtete sie Leah aufmerksam. »Du hattest doch einen Grund, hierherzukommen. Oder schreib mir alles in einem Brief, wenn du nicht darüber reden willst.«

Leah überging Irenes Aufforderung und sagte stattdessen: »Ich bin so glücklich, dass du meine Freundin bist.« Irene warf ihr einen raschen Blick zu.

»Was ist los mit dir?«

»Ich weiß nicht«, Leah zuckte mit den Schultern. »Vielleicht ist es die Schwangerschaft, die mich sentimental werden lässt.« Sie seufzte.

»Du bist zu viel allein«, stellte Irene fest, »das ist nicht gut für dich. Und das soll jetzt noch über Monate so weitergehen?«

»Was soll ich denn machen? Ich habe Angst, das Kind zu verlieren, schließlich wünsche ich es mir schon seit dem Tag meiner Hochzeit.«

»Du bist so vorsichtig, Leah, du wirst es nicht verlieren, bestimmt nicht. Komm, lass uns zurückgehen, und du legst dich gleich wieder hin. Für mich wird es auch Zeit, ich muss mich noch umziehen«, erklärte Irene. »Ich bin spät dran, sicher sind unsere Gäste schon da.«

»Wer kommt denn?«

»Eduard Fassbinder mit seinen Eltern.«

»Und? Ist das eine offizielle Einladung, sollst du ihnen vorgestellt werden?«

»Schlimmer noch. Ich habe ein Gespräch meiner Eltern belauscht. Obwohl ich schon vierundzwanzig Jahre alt bin, behandeln sie mich wie ein Kind. Anscheinend halten sie es nicht für nötig, mir von unseren finanziellen Schwierigkeiten zu erzählen.«

»Was ist denn los?«

»Mein Vater kann den Konkurs unserer Firma nicht mehr abwenden. Mein Urgroßvater hat dieses Unternehmen gegründet und mit unermüdlichem Fleiß aufgebaut. Mein Vater aber steuert es geradewegs in den Bankrott. Er hat meiner Mutter gegenüber argumentiert, niemand würde mehr teure Damenschuhe kaufen.«

»Nun, die Zeiten sind hart«, setzte Leah vorsichtig dagegen. »Sicherlich verkaufen sich Luxusschuhe nicht mehr so leicht wie früher. Es gibt Millionen Arbeitslose in Deutschland und Österreich. Du versuchst doch auch schon seit zwei Jahren, eine Stelle zu finden.«

»Ach, Leah, wieso sollte mich jemand einstellen? In Lausanne haben nur Töchter reicher Eltern Sprachen studiert. Ich kann mich ein bisschen auf Französisch unterhalten, Romane im Original lesen, aber was bringt mir das? Soll ich in einem Bewerbungsgespräch anführen, dass ich »Madame Bovary« oder Romane von Zola gelesen habe? Mich ein bisschen unterhalten kann? Es reicht ja nicht einmal, um Übersetzerin zu werden oder Dolmetscherin. Es waren schöne, aber im Hinblick auf eine berufliche Tätigkeit, vergeudete vier Jahre. Ich kann nur froh sein, dass ich hier bei meinen Eltern bleiben kann, solange ich will.«

»So siehst du deine Ausbildung? Warum bist du so pessimistisch?«

»Nein, das bin ich nicht. Aber lassen wir das jetzt. Es geht um unsere Familie. Mein Vater wirft das Geld ja mit vollen Händen aus dem Fenster, und meine Mutter macht fröhlich mit.« Einen Moment lang blickte Irene gedankenverloren auf den See hinaus. »Gestern hatten wir Besuch.« Sie betonte das Wort so merkwürdig, dass Leah sie gespannt ansah. »Der

Gerichtsvollzieher war hier. Ich musste die Haustür öffnen und erklären, meine Eltern seien nicht da, dabei waren sie oben im zweiten Stock. Aber der Gerichtsvollzieher kommt in den nächsten Tagen wieder. Von ihm habe ich erfahren, dass die Zwangsversteigerung der Villa durch die Bank droht. Meine Mutter hat panische Angst, dass er heute Abend plötzlich wieder vor der Tür steht, wenn die Fassbinders da sind.« Irene konnte nicht anders, sie fing an zu lachen.

»Findest du das komisch?«, fragte Leah befremdet.

»Nein, natürlich nicht, aber irgendwie dann doch. Es ist traurig, denn mein Vater sieht keinen Ausweg aus der Misere, außer …« Irene sprach nicht weiter.

»Was?«

»Außer ich heirate einen reichen Mann. Und die Wahl meiner Eltern ist auf Eduard Fassbinder gefallen. Wir spielen Tennis zusammen. Vergangene Woche hat er mich zum Abendessen eingeladen und einige seltsame Andeutungen gemacht. Ich habe mich gleich zurückgezogen. Doch leider habe ich meinen Eltern davon erzählt, und sie haben sofort eine Einladung an Eduard und seine Eltern geschickt. Noch vor kurzem hat mein Vater ihn verächtlich einen Parvenü genannt. Aber jetzt sind wir arm, und da darf man nicht wählerisch sein.« Wieder lachte Irene. Auch wenn sie sich nicht so fühlte, sie erkannte eine gewisse Komik in der neuen Situation.

»Und nun hofft dein Vater, dass du und Eduard …«

»Ja. Natürlich. Weißt du, Eduard ist ja ganz nett, sieht auch einigermaßen passabel aus, aber er ist ein solcher Langweiler. Auch wenn er ein sehr gutes Tennis spielt. Das Positive an ihm sind seine reichen Eltern, jedenfalls in den Augen meiner Eltern.« Irene zog ihre Sandalen mit dem großen Zeh heran. »Heute Abend werden mich die Fassbinders unter die Lupe nehmen. Meine Eltern setzen jetzt große Hoffnungen in mich.«

»Also kommt es darauf an, wie du den Fassbinders gefällst, oder?«, fragte Leah voller Mitgefühl.

»Ja, genau«, bestätigte Irene seufzend. »Aber Leah, ich kann doch keinen Mann heiraten, nur weil er gut Tennis spielt. Ich weiß nicht, ob ich überhaupt heiraten will. Ich will nicht das Hausmütterchen spielen und vor allem will ich keine Kinder.«

»Was? Irene! Es gibt nichts Schöneres, als ein Kind zu haben.«

»Ach Leah, du bist eben anders als ich. Du warst ja schon als Kind eine richtige Puppenmutter. Ich hingegen …« Irene erhob sich und half Leah, vorsichtig aufzustehen. Zusammen gingen sie den Steg entlang und die Stufen hoch zur Villa der Sandners. Dabei nahm sie ihre Freundin fürsorglich am Arm.

»Du hättest nicht zum See herunterkommen sollen. Hat Professor Leitner dir nicht gesagt, du sollst Treppensteigen vermeiden?«

»Ja, ja, ich lege mich sofort wieder hin.«

Irene begleitete ihre Freundin noch bis zum Gartentürchen in der Mauer.

»Weißt du«, schlug Leah vor, »benimm dich einfach so, dass du den Fassbinders nicht gefällst, dann liegt die Entscheidung nicht bei dir.«

Jetzt lächelte Irene und gab ihrer Freundin einen Kuss auf die Wange.

»Ja, das ist eine Möglichkeit, aber das löst unsere Probleme natürlich nicht. Eduard bringt noch einen Freund mit, und wenn der genauso langweilig ist wie er, dann wird es ein unvergesslicher Abend«, spottete sie.

»Weißt du, Eliah …« Leah zögerte, und Irene begriff, dass die Freundin hinunter an den Steg gekommen war, weil sie mit ihr über Eliah sprechen wollte.

»Ja? Was ist los?«

»Ach … nichts, wir sprechen morgen darüber. Heute musst du dich erst einmal um deine eigenen Angelegenheiten kümmern.«

Irene umarmte ihre Freundin zum Abschied.

»Ich denke an dich«, versprach Leah, ging durch das Gartentürchen und über die Terrasse ins Nachbarhaus. Dort wartete Eliah schon in der Küche auf sie. Blass und schweigend sah er ihr entgegen.

Sechs

Irene blieb in der Eingangshalle stehen. Durch die offene Wohnzimmertür tönte die Stimme ihres Vaters, er sprach etwas zu laut und auch zu schnell. Er schien extrem nervös zu sein. Eine unbekannte Männerstimme antwortete. Also waren die Gäste schon da und tranken offenbar ein Glas Champagner zur »Einstimmung auf einen schönen Abend«, wie ihr Vater das gern nannte.

Aus der Küche im Souterrain hörte Irene ebenfalls Stimmen, Adele, die Köchin, gab laut ihre Anweisungen. Es wurde mit Geschirr und dem Silberbesteck geklappert, und verführerischer Bratenduft drang bis herauf in die Eingangshalle. Irene stieg langsam die Treppe hoch. Sie fühlte sich so schwach, dass sie sich am Geländer fast hochziehen musste. Sollte sie den Gästen vom Hausmädchen Kathi ausrichten lassen, sie habe Migräne und könne leider nicht zum Essen herunterkommen?

Mit einem Seufzer betrat sie ihr Zimmer mit dem anschließenden großen Bad und dem dazugehörigen Ankleidezimmer. Die Villa ihrer Eltern besaß fünfzehn Zimmer und sechs Bäder, die alle mit dem neuesten Luxus ausgestattet waren. Der Marmor kam aus Italien, die Einrichtung war von einem berühmten Architekten aus Mailand entworfen worden. Bei der Renovierung hatte ihr Vater keine Kosten gescheut. Das war vor zwei Jahren gewesen, da musste er längst gewusst oder geahnt haben, wie es um das Familienunternehmen stand.

Wut stieg in Irene hoch. Als sie kurz nach diesem großen Umbau aus Lausanne zurückgekehrt war, hatte ihr Vater sie mit einem strahlenden Lächeln umarmt und erklärt, es sei alles in bester Ordnung, die Geschäfte liefen gut. Doch seit sie ihre Eltern belauscht hatte, gingen ihr seine Worte nicht mehr aus dem Kopf: »Wir sind am Ende. Die einzige Möglichkeit, die uns bleibt, ist Irene. Sie muss den jungen Fassbinder heiraten. Je eher, desto besser.«

Irene ließ sich in ihrem Zimmer aufs Bett fallen. Sie dachte an den Vorschlag ihrer Freundin – Wenn du ihnen nicht gefällst, liegt die Entscheidung nicht bei dir, hatte sie gesagt – und musste unwillkürlich lächeln. Als sie sich wenig später im Spiegel über der Kommode ansah, schoss ihr durch den Kopf, dass sie nicht allzu viel dazu tun musste, um heute schlecht auszusehen. Sie hatte sich beim Tennisspielen am Vormittag einen Sonnenbrand eingefangen, ihre Nase stach rot aus dem Gesicht heraus, und ihre rötlichen Haare hatte Irene nur schnell hinten zusammengebunden, als sie hinunter zum See gegangen war. Vorteilhaft sah das nicht aus. Sie ging in ihr Ankleidezimmer und öffnete einen der Schränke. Sie musste nicht lange überlegen, ganz hinten hing das geblümte Kleid, das ihr Tante Elke zum letzten Geburtstag geschenkt hatte. Die Farben ließen ihre helle Haut in einer ungesunden Blässe erscheinen, und es war so ungünstig geschnitten, dass sogar ihre schlanke sportliche Figur um die Hüften herum breit erschien. Mit Widerwillen zog Irene es über den Kopf und strich den Rock glatt. Vor dem großen Spiegel drehte und wendete sie sich.

Dann aber erkannte sie die Unsinnigkeit ihres Plans. Schließlich ging es darum, die Firma vor dem Konkurs zu bewahren und die Villa vor der Zwangsversteigerung zu retten. Würden die Fassbinders sich darauf einlassen? Und hatte ihr Vater sich das genau überlegt? Wenn Kuno Fassbinder das Haus bei der Bank auslöste, gehörte es doch ihm. Glaubte ihr Vater wirklich, dieser gerissene Geschäftsmann würde in die Firma investieren, ohne die Kontrolle übernehmen zu wollen?

Wieder packte Irene Wut, doch die war auch gepaart mit Hilflosigkeit. Langsam zog sie das geblümte Kleid aus und zerrte dann nervös verschiedene andere Modelle aus den Schränken, ging damit in ihr Schlafzimmer hinüber und warf sie dort achtlos aufs Bett. Endlich hatte sie ihre Wahl getroffen. Sie hatte sich für ein schwarzes Kleid mit neuen modischen Schulterpolstern aus einem Pariser Modehaus entschieden. Doch darin sah sie aus, als ginge sie zu einer Beerdigung. Hastig zog sie es wieder aus und warf es auf den Haufen zu den anderen Kleidern. Von unten rief bereits ihre Mutter nach ihr und kurz darauf klopfte Kathi, das Hausmädchen, an die Tür.

»Ja, ja, ich komme schon«, rief Irene gereizt.

»Ihre Eltern machen mit den Gästen noch eine Führung durchs Haus«, antwortete Kathi durch die geschlossene Tür, »das soll ich Ihnen ausrichten.«

Schließlich griff Irene nach ihrem grünen Seidenkleid. Sie wusste, es stand ihr ausgezeichnet. Sie puderte ihre vom Sonnenbrand rote Nase ab und band ihre Haare im Nacken zusammen. Zum Schluss steckte sie noch eine Strassspange hinein. Sie war nicht wirklich schön, wie sie selbst fand, dazu hatte sie zu viele Sommersprossen, und ihre muskulösen Schultern und Oberarme entsprachen auch nicht dem gängigen Schönheitsideal. Aber sie wusste, dass gerade ihre Sportlichkeit Eduard sehr gut gefiel, denn er war leidenschaftlicher

Tennisspieler. Immerhin besaß er einen gewissen Humor, wie Irene jetzt in Gedanken zugab. Und er konnte gut mit ihrer burschikosen Art umgehen, und ihre Natürlichkeit mochte er auch. Trotzdem, wenn sie schon einmal heiratete, sollte es aus Liebe sein und nicht, weil man gern miteinander Zeit auf dem Tennisplatz verbrachte.

Etienne Schweizer fiel ihr ein, der junge Mann, mit dem sie die vier Jahre in Lausanne zusammen gewesen war. Er war ihre erste Liebe gewesen, doch Etienne hatte immer betont, an einer Heirat sei er nicht interessiert.

Irene lächelte beim Gedanken an ihn. Sie hatte sich von ihm getrennt, kurz bevor sie die Schweiz verlassen hatte, doch als er vor zwei Wochen anrief, um sie in Salzburg zu treffen, hatte sie sich sehr gefreut und mit ihm einen schönen Tag verbracht. Nach einem letzten Blick in den Spiegel verließ Irene ihr Zimmer. Sie hatte keine leichte Aufgabe vor sich. Langsam ging sie auf ihren hohen Schuhen die Treppe hinunter. Wieso hatten ihre Eltern bloß nicht offen mit ihr geredet? Die Situation ging ja auch sie etwas an, betraf ihr Leben. Unten am Treppenabsatz zögerte sie und horchte. Aus der Küche im Souterrain hörte sie weiterhin hektisches Tellergeklapper und Adeles Stimme, die dem zweiten Hausmädchen Befehle erteilte. Irene ging ein paar Schritte an der Treppe vorbei nach hinten. Da öffnete sich die Tür zum Raucherzimmer, Gesprächsfetzen und Lachen drangen heraus, bis die Tür wieder geschlossen wurde. Jemand kam schnell den Gang entlang.

Eduard. Das musste Eduard sein. Am Vormittag hatte er sie beim Tennisspielen gefragt, ob er sie vor dem Essen noch allein im Musikzimmer sprechen könne.

Blitzschnell öffnete Irene die Tür, vor der sie gerade stand, und betrat den Raum, die Bibliothek. Ihre Augen gewöhnten sich nur allmählich an das dämmrige Licht. Die Vorhänge blieben hier auf Wunsch ihres Vaters immer geschlossen, damit seine kostbaren Erstausgaben von der Sonne nicht beschädigt wurden. Nur eine Leselampe an dem kleinen Tisch neben dem Sofa brannte. Dort erkannte Irene im schummrigen Licht die Silhouette eines Mannes, der ein Buch durchblätterte.

»Erschrecken Sie nicht!«, hörte sie eine angenehme Stimme. »Ich bin kein Einbrecher, Ihr Verlobter Eduard hat mich mitgebracht. Christian Rheinberg«, stellte er sich vor. »Und ihr Vater hat mir erlaubt, mich hier umzusehen. Ich liebe Bücher.«

»Eduard ist nicht mein Verlobter«, flüsterte Irene, denn draußen hörte man jetzt, wie sich die beiden Elternpaare zu Eduard gesellten.

»Habt ihr Irene gesehen?« Eduards Stimme klang gereizt, »ich war mit ihr im Musikzimmer verabredet, doch da ist sie nicht.«

»Vielleicht wartet sie in der Bibliothek, schauen wir doch mal nach.« Die Stimme von Walter Sandner klang väterlich beruhigend.

Schon öffnete sich die Tür, und das Licht ging an.

»Irene!« Die Stimme ihrer Mutter klang schrill und überschlug sich fast. Stille folgte dem Aufschrei.

Denn in dem Moment, als Irene die Stimme ihres Vaters vor der Tür gehört hatte, schlang sie aus einem Impuls heraus die Arme um den Hals von Christian Rheinberg und küsste ihn. Als das Licht aufflammte, erwiderte Christian diesen Kuss, so dass die fünf Leute an der Tür ein eng umschlungenes Paar sahen, das offenbar alles um sich herum vergessen hatte. Schließlich hustete jemand, doch als sich Irene und Christian weiterhin küssten, wurde die Tür laut zugezogen.

Langsam löste sich Irene aus der Umarmung.

»Es tut mir leid«, flüsterte sie mit einem kleinen Kichern. »Das war ein Akt der Notwehr, es musste sein.«

»Das ist nicht sehr schmeichelhaft für mich«, flüsterte Christian Rheinberg lächelnd zurück.

Etwas verlegen stand sie vor ihm, im Dämmerlicht hatte sie seine Züge kaum erkennen können, doch jetzt im hellen Licht der Deckenlampe bemerkte sie, wie gut Eduards Freund aussah.

»Schöne Bibliothek«, sagte er und umfasste mit einer Geste den großen Raum.

»Ja, aber wir Sandners lesen wenig. Das sind alles Bücher meines Großvaters und andere, die mein Vater erworben hat, weil sie teuer waren. Wir haben auch einen Steinway-Flügel, aber niemand von uns kann Klavier spielen, wir sind eine amusische Familie«, erzählte Irene hastig, um ihre Verlegenheit zu überspielen. »Es tut mir wirklich leid«, sagte sie schließlich halbherzig, obwohl sie den Kuss nicht bereute. Der Augenblick war überwältigend gewesen, ihr Herz klopfte noch, und ihr Atem wollte sich kaum beruhigen. »Ein peinlicher Auftritt«, gab sie zu.

»Das fand ich nicht.« Wieder lachte Christian Rheinberg. »Es passiert mir zum ersten Mal, dass ich von einer hübschen jungen Frau so stürmisch geküsst werde. Das muss Ihnen in keiner Weise leidtun. Kommen Sie! Auf in den Kampf!«

Er ging an ihr vorbei und öffnete die Tür. In einem schweigenden Halbkreis standen die beiden Elternpaare und Eduard davor. Mit hochrotem Kopf und bebender Stimme wandte er sich an Irene: »Ich denke, du bist mir eine Erklärung schuldig.«

»Die ist wohl nicht mehr nötig«, fuhr seine Mutter aufgebracht dazwischen.

»Mutter, ich will, dass Irene mir selbst antwortet. Was hat das zu bedeuten?«

»Eduard, ich muss mich dir gegenüber nicht rechtfertigen. Wir sind nicht verlobt, auch wenn du das zu Herrn Rheinberg gesagt hast, und ich bin dir nicht verpflichtet.«

Irene sah, wie ihr Vater sich ans Herz griff, und Eduards Gesicht von hochrot zu tiefer Blässe wechselte.

»Wenn sich jemand entschuldigen muss«, sagte Christian mit ruhiger Stimme, »dann bin ich das wohl. Ich habe mich einfach hinreißen lassen. Ihre Tochter kann nichts dafür«, wandte er sich an Walter Sandner. Er wollte offensichtlich die Verantwortung für die Situation übernehmen.

»Nein«, widersprach ihm Irene mit fester Stimme, »nein, das ist so nicht richtig. Ich habe *ihn* geküsst.«

»Wie dem auch sei«, unterbrach Herr Fassbinder nun die Diskussion, »die Einzelheiten ersparen Sie uns bitte. Ich denke, mit dieser peinlichen Szene ist alles entschieden.«

Das Ehepaar Fassbinder drehte sich abrupt um, und Eduard folgte ihnen. Irenes Vater versuchte noch, auf Kuno Fassbinder einzureden, seine Tochter sei von Sinnen und das unschuldige Opfer von Eduards Freund.

»Lassen Sie uns doch zusammen essen und darüber sprechen, bei einem guten Wein lässt sich vieles klären.«

In der Tür zum Esszimmer stand das Hausmädchen Kathi in ihrem schwarzen Seidenkleid und der weißen gestärkten Schürze und hielt das Silbertablett mit der Suppenterrine in Händen. Sie war gerade aus der Küche hochgekommen, um zu servieren. Irene ahnte, dass die Köchin Adele, der Chauffeur Peter und das zweite Hausmädchen an der Treppe standen und atemlos lauschten, was oben vor sich ging. Auch Irenes Mutter versuchte, ihre Gäste zum Bleiben zu bewegen.

»Das ist doch alles nur ein Missverständnis. Lassen Sie uns das in Ruhe besprechen. Wegen so einer Lappalie kann man doch nicht …«

»Da gibt es nichts zu besprechen«, stellte Kuno Fassbinder in kühlem Ton richtig. »Und als Lappalie kann man das wohl kaum bezeichnen.«

An der Haustür ließen sich die Fassbinders ihre Mäntel von Irenes Mutter geben, da Kathi noch immer ratlos mit dem Tablett an der Esszimmertür stand. Voller Neugier beobachtete sie die Szene.

»Christian, du bist ja mit deinem eigenen Auto da«, wandte sich Eduard an seinen Freund, bevor sich die Haustür hinter der Familie Fassbinder schloss.

Mit ihrem feindseligen Schweigen gaben Irenes Eltern Christian Rheinberg zu verstehen, dass es das Beste wäre, wenn er sich ebenfalls schnellstens verabschiedete. Nach einer kurzen Verbeugung und einem Blick auf Irene verließ er mit raschen Schritten die Villa.

Das Ehepaar Sandner ignorierte seine Tochter. Stumm gingen sie an Irene vorbei die Treppe hinauf.

»Kathi, servieren Sie uns das Essen oben im kleinen Salon. Irene, du kannst in deinem Zimmer essen. Wir sprechen uns morgen«, herrschte Klara Sandner ihre Tochter an.

Irene blieb stehen und sah ihnen nach. Sie hatte ihr Ziel erreicht, doch konnte sie wirklich zufrieden mit sich sein?

*

Leah blieb in der offenen Küchentür stehen und sah Eliah an, der ihr schweigend entgegenblickte.

»Was ist los?« Sie erschrak über sein blasses Gesicht, über die Verzweiflung in seinen Augen, die Müdigkeit, mit der er sich über die Stirn strich. Eliah hatte sich verändert, und Leah kannte auch den Grund. Der 15. März 1938. Es waren nur wenige Monate vergangen, doch in Eliah hatte dieser Tag etwas Entscheidendes ausgelöst. Damals hatte er erkannt, was auf Menschen jüdischer Herkunft zukommen würde.

»Wir müssen weggehen«, erklärte Eliah jetzt, »und zwar sofort. Du weißt, was das bedeutet, für dich, für uns. Warum willst du das nicht einsehen?«

Leah krallte sich am Türrahmen fest.

»Was meinst du?«, fragte sie, obwohl sie längst wusste, was Eliah ihr sagen wollte.

»Mein Freund Tobias ist an der Grenze zur Schweiz aus dem Zug gezerrt und verhaftet worden. Gleichzeitig mit ihm mindestens hundert andere Flüchtlinge, die versucht haben, über die Grenze zu kommen.«

»Woher weißt du das?«

»Sein deutscher Freund Emil saß mit ihm im Zug, sie dachten, es sei unauffälliger, zusammen zu reisen. Tobias wurde in einen wartenden Zug, in einen verschlossenen Waggon gestoßen, und die anderen Juden mit ihm.«

Leah schwieg. Sie spürte, wie ihr ganzer Körper zitterte vor Hilflosigkeit und Entsetzen.

»Wir müssen Wien verlassen, solange noch die Möglichkeit besteht. Du weißt, dass ich mich mit meinem Vater versöhnt habe und er für uns bürgen wird. Wir brauchen also nur noch das Geld für die Überfahrt.«

»Wir können nicht weg. Nicht jetzt, Eliah.«

»Du musst das Kind abtreiben lassen. Darüber haben wir doch schon gesprochen.«

»Nein, Eliah«, reagierte Leah heftig. »*Du* hast davon gesprochen. Ich werde es nicht tun. Niemand, auch du nicht, kann mich dazu zwingen, mein Kind zu töten.«

»Wir werden Wien im nächsten Monat verlassen. Nachts zu Fuß über die Schweizer Grenze, in Zürich habe ich Freunde, die helfen uns, bringen uns nach Frankreich, und von dort fahren wir mit dem Schiff ...«

»Eliah, hör auf, hast du mir nicht zugehört?«, schrie Leah ihn an. »Dieser Plan ist Irrsinn, siehst du das nicht ein? Ich will unser Kind behalten. Sechs Jahre lang haben wir versucht, ein Kind zu bekommen. sechs Jahre, Eliah, hast du das vergessen? Und nun soll ich es abtreiben lassen? Das kannst du doch nicht wollen! Eliah, ich bitte dich, ich *kann* mich den Strapazen einer Flucht nicht aussetzen.«

Eliah starrte sie mit rotumrandeten Augen an. Zahllose Nächte lang hatte er sich schlaflos im Bett gewälzt und nach einem Ausweg aus dieser verzweifelten Situation gesucht.

»Ich bin nicht bereit, das Leben unseres Kindes zu riskieren«, setzte sie traurig, aber entschlossen hinzu. »Und deshalb werde ich nicht weggehen.«

»Wenn wir bleiben, riskieren wir unser eigenes Leben. Bitte, Leah, nimm Vernunft an. So haben wir beide eine Chance, es kann alles gutgehen. Aber wenn wir jetzt noch länger zögern, dann ...«

»Ich *werde* bleiben«, sagte Leah mit fester Stimme. »Du kannst gehen.«

»Ich wollte, du wärst nie schwanger geworden, oder du wärst vernünftig und würdest es abtreiben«, schrie Eliah fast ohnmächtig vor Wut und Verzweiflung. »Wenn wir in Sicherheit sind und in Amerika bei meinem Vater leben, dann kannst du wieder schwanger werden. Wir müssen weg, bevor es zu spät ist. Leah, ich flehe dich an«.

»Ich werde das Leben unseres ungeborenen Kindes schützen,« erklärte Leah mit fester Stimme.

»Ist das dein letztes Wort?«

Leah nickte stumm, auch sie war verzweifelt, und in diesem Moment wünschte sie sich nichts so sehr, als dass Eliah sie in die Arme nahm und ihr sagte, sie würden hierbleiben. Doch ihr Mann schüttelte immer wieder den Kopf, wandte sich wortlos ab und verließ die Küche.

Leah atmete schwer, sie konnte sich kaum beruhigen. Schließlich lief sie Eliah nach, der sich im Wohnzimmer aufs Sofa gesetzt hatte, das Gesicht in den Händen verborgen.

»Eliah«, flüsterte Leah und setzte sich neben ihn. »Eliah, mein Liebling. Bitte, sieh mich an. Warum tust du mir, uns das an?«

Als er die Hände vom Gesicht nahm, sah Leah, dass er geweint hatte.

»Ich will leben, verstehst du? Und ich will, dass du lebst und wir glücklich sein können. Und das werden wir, auch ohne Kind. Wir haben doch uns, Leah, uns. Wir beide gehören zusammen. Der Gedanke, unser Kind zu verlieren, ist für mich doch auch unerträglich. Aber je länger wir bleiben, desto größer wird die Gefahr für unser eigenes Leben, verstehst du das denn nicht? Leah, wir müssen uns entscheiden!«

Er packte sie bei den Schultern, während ihm die Tränen über die Wangen liefen.

»Eliah«, Leahs Stimme klang gefasst. »Eliah. Ich habe mich schon entschieden. Ich kann einfach nicht anders.«

Sieben

Irene

Wien, 1938

Zwei Tage später stand Irene atemlos am Eingang des *Café Demel und* sah sich suchend um. Endlich entdeckte sie Christian Rheinberg am Kuchenbüfett. Er unterhielt sich angeregt mit der hübschen jungen Bedienung, die hinter den Glasvitrinen stand. Er hörte ihr aufmerksam zu, lachte und zeigte dann auf verschiedene Torten, Törtchen und Obstkuchen.

Christian trug einen dunklen Anzug, aber wie schon zwei Tage zuvor, war nichts Steifes, Gezwungenes an seinem eleganten Äußeren. In der dämmrigen Bibliothek hatte Irene ihn nur schemenhaft wahrgenommen und in dem anschließenden Trubel kaum mehr einen Blick auf ihn geworfen. Doch den Kuss konnte sie nicht vergessen. Seit dem Besuch war die Stimmung in der Villa mehr als angespannt. Irenes Eltern sprachen nur das Nötigste mit ihrer Tochter, stritten sich auch untereinander und gaben letztendlich ihrer Tochter die Schuld am Scheitern der Sanierungspläne.

Christian war groß, schlank, sein gutgeschnittenes Gesicht von der Sonne gebräunt, und seine blonden Haare fielen ihm vorn in die Stirn. Jetzt spürte er, dass er beobachtet wurde und sah sich um. Als er sie am Eingang entdeckte, lächelte er die junge Frau hinter dem Kuchenbüfett noch einmal an und kam zu Irene herüber.

»Es tut mir leid, ich habe mich verspätet«, erklärte sie, nach der Begrüßung, »aber in den engen Gassen kommt man einfach nicht durch.« Sie warf ihm einen unsicheren Blick zu.

»Das macht doch nichts, kommen Sie, ich habe einen Tisch da vorne.« Er führte sie zu einem Marmortisch in der Ecke. Irene bestellte eine Melange und Christian einen kleinen Braunen.

»Ich liebe das *Demel*«, bekannte Christian und sah sich im Raum um. »Jedes Mal, wenn ich in Wien bin, komme ich hierher. Das Kuchenbüfett ist paradiesisch«, schwärmte er, »und die Einrichtung, die vielen Spiegel, die Leuchter und das Silbergeschirr. Hier scheint die Zeit stillzustehen.«

Die junge Bedienung servierte den gewünschten Kuchen auf einer hohen silbernen Platte mit Spitzendeckchen. Erdbeertörtchen, kleine gefüllte Krapfen, Schaumrollen, ein Stück Punschtorte, Petits Fours und ein kleiner Gugelhupf waren kunstvoll arrangiert.

»Haben der gnädige Herr sonst noch einen Wunsch?«

Christian verneinte mit einem Lächeln.

»Ich kann mich an die Anrede in der dritten Person einfach nicht gewöhnen«, bemerkte er.

»Das ist Wien«, sagte Irene mit einem Augenzwinkern. »Sie haben eine wirklich gute Auswahl getroffen, ich weiß gar nicht, was ich zuerst nehmen soll.«

»Ich konnte einfach nicht widerstehen. Aber Sie müssen nicht alles essen, nicht, dass Ihnen noch schlecht wird.«

Irene lachte, und jedes Gefühl von Befangenheit löste sich in ihr. Mit Appetit nahm sie sich ein Stachelbeertörtchen. Christian griff nach einem Stück Gugelhupf.

»Wie geht es Ihnen?«, wollte er dann wissen.

»Nicht gut. Meine Eltern reden seit vorgestern nicht mehr mit mir, und die Stimmung zu Hause ist sehr frostig, um es freundlich auszudrücken.«

Sie dachte daran, wie ihre Mutter in Panik vor dem Gerichtsvollzieher ihren Schmuck und das gesamte Tafelsilber in einer Kiste im Garten vergraben hatte.

»Ich war überrascht, dass Sie mich gestern angerufen haben, nachdem mein Vater Sie ja fast aus dem Haus geworfen hat. Warum haben Sie sich gemeldet?«, fragte sie.

»Ich war neugierig«, antwortete Christian. »Ich wollte die Frau wiedersehen, die mich so leidenschaftlich geküsst hat, obwohl sie verlobt ist. Oder war«, betonte er mit einem amüsierten Lächeln.

»Ich war nie mit Eduard verlobt.« Irene reagierte heftig, griff nach einem Petit Four in Herzform. »Er hat mir keinen Antrag gemacht. Für mich war er nur ein guter Bekannter, mit dem ich öfter Tennis gespielt habe.«

»Und das wollten Sie ihm klar vor Augen führen, indem Sie mich geküsst haben?« Christian nahm mit seiner Serviette den kleinen rosa Krapfen.

»Ja, ich sah keine andere Möglichkeit, entschuldigen Sie.«

»Für diesen Kuss müssen Sie sich nicht entschuldigen«, erwiderte Christian und sah sie unverwandt an. Der Blick seiner blauen Augen machte sie nervös, und so wechselte sie rasch das Thema.

»Sind Sie länger in Wien?«

»Nur ein paar Tage«, erzählte Christian. »Ich musste meinen Vater auf einem Empfang in der Deutschen Botschaft vertreten. Morgen reise ich wieder ab.«

Irene spürte eine kleine Enttäuschung. Schon wollte sie ihn fragen, wann er wiederkäme, da sprach Christian bereits weiter. »Als Eduard erfuhr, dass ich hier bin, bat er mich, ihn und seine Eltern zu begleiten.«

»Sie meinen zu unserer Einladung?«

Christian nickte.

»Warum wollte Eduard, dass Sie mitkommen?« Es war die Frage, die ihr seit vorgestern nicht mehr aus dem Kopf ging. »Sollten Sie sich die Frau ansehen, die er heiraten wollte?«

Christian legte den Krapfenrest auf den Teller.

»Nicht direkt«, antwortete er zögernd.

»Sondern?«

»Ich sollte Erkundigungen über *Walter-Sandner-Schuhe* einholen. Auch über die Höhe der Belastungen, die auf dem Privatbesitz Ihrer Familie liegen.«

»Und warum gerade Sie?«, fragte Irene unverblümt.

»Meiner Familie gehört die deutsche Privatbank *Rheinberg und Söhne*. Dadurch habe ich die Möglichkeit, an solche Informationen zu kommen. Die Fassbinders wollten meine Meinung als Bankier, ob sich eine Investition in die Firma Ihres Vaters und in die alte Villa lohnt.« Christian machte eine kleine Pause, als er sah, wie betroffen Irene war. »Sie hatten davon keine Ahnung?«

Irene schüttelte wortlos den Kopf, während ihr das Blut in die Wangen schoss.

»Das tut mir leid. Sie sollten aber wissen, dass so ein Vorgehen durchaus üblich ist. Es ist wichtig, alle finanziellen Angelegenheiten vor einer Hochzeit zu regeln, gerade wenn es um Summen dieser Größenordnung geht. Das muss genau überlegt werden.«

Irene hatte angefangen, mit ihrer Kuchengabel ein Petit Four zu zerteilen, ließ sie jetzt aber klirrend aus der Hand fallen. Sie verspürte keinen Appetit mehr.

»Das ist ziemlich demütigend«, meinte sie, hob den Kopf und sah Christian fest an.

»Nein, so dürfen Sie das nicht sehen. Viele Ehen werden

erst geschlossen, nachdem vorab Verträge gemacht wurden und das Finanzielle geregelt ist. Das ist nichts Außergewöhnliches.«

»Das kann schon sein, aber bei mir hinterlässt es einen schalen Beigeschmack. Mein Vater wollte diese Heirat ohne Rücksicht auf meine Gefühle.«

»Aber Sie haben es doch verhindert«, wiederholte Christian.

»Ja, das ist richtig. Und ich hoffe nur, ich habe Eduard nicht zu sehr verletzt.«

»Ich denke, er wird bald darüber hinweg sein«, sagte Christian schnell.

»Na, da bin ich ja erleichtert«, spottete Irene. »Das spricht nicht gerade für die Tiefe seiner Empfindungen. Was mich jedoch sehr beruhigt«, fügte sie hinzu.

»So habe ich das nicht gemeint«, widersprach Christian. »Aber Eduard sollte jetzt sowieso Ihre geringste Sorge sein. Wie Sie es mir schildern, konnte er doch gar nicht davon ausgehen, dass Sie an einer Beziehung oder sogar an einer Heirat mit ihm interessiert sind.«

»Das ist richtig. Haben Sie ihn noch mal gesprochen?«, wollte sie wissen.

Gestern Abend, während ihre Mutter im Garten den Schmuck vergrub, hatte ihr Vater mehrmals vergeblich versucht, die Fassbinders zu erreichen. Offenbar ließen sie sich verleugnen.

»Nein, ich habe ihn noch nicht gesprochen. Aber wir werden uns schon wieder vertragen, dazu kennen wir uns viel zu lange.«

Irene war verletzt, wie leicht Christian über die Angelegenheit hinwegging und wie schnell auch die Fassbinders sie vergessen würden. Die Leidtragenden waren allein sie und ihre Eltern.

»Ich konnte es einfach nicht«, seufzte sie. »Meine Mutter will das nicht begreifen, sie war auch nicht wirklich in meinen Vater verliebt, als sie ihn heiratete. Das hat sie mir einmal erzählt. Aber trotzdem führen sie seit bald dreißig Jahren eine gute Ehe.«

»Warum haben sie dann geheiratet?«

»Meine Mutter stammt aus einer adligen, aber verarmten Familie, und mein Vater übernahm damals gerade das sehr gut. gehende Unternehmen seines Vaters und die Villa. Um Geld mussten wir uns bis jetzt keine Sorgen machen. Aber nun …«

Plötzlich liefen ihr Tränen über das Gesicht.

»Es gibt vielleicht noch eine andere Lösung für das Unternehmen, man darf nur nicht aufgeben. Es wird alles gut.« Christian griff nach ihrer Hand und drückte sie. Die Berührung stimmte Irene ein wenig optimistischer, und mit einem Lächeln wischte sie sich die Tränen ab.

»Danke.«

Sie tranken noch ihren Kaffee, dann schlug Christian vor zu gehen. Irene nickte, auch wenn sie gerne noch mit ihm hier sitzen geblieben wäre. Draußen wurde es bereits dunkel. Christian ging an die Kuchentheke und bezahlte die Rechnung, während Irene aufstand, nach ihrer Jacke griff und ihm langsam folgte.

In Gedanken beschäftigte sie sich mit ihren Eltern. Eduard würde darüber hinwegkommen, letztendlich kannten sie sich ja kaum. Aber sie empfand Mitleid mit ihrem Vater. Wie ging es jetzt weiter? Würden Sie die Villa an die Bank verlieren? Das Haus, das auch Irene liebte und das ihr Zuhause war. Tiefer Schmerz ergriff sie.

Christian kam auf sie zu, er hatte eine Schachtel mit einer großen Schleife in der Hand. »Ich habe den restlichen Kuchen einpacken lassen«, erklärte er und strahlte sie an. »Für Sie.«

»Das ist sehr nett.« Es war eine aufmerksame Geste, die Irene gefiel.

Vor dem Café blieben sie beide stehen.

»Wie sind Sie überhaupt hergekommen? Hat Ihr Chauffeur Sie gebracht?«, wollte Christian wissen.

Irene schüttelte den Kopf. »Nein, er hat wegen unserer finanziellen Lage gekündigt.«

»Oh, das ist bedauerlich!« Christian nahm sie freundschaftlich am Arm.

Er hat Mitleid mit uns, schoss es Irene durch den Kopf, und sie löste sich aus seinem Griff.

»Sind Sie mit dem Bus gefahren?«

»Ich habe ein Auto, es steht in einer Seitenstraße vom Albertinaplatz. Ich habe hier in der Nähe einfach keinen Parkplatz gefunden, darum bin ich ja auch zu spät gekommen.«

»Sie fahren selbst? Schon lange?«

»Schon seit einigen Jahren. Aber ich denke, das Auto müssen wir jetzt auch verkaufen. Wir werden nichts mehr haben, nichts.«

Es lag so viel Traurigkeit in ihrer Stimme, dass Christian sie spontan fest an sich zog.

»Es gibt immer eine Lösung. Und Sie, Irene, sind eine starke Frau. Sie gehen Ihren eigenen Weg, da bin ich mir ganz sicher.«

»Wenn Sie meinen …« Irene war nicht sehr überzeugt.

Schweigend drängten sie sich in den schmalen Gassen durch die vielen Menschen. Irene war schon länger nicht mehr in Wien gewesen und nahm mit großem Unbehagen das neue Gesicht der Stadt in sich auf: die vielen Deutschen in Uniform und die Hakenkreuzfahnen an Fenstern und vor öffentlichen Gebäuden. Vor dem *Hotel Sacher* blieben sie stehen. Auch hier wehten die Hakenkreuzfahnen im leichten Abendwind. Christian stand dicht vor ihr, und Irene nahm den angenehmen Duft seines Rasierwassers wahr. Sehnsucht ergriff sie, sie wollte sich an ihn lehnen und ihn sagen hören, dass alles gut werde. Christian schien ihre Gedanken zu erahnen, denn er legte sanft seine Arme um sie. So blieben sie vor dem Hotel im Licht der Laternen stehen und ignorierten die verstohlenen Blicke des Portiers.

»Ich will noch nicht nach Hause«, murmelte Irene, »ich halte die trostlose Stimmung einfach nicht mehr aus.«

»Wollen wir heute Abend in die Oper gehen?«, schlug Christian vor, doch Irene schüttelte den Kopf. »Nein, bitte nicht, erstens habe ich kein Abendkleid dabei, und zweitens habe ich absolut keine Lust, tut mir leid.«

»Ach ja, Sie sind ja aus einer amusischen Familie.«

»Wir gehen in die Oper, aber nur, um gesehen zu werden«, lachte Irene spöttisch auf. Angelehnt an Christians Schulter sah die Welt besser aus.

»Ich habe eine Idee«, er wies mit dem Kopf auf einen Fiaker, der gerade vor dem Hotel hielt, um ein paar Gäste aussteigen zu lassen. »Wollen wir? Ich bin noch nie in einem Fiaker gefahren.«

»Stellen Sie sich vor, auch ich noch nicht. Obwohl ich in Wien aufgewachsen bin«, bekannte Irene.

»Dann wird es aber Zeit.«

Sie gingen zu dem Fiaker, sprachen mit dem Kutscher und stiegen ein.

»Entschuldigen Sie«, begann Christian, »wenn ich Sie darauf anspreche, die Schuhe, die Sie tragen, sind die aus der *Walter-Sandner*-Kollektion?«

Irene nickte. »Ja, noch vom Sommer. Aber es ist fraglich, ob die Herbstkollektion ausgeliefert werden kann. Mein Vater muss in den nächsten Tagen alle Angestellten und Arbeiter entlassen.« Sie seufzte tief auf und ließ es zu, dass Christian ihr fürsorglich eine warme Decke über die Knie legte.

»Wenn die Firma so schöne Schuhe herstellt, müsste sie eigentlich gute Umsätze machen«, überlegte er laut.

»Mein Vater sagt, die Zeiten sind schlecht, teure Schuhe können sich die wenigsten leisten. Aber bitte, lassen Sie uns den Abend genießen und nicht mehr über Unerfreuliches sprechen«, bat sie.

»Natürlich, Irene.«

So schwiegen sie, bis Christian wieder den Arm um sie legte und sie den Kopf an seine Schulter lehnte. Es war schön, unglaublich schön, an nichts zu denken und in einem schaukelnden Fiaker durch den Ersten Bezirk zu fahren.

»Ich hätte nie gedacht, dass es mir so viel Spaß macht«, bekannte sie. Sie beide waren wie verliebte Touristen. Das sprach sie aber nicht aus.

Als der Kutscher an einer Ampel stehen blieb, hörte Irene den Klang einer Geige. Sie sah auf und entdeckte einen alten Mann an der Straßenecke. Er spielte und neben ihm drehte sich eine Frau im Takt und sang dazu.

Wien … Wien … nur du allein …

Passanten blieben stehen und applaudierten dem Paar. Als der Fiaker weiterfuhr, wandte Irene sich nach ihnen um.

… sollst die Stadt meiner Träume sein …

Irene summte leise mit, immer noch an Christians Schulter

gelehnt. »Ich mag dieses Lied«, erzählte er, »es ist alt, wurde bereits vor fast dreißig Jahren komponiert.«

Es interessierte Irene wenig, wann das Lied entstanden war, die Melodie gefiel ihr. Sie schloss die Augen und summte weiter, als sie spürte, wie Christian sich ganz nahe zu ihr beugte und sie zart auf die geschlossenen Lider küsste.

... da, wo ich glücklich bin ...

Wieder zurück vor dem *Hotel Sacher,* half Christian Irene aus dem Fiaker.

»Haben Sie Hunger? Wir könnten im Restaurant noch etwas essen«, fragte er sie.

Irene nickte. »Gern, sehr gern.«

Da ... wo ich glücklich bin ... klang es in ihrem Kopf. Sie wollte nicht, dass dieser Abend schon zu Ende war.

Als Irene das Restaurant *Anna Sacher* betrat, fiel ihr Blick auf eine große Tafel, an der Männer in deutschen Uniformen saßen. Der Oberkellner führte Christian und sie mit vielen Verbeugungen zu einem Tisch in der Ecke, und Irene nahm auf dem Sofa an der Wand Platz. Christian setzte sich ihr gegenüber auf einen der gepolsterten Lehnstühle. Während er die Speisekarte studierte und sich dann mit dem Sommelier über die Weine unterhielt, sah sich Irene verstohlen um. Was würde Leah dazu sagen, dass ihre beste Freundin mit einem Deutschen hier saß, in einem Raum mit Hitlers Parteigenossen? Doch Irene schüttelte den Gedanken rasch ab und genoss den Abend, das gute Essen und den französischen Weißwein. Christian hörte ihr interessiert zu, als sie von den vier Jahren an der Universität in Lausanne erzählte. Sie erwähnte sogar Etienne, ihren damaligen Freund, und dass sie ihn vor kurzem in Salzburg wiedergetroffen habe. Im Gegenzug berichtete Christian von seinen Reisen, die ihn schon bis nach Indien und Hongkong geführt hatten.

»Und jetzt leiten Sie die Bank?«

Christian schüttelte den Kopf. »Nein, nein, meine beiden jüngeren Brüder übernehmen alle Bereiche der Bank, ich bleibe nur im Vorstand und lasse mir meine Anteile nach und nach auszahlen. Ich bin einfach kein Bankier, ich möchte Unternehmer werden.« Er erzählte auch, dass er im Alter von zwanzig Jahren eine Ausbildung zum Offizier absolviert hatte, als er noch nicht wusste, was er mit seinem Leben anfangen sollte. Dann aber hatte ihn sein Vater in die Bank geholt, bis seine Brüder in der Lage waren, die Geschäfte zu übernehmen.

Sie waren die Letzten, die das Restaurant verließen. Vor dem Eingang standen sie sich schweigend gegenüber. Schließlich sah Irene fest in seine blauen Augen.

»Ich will bleiben«, erklärte sie. Christian lächelte und legte den Arm um ihre Schultern. Er zog sie ein wenig zu sich heran, als er Irene zum Aufzug führte und sie zusammen hochfuhren.

Kaum hatte er die Tür seiner Suite geschlossen, küsste er sie, schnell, fordernd, doch es war genau die Art, die ihr gefiel.

»Wenn du doch nach Hause willst, kann ich dich fahren«, flüsterte er ihr zu, »aber ich wünsche mir, dass du bleibst.«

»Ich will bleiben, das weißt du doch«, murmelte sie ganz dicht an seinem Mund. Da führte er sie hinüber in das Schlafzimmer der Suite und setzte sich mit ihr auf das breite Bett.

Sie spürte seine Lippen auf den Wangen, auf ihrem Hals, seine Hände, die ungeduldig die Knöpfe ihres Kleides öffneten, und die Wärme, die durch ihren Körper strömte, als er zart ihre Brüste streichelte.

»Du bist schön«, flüsterte er, nachdem er ihr das Kleid über die Schultern gezogen hatte und sie mit nacktem Oberkörper vor ihm saß. Dann streckte sie sich langsam auf dem seidenen Bettlaken aus. Ihr Herz klopfte stark, als sie ihn beobachtete, wie er sich rasch auszog und zu ihr kam. Seine Haut fühlte sich warm an, als er sich neben sie legte. Irene bewegte sich ganz entspannt unter seinen Händen, und während er sie streichelte, gab sie einen wohligen Seufzer von sich, bis sie ihn dann leidenschaftlich über sich zog.

Wien … sollst die Stadt meiner Träume sein …

Wien … hier will ich glücklich sein …, klang es in ihr noch nach.

»Ich bin glücklich«, flüsterte sie, »Christian, ich … liebe dich … ich liebe dich …«

Doch er verschloss ihr die Lippen mit einem Kuss und erwiderte ihr leidenschaftliches Bekenntnis nicht.

Gegen Mittag des nächsten Tages begleitete Irene Christian zum Bahnhof an den Zug nach München. Ein Träger lief mit Christians Koffer hinter ihnen bis zum Waggon der ersten Klasse her. Der Bahnsteig war überfüllt, die Reisenden drängelten, um in den Zug zu kommen.

»Er wird voll werden«, bemerkte Irene, um überhaupt etwas zu sagen. Christian war während des Frühstücks einsilbig gewesen und auch als sie die Suite verlassen hatten, war er zurückhaltend geblieben und hatte sie nicht mehr in die Arme genommen, wie sie es gehofft hatte. Er bat sie auch jetzt nicht um ein Wiedersehen. Hatte er aus dem spontanen Kuss in der Bibliothek etwa den Schluss gezogen, sie sei leicht zu haben? Enttäuschung, aber auch Wut stiegen in ihr hoch.

Vor dem Erste-Klasse-Wagen entlohnte Christian den

Träger, dann wurde bereits die Abfahrt des Schnellzuges nach München durchgesagt. Christian verabschiedete sich von Irene mit einem schnellen Kuss und stieg ein.

Der Schaffner lief an den Waggons entlang, warf die Türen zu und schon setzte sich der Zug in Bewegung. Irene lief noch ein paar Schritte mit, denn Christian hatte das Fenster heruntergelassen und winkte ihr zu.

»Wann kommst du wieder?«, rief sie zu ihm hoch.

»Im Oktober«, antwortete er, bevor er ein letztes Mal winkte und das Fenster schloss.

Irene blieb stehen, bis der Zug aus ihrem Blickfeld verschwunden war.

Acht

Auf der Heimfahrt zum Neusiedler See kreisten ihre Gedanken ständig um Christian Rheinberg. Sie hatte mit ihm geschlafen, aber im Grunde wusste sie nur wenig über ihn. Hatte er eine Verlobte in München, eine feste Beziehung? Es war unglaublich schön gewesen, schöner, als sie es erwartet hatte. Dann aber dachte sie an ihren Abschied auf dem Bahnhof. Sie konnte seine Worte drehen und wenden, wie es besser passte, aber das Ergebnis ihres Nachdenkens war immer dasselbe: Er hatte keine Absicht, aus dieser einen Nacht etwas Ernstes werden zu lassen. Er hatte nicht einmal den Wunsch geäußert, sie bald wiederzusehen. Als sie die Villa erreichte und die Eingangstür aufschloss, hoffte Irene, dass ihre Eltern an diesem Samstagnachmittag nicht zu Hause waren – sie brauchte Zeit für sich allein, sie musste nachdenken, sich jedes Wort von Christian noch einmal durch den Kopf gehen lassen.

Doch kaum hatte sie die Eingangshalle betreten, rief ihr Vater sie ins Wohnzimmer.

»Kommst du bitte? Wir wollen mit dir reden. Wir haben auf dich gewartet.«

Nur zögernd folgte Irene seiner Aufforderung. Im Wohnzimmer saß das Ehepaar Sandner nebeneinander auf dem weißen Seidensofa und sah seiner Tochter entgegen.

Irene stellte die rosa Schachtel vor ihnen auf den Tisch. »Hier, ich habe euch aus dem *Café Demel* Kuchen mitgebracht.«

»Wo warst du?«, fragte ihr Vater, ohne die Schachtel zu beachten.

»Ach, auf einmal interessiert ihr euch für mich?«

Irenes Stimme klang ironisch. Doch dann lenkte sie ein und erzählte, sie habe bei ihrer Freundin Ellen geschlafen. »Außerdem bin ich vierundzwanzig und erwachsen.«

»Aber sonst rufst du auch immer an, wenn du bei Ellen in Wien bleibst«, warf ihre Mutter ihr vor.

»Komm, bitte setze dich!«, forderte ihr Vater sie auf. »Magst du Kaffee?« Schon griff die Mutter nach der Kanne, aber Irene schüttelte den Kopf.

»Nein, danke.«

Dann aber nahm das Gespräch für Irene eine überraschende Wendung. »Wir wollen uns bei dir entschuldigen«, erklärte ihr Vater. »Wir sind von falschen Voraussetzungen ausgegangen.«

»Ja«, räumte ihre Mutter ein. Es war früher Nachmittag, und sie trug immer noch ihren seidenen Morgenrock. Irene fragte sich plötzlich, wann sie ihre Mutter eigentlich zum letzten Mal ungeschminkt gesehen hatte. Klara Sandner war blass und zog nervös an ihrer Zigarette.

»Wir haben wirklich geglaubt, dass du in Eduard verliebt bist und ihn heiraten möchtest«, fuhr ihr Vater fort. »Sonst hätten wir doch nie …«

»Weil du uns auch nie irgendetwas erzählst«, unterbrach Klara ihren Mann.

»Ja, dann ist ja alles geklärt.« Irene erhob sich.

»Nicht ganz«, entgegnete ihre Mutter rasch. »Die Fischers haben dich im Restaurant *Anna Sacher* gesehen, zusammen mit Christian Rheinberg. Ich meine, kennst du ihn bereits seit längerem?«

»Nein, natürlich nicht. Ich habe ihn zum ersten Mal an dem Abend gesehen, als er mit den Fassbinders zu uns gekommen ist. Kann ich jetzt bitte gehen?« Irene war schon an der Tür, als ihre Mutter ihr nachrief: »Er ist Deutscher, und Lara Fischer hat erzählt, es gäbe Gerüchte, die Rheinberg-Bank habe Adolf Hitler finanziell in seinem Wahlkampf unterstützt. Sie war doch sehr irritiert, dass unsere Tochter sich mit ihm trifft.«

Irene drehte sich langsam um. »Ach ja, ist sie das? Und sie? Hat sie nicht ganz schnell ihr jüdisches Dienstmädchen entlassen, nachdem Adolf Hitler in Wien einmarschiert ist?«

Bevor Klara etwas erwidern konnte, war Irene bereits draußen in der Halle.

»Leah hat mehrmals angerufen, sie macht sich Sorgen«, rief ihr Vater ihr noch nach.

Irene lehnte sich außen gegen die geschlossene Tür und atmete tief durch. Sie wollte jetzt einfach nur ihre Ruhe haben und sich in den Erinnerungen an die vergangene Nacht verlieren.

»Wien … Wien nur du allein«, summte sie vor sich hin. *Dort … wo ich glücklich und selig bin …*

Wieder stieg Enttäuschung in ihr auf. Er wollte sie nicht wiedersehen, es lag klar auf der Hand. Sie sollte sich nichts vormachen. Langsam ging sie hoch in ihr Zimmer. Während sie sich umzog, beschloss sie, doch zuerst zu Leah hinüberzulaufen und ihr alles zu erzählen. Vielleicht sah ihre Freundin Christians Verhalten nicht in einem so ungünstigen Licht, wie sie es tat.

Wie immer lag ihre Freundin auf dem Sofa, die Beine auf Kissen etwas höher gelegt.

»Ich bewundere dich«, sagte Irene nach der Begrüßung.

»Was du alles durchstehst, um die Schwangerschaft nicht zu gefährden.«

»Es geht um mein Kind«, antwortete Leah ruhig.

Irene zog sich einen Stuhl heran. »Deine Eltern haben gestern hier angerufen. Sie waren in großer Sorge um dich.«

»Ja, das tut mir leid.« Ihre Stimme klang gereizt. »Aber schließlich bin ich erwachsen, Leah, sie können mich nicht immer noch behandeln wie ein Kind.«

»Es ist verständlich, dass sie sich Sorgen machen, wenn du über Nacht wegbleibst, ohne Bescheid zu sagen, völlig egal, wie alt du bist.«

Irene war stehen geblieben, und Leah schien ihre Unruhe zu spüren. »Willst du reden?«

Irene hatte ihrer Freundin vor ihrer Fahrt nach Wien noch kurz von dem Kuss mit Christian und seinen Folgen erzählt, was Leah ein kleines Lachen abgerungen hatte, doch sie hatte auch Mitleid mit Eduard verspürt.

»Ich war bei Christian Rheinberg«, bekannte Irene unumwunden. »Im Hotel.«

»Was? Du … du hast … du hast doch nicht mit ihm geschlafen? Sag, dass das nicht wahr ist, Irene!«

»Na und? Ja, das habe ich. Und es war sehr schön. Bist du jetzt enttäuscht von mir?«, fragte Irene mit leisem Spott in der Stimme.

»Nein, natürlich nicht, nur erstaunt. Es ist nicht deine Art, sofort mit einem Mann ins Bett zu gehen. Und glücklich scheinst du darüber auch nicht zu sein.«

»Leah, ich habe seit Etienne keinen Freund gehabt, und das ist lange her. Mir hat Christian Rheinberg gefallen, ich denke …« Irene sprach nicht weiter.

Sie hatte Christian ein Liebesgeständnis gemacht, als sie in seinen Armen gelegen hatte, und er hatte es bewusst überhört. »Was ist los, Irene, woran denkst du?«

»Ach … an nichts. Ich hatte eine kurze, schöne Affäre und das war es dann auch.«

Ihre Stimme klang forsch, und Irene war sich dessen bewusst. »Ich will nicht mehr darüber sprechen«, setzte sie leise hinzu, sprang auf und wandte sich zum Gehen.

»Bitte bleib noch«, bat Leah. »Ich muss dir auch etwas erzählen.«

Erst jetzt fiel Irene auf, wie durchscheinend blass ihre Freundin war. Langsam setzte sie sich wieder hin.

»Es tut mir leid«, murmelte Irene, »ich bin nur mit mir selbst beschäftigt. Und du siehst so elend aus, geht es dir nicht gut?« Besorgt griff sie nach der Hand ihrer Freundin.

Leah hatte sich in die Kissen zurückfallen lassen und hielt die Augen geschlossen. Tränen liefen ihr über die Wangen.

Irene erschrak. »Kann ich was für dich tun? Brauchst du irgendetwas?«

Doch Leah verneinte.

»Eliah und ich haben uns schon wieder gestritten. Jetzt wird es ernst. Er versucht, Schiffspassagen zu bekommen, damit wir von Frankreich aus nach New York fahren können. Er kommt jeden Abend aus der Firma mit neuen Hiobsbotschaften zurück. Jeden Morgen habe ich Angst vor dem Abend. Er will weg, nur weg. Die Verfolgung von Juden nimmt zu, wir hören von Enteignungen und Gewalt gegen jüdische Bürger. Eliah sagt, wir seien zu Gesetzlosen gemacht worden, Menschen ohne Rechte, niemand schütze uns.«

Irene dachte an den gestrigen Tag, die Hakenkreuzfahnen, die Uniformierten.

»Ich weiß nicht, was ich machen soll. Es geht doch um

unser Kind.« Jetzt brach Leah in heftiges Schluchzen aus und krümmte sich auf dem Sofa zusammen.

Zärtlich legte Irene den Arm um die Schulter ihrer Freundin. »Warum, was ist mit dem Kind?«

»Eliah möchte, dass ich die Schwangerschaft abbrechen lasse, damit wir hier wegkönnen. Er meint, wir gefährden unser eigenes Leben, wenn wir noch länger bleiben.«

Leah klammerte sich an die Freundin, bis sich Irene sanft von ihr löste und aufstand. Sie wandte Leah den Rücken zu und sah durch die Terrassentür hinunter zum See. Dabei versuchte sie, die richtigen Worte zu finden, ohne ihre Freundin zu verletzen. Sie konnte Eliahs Ängste sehr gut nachvollziehen. Auch die Pläne, die er schmiedete. Sie überlegte, was das Beste für Leah wäre und wie sie ihrer Freundin helfen konnte.

»Weißt du«, sie drehte sich wieder Leah zu. »Selbst wenn ihr hierbleibt«, sagte sie vorsichtig, »ist es nicht sicher, dass du das Kind austragen kannst. Und damit setzt du euer Leben aufs Spiel. Eliah denkt an die Zukunft, und es ist nicht unbedingt nur gefühllos, wenn er …«

»Wie kannst du nur, Irene!«, unterbrach Leah sie mit einem lauten Aufschrei. »Wie kannst du dich auf seine Seite stellen und mir so in den Rücken fallen!«

»Das tue ich gar nicht. Es kann alles gutgehen. Es ist doch nicht so, dass du auf einer Reise zwangsläufig das Kind verlierst, oder?«

»Es geht nicht, Irene! Wieso versteht mich denn niemand? Professor Leitner hat mir klipp und klar gesagt, ich verliere das Kind, wenn ich mich in den nächsten Monaten nicht absolut schone.« Leahs Stimme verriet so große Qual, dass Irene sich über ihre Freundin beugte und ihr liebevoll die Haare aus dem Gesicht strich.

»Du musst eine schwere Entscheidung treffen, Leah, und das kannst nur du allein. Aber ich werde immer für dich da sein, wenn du meine Hilfe brauchst.«

»Versprichst du mir das?«, flüsterte Leah unter Tränen und klammerte sich fest an ihre Freundin.

»Ja! Ja, ich verspreche es, ich werde immer für dich da sein.« Und Irenes Worte klangen wie ein feierlicher Schwur.

Zwei Tage später kam Irene erhitzt von einem Tennisspiel nach Hause. Als sie auf die Terrasse trat, saßen ihre Eltern vor einer Flasche Dom Perignon und tranken aus den geschliffenen Gläsern den teuren Champagner.

»Was gibt es denn zu feiern?«, fragte Irene verwundert.

»Komm zu uns, setz dich!«, forderte Walter Sandner seine Tochter auf. »Vor einer halben Stunde hat unsere Bank angerufen. Sie setzen die Zwangsvollstreckung bis Ende des Jahres aus, auch der Kreditrahmen für die Firma ist noch einmal erhöht worden. Also können wir vorerst weiterproduzieren und die Gehälter bezahlen.«

»Aber wieso so plötzlich?« Erstaunt ließ sich Irene auf einen Stuhl fallen.

Ihr Vater hielt ihr ein gefülltes Glas entgegen. »Wir müssen das feiern. Der Direktor der Bank erzählte mir, Christian Rheinberg habe sich eingeschaltet und durch seine Bürgschaft die Kündigung der Kredite verhindern können. Und er war es auch, der die Erhöhung des Kreditrahmens ausgehandelt hat. Für den Moment sind wir gerettet. Das haben wir nur dir zu verdanken. Wunderbar, dass du das geschafft hast.«

»Womit auch immer«, fügte Irenes Mutter ironisch hinzu.

»Ich bin müde, ich habe lange gespielt«, entgegnete Irene und stand auf, »und habe auch keine Lust auf Champagner.

Außerdem …«, bei diesen Worten war sie schon an der Tür, »wenn ihr jetzt glaubt, mich mit Christian Rheinberg verkuppeln zu können, dann täuscht ihr euch. Das ist nur ein Aufschub, mehr nicht!«, betonte sie.

»Ein Aufschub ist sehr viel, und dann werden wir weitersehen«, rief Walter Sandner seiner Tochter noch nach. Irene hörte ihn schon nicht mehr. Sie lief die Treppe hinauf und warf sich in ihrem Zimmer aufs Bett. Christian hatte sich nicht bei ihr gemeldet. War diese Bürgschaft bei der Bank seine Antwort? Ein Dankeschön, mehr noch, die Bezahlung für die leidenschaftliche Nacht, die sie miteinander verbracht hatten? Der Satz ihrer Mutter – »Womit auch immer« – hatte sie getroffen. Sie hatte sich gegen die Heirat mit Eduard gewehrt, sich entrüstet, sie sei schließlich nicht käuflich. Aber war sie es jetzt nicht doch geworden?

Neun

Zwei Monate später,
November 1938

Es war Herbst geworden. Gelbe Blätter bedeckten die Rasenfläche. Irene zog die dicken Arbeitshandschuhe aus, die der Gärtner im Schuppen zurückgelassen hatte, und lehnte den breiten Rechen gegen den Stamm einer Birke. Es war später Nachmittag, und es dämmerte bereits. Sie war vollkommen erschöpft. Müde ließ sie sich auf die Stufe zur Terrasse fallen und legte den Kopf auf die angezogenen Knie.

Warum konnte sie nicht einfach eines Morgens aufwachen und der Alptraum war vorüber? Als sie zum ersten Mal von einer plötzlichen Übelkeit überfallen worden war, dachte sie noch, sie habe sich den Magen verdorben. Doch nach mehreren Tagen mit denselben Symptomen war sie nach Wien zu ihrem Frauenarzt gefahren, der ihre Vermutung bestätigt hatte.

»Sie sind schwanger. Meinen herzlichen Glückwunsch!« Als Irene in Tränen ausbrach, fügte er noch hinzu: »Sie sind jetzt in einer labilen psychischen Verfassung, aber das normalisiert sich wieder. Fräulein Sandner, Sie sind eine gesunde junge Frau. Freuen Sie sich auf Ihr Kind.«

Panik und Verzweiflung packten Irene. »Ich möchte das Kind aber nicht«, erklärte sie bestimmt und fragte ihn direkt, ob er die Schwangerschaft nicht abbrechen könne.

Professor Meisners väterliche Freundlichkeit wechselte schlagartig zu eisiger Ablehnung. »Ich habe als Arzt einen Eid geschworen, und daran halte ich mich.«

»Aber ich bin nicht verheiratet und der Mann von dem ich …«

»Das hätten Sie sich vorher überlegen müssen«, entgegnete er kühl. »Also, liebes Fräulein Sandner, wenn Sie Ihr Kind in meiner Klinik zur Welt bringen möchten, dann lassen Sie sich einen Termin für die nächste Untersuchung geben. Mehr habe ich dazu nicht zu sagen, und jetzt entschuldigen Sie mich bitte.«

Das war vor einer Woche gewesen, und seit diesem Tag kam sie aus der tiefen Depression nicht mehr heraus.

Über eine Freundin hatte sie eine geheime Adresse in einem Außenbezirk von Wien erhalten, doch als sie in dem halb verfallenen Mietshaus die vier Etagen hochgestiegen war und schließlich einer schmuddeligen älteren Frau gegenüberstand, machte sie fluchtartig kehrt.

Aber sie allein war schuld an ihrer Situation. Sie war mit einem Mann ins Bett gegangen, ohne über die Folgen nachzudenken. Und Christian Rheinberg? Er hatte ihr aus dem Zugfenster zugerufen, er käme im Oktober nach Wien. Doch er hatte sich nicht mehr gemeldet. Er gab ihrem Vater eine Chance, mit der Firma weiterzumachen und offensichtlich wollte er somit auch einen Schlussstrich unter die Affäre mit ihr ziehen. Fair … würde Christian es vielleicht nennen. Sie hatte sich ihm ja auch an den Hals geworfen. War nicht sie es gewesen, die ihm gesagt hatte, sie wolle mit ihm auf die Suite kommen? So genau erinnerte sie sich nicht mehr, sie war an diesem Abend vom Wein beschwingt gewesen und hatte seine Aufmerksamkeit einfach nur genossen. Und sie hatte sich einsam gefühlt. In dieser Nacht hatte sie Christian ein spontanes Liebesgeständnis gemacht. Wie waren ihre Gefühle für ihn jetzt? Für den Mann, von dem sie schwanger war und der sich nicht mehr meldete? Seit jener Nacht musste Irene unablässig an Christian denken. Jede einzelne seiner Bemerkungen rief sie sich immer wieder ins Gedächtnis, in der Hoffnung, darin Gefühle für sie zu erkennen. Irene schloss die Augen, wieder durchlebte sie die Fahrt in der Kutsche durch das nächtliche Wien. Christian hatte sie zart geküsst, sie hatte sich an seine Schulter gelehnt und dem alten Straßensänger gelauscht. Es war ein Moment der Sehnsucht, der Verliebtheit gewesen. Und sie hatte sich in ihn verliebt, sonst wäre sie nicht bei ihm geblieben. Leah gegenüber hatte sie kühl behauptet, es sei eine Affäre gewesen. Das war es auch, dachte sie bitter. Aber nur für ihn, nicht für sie.

»Du wirst krank, wenn du auf den feuchten Steinen sitzt.« Die Stimme ihrer Mutter riss Irene aus ihren Grübeleien. Sie drehte den Kopf und sah Klara auf der Terrasse stehen. »Komm rein! Trink einen Tee mit mir«, rief sie ihrer Tochter zu.

Nur langsam erhob sich Irene, jede Bewegung kostete Kraft, jeder Gedanke Anstrengung. Als sie endlich oben im Wohnzimmer stand, entschied sie sich anders.

»Ich mag jetzt keinen Tee, ich schaue stattdessen mal bei Leah vorbei.«

»Ich will mit dir reden.« Die Stimme ihrer Mutter klang ruhig, als sie auf Irene zuging, die in der Tür stehen geblieben war. Auch ihre Mutter wirkte erschöpft. Sie trug eine Kittelschürze und hatte die Haare, früher so sorgfältig in Wellen gelegt, einfach nur mit zwei Kämmen hochgesteckt.

Sie und Irene schufteten den ganzen Tag, um Haus und Garten einigermaßen in Ordnung zu halten. Walter Sandner hatte alle Hausangestellten außer Kathi entlassen müssen. Die anfängliche Euphorie über die Verlängerung des Kredits war langsam wieder dem Kampf ums Überleben gewichen. Christian Rheinberg hatte Walter Sandner einen Aufschub ermöglicht, doch keine Sanierung der Firma. So hatte Irenes Vater erste Konsequenzen ziehen müssen.

Die Frauen versuchten zu zweit, die Zimmer, die bewohnt wurden, sauber zu halten. Klara war auch für die Küche zuständig, und Irene beobachtete erstaunt, welches Organisationstalent ihre Mutter plötzlich entwickelte und wie sie mit wenigen Lebensmitteln gutes Essen auf den Tisch brachte.

Die Gehälter der Angestellten in der Firma wurden noch bezahlt, aber wie würde es nach Jahresende weitergehen?

Walter Sandner sparte an seinem Haushalt, doch nicht an seinen eigenen Wünschen. Er hatte sich einen neuen Mercedes bestellt, was seit einigen Tagen zu erbitterten Streitereien zwischen den Eheleuten führte.

»Komm, bitte setz dich«, schlug Klara ihrer Tochter in ungewohnt sanftem Ton vor.

Nur zögernd folgte Irene der Aufforderung. »Ich möchte wirklich noch zu Leah rüber.«

»Ja, ja … das kannst du immer noch.«

Mit unbehaglichem Gefühl nahm Irene auf dem Sofa Platz. Klara blieb vor ihr stehen.

»Weißt du, ich mag vielleicht nicht immer eine gute Mutter gewesen sein, aber trotzdem erkenne ich, wie es meiner Tochter geht. Und ich denke, es ist Zeit, mit Christian Rheinberg zu reden.«

Irene erschrak. »Wie meinst du das?«

»Kind, ich sehe es dir doch an, du bist schwanger.«

»Man sieht doch noch gar nichts, oder?«

»Nein, natürlich nicht, aber eine Mutter spürt das.«

Irene war unendlich erleichtert, dass sie sich nicht länger

verstellen musste. »Ich möchte das Kind nicht.« Klar und deutlich sprach sie aus, was sie empfand und sah dabei ihrer Mutter direkt in die Augen. Sie erwartete einen Gefühlsausbruch, Vorwürfe. Umso erstaunter war sie, als ihre Mutter die Fassung bewahrte. Klara setzte sich neben sie und griff nach der Hand ihrer Tochter. So verharrten sie schweigend, bis Klara sich Irene zuwandte.

»Weißt du, als ich mit dir schwanger wurde, war ich zuerst auch entsetzt. Aber als du dann auf der Welt warst, war ich unglaublich glücklich. Ich liebe dich, Irene. Ich habe dich dazu erzogen, selbständig zu sein, ich habe dich unterstützt, als du von zu Hause wegwolltest und studiert hast. Du musst jetzt deine eigene Entscheidung treffen. Ich würde mir nur wünschen, dass es die richtige ist.«

»Und was ist die richtige?«, fragte Irene zögernd. Sie konnte sich nicht erinnern, jemals so vertraut mit ihrer Mutter gesprochen zu haben.

»Das weiß ich nicht«, antwortete Klara ruhig. »Jedes Leben hat seine eigenen Gesetze. Du musst selbst herausfinden, was für dich das Beste ist.«

»Das sollte ich, sicher. Aber ich sehe nur Schwierigkeiten. Ich bin nicht verheiratet, und Vater wird entsetzt sein, wenn er es erfährt. Seine Tochter bekommt ein uneheliches Kind. Was werden eure Freunde dazu sagen?«

»Das spielt jetzt keine Rolle. Über kurz oder lang werden wir unsere Villa und sicher auch die Firma verlieren. Natürlich weiß ich nicht, inwieweit wir dich unterstützen können, aber irgendwie werden wir es schaffen, auch wenn es zunächst unmöglich scheint.«

Bei den Worten ihrer Mutter brach Irene in heftiges Weinen aus. Sie schluchzte laut, aus Angst vor der Zukunft, doch auch aus Erleichterung über die Reaktion ihrer Mutter. Niemals hätte sie erwartet, dass sie so gelassen reagieren würde. »Wieso bleibst du so ruhig?«, fragte sie dann doch, als sie sich die Tränen trocknete.

»Ich sagte dir ja, ich war zuerst auch entsetzt, als ich mit dir schwanger war. Aber ich bin sehr glücklich, dass ich mich für die Schwangerschaft entschieden habe.«

Irene schwieg. Ihre Mutter machte ihr Mut und so erwachte langsam der Kampfgeist in ihr. »Eines weiß ich genau, wenn ich es schon bekomme, dann ziehe ich es alleine groß.«

»Es ist doch von Christian Rheinberg, oder?«

Irene, die aufgestanden und zur Terrassentür gegangen war, blieb stehen und drehte sich noch einmal um.

»Entschuldige, aber das ist eine ziemlich dumme Frage«, erwiderte sie hitzig.

»Tut mir leid, ich wollte nur sicher sein«, antwortete ihre Mutter. »Über eines aber musst du dir im Klaren sein. Eine Frau mit einem unehelichen Kind hat es nicht leicht in unserer Gesellschaft. Aber jetzt lass mich mal mit deinem Vater reden.«

»Danke«, murmelte Irene. »Danke für deine Hilfe«. Dann verließ sie rasch die Villa über die Terrasse.

Als sie das Weizmann-Haus betrat, lag Leah wie immer auf dem Sofa.

»Wieder ein Tag fast zu Ende«, seufzte sie nach der Begrüßung. »Ich kann nur noch daran denken, dass ich jeden Abend einen kleinen Schritt weitergekommen bin. Ich werde so glücklich sein, wenn ich endlich weiß, das Kind ist lebensfähig.«

Irene setzte sich ihr gegenüber in den Lehnstuhl.

»Wo ist Eliah?«

»Drüben.«

»Drüben«, bedeutete auf der ungarischen Seite des Neusiedler Sees, wo Eliah einen Fertigungsbetrieb für Schuhe hatte.

»Er will einige Tage dort bleiben.«

»Und wo ist das neue Hausmädchen?«

»Tilda ist heute gegangen«, antwortete Leah. »Sie hat mir gesagt, ihre Eltern bräuchten sie auf dem Hof, daher könne sie nicht mehr bei uns arbeiten.«

Die Blicke der beiden Frauen trafen sich, beide wussten, warum Tilda gegangen war: Sie hatte dem Druck ihrer Familie nachgegeben, nicht mehr bei Juden zu arbeiten.

»Aber du kommst doch allein nicht zurecht«, reagierte Irene entsetzt. Tilda war fleißig gewesen, sie hatte sich um das Haus und auch um den Garten gekümmert.

»Ich weiß noch nicht, wie es weitergehen soll.« Leah behielt die Fassung. »Ich warte ab, bis Eliah zurückkommt, dann werden wir sehen.«

»Brauchst du irgendwas? Ich kann noch zum Schweigerhof fahren.«

»Ja, das wäre schön. Ich habe den ganzen Tag schon so große Lust auf etwas Frisches, Milch, Quark, einfach auf alles.«

»Dann fahre ich schnell hin.«

»Ich fahre mit«, erklärte Leah mit plötzlicher Energie. »Ich muss unbedingt mal raus. Ich werde noch verrückt, wenn ich hier so allein herumliege.«

Irene zögerte, doch dann wehrte sie ihre Freundin ab, die sich bereits vorsichtig vom Sofa erhob.

»Auf keinen Fall, du bleibst liegen!«

»Professor Leitner hat mir gerade erlaubt, jeden Tag ein wenig umherzulaufen.«

Irene sah ihre Freundin nachdenklich an. »Nein«, sagte sie. »Nein!«, betonte sie noch einmal. »Hast du denn heute noch kein Radio gehört? In den letzten Tagen hat es große Unruhen in Wien gegeben, Massenverhaftungen von Juden und immer mehr offene Gewalt auf den Straßen.« Sie hatte Leah davon nichts erzählen wollen, doch sie musste ihre Freundin davon abbringen, mitzufahren. Es war zu gefährlich.

»Das ist in Wien«, meinte Leah unbeeindruckt während sie bereits ihre flachen Schuhe anzog. »Hier auf dem Land ist es doch anders. Eliah fährt jeden Tag in seine Firma, und es gibt keine Zwischenfälle«.

»Ich weiß nicht«, Irene zögerte.

»Bitte, Irene, ich muss mal raus hier.« Schon lief Leah aus dem Zimmer in die Diele und griff an der Garderobe nach ihrem Mantel. »Verstehst du das denn nicht?«

»Und warum ist Tilda dann gegangen?«, wollte Irene schon fragen, ließ es dann aber. Sie sollte Leah nicht noch mehr beunruhigen. Stand die Freundin nicht schon genug Ängste wegen ihrer Schwangerschaft aus? »Also in Ordnung«, gab sie nach. »Aber zieh dir noch deine große Stola über, es ist kalt draußen und du darfst nicht krank werden«.

»Ja gut, ich hole sie«. Langsam, sehr vorsichtig stieg Leah die Treppe hoch. Sie hoffte, dass sie recht hatte und Irene sich unnötig sorgte. Bis jetzt hatte sie noch nichts von Anfeindungen gegen Juden in der Gegend gehört. Irene ging ins Wohnzimmer zurück und setzte sich auf das Sofa, auf dem Leah im Moment die Tage verbrachte. Auf dem Tisch stapelten sich Bücher über Kinderpflege, Erziehung, Babyernährung. *Mein erstes Jahr mit meinem Kind,* dieser Titel stach Irene ins Auge. Zögernd griff sie danach und schlug es auf. Fotos von strahlenden blonden Kindern mit Pausbäckchen lachten ihr entgegen. Eine glückliche Mutter war zu sehen, die sich über ihr Kind beugte und ihm die Flasche gab. Irene schlug das Buch mit einer heftigen Bewegung zu und legte es auf den Stapel zurück. Ein Kind veränderte das Leben einer Frau von Grund auf. Sie war sicher, dass aus ihr niemals eine liebevolle, geduldige Mutter werden würde, die ganz in der Sorge um ihr Kind aufging. Leah war wie geschaffen dafür, Mutter zu sein, aber sie nicht. Gedankenverloren griff sie noch mal nach dem Buch, schlug es aber nicht mehr auf.

»Ein schönes Buch, nicht wahr?« Leah kam ins Wohnzimmer, und sofort legte Irene das Buch zurück. »Ja, ja, gewiss, aber komm jetzt, sonst hat der Schweigerhof schon zu.« Sie erhob sich und ging Leah voraus. »Du musst nicht weit laufen, das Auto steht direkt vor unserem Haus«.

»Ich freue mich richtig, mal wieder unter Leute zu kommen«, sagte Leah und stieg in den Wagen. »Aber, Irene, was ist denn?«, fragte sie beunruhigt, als ihre Freundin die Hände aufs Lenkrad legte, aber nicht losfuhr. »Du bist ja ganz blass, mach dir doch bitte keine Sorgen um mich, das brauchst du nicht.« Da Irene immer noch schwieg, sprach Leah weiter: »Oder gibt es neue Probleme in der Firma, machst du dir Sorgen um deine Eltern?«

Irene schüttelte den Kopf. »Nein, nein, es ist nicht wegen meiner Eltern. Mir ist nur gerade so schwindlig, alles dreht sich. Mach dir keine Gedanken, gleich ist es wieder vorbei«, versicherte sie, während sie mehrmals tief ein- und ausatmete.

»Was ist denn? Bist du krank?«

Leah war zutiefst beunruhigt. »Nein, ich … Ich …« Irene wandte Leah ihr Gesicht zu. »Nein, krank nicht, aber … Ach Leah, ich bin so verzweifelt.«

»Was ist denn los?«

»Leah«, Irene atmete weiterhin tief ein und aus. »Ich weiß nicht, wie ich es dir sagen soll …«

»Irene, was denn, um Himmels willen?«

»Ich bin nicht krank, ich bin … bin … schwanger.«

»Bitte? Sag das noch mal.«

»Ich bin schwanger, du hast ganz richtig gehört.«

Leah brauchte einen Moment, bevor sie reagierte.

»Ich … Ist es von Christian Rheinfeld?«, fragte sie schließlich.

»Ja, natürlich. Wieso stellt mir jeder diese Frage, was traut ihr mir alle zu?«

»Wer ist alle?«

»Du und meine Mutter«, antwortete Irene müde. »Und ich will das Kind nicht haben, es geht einfach nicht.«

Leah erschrak. »Unsinn«, meinte sie, »das darfst du nicht sagen. Ein Kind ist ein Geschenk. Eliah und ich haben uns seit sechs Jahren nichts sehnlicher gewünscht als ein Kind. Du weißt, wie ich darum kämpfe, dass es überhaupt zur Welt kommen kann. Ich riskiere viel und muss mich sogar gegen Eliah durchsetzen, der mich nicht verstehen will. Und trotzdem, ich kann nicht anders. Und du, Irene …«

Irene hatte ihr kaum zugehört und unterbrach sie jetzt:

»Ellen, du weißt ja, meine Freundin in Wien, kennt dort einen Arzt, der einen Abbruch professionell macht.«

»Irene!« Leah entfuhr ein entsetzter Aufschrei. »Das kannst du nicht wirklich meinen.«

»Ellen sagt, es ist auch nicht schlimmer als einen Zahn zu ziehen.«

»Du sprichst von einem Kind, das du töten willst!« Leah war tief erschrocken.

»Sei doch nicht so melodramatisch.« Irenes Stimme klang wütend, doch gleichzeitig stiegen ihr Tränen in die Augen.

»Du musst es dem Vater des Kindes sagen«, meinte Leah gefasst, »dann wird alles leichter, glaube mir.«

Irene lachte auf. »Das glaubst aber auch nur du.«

»Liebst du ihn?«, fragte Leah vorsichtig.

»Leah, ich kenne ihn doch gar nicht. Ich habe mit ihm eine schöne Nacht verbracht. Für ihn ist es nicht mehr als eine Affäre gewesen, sonst hätte er mich wohl mal angerufen.«

»Du hast meine Frage nicht beantwortet: Bist du in ihn verliebt?«

Irene blickte der Freundin fest in die Augen. »Ja«, antwortete sie sehr leise, »ja, ich habe mich in ihn verliebt. Weit mehr, als ich jemals in Etienne verliebt gewesen bin.«

»Nun, dann ist alles gar nicht so schwer, er ist bestimmt auch in dich verliebt.«

Doch da schüttelte Irene den Kopf. »Ach Leah, du bist immer so positiv eingestellt, siehst immer nur das Gute in den Menschen.«

»Du weißt überhaupt nicht, wie er reagieren wird. Er hat ein Recht darauf, es zu erfahren. Denk an das Kind. Es braucht seinen Vater. Schon deswegen musst du mit ihm sprechen.«

»Dadurch wird nichts leichter, Leah, glaube mir. Wir haben eine Nacht zusammen verbracht, mehr nicht. Er hat sich nie mehr bei mir gemeldet. Wieso also sollte er sich für mich und das Kind entscheiden? Er wird denken, ich habe ihn reingelegt.«

»Unsinn«, in Leah erwachte ungewohnte Energie. »Ich sag's dir noch mal, er ist sicher auch in dich verliebt. Warum sonst hätte er bei der Bank für euch gebürgt?«

»Was hat das denn damit zu tun? Es ist ein kleines Dankeschön für diese Nacht.« Irenes Stimme klang so bitter, dass Leah einem Impuls folgte, den Arm um sie legte und ihre Freundin an sich zog.

»Das ist so demütigend, verstehst du das nicht, Leah?« flüsterte Irene.

Einen Moment verharrten sie schweigend, jede verloren in ihren Gedanken. »Aber jetzt«, Irene löste sich aus der Umarmung, »sollten wir endlich losfahren, sonst wird es wirklich zu spät.«

»Aber du kommst nicht daran vorbei, du musst mit ihm sprechen. Ich bin sicher, er wird sich um dich kümmern.«

»Ach ja? Und wo ist dein Mann, wenn du ihn brauchst?« Kaum waren ihr die Worte über die Lippen gekommen, erkannte Irene, wie sehr sie ihre Freundin verletzt hatte. Leah richtete sich steif auf. »Es tut mir leid, Leah, entschuldige, aber ich sehe doch, dass du immer allein bist.«

»Ja, die Arbeit fordert seinen ganzen Einsatz, das war schon immer so. Das muss ich eben akzeptieren.«

Irene schwieg einen Moment. Sie spürte, wie sehr Leah unter der angespannten Atmosphäre in ihrer Ehe litt.

»Es tut mir leid, Leah, wirklich. Entschuldige, ich hätte das nicht sagen dürfen. Ich habe kein Recht dazu, über Eliah zu urteilen. Und jetzt fahren wir los, mir geht es auch schon wieder gut.«

Zehn

Während der Fahrt schwiegen sie. Leah hatte auf ihrer Seite das Fenster heruntergekurbelt, da sie den Benzingeruch nicht vertrug.

Langsam bog Irene in die Uferstraße ein. Still lag der See im Dunst eines leichten Nebels, durch den sich das Schilf nur schemenhaft abzeichnete.

Plötzlich fiel Irene ein, dass ihr Vater vor einigen Tagen von Unruhen in Rust erzählt hatte, von Verhaftungen, und auch von Gewalt gegen Juden auf offener Straße.

Abrupt hielt sie den Wagen an. Sie hatte die Vorkommnisse in Rust schlicht und einfach vergessen, weil sich ihre Gedanken ausschließlich um ihre Schwangerschaft drehten. »Wir sollten umkehren«, erklärte sie. »Unser Ausflug ist eine Schnapsidee.«

»Fahr bitte weiter«, antwortete Leah, »da vorne ist ja schon der Schweiger…« Leah sprach nicht zu Ende. Denn vor ihnen tauchten wie aus dem Nichts Männer im Scheinwerferlicht des Autos auf, die ihre Hand zum Gruß erhoben.

»Heil Hitler«, riefen sie und versperrten ihnen den Weg. »Runter mit dir auf den Boden«, zischte Irene und Leah reagierte im selben Augenblick. So schnell sie konnte, rutschte sie vom Sitz herunter, duckte sich und zog den Kopf ein. Irene breitete gerade noch die große Stola über ihr aus, als ein Mann neben dem Auto auftauchte, sich bückte und durchs offene Fenster eine Taschenlampe auf Irene richtete. Sie hob die Hand, um sich gegen das grelle Licht zu schützen. »Ah, das

Fräulein Sandner«, rief er laut den anderen zu, die in einiger Entfernung im Halbkreis standen. »Das Fräulein Sandner, die Judenfreundin«, setzte er noch nach, wandte aber immerhin die Taschenlampe von ihr ab. Die Männer kamen langsam auf das Auto zu. Fast körperlich spürte Irene ihre Gewaltbereitschaft. Sie musste weg, ganz schnell, sie musste Leah schützen, doch Irene wusste auch, sie durfte diese Männer nicht provozieren. Nur Ruhe, Ruhe bewahren. Fieberhaft überlegte sie. Sie konnte rückwärtsfahren, dann über die Wiese …

Ihre Augen hatten sich an die Dunkelheit gewöhnt, und sie erkannte jetzt den Mann mit der Taschenlampe. Es war der Sohn vom Bauern Schweiger. »Ich wollte zu Ihrem Vater auf den Hof, wir sind gute Kunden von ihm«, betonte sie.

»Wir verkaufen nicht an Judenfreunde«, sagte der Bauerssohn mit lauter Stimme und wandte sich, um Beifall heischend den anderen zu. »In Rust drüben macht man kurzen Prozess mit Juden, auch mit Freunden von Juden«, rief einer der Männer. Irene fröstelte vor Nervosität. Nur keine Schwäche zeigen, schoss es ihr durch den Kopf. Bitte, Leah, beweg dich nicht, beweg dich bloß nicht, wiederholte sie in Gedanken immer wieder.

»Herr Schweiger, Sie kennen doch auch meine Eltern, also bitte lassen Sie mich durch«, ihre Stimme klang ruhig und bestimmt, während ihr Herz vor Angst stark klopfte und sich kaum beruhigen wollte. Was war, wenn er die Taschenlampe auf den Beifahrersitz richtete?

Auf dem Gesicht des jungen Mannes erkannte sie jetzt Unsicherheit, und sie hoffte inständig, der Gefahr zu entkommen, da aber traf ein großer Stein die Windschutzscheibe, dann ein weiterer und daraufhin noch einer. Unzählige Risse durchzogen das Glas. Irene konnte kaum mehr etwas erkennen, doch sie spürte überdeutlich den Hass der Menschen da draußen. Schon stand einer neben ihr und klopfte an die Fensterscheibe auf ihrer Seite. Kaum eine Minute war vergangen, seit die Männer sie aufgehalten hatten. Jetzt … jetzt … schoss es ihr durch den Kopf. Sie umfasste das Lenkrad, ließ den Motor aufheulen und fuhr mit zusammengebissenen Zähnen auf die Gruppe zu. Nicht nachdenken, nicht zögern, fahr weiter … fahr weiter … Die Männer sprangen zur Seite und sie bog ab, rauschte quer über die Wiese, immer weiter, bis sie wendete, einen großen Bogen fuhr und dann wieder auf die Uferstraße kam. Als der Schweigerhof weit hinter ihr lag, hielt sie an.

»Du kannst jetzt raufkommen.« Mit zitternden Händen hob Irene die breite Stola hoch, und Leah rutschte mühsam zurück auf den Beifahrersitz. Sie stöhnte und rang nach Luft. »Fast wäre ich erstickt. Irene, ich hatte solche Angst, dass sie mich entdecken«, flüsterte sie und rang immer noch nach Luft.

»Wir hatten Glück, großes Glück«, Irene klang heiser und zittrig. »Ja, das hatten wir«, war alles, was Leah herausbrachte. Starr presste sie sich mit dem Rücken gegen den Sitz und keuchte, während sie ihre Hände schützend über den Bauch legte.

»Geht es dir gut?«, fragte Irene besorgt, obwohl sie mit einem Blick erkannte, in welch schlechter Verfassung sich Leah befand. Ihre Freundin gab keine Antwort, sie stöhnte weiterhin leise auf und rang immer noch nach Luft. Den Blick so gut es ging durch die zersprungene Scheibe auf die Straße gerichtet, fuhr Irene weiter. »Gleich«, murmelte sie, »gleich sind wir zu Hause.« Sie wiederholte den Satz immer wieder, ohne es überhaupt zu merken. »Gleich …«

Als sie vor der Villa hielt, kroch Leah zitternd aus dem Wagen, zog sich an der Autotür hoch und wankte ein paar Schritte in Richtung des Weizmann-Hauses. »Du kommst zu uns«, bestimmte Irene. »Wir rufen sofort Dr. Mühlbauer an. Er soll nach dir sehen.« Aber würde er überhaupt kommen, wenn eine Jüdin seine Hilfe benötigte? Als Arzt durfte er das doch nicht verweigern, oder?

Plötzlich schrie Leah auf. »Da«, stotterte sie, »da …« Irene folgte ihrem Blick und sah im Licht der hellen Straßenlaterne die eingeschlagenen Fenster, die rote Farbe und auch die Worte, die quer über die Front des Weizmann-Hauses geschrieben standen.

Elf

Irene erwachte am späten Vormittag, als es an ihrer Zimmertür klopfte und ihre Mutter mit einem Tablett erschien. »Dein Frühstück, ein wenig Toast, Butter und Tee.«

Irene richtete sich auf und sah ihrer Mutter schweigend entgegen, die das Tablett abstellte und sich aufs Bett setzte. Schlagartig erinnerte sie sich an den gestrigen Abend, als ihre Mutter Leah und ihr aus der Haustür entgegengestürzt war und ihrem Mann mit einem lauten Aufschrei befohlen hatte, sofort Dr. Mühlbauer anzurufen. Dann war Irene ohnmächtig zusammengebrochen.

Sie kam erst wieder zu sich, als Dr. Mühlbauer und ihr Vater sie nach oben in ihr Zimmer trugen und aufs Bett legten. Sie erinnerte sich, wie sie sich an Dr. Mühlbauer klammerte, weinte und ihm erklärte, sie sei schwanger. »Es ist alles in Ordnung, kein Grund zur Sorge«, hatte Dr. Mühlbauer versichert, bevor er ihr eine Spritze gab und meinte, sie werde jetzt ruhig und lange schlafen können. Das sei das Beste, um sich wieder voll und ganz zu erholen.

»Ich weiß nicht, was in dich gefahren ist«, sagte ihre Mutter jetzt vorwurfsvoll, während sie Butter auf eine Toastscheibe strich und sie Irene reichte. »Es war unverantwortlich von euch beiden, allein in der Gegend umherzufahren.«

Irene biss einmal in ihr Toast, legte es auf den Teller und nahm einen Schluck Tee. »Ich weiß, es war ein furchtbarer Fehler, ich hätte Leah niemals nachgeben dürfen.«

»Ja, genau. Ich hätte nie gedacht, dass sie so unvernünftig

ist, das passt so gar nicht zu ihr. Aber es ist ja alles gerade noch mal gutgegangen«, lenkte sie ein. »Dein Vater ist heute zu Hause geblieben, wir frühstücken gerade. Wenn du später aufstehen kannst, komm runter.«

Klara erhob sich. Sie sah müde und blass aus. »Leah liegt im Gästezimmer, sie muss sich die nächsten vierundzwanzig Stunden absolut schonen, aber ihr geht es gut.«

»Das ist schön«, Irene nickte erleichtert.

An der Tür drehte sich Klara Sandner noch mal um. »Seit gestern«, sagte sie leise, »ist die Welt aus den Fugen geraten. Wir haben alle die Gefahr unterschätzt, die von Adolf Hitler ausgeht. Seit März ist er in Wien, doch wir hier draußen, wir waren so beschäftigt mit unserem Leben, dass wir nichts bemerkt haben. Du bist nicht die Einzige, die einen Fehler begangen hat. Aber Leah hätte es besser wissen müssen. Eliah hat die Gefahr erkannt, doch sie verdrängt offenbar jeden Gedanken daran.«

»Sie will die Gefahr nicht sehen«, antwortete Irene »und darum hätte ich besser auf sie aufpassen müssen.«

»Sie ist erwachsen, und du bist nicht für sie verantwortlich. Ruh dich noch ein wenig aus, später kannst du uns alles genau erzählen.«

Als ihre Mutter das Zimmer verlassen hatte, blieb Irene still liegen und legte ihre Hände auf den Bauch. »Mein Kind«, flüsterte sie. »Mein Kind, du sollst auf die Welt kommen, egal, was sein wird.« Irene sah durch das Fenster in einen nebligen trüben Novembertag hinaus. Was auch immer passieren mochte, sie hatte gerade die erste wirklich wichtige Entscheidung ihres Lebens getroffen.

Welche Schwierigkeiten auch immer auf sie zukamen, sie würde dieses Kind bekommen, *ihr* Kind.

Mühsam richtete sie sich auf und griff nach ihrem Bademantel, den ihre Mutter ihr aufs Bett gelegt hatte. Ihr wurde bereits wieder schwindlig, als sie stöhnend hineinschlüpfte.

Wieder überwältigte sie die Übelkeit, und sie schaffte es gerade noch ins Badezimmer. Als sich der Brechreiz endlich legte, trocknete sie sich mit einem Handtuch das schweißnasse Gesicht, fuhr sich mit der Bürste durch die Haare. Dann verließ sie den Raum und stieg vorsichtig die Treppe hinunter. Aus dem Esszimmer hörte sie die Stimmen ihrer Eltern. Einen Moment lang zögerte sie, ging dann aber weiter zur Küche im Souterrain. Dort stand Kathi und schälte Kartoffeln. Als Irene hereinkam, stürzte sie sich auf sie und versicherte ihr weinend, wie viele Sorgen ihre Eltern und auch sie sich gemacht hatten. In den vergangenen Wochen hatten Klara, Irene und Kathi die gesamte Arbeit im Haus und im Garten allein bewältigt. Die beiden jungen Frauen waren inzwischen Freundinnen geworden. Irene nahm sanft Kathis Arme von ihrem Hals und ging, ohne zu antworten, in die Speisekammer. Kurz darauf kam sie mit einem großen Stück Blockschokolade, die für Kuchen und Desserts verwendet wurde, zurück. Heißhungrig biss sie hinein. Sie nickte Kathi zu, lächelte und deutete mit dem Finger zur Treppe, um damit zu sagen, dass sie zu ihren Eltern müsse. Dann ging sie ins Erdgeschoss hinauf.

Ihre Eltern waren aus dem Esszimmer ins Wohnzimmer hinübergewechselt und als Klara ihre Tochter entdeckte, sprang sie sofort vom Sofa auf.

»Kind, willst du dich nicht noch ausruhen?«

»Ich will nach Leah sehen«, erklärte Irene und wollte schon wieder aus dem Raum gehen, als die Stimme ihres Vaters sie zurückrief. »Seit wann bist du schwanger? Kleines Fräulein, die Wahrheit bitte!«

»Ich will jetzt nicht darüber reden«, antwortete Irene und schüttelte den Kopf.

Irene verabscheute es, wenn ihr Vater kleines Fräulein zu ihr sagte. So hatte er sie jedes Mal genannt, wenn sie als Kind etwas ausgefressen hatte. Und diese Angewohnheit behielt er auch jetzt bei, wo sie längst erwachsen war.

»Walter, das ist im Moment nicht wichtig«, wies Klara ihren Mann zurecht. »Es geht jetzt um Leah. Natürlich kann sie noch bei uns bleiben. Aber ich fürchte, nicht mehr allzu lange.«

»Was meinst du damit?« Irene sah ihre Mutter erschrocken an.

»Überall sind antijüdische Demonstrationen, es wird auch denen gedroht, die Juden verstecken oder sich mit ihnen solidarisieren«, berichtete Klara Sandner.

»Das darf einfach nicht wahr sein«, stammelte Irene.

»In Wien haben sie jüdische Gebetshäuser und Synagogen niedergebrannt«, fuhr jetzt der Vater fort, »Juden wurden verhaftet, Häuser verwüstet, Fensterscheiben von jüdischen Geschäften eingeworfen und Menschen auf offener Straße sogar totgeschlagen. Und Dr. Mühlbauer hat von brutaler Gewalt auf den Straßen in Rust berichtet. Und da ist noch etwas …«

Klara warf ihrem Mann einen raschen Blick zu. »Gestern Abend, so gegen halb acht«, übernahm sie jetzt wieder das Wort, »sind Leute in das Haus der Weizmanns eingedrungen und haben ziemlich schlimme Verwüstungen angerichtet. Es war … es war … dann haben wir …«

»Wir haben die Polizei verständigt«, beendete Irenes Vater den Satz.

»Doch die meinten nur, wir sollten uns lieber raushalten«,

fügte die Mutter aufgebracht hinzu. »Sie hätten so viele Anrufe, sie könnten nicht jeder Anzeige nachgehen.«

»Das ist ja entsetzlich«, flüsterte Irene. »Da hat Leah ja noch Glück gehabt, dass sie nicht zu Hause war. Wer weiß, was die mit ihr gemacht hätten.«

»Wir waren in so großer Sorge um euch. Sie haben mit Steinen geworfen und Parolen gegrölt«, erzählte ihre Mutter. »Drüben sieht es schlimm aus, wie nach einem feindlichen Angriff.«

»Das war es wohl auch, ein feindlicher Angriff«, murmelte Irene, stand auf und ging hinaus auf die Terrasse.

Die Blumenbeete im Garten der Weizmans waren niedergetrampelt, die Fenster eingeschlagen und die Hausmauern beschmiert mit Hakenkreuzen und judenfeindlichen Parolen.

Juden an den Galgen.

Kauft eure Schuhe nicht bei Juden.

Juden stehlen unser Geld.

Trotz der Rufe ihrer Mutter lief Irene in den seidenen Hausschuhen und ihrem Bademantel bis zum Gartentürchen. Es war niemand zu sehen, und so betrat sie vorsichtig das Grundstück der Weizmanns. Durch die vollkommen zerstörte Terrassentür sah sie ins Hausinnere. Im Wohnzimmer lagen dicke Steinbrocken auf dem Boden. Sie drehte sich um und ging zurück. Wieder kam es ihr in den Sinn, dass Leah letztendlich großes Glück gehabt hatte.

In der Villa lief sie die Halle entlang zum Gästezimmer.

»Lass sie schlafen«, rief die Mutter ihr noch nach. »Sie soll nicht gestört werden. Dr. Mühlbauer meinte, das sei das Beste.«

Doch Irene ließ sich nicht abhalten. Vorsichtig öffnete sie

die Tür des Gästezimmers. Leah lag in dem großen Bett, den Kopf zur Seite geneigt, den Mund leicht geöffnet. Sie schlief tatsächlich. Leise zog Irene die Tür wieder zu und ging zurück zu ihren Eltern.

»Leah kann nicht bei uns bleiben«, erklärte ihr Vater bestimmt. »Wer weiß, was noch alles passiert. Am Ende werden wir noch angegriffen, weil wir eine Jüdin beherbergen.«

»Soll Leah in diesem völlig zerstörten Haus wohnen? Wie stellt ihr euch das vor?« Irene war außer sich, ihre Eltern konnten doch Leah nicht einfach wieder hinüberschicken. Walter Sandner zuckte unschlüssig die Achseln, ihre Mutter sah verlegen zu Boden.

»Wir haben viel für Leah getan. Immer schon. Als sie noch ein Kind war und bei ihren Großeltern in ärmlichen Verhältnissen aufwuchs, war sie doch ständig hier bei uns ...«, begann ihr Vater nun nervös.

»Papa! Fang jetzt bitte nicht mit den alten Geschichten an!«

»Wo ist überhaupt Eliah Weizmann?« Langsam geriet ihr Vater in Rage. »Warum kümmert er sich nicht um seine Frau? Wir sollten uns da lieber raushalten.«

»So, sollten wir das?« Irenes Kampfgeist erwachte.

»Nun«, ihr Vater zögerte, dann gab er sich einen Ruck. »Sie kann bleiben, bis Eliah wieder da ist.«

»Das reicht aber nicht, Papa.« Plötzlich erfasste sie wieder Schwindel, sie stöhnte auf, und ihr wurde schwarz vor Augen. Sie hörte gerade noch den Aufschrei ihrer Mutter, bevor sie langsam zu Boden glitt.

Am späten Nachmittag wachte Leah endlich auf. Irene, die sich wieder gefangen hatte, saß an ihrem Bett.

»Es ist alles gut«, versicherte sie ihrer Freundin sofort, als Leah erschrocken die Hände auf den Bauch legte. Mit einem erleichterten Aufseufzen sank Leahs Kopf auf das Kissen zurück.

»Wo ist Eliah?«, fragte sie dann.

Irene zuckte nur mit den Schultern. Sie wollte nicht erzählen, dass sie in Eliahs Firma, der *Juventus Sport GmbH,* angerufen und dort erfahren hatte, der Chef sei seit zwei Tagen nicht mehr dort gewesen. Niemand wusste, wo Eliah sich aufhielt. Stattdessen berichtete Irene, dass Handwerker in den nächsten Tagen bei den Weizmanns alle Schäden reparieren würden, ihr Vater habe das veranlasst. Sie war froh, dass Leah nicht das ganze Ausmaß der Zerstörung kannte. Am Abend zuvor hatte sie von der Anliegerstraße aus nur die Schmierereien an der Vorderseite des Hauses gesehen. »Dann kannst du wieder in deine eigenen vier Wände. Na, ist das keine gute Neuigkeit?« Irenes Stimme klang betont aufmunternd, um Leahs Misstrauen nicht zu wecken.

»Danke«, flüsterte sie zuerst, »danke dir und deinen Eltern für alles. Aber kann ich kurz telefonieren? Ich muss in der Firma anrufen.«

»Das habe ich schon«, bekannte Irene jetzt. Sie konnte Leah nicht anlügen. »Aber man hat mir gesagt, Eliah sei bereits einige Tage nicht mehr dort gewesen.«

Leah setzte sich kerzengerade im Bett auf. »Ich wusste es, ich wusste es«, wiederholte sie mehrmals. »Er hatte irgendetwas vor, über das er nicht sprechen wollte.«

»Wir können nur abwarten«, meinte Irene und nahm ihre Freundin fest in die Arme.

Nach nur zwei Tagen war das Haus der Weizmanns gestrichen, und es waren neue Fenster eingesetzt worden. Aus dem Hausinneren hatte man die Steine und den Dreck entfernt. Nur der Garten war noch nicht in Ordnung gebracht worden.

»Das hat mich eine Menge Geld gekostet«, seufzte Walter Sandner.

»Du hast ein gutes Werk getan, ich danke dir.« Irene umarmte ihren Vater mit großer Herzlichkeit. »Du bist wirklich ein lieber Vater.«

Walter war gerührt von diesem ungewohnten Gefühlsausbruch seiner Tochter und schob sie verlegen ein Stück von sich. »Na, na, ist ja schon gut.«

Bevor Leah am dritten Tag nach Hause ging, bedankte sie sich bei den Sandners für die große Hilfe. »Was würde ich nur ohne Sie und Irene machen?«, sagte sie weinend und umarmte Klara Sandner. »Ich weiß jetzt, wie unüberlegt es war, was wir getan haben. Ich habe Irene in große Gefahr gebracht, es tut mir so leid.«

»Wir waren sehr erstaunt«, erklärte Walter Sandner frei heraus. »Wir kennen dich sonst nur als sehr besonnen und vernünftig.«

Leah trocknete sich die Tränen ab. »Ich wollte einfach raus aus dem Haus, einmal wieder unter Menschen. Aber das Schlimme ist …«, sie machte eine kleine Pause, während sie nach ihrer Tasche griff, »ich wollte glauben, dass Eliah die Situation zu pessimistisch einschätzt. Wenn ich nur wüsste, wo er ist«, seufzte sie.

Irene brachte ihre Freundin nach Hause und blieb noch eine Weile bei ihr. Da kam Klara Sandner herübergelaufen.

»Eliah hat angerufen«, rief sie bereits, während sie gegen die Terrassentür klopfte. »Es ist ihm nichts passiert«, beruhigte sie die Freundin ihrer Tochter, als sie das Wohnzimmer betrat.

»Eliah war vor drei Tagen nach Wien gefahren, um seinen Onkel Jakob um Geld zu bitten. Geld für die Schiffspassagen nach Amerika. Dann hatten die Unruhen in der Hauptstadt seine Rückkehr unmöglich gemacht.« Leah strahlte und umarmte Klara immer wieder.

»Er hat mehrmals versucht, dich zu Hause telefonisch zu erreichen. Er war in großer Sorge, Leah, als niemand abhob, aber dann kam er auf die Idee, bei uns anzurufen.«

»Und wo ist er jetzt?«, wollte Leah wissen.

»Bei seinem Cousin Ben. Es muss furchtbar gewesen sein. Das Haus seines Onkels wurde angezündet, und er und seine Frau sind in dem Feuer ums Leben gekommen.«

Eliah hatte kaum Kontakt zu seinem Onkel gehabt, und so war Leah überrascht, dass er ihn um Geld bitten wollte. Doch die Nachricht von Jakobs Tod traf sie dennoch zutiefst.

»Wie lange bleibt Eliah noch, hat er das gesagt?«

Klara Sandner schüttelte den Kopf. »Nein, er hat nur schnell aus einem Café angerufen, um Bescheid zu geben. Also, ich gehe dann wieder«, verabschiedete sie sich. »Und du, Kind, solltest dich auch bald hinlegen und dich schonen«, wandte sie sich noch an die Tochter.

»Ja, ja, ist schon gut, ich komme gleich nach«, beruhigte Irene ihre Mutter. Dann wandte sie sich an Leah.

»Wenn Eliah nach Hause kommt, wirst du ihm sagen müssen, was hier passiert ist.«

Irene ahnte, dass die Freundin mit sich kämpfte. Wenn Leah ihm offen von den Vorfällen erzählte, bestätigte das ihren Mann nur noch mehr in seinen Fluchtplänen. Aber es ihm zu verheimlichen, war unmöglich, da er sofort den neuen Anstrich und die Fenster bemerken würde.

»Ich weiß noch nicht«, Leah zögerte, doch Irene ging auf sie zu und nahm sie fest bei den Schultern.

»Du musst, Leah. Wie willst du ihm sonst die Renovierung erklären? Mit ein paar harmlosen Schmierereien? Das geht nicht.«

Als Leah verbissen schwieg, sprach sie eindringlich weiter: »Du musst der Wahrheit ins Auge sehen, bitte! Eliah hat seine Entscheidung getroffen, das musst du akzeptieren.«

»Ja, und er muss akzeptieren, dass wir jetzt nicht wegkönnen. Nicht, bevor unser Kind geboren ist.«

Irene ließ ihre Freundin los. Was sollte sie Leah wünschen? Seit dem 9. November hatte sich viel verändert. »Die Welt ist aus den Fugen geraten«, hatte ihre Mutter gesagt.

Und Irene wusste auch, dass sie selbst zu gedankenlos gewesen war. Sie liebte Leah und sie erkannte, wie groß die Leere in ihr sein würde, wenn sie nicht mehr da war. Aber aus ihrer Liebe zu Leah konnte sie der Freundin nur wünschen, dass ihr und Eliah die Flucht aus Österreich gelang, bevor es zu spät war. Leah wandte den Kopf zur Seite und hüllte sich in eigensinniges Schweigen.

»Was ist mit Lavinia?«, wechselte Irene nach einer Pause das Thema. Sie spürte die tiefe Verzweiflung ihrer Freundin, auch darüber, dass sie sich mit Eliah, den sie so sehr liebte, überworfen hatte. »Wollen sie und ihr Mann Deutschland verlassen?«, frage sie nach, als Leah nicht reagierte.

»Hanno und ihr geht es gut, sie müssen keine Angst haben, denn Adolf Hitler liebt Hannos Inszenierungen.«

»Aber dann kann er euch doch helfen. Warum geht ihr nicht zu den beiden nach München?«, fragte Irene erstaunt.

»Das hat Lavinia uns auch schon angeboten. Aber Eliah mag seinen Schwager nicht, er hasst ihn geradezu. Hanno ist seiner Meinung nach ein Opportunist.«

»Und du, Leah, was ist deine Meinung? Siehst du das auch so? Ist es nicht vielmehr eine ganz realistische Chance für euch, in Europa zu bleiben? Stell dir vor, du wärst in München, nicht weit weg von mir. Wäre das nicht wunderbar?«

Leah zuckte mit den Schultern und wandte den Kopf ab.

»Ich weiß gar nichts mehr«, bekannte sie. »Nur, dass ich keine Entscheidung treffen will, bevor mein Kind nicht gesund auf die Welt gekommen ist.«

Irene beobachtete schweigend ihre Freundin. Sie spürte, dass Leah ihre Meinung nicht ändern würde, auch wenn sie damit ihr eigenes Leben in Gefahr brachte.

»Es ist ein gutes Angebot von Lavinia. Ich kann deine Entscheidung nicht nachvollziehen, wirklich nicht«, versuchte Irene es noch einmal.

Doch Leah gab keine Antwort, hielt ihren Kopf abgewandt und sah Irene nicht an.

Nach einem langen Moment des Schweigens wandte sich Irene zum Gehen. »Also … bis dann …« Sie wartete noch, aber als Leah nicht antwortete und sie auch nicht ansah, verließ Irene das Haus. Ihre Worte aber hatten Leah tief getroffen. Denn in ihrem Herzen erkannte sie, dass Irene recht hatte.

Zwölf

Dalia

Neusiedler See, 1979

Dalia hielt den Gedichtband noch in der Hand, nachdem sie die Briefe gelesen und sie zurückgelegt hatte. Nachdenklich blätterte sie die Seiten durch, las ein paar Zeilen, ohne sich darauf zu konzentrieren. Aber sie erinnerte sich, dass ihre Mutter den Dichter sehr geliebt hatte, und einmal hatte sie erzählt, dass auch ihre Freundin Leah Heinrich Heine sehr mochte und sie sich oft gegenseitig ihre Lieblingsgedichte vorgelesen hatten. »Da hatten wir unsere romantische Jungmädchenphase«, lächelte damals Irene in wehmütiger Erinnerung. »Das muss so gewesen sein, als wir vierzehn, fünfzehn Jahre alt waren.«

Es waren wenige Dinge, die ihre Mutter über Leah erzählte, genauso wenig wie sie über die erste Zeit mit Christian sprach. Warum lebten ihre Eltern getrennt und wieso kam ihr Vater so selten an den See heraus?

So viele Fragen, so wenige Antworten.

Dalia erhob sich und streckte sich. Sie hatte lange, an das Sofa gelehnt, auf dem Boden gesessen und nicht gemerkt, wie ihr das Bein eingeschlafen war und der Rücken weh tat. Nachdenklich ging sie aus dem Zimmer, noch in Gedanken an Leah. Sie war tot, das hatte ihre Mutter ihr ja kurz angebunden erklärt und ihre kleine Tochter Rachel lag hier auf dem Friedhof. Die Standuhr in der Halle schlug siebenmal. Dalia verließ das Haus über die Terrasse und ging die Stufen hinunter. Suchend sah sie sich um. Nicht ein einziger

Paparazzo war zu sehen, niemand lauerte hinter den Sträuchern an dem Weg zum Friedhof. Durch das Tor warf sie einen Blick auf den ruhigen See, der in der Abendsonne glitzerte. Ein paar Enten schwammen gerade am Steg vorbei. Ein friedliches Bild, von dem sie sich kaum lösen konnte. Oft hatte sie dort unten am Steg gesessen, ihre Klaviernoten durchgesehen und ein paar Notizen an den Rand geschrieben. Früher konnte man über die Terrasse direkt zum See hinuntergehen. Das Tor und den schmiedeeisernen Zaun hatte ihr Großvater erst später errichten lassen, um sich gegen Leute zu schützen, die das Schild *»Privatgrundstück, Zugang verboten«* nicht beachteten. Dalia kehrte um und als sie ins Wohnzimmer trat, riss das Klingeln des Telefons sie aus ihren Gedanken. Sie lief in die Halle, aber als sie abhob, blieb es still. Als Dalia mehrmals »Hallo … hallo … melden Sie sich doch bitte«, in den Hörer rief, wurde eingehängt.

Es konnte nicht schon wieder jemand sein, der sich verwählt hatte. Ein Reporter würde Fragen stellen und nicht einfach einhängen. Oder wollte jemand auf diese Weise nur erfahren, ob sie zu Hause war? Ihre Hand lag noch auf dem Hörer, als es wieder klingelte. Nervös hob sie ab. Dieses Mal war es Dr. Küppers.

»Es tut mir leid«, entschuldigte er sich, »dass es heute nicht so lief wie geplant. Herr Berends sollte auf die Dokumente warten, so war es ja vereinbart. Aber habe ich ihn richtig verstanden? Sie sind am kommenden Dienstag noch in der Villa?«

»Das ist richtig«, war Dalias Antwort. »Ich habe meine Pläne geändert.«

»Nun, dann belassen wir es dabei. Herr Berends holt die Dokumente am Dienstagvormittag ab und bringt sie zu ihrem Vater ins Sanatorium. Es ist zwar der letztmögliche Termin, aber ihr Vater meinte, das sei in Ordnung.«

»Wie geht es ihm?«, wollte Dalia wissen. Seit dem Gespräch mit Tamás war sie sehr beunruhigt. »Sein Zustand ist stabil«, berichtete Dr. Küppers. »Er behauptet, es ginge ihm glänzend, er wisse gar nicht, warum er noch dort bleiben müsse.«

»Ich habe mir überlegt«, Irene zögerte noch, bevor sie weitersprach, »ich würde ihn sehr gern besuchen. Ist das möglich?«

Dr. Küppers schwieg einen kurzen Moment. War er überrascht? »Aber natürlich, er wird sich freuen«, versicherte er ihr. »Vielleicht erreiche ich ihn noch vor seinem Abendessen, dann rufe ich Sie gleich zurück.« Er hatte schon aufgelegt, bevor sie noch etwas erwidern konnte.

Dalia setzte sich in den Sessel neben der Konsole, auf der das Telefon stand. Und wenn ihr Vater sie gar nicht sehen wollte? Was dann? Sie musste keine Viertelstunde warten, da rief Dr. Küppers wieder an.

»Haben Sie morgen Zeit?«, fragte er. »Samstag ist immer ein guter Tag für Besuche.«

»Gleich morgen?« Dalia war überrascht.

»Ja, warum nicht? Vierzehn Uhr, passt Ihnen das?«

»Ja, warum nicht?«, wiederholte Dalia langsam. Gleich morgen, schoss es ihr durch den Kopf. War sie denn überhaupt schon bereit für ein Wiedersehen mit ihrem Vater?

»Na wunderbar«, erwiderte Dr. Küppers, offenbar ein Freund schneller Entschlüsse. Dann gab er Dalia die Adresse des Sanatoriums. »Es liegt etwa eine Autostunde von Ihnen entfernt, Richtung Salzburg. Ach so, übrigens, in Ihrer Garage steht ein Wagen für Sie bereit, das hat Ihr Vater arrangieren lassen. Also, alles Gute bis morgen, und wenn Sie Fragen haben, ich bin auch am Wochenende in der Kanzlei.«

»Danke«, murmelte Dalia gerade noch, bevor sich der Anwalt verabschiedete. Danach blieb Dalia immer noch im Sessel sitzen. Sie konnte es kaum glauben. Jahrelang hatte sie es abgelehnt, ihren Vater zu treffen. Sie hatte den Gedanken daran nicht einmal zugelassen. Aber letztendlich hatte auch er keinen Versuch unternommen, sie zu sehen. Und plötzlich war es so weit. Gestern erst war sie angekommen, und nun war der Moment für ein Gespräch bereits da. Sie wollte sich sehr genau darauf vorbereiten, ihn nach der Vergangenheit fragen. Ihr fiel auf, wie wenige Erinnerungen an ihren Vater sie besaß. Ein paar kurze, flüchtige Momente, mehr nicht.

*

Ein Augenblick, der ihr klar vor Augen stand, war der Tag, an dem sie ihren Vater zum ersten Mal gesehen hatte. Das war im Sommer 1946 gewesen. Er kam vom See zum Haus hinauf, ein schlanker großer Mann in einem hellen Anzug. Dalia saß gerade mit ihrer Mutter auf der Terrasse. Irene sprang auf, blieb wie erstarrt stehen und sah ihm entgegen. Sie war blass geworden, fuhr sich hastig mit den Händen durch die kurzen Haare und strich über ihr blaues Seidenkleid, doch sie rührte sich nicht.

»Christian«, flüsterte sie, »mein Gott, Christian, du bist es wirklich.«

Als er vor ihr stand, umarmte er Irene kurz und sah auf Dalia hinunter.

»Das ist dein Vater«, stammelte Irene. Er gab ihr förmlich

die Hand und fragte, ob sie schon in die Schule ginge. »Natürlich«, antwortete sie, »ich bin doch schon sieben Jahre alt.« Der Tonfall ihrer Stimme musste offenbar empört geklungen haben, denn er lachte und strich ihr über den Kopf. Während sie später zusammen am Tisch saßen und Kaffee tranken, blickte er sie immer wieder forschend an.

Er hatte ihr eine Puppe mitgebracht. Dalia nannte sie Elsa und setzte sie nach seinem Besuch auf den Kaminsims in ihrem Zimmer. Sie spielte nicht mit Puppen, und diese hier war auch zu schön, um sie nur anzurühren. Es war besser, sie nur anzusehen. Doch nach seinem Besuch – das blieb Dalia immer im Gedächtnis – lief ihre Mutter hinauf in ihr Schlafzimmer und schloss die Tür hinter sich. Dalia ging ihr nach, blieb aber vor der Tür stehen, denn von drinnen hörte sie lautes Weinen. In diesem Moment fühlte sich Dalia vollkommen hilflos, und für die Siebenjährige stand fest: Ihr Vater brachte ihre Mutter zum Weinen, er machte sie unglücklich.

Damals hatte sie nicht viel über ihn gewusst. Irene hatte ihr zwei Jahre zuvor erzählt, sie habe einen Brief von ihm erhalten, er sei im Krieg in Russland verwundet worden. Nun sei er wieder zu Hause. »Zu Hause«, hatte ihre Mutter ihr erklärt, das sei bei seiner Familie in München.

»Aber sind wir nicht seine Familie?«

»Nein, nicht wirklich«, hatte Irene ihr geantwortet. »Aber du und ich, wir sind eine Familie.«

Später in der Schule fragte die Lehrerin dann einmal, ob ihr Vater auch »im Krieg geblieben sei«. Doch sie antwortete nur, dass ihr Vater nicht bei ihnen lebe, sondern in Wien. »Ach, ein Scheidungskind also«, meinte die Lehrerin bedauernd. »Das ist gar nicht schön.«

»Bin ich ein Scheidungskind?«, fragte sie ihre Mutter, als sie nach Hause kam.

»Nein«, antwortete Irene, »das nicht, aber es ist alles sehr kompliziert, ich erkläre es dir, wenn du größer bist.«

Das war stets Irenes Antwort gewesen, wenn sie auf Dalias Fragen nicht eingehen wollte oder vielleicht auch einfach keine Antwort wusste.

Ungefähr einmal im Monat kam Christian am Sonntag zum Frühstück. Irene zog sich jedes Mal besonders schön an, aber sie war so nervös, dass sie ständig etwas fallen ließ, und wenn er gegangen war, schloss sie sich in ihr Zimmer ein und weinte.

Seit Christian zum ersten Mal in der Villa gewesen war, lief der Haushalt wieder geregelt, Frau Reisinger wurde eingestellt, dann noch ein Gärtner und eine Putzfrau. Wenn Christian zu Besuch kam, unterhielten sich ihre Eltern über Geldfragen. Ausgaben für die Instandhaltung der Villa, für Irenes Auto.

»Du hast doch Französisch studiert, hast du nicht Lust, vielleicht als Übersetzerin zu arbeiten?«, fragte Christian eines Tages.

Irene hatte spöttisch aufgelacht. »Das liegt Jahre zurück. Und was habe ich schon gelernt? Konversation, französische Literatur, mehr nicht. Aber ich habe wieder mit dem Tennis angefangen, das macht mir große Freude. Ach ja, Dalia spielt Klavier, und ich habe einen Lehrer für sie engagiert. Sie scheint sehr begabt zu sein.«

Die schönste Erinnerung an ihren Vater aber war, als er sie von seinem Chauffeur abholen ließ und sie zusammen in die Oper gingen. Es war der 5. November 1955, an diesem Abend wurde das Wiener Opernhaus mit »Fidelio« von Ludwig van

Beethoven in einem glanzvollen Festakt wiedereröffnet. Dalia liebte Beethoven, bewunderte ihn und hatte gerade angefangen, an dem Klavierkonzert Nr. 1 zu arbeiten. Diese rauschende Premiere, die beeindruckende Inszenierung und die Musik waren das größte Erlebnis, das sie mit ihrem Vater teilte.

Es gab nur wenige Erinnerungen an ihn, doch was hauptsächlich blieb, waren Irenes tiefer Kummer, den Dalia ihrem Vater anlastete. »Mein Vater und ich hatten nie eine enge Beziehung, wir vermissen einander nicht«, hatte sie Tamás vor ein paar Tagen erklärt. So war es auch.

Dalia erhob sich rasch, schloss die Terrassentür und ließ die Jalousien herunter. Als sie zum Gäste-Appartement ging, fiel ihr ein, dass sie die Alarmanlage noch einschalten musste. Sie durfte es nicht vergessen, die anonymen Anrufe hatten sie doch nervös gemacht.

Als sie später im Bett lag, konnte sie nicht einschlafen, immer, wenn sie die Augen schloss und sich langsam entspannte, fuhr sie wieder auf. Wie sah ihr Vater jetzt aus? War er doch sehr krank? Was würde er ihr zur Begrüßung sagen, wie ihr entgegenkommen?

Dann aber gingen ihre Gedanken wieder zurück zu Irene und Leah. Warum hatte ihre Mutter nie über sie erzählt, über die Kriegsjahre, was war mit Leah passiert? Fragen über Fragen, die sie beschäftigten, bis sie letztendlich doch gegen Morgen in einen unruhigen Schlaf fiel.

Dreizehn

Irene

Neusiedler See,
November 1938

Irene arbeitete inzwischen nicht mehr so viel im Garten und im Haus, die Schwangerschaft ließ sie schnell ermüden. Und sie ging nur noch selten zu Leah hinüber, da sich die Anspannung zwischen den Freundinnen nicht gelöst hatte. Leah und sie schrieben sich auch keine Briefe mehr.

Abends zog sich Irene auf ihr Zimmer zurück. Sie wollte den Fragen ihrer Eltern entgehen. Offenbar warteten sie auf eine Erklärung, eine Äußerung ihrer Tochter, wie ihre Pläne seien, doch Irene wusste selbst nicht, wie es weitergehen sollte. Sie dachte viel an den Abend des 9. November nach, als sie und Leah auf dem Weg zum Schweigerhof attackiert wurden. Erst Tage danach hatten die Sandners aus dem Radio die Hintergründe der Ereignisse erfahren. Ein polnischer Jude, hatte der Sprecher erklärt, Herschel Grynszpan, habe in der Deutschen Botschaft in Paris auf einen Legationssekretär geschossen, der zwei Tage später, am 9. November, seinen schweren Verletzungen erlegen war.

»Das ist entsetzlich«, Walter und Klara Sandner waren tief betroffen. »Wir bekommen hier überhaupt nichts mit, unsere ganzen Sorgen gelten unserer Firma und uns selbst, während in der Welt grauenvolle Dinge passieren.«

*

Zwei Wochen später, am 29. November, fuhren Walter Sandner und seine Frau in die Oper nach Wien. Irenes Vater hatte Geburtstag, und sie wollten gemeinsam mit guten Freunden einen schönen Abend verbringen.

»Wir sind eingeladen«, betonte er. »Kostet uns nichts.«

Am nächsten Morgen, als Irene zum Frühstück herunterkam, saßen ihre Eltern schweigend am Tisch und sahen ihr entgegen.

»Guten Morgen«, begrüßte Irene die beiden und nahm Platz. Ihre morgendliche Übelkeit war verschwunden. Irene nahm sich ein Stück Weißbrot und strich dick Mirabellenmarmelade darauf.

Irene warf ihren schweigenden Eltern einen fragenden Blick zu. Hatten sie sich gestritten, und es war besser, sich nicht einzumischen? Oft schon hatte sich Irene gefragt, was die beiden wirklich verband. Verarmter Adel paart sich mit bürgerlichem Reichtum, hatte Irene es einmal Leah gegenüber formuliert.

Ihre Mutter war mit fünfundfünfzig immer noch eine gutaussehende Frau, groß und schlank mit aristokratischen Gesichtszügen. Walter Sandner dagegen war sehr viel kleiner als sie, und immer schon dicklich gewesen. Wenn sie auch äußerlich so gar nicht zusammenzupassen schienen, führten sie doch seit dreißig Jahren eine gute Ehe. Leah hatte Irenes Vater immer als witzigen und großzügigen Mann und ihre Mutter als eine perfekte Aristokratin bezeichnet.

»Ist irgendwas?«, fragte Irene, bevor sie in ihr Brot biss.

»Also«, Klara warf einen Seitenblick auf ihren Mann, der nickte kurz, und begann zu erzählen: »Wir haben Christian Rheinberg in der Oper getroffen, er war in Begleitung eines Ehepaares.«

»Er schlug vor«, ergänzte Walter Sandner, »dass wir uns in der Bank treffen, um meinen Sanierungsplan durchzusprechen.«

»Den du ja noch gar nicht hast«, antwortete Irene tonlos. Sie legte das frische Brot zurück auf den Teller, plötzlich hatte sie keinen Hunger mehr. Christian Rheinberg war also in Wien und hatte sich nicht bei ihr gemeldet.

Wortlos sprang sie auf, verließ das Esszimmer und rannte die Treppe hoch. Sie musste allein sein.

Ihr war heiß, hastig zog sie ihre Strickjacke aus und warf sie achtlos auf den Boden.

Klara war Irene gefolgt und hob nun die Jacke auf.

»Kannst du dir nicht endlich mal Ordnung angewöhnen?«, herrschte sie ihre Tochter an. »Ist nicht alles schon mühsam genug?« Wie zum Beweis hob sie beide Hände hoch und drehte und wendete sie in der Luft. »Voller Schwielen und Blasen, sie sehen aus wie die Hände einer Bäuerin«, klagte sie.

»Wir sind nun mal keine feine Familie mehr, die andere für sich arbeiten lassen kann«, gab Irene spöttisch zurück.

Klara Sandner ging darauf nicht ein. »Du musst es Christian Rheinberg sagen«, meinte sie stattdessen. »Deinem Kind zuliebe. Wie willst du es denn großziehen? Wir wissen nicht, wie es mit uns weitergeht. Christian Rheinberg hat ein Recht darauf, zu erfahren, dass er Vater wird. Er muss sich dieser Verantwortung stellen, das ist sehr wichtig, vor allem für das Kind.«

»Bitte lass mich jetzt in Ruhe«, erwiderte Irene nur.

Einen Moment lang wartete ihre Mutter, doch als Irene schwieg, verließ sie das Zimmer. Irene blieb bis zum frühen Nachmittag allein oben, dann erst zog sie sich an, schminkte sich sorgfältig und schlüpfte in ein hellgraues Wollkleid, das über dem Bauch ein wenig gerafft war. Es stand ihr sehr gut zu den rötlichen Haaren und dem hellen Teint. »Du siehst darin so vornehm aus«, hatte Leah einmal gesagt. »Wie eine englische Lady.«

Mehrmals schon hatte Irene in dem Mauerspalt nachgesehen, ob Leah ihr geschrieben hatte, doch die Freundin hatte keine einzige Nachricht hinterlassen. Die wenigen kurzen Besuche bei Leah waren kühl und fast unpersönlich verlaufen. Leah sprach nicht mehr über ihre Ängste und auch nicht über Eliahs Auswanderungspläne. Die Situation bedrückte Irene, doch sie wusste nicht, wie sie etwas ändern konnte. Ihre Mutter hatte recht. Sie sollte erst einmal ihr eigenes Leben auf die Reihe bekommen. Sie musste Christian von der Schwangerschaft erzählen. Irene ging die Treppe hinunter, horchte ins Wohnzimmer, doch es war alles still. Wahrscheinlich machte ihre Mutter einen kleinen Erholungsschlaf, und ihr Vater war in der Firma oder auf der Bank. Leise schlich sich Irene aus dem Haus.

Im *Hotel Sacher* ging Irene geradewegs zur Rezeption. Sie erfuhr, dass Christian Rheinberg nicht im Hause war, aber bald zurückerwartet wurde. Mit ihrer Vermutung, er sei im *Sacher* abgestiegen, hatte sie richtig gelegen.

»Bitte sagen Sie Herrn Rheinberg, ich warte im Café auf ihn.«

Sie gab dem Chefportier ihre Karte und ging mit klopfendem Herzen ins *Café Sacher*. Dort nahm sie an einem kleinen Tisch Platz und wartete. Ihre Nervosität stieg. Immer wieder fragte sie sich, ob es richtig sei, ihm die Wahrheit zu sagen. Würde er die Verantwortung ablehnen, vielleicht sogar in Frage stellen, dass er der Vater ihres Kindes war? Schließlich hatten sogar ihre beste Freundin und ihre Mutter genau das angezweifelt. Hoffentlich würde die Begegnung nicht zu einer Demütigung für sie werden, denn sein Interesse an ihr war ja offensichtlich längst erloschen.

Unruhig zupfte Irene an ihren Haaren, dem Kleid, holte einen Spiegel aus ihrer Tasche und überprüfte ihren Lippenstift. Eine Kellnerin kam an den Tisch, doch sie schickte sie mit der Bemerkung weg, sie erwarte noch jemanden.

Endlich, nach einer Dreiviertelstunde, betrat Christian Rheinberg das Café.

»Schön, dich zu sehen«, sagte er, beugte sich zu ihr hinunter und küsste sie flüchtig auf die Wange. Er setzte sich ihr gegenüber auf einen der rotgepolsterten Stühle. »Hast du dir noch nichts bestellt?«

Irene schüttelte den Kopf. »Ich habe gewartet.«

»Das hättest du nicht tun müssen.« Er winkte die Kellnerin herbei und bestellte für Irene eine Melange und für sich selbst einen kleinen Braunen.

»Wie damals im *Demel*«, sagte er lächelnd.

»Ja, wie damals«, erwiderte Irene. War seine Erinnerung an ihren gemeinsamen Tag von Bedeutung?

»Möchtest du ein Stück Torte?«, fragte er nun, doch Irene lehnte ab.

»Du siehst ein bisschen blass um die Nase aus«, scherzte er, während sie auf ihren Kaffee warteten.

»Du bist beruflich hier?«, fragte Irene, deren Nervosität weiterhin wuchs. Sie hatte sich ihre Worte sorgfältig zurechtgelegt, doch jetzt, da sie Christian gegenübersaß, war ihr Kopf leer.

»Ja, so ist es. Heute Abend fahre ich mit dem Nachtzug zurück nach München.«

»Wie lange warst du in Wien?«

Christian sah sie mit seinen blauen Augen fest an. »Nur drei Tage.«

Drei Tage. Genug Zeit, um mich anzurufen, dachte Irene mit Bitterkeit.

»Ich bin nicht dazugekommen, dich anzurufen.« Fast war es, als hätte er ihre Gedanken gelesen.

Die Kellnerin stellte die Melange vor Irene und den kleinen Braunen vor Christian auf den Marmortisch.

»In den ganzen drei Monaten nicht?« Irene hatte kühl bleiben wollen, distanziert und auf keinen Fall vorwurfsvoll, doch der Satz brach einfach so aus ihr heraus. Sie biss sich auf die Lippen. Das Gespräch fing nicht gut an.

»Außerdem«, Christian überhörte ihren Vorwurf, »dachte ich, du willst mich nicht mehr treffen. Ich hatte dir meine Karte gegeben, aber habe nichts von dir gehört, bis heute zumindest.«

Irene konnte sich nicht daran erinnern, wann das gewesen sein sollte. Hatte Christian wirklich erwartet, dass sie ihn anrufen würde? War er der Meinung, sie hätte sich bei ihm bedanken sollen, dass er für ihre Eltern bei der Bank gebürgt hatte? Irene atmete durch. So konnte es gewesen sein, natürlich.

»Es tut mir leid, aber wann hast du mir denn deine Karte gegeben?«, fragte sie jetzt. »Ich erinnere mich nicht daran. Ich war immer der Meinung, du meldest dich, wenn du mich wiedersehen willst«, fügte sie nach einer kleinen Pause hinzu. Es lief nicht gut, kein einziges Wort, das sie sich vorher überlegt hatte, schien richtig zu sein.

»Im Hotel, kurz bevor wir zum Bahnhof fuhren«, antwortete er leichthin. »Ich hatte sie dir neben deine Handtasche gelegt. Ich dachte, du hättest sie mitgenommen.«

Irene schüttelte den Kopf. »Nein, ich habe sie nicht gesehen.«

»Erzähle«, forderte Christian sie auf, ohne weiter darauf einzugehen, »wie ist es dir so ergangen?«

Stockend begann Irene von zu Hause, von der Arbeit im Haus und im Garten zu berichten. Christian hörte aufmerksam zu, so dass sie ihm schließlich auch von dem schrecklichen Erlebnis von Leah und ihr auf dem Weg zum Schweigerhof erzählte.

»Das ist ja furchtbar.« Christian war sichtlich betroffen. »Ich war an dem Abend in München, auch da sind grauenhafte Dinge passiert.«

Er trank seinen Kaffee aus, griff in die Innentasche seiner Anzugjacke und holte ein goldenes Zigarettenetui heraus. »Stört es dich, wenn ich rauche?«, fragte er nach.

Irene verneinte. Sie beobachtete ihn, wie er eine Zigarette aus dem Etui nahm. Jetzt musste sie es ihm sagen, jetzt war der Moment, aber wie sollte sie beginnen? Christian lehnte sich zurück und schlug die Beine übereinander. Sie war froh, ihn wiederzusehen. Wie sehr hatte sie sich nach ihm gesehnt Ständig war er in ihren Gedanken präsent, während der Aufregungen um Leah, den vielen Nächten, in denen sie nicht schlafen konnte und an das Kind und an Christian dachte. Sie hatte auch von einer gemeinsamen Zukunft geträumt, und sich vorgestellt, wie er auf ihre Schwangerschaft reagieren würde. Und jetzt saß sie ihm endlich gegenüber und brachte kein Wort heraus.

Christian machte einen tiefen Zug aus seiner Zigarette.

»Deine Mutter hat mich heute Morgen angerufen.«

Irene setzte mit zitternder Hand ihre Tasse auf den Unterteller. Sie spürte, wie ihr das Blut ins Gesicht schoss.

»Hast du das gewusst?«, fragte Christian.

»Nein, natürlich nicht.« Irenes Protest war fast ein Aufschrei.

Christian drückte seine angerauchte Zigarette im Aschenbecher aus. »Ich war, gelinde ausgedrückt, ziemlich überrascht. Warum hast du mir das nicht gleich gesagt?«

»Ich dachte, die Nacht wäre für dich nur eine kurze Affäre gewesen«, erwiderte sie.

»Und für dich, Irene? Was war diese Nacht für dich?« Sie zuckte nur mit den Achseln, wollte nicht zugeben, dass es mehr für sie gewesen war, dass sie ihn liebte, auch wenn es irrsinnig schien. Konnte man denn schon von Liebe sprechen, wenn man sich kaum kannte? Und doch wusste sie, sie liebte ihn. Aber Christians distanzierte Haltung hinderte sie daran, ihre Gefühle auszusprechen, um dann am Ende nur von ihm verletzt zu werden.

»Was hat dir meine Mutter gesagt?«, wollte sie wissen, ohne auf seine Frage einzugehen.

»Dass du schwanger bist, mehr nicht.« Christian holte sich eine weitere Zigarette aus dem Etui, und Irene fiel auf, dass seine Hand leicht zitterte. Während er sich die Zigarette anzündete, sah sie sich flüchtig im Café um. Es war gut besucht, und ihr Blick fiel auf ein junges Paar am Nachbartisch. Irene waren die beiden schon aufgefallen, als sie das Café betreten hatten. Die Frau war hochschwanger, und in diesem Moment nahm der Mann zärtlich ihre Hand. Sie blickten einander in die Augen und lächelten sich an. Sie schienen vertraut und so verliebt zu sein, dass Irene einen tiefen Stich im Herzen spürte. So sollte es sein. Genau so.

»Weißt du«, begann Christian und unterbrach damit ihre Gedanken, »als du in die Bibliothek gekommen bist und mich geküsst hast …«

»Ja?«

»Nun, das war nicht der Kuss eines jungen Mädchens, sondern der Kuss einer erfahrenen Frau. Und an dem Abend hier im *Sacher* hast du mir ganz deutlich gesagt, du willst mit mir in die Suite gehen. Also bin ich davon ausgegangen, dass es für dich eine Affäre ist, und dass du weißt, was du tust.«

»Ich habe mich an diesem Abend einfach hinreißen lassen. Aber«, fuhr sie hastig fort, »ich erwarte nichts von dir, ich bin nicht gekommen, um dich um Unterstützung anzuflehen. Ich wollte es dir einfach nur sagen.«

Entsprach das der Wahrheit? Was hatte sie erwartet? Hatte sie nicht doch insgeheim gehofft, er würde die Nachricht mit Freude aufnehmen, sie küssen, in den Arm nehmen, die Zukunft planen?

Christians Gesicht blieb undurchdringlich, er schien nur noch eine Spur blasser zu werden. Er zeigte kein Anzeichen von Wut, keinerlei Freude, aber auch kein Misstrauen ihr gegenüber. Nichts, gar nichts.

Irene schluckte. Sie spürte, wie ihr die Tränen in die Augen stiegen, wie die Enttäuschung ihr das Herz zusammenzog. Aber ihr Stolz verbot ihr, ihm ihre Gefühle zu offenbaren. Während sie nach ihrer Handtasche griff, sagte sie mit klarer Stimme: »Also, ich wünsche dir heute eine gute Heimfahrt. Ich muss jetzt gehen, ich habe noch einen Termin.« Was rede ich da bloß, schoss es ihr durch den Kopf. Doch sie nickte ihm kurz zu, erhob sich mit kerzengeradem Rücken und wandte sich dem Ausgang zu. Dort stieß sie mit einer Frau zusammen, die gerade das Café betrat und ihr ein verärgertes »Na, na!« hinterherrief.

Keine Tränen, bloß keine Tränen, nahm sie sich vor,

obwohl sie ihr bereits über die Wangen liefen. Plötzlich stand Christian neben ihr.

Sie sahen sich an, schweigend, Irene abweisend, Christian nachdenklich und forschend. Dann zog er sie fest an sich.

»Bitte lass mir Zeit! Aber egal, was sein wird, ich werde für dich und das Kind die Verantwortung übernehmen, Irene, ich verspreche es.«

Und Irene fühlte sich von Armen gehalten, die ihr Sicherheit gaben und die sie die Qualen und Zweifel der vergangenen Wochen für einen kurzen Moment vergessen ließen.

Vierzehn

Irene wartete. Sie wartete auf Christian, sie wartete und hoffte auf einen Heiratsantrag. Von ihrem Vater erfuhr sie, dass Christian mit mehreren Anwälten die Bilanzen der Firma prüfte. Dann wandte er sich an die Hausbank der Sandners und führte auch dort Gespräche, was Walter Sandner Unbehagen einflößte. Von diesem Tag an befand er sich in ständiger Unruhe und zeigte wachsende Nervosität.

»Du verheimlichst Christian Rheinberg etwas, stimmt's?«, fragte ihn seine Frau bei einem sonntäglichen Mittagessen, als ihr seine Blässe und sein mangelnder Appetit auffielen. Walter Sandner schüttelte stumm den Kopf, doch seine Frau drang mit weiteren Fragen in ihn.

»Du hast mehr Schulden, als du ihm gesagt hast, oder? Vielleicht sogar mehr, als du selbst geglaubt hast, nicht wahr?« Klara sah ihren Mann scharf an, dem es kaum gelang, diesem Blick standzuhalten. »Du hast Christian Rheinberg falsche Informationen gegeben, und jetzt will er sich aus dem Geschäft zurückziehen. Ist das so?«

Bevor ihr Vater dementieren konnte, sprang Irene mit einem lauten Schrei auf und verzog sich in ihr Zimmer. Ihre Schwangerschaft hatte sie empfindlich werden lassen, besonders labil aber fühlte sie sich seit ihrem Gespräch mit Christian im *Café Sacher*. Wenn er die Lage der Firma wirklich als hoffnungslos einstufte, was passierte dann? Würde er die Firma nicht übernehmen und auch sein Versprechen ihr gegenüber nicht einhalten?

Seit ihrem Treffen in Wien hatte er sich nicht mehr bei ihr gemeldet. Sein Schweigen verletzte sie mehr, als sie sich selbst eingestand.

Irene hielt es in ihrem Zimmer nicht aus. Sie griff ihren Mantel, lief die Treppe wieder hinunter und horchte noch kurz ins Esszimmer. Ihre Eltern lieferten sich inzwischen einen handfesten Streit. Irene lief ins Wohnzimmer und dann auf die Terrasse. Von dort ging sie die zehn Stufen hinunter und weiter durch das Tor bis zum See. Hinter sich hörte sie ihre Mutter rufen, sie solle im Haus bleiben, doch Irene achtete nicht darauf. Es war ein trüber Dezembertag, nasser leichter Schnee rieselte vom grauen Himmel, als sie den Steg betrat und sich auf die verschneite Bank setzte.

»Ich werde es schaffen, auch ohne dich, Christian Rheinberg, ich bin auf deine Almosen nicht angewiesen«, murmelte sie. Doch dann wurde ihr klar, dass seine »Almosen« aus mehreren Millionen bestanden, um die Firma und ihre Familie vor dem finanziellen Ruin zu retten. Ohne ihn schien alles verloren.

Irene fröstelte. Den Blick fest auf den grauen See geheftet, grübelte sie, wie es nun weitergehen sollte. Ohne Christian.

Sie wusste nicht, wie lange sie auf der Bank gesessen hatte. Die Feuchtigkeit war durch ihren Mantel gedrungen, und sie fror entsetzlich, als sie sich endlich langsam erhob. Sie würde noch schnell zu Leah hinüberlaufen, um mit ihr zu reden, auch wenn ihre Freundin sie wieder nach Christian fragen würde. Als Irene sich zum Gehen wandte, sah sie einen Mann auf den Steg zugehen. Ihr Herz klopfte, und am liebsten wäre sie auf ihn zugelaufen und hätte sich ihm an den Hals geworfen. Oft hatte sie sich vorgestellt, wie er sie in die Arme nahm, sie küsste und ihr Zärtlichkeiten ins Ohr flüsterte. Christian jedoch blieb in einiger Entfernung stehen.

Er machte keine Anstalten, sie so zärtlich zu begrüßen, wie sie es sich gerade ausgemalt hatte. Er fasste sie nur leicht an den Schultern, küsste sie auf beide Wangen und stellte dann fest, dass man ihr die Schwangerschaft noch gar nicht ansähe und bat sie, mit ihm ins Haus zu gehen. Ihre Eltern würden schon auf sie warten. »Haben sie dir nicht gesagt, dass ich komme?«

Irene schüttelte den Kopf. »Nein, sie waren damit beschäftigt, sich zu streiten.«

»Nun, aber jetzt wollen sie mit Champagner anstoßen.«

»Mit Champagner? Wieso, habt ihr den Vertrag unterschrieben?«

»Ja, es …«, Christian zögerte einen Moment, »ja, es geht um einen Vertrag, wenn man so will.«

Während er sprach, zog er aus seiner Manteltasche eine kleine Schatulle heraus und öffnete sie. Ein Brillantring blitzte auf. Schweigend nahm Christian Irenes vor Kälte klamme Hand.

»Irene«, fragte er dann leise, »willst du mich heiraten?«

»Ja, ja, ich will«, antwortete sie hastig. So hastig, dass sie ihn fast noch bei dem kurzen Satz unterbrochen hätte.

Jetzt steckte er ihr den Ring an den Finger. »Passt«, stellte er fest. Dann sah er sie an.

Schließlich erklärte sie mit einem gezwungenen Lachen, das sei wohl der frostigste Heiratsantrag aller Zeiten.

»Ja, es ist kalt«, bestätigte Christian. Entweder hatte er den Doppelsinn ihrer Worte nicht verstanden oder er wollte sie nicht verstehen.

»Komm, du bist ja schon ganz nass!« Er nahm sie am Arm, und sie gingen langsam die Stufen zur Villa hoch.

Irene drückte sich ein wenig an ihn, sie spürte seine Nähe, seine Wärme und ein tiefes unsinniges Glück erfasste sie. Christian und sie heirateten. Und sie bekamen ein gemeinsames Kind.

Oben warteten ihre Eltern schon ungeduldig. In herzlicher Einigkeit stand das Ehepaar Sandner im Wohnzimmer, Irenes Vater hielt die Champagnergläser bereits in der Hand.

Klara Sandner lief auf ihre Tochter zu, umarmte sie, während sie geradezu jubelte, wie groß ihre Freude über das Glück ihrer Tochter sei.

Doch Irene löste sich aus der Umarmung.

»Ich ziehe mich schnell um«, murmelte sie und ging in ihr Zimmer hinauf. Dort zog sie ihre nassen Sachen aus und legte sich aufs Bett. Sie hob die Hand mit dem hell funkelnden Brillanten. Ihr Verlobungsring. Christian hatte keine Kosten gescheut, um eine Frau zu heiraten, der gegenüber er Verantwortung übernehmen wollte, weil sie schwanger von ihm war.

»Ich pfeife auf deine Verantwortung«, erklärte sie ins leere Zimmer hinein. »Ich will deine Liebe, Christian, nur deine Liebe.«

Fünfzehn

Neusiedler See und Frauenkirchen,
13. April 1939

»Du bist eine wunderschöne Braut.« Leah ging um Irene herum und zupfte den Schleier zurecht.

»Eine ziemlich schwangere Braut«, erwiderte Irene, die im Schlafzimmer der Weizmanns vor dem großen Spiegel stand und sich betrachtete.

»Man sieht doch kaum etwas«, widersprach Leah.

Das Kleid eines berühmten Wiener Modeschöpfers kaschierte Irenes Bauch sehr gut, denn der Schleier aus feinster Brüsseler Spitze wurde über der Taille nach vorne gezogen und ein wenig gerafft. Das Ganze sah aus wie ein besonders raffinierter Entwurf.

»Sonst könnte ich ja auch nicht katholisch heiraten«, spottete Irene.

»Sind die Eltern von Christian da?«, wollte Leah wissen.

Irene schüttelte den Kopf. »Nein. Sie haben keine Zeit. Auch seine zwei Brüder nicht. Niemand aus seiner Familie wird dabei sein.« Irene wollte nicht zeigen, wie tief sie die Absage der Rheinbergs traf. Christians Familie hatte sich entschuldigen lassen, die Bankgeschäfte ließen einfach keine Reise zu. Irene ahnte den wahren Grund. Für Christians Eltern war sie die Tochter eines österreichischen Pleitiers, die ihren ältesten Sohn mit einer Schwangerschaft erpresst hatte.

Christian schien seine Eltern auch nicht ernsthaft zum Kommen überredet zu haben. War es ihm denn nicht wichtig, ob seine Familie bei der Hochzeit dabei war? Zeigte er damit seine Gleichgültigkeit, betonte er, dass diese Hochzeit nur eine Formalität war? Nichts weiter? Um seinem Kind seinen Namen zu geben? Christians Verhalten ihr gegenüber hatte sich nicht geändert. Er blieb höflich, aber distanziert. »Ich werde euch nicht im Stich lassen«, hatte er am Tag ihrer Verlobung gesagt, von Verantwortung und Pflichtgefühl geredet. Aber von Liebe hatte er nicht gesprochen.

»Mach nicht so ein trauriges Gesicht!« Leah zupfte weiterhin am Schleier herum. »Der heutige Tag sollte der schönste in deinem Leben sein.«

»Sollte«, betonte Irene leise, »du sagst es. Aber Christian hat in den vergangenen Monaten mehr Zeit mit meinem Vater verbracht als mit mir. Gelegenheit, um uns besser kennenzulernen, gab es so gut wie keine.«

»Aber das hatte doch seinen Grund. Er hat die Firma deines Vaters übernommen und riesige Summen hineingesteckt. Das macht er doch nur für dich.«

»Unsinn!«, widersprach Irene ihrer Freundin. »Er wollte raus aus dem Bankgeschäft, und es reizt ihn, eine Firma vor dem Konkurs zu retten. Nach so einer Herausforderung hat er schon lange gesucht, das hat mit mir nichts zu tun.«

»Aber er hat eure Villa bei der Bank ausgelöst und sie dir zur Hochzeit geschenkt!« Leah ließ nicht locker, sie wollte ein glückliches Lächeln auf dem Gesicht ihrer Freundin sehen.

Irene nickte zögernd. »Ja, das hat er. Aber er hat notariell festlegen lassen, dass die Villa nicht verkauft oder beliehen werden darf. Es ist das Erbe für unser Kind.«

»Er hat alles geregelt, das ist doch gut, Irene, er will auch die Zukunft eures Kindes absichern.«

»Ja, das ist schon richtig, aber weißt du, zwischen uns …«

Leah sah sie erwartungsvoll an. »Was ist los?«

»Christian übernimmt das Schlafzimmer meiner Eltern, er hat es renovieren und komplett neu einrichten lassen. Dafür hat er eigens einen Innenarchitekten aus Deutschland geholt. Und auch ein Arbeitszimmer, weißt du, dieser große Raum neben der Bibliothek. Bis jetzt war es eigentlich nur so ein Aufenthaltsraum.«

»Nun, Irene, was ist denn falsch daran? Dann wird er mehr Zeit hier zu Hause verbringen, das ist doch in Ordnung, oder?«

»Und das eigene Schlafzimmer?«, gab Irene heftig zurück. »Du und Eliah, schlaft ihr getrennt? Siehst du!«, setzte sie nach, da Leah zögerte.

»Du vermisst eine Liebeserklärung von Christian?«, fragte Leah unsicher, »nicht wahr? Aber durch seinen Heiratsantrag hat er dir seine Liebe bewiesen.«

»Lass es, Leah!«, seufzte Irene. »Das geschah aus Pflichtgefühl heraus. Er versucht, das Beste aus der Situation zu machen.«

Leah erschrak. »Irene! Wieso bist du so zynisch? Glaubst du das wirklich? Christian will vielleicht nachts lange arbeiten und dich in Ruhe schlafen lassen und nicht mehr stören. Ich finde das sogar sehr rücksichtsvoll.«

Irene wandte sich ab und überging Leahs letzte Worte.

»Es wird Zeit, die Gäste sind sicher schon da. Weißt du«, sie blickte Leah wieder an, »Christian wollte eigentlich keine große Hochzeit, sondern nur im kleinen Rahmen heiraten. Aber meine Mutter hat die kirchliche Trauung und das Fest durchgesetzt.«

»Sie will, dass es für dich der schönste Tag in deinem Leben wird.«

»Ach, Leah, warum glaubst du immer nur an das Gute im Menschen?«, seufzte Irene. »Hast du aus den Ereignissen der vergangenen Monate nichts gelernt?«

Leah umarmte sie stumm. Sie und Irene waren glücklich gewesen, als sie sich im vergangenen Dezember endlich wieder versöhnt hatten. Die »Eiszeit« zwischen ihnen hatte gerade mal vier Wochen gedauert, doch jeder von ihnen war es wie eine Ewigkeit erschienen. »Ich wäre so gern dabei«, bedauerte Leah. Irene verstand Leah in ihrer Angst, unter Menschen zu gehen. Die Erlebnisse vom 9. November auf dem Weg zum Schweigerhof hatten sie zutiefst verunsichert, auch wenn inzwischen einige Monate vergangen waren. Eliah lehnte es als strenggläubiger Jude sowieso ab, eine katholische Kirche zu betreten.

»Es ist so schade, Leah, dass du nicht mitkommst.«

»Du schaffst das auch ohne mich«, erwiderte ihre Freundin mit einem traurigen Lächeln.

»Alles ändert sich«, fuhr Irene leise fort. »Meine Eltern wollen nach der Hochzeit nach Zürich gehen, und ich werde mit Christian und dem Kind allein in der Villa leben. Ein komisches Gefühl.«

In diesem Moment klopfte es an der Tür, und Eliahs Schwester Lavinia steckte den Kopf herein.

»Darf ich?«, fragte sie.

»Natürlich«, antwortete Irene, »ich warte schon auf dich. Du musst mir noch deine neueste Kreation auf den Kopf setzen.«

Irene mochte die Schwester von Eliah. Als sie und Leah noch kleine Mädchen von acht Jahren gewesen waren, hatte Irene die vier Jahre ältere Lavinia hemmungslos bewundert. Schwarze Locken, die ihr damals weit über den Rücken fielen, der zarte Teint und die dunklen Augen, für Irene war Lavinia Schneewittchen. Irgendwie war sie das immer geblieben.

Lavinia ging nach dem Tod ihrer Mutter an die Schauspielschule nach Wien. Irene hatte sie damals glühend beneidet. Doch Lavinia wurde kein berühmter Filmstar, wie Irene dachte, sondern heiratete mit einundzwanzig Jahren. Irene erinnerte sich noch sehr gut an die große jüdische Hochzeit, bei der der Bräutigam Hanno in dem weißen langen Gewand wirkte, als sei er der Vater der Braut.

»Und?«, fragte Lavinia jetzt, »bist du bereit?«

Irene umarmte Eliahs Schwester. »Ja, das bin ich. Ich danke dir. Ich freue mich so, dass du gekommen bist. Und hast du etwas mitgebracht?«, fragte sie dann und sah Lavinia erwartungsvoll an.

»Ja, ja, jetzt kommt der Clou«, kündigte Lavinia an und holte aus einer Schachtel, die bereits im Zimmer stand, einen Haarreif mit zarten Mimosenblüten. Den setzte sie Irene unter Leahs entzückten Rufen auf den Kopf und befestigte ihn am Schleier.

»Das sieht hinreißend aus.« Leah war voller Bewunderung, und auch Irene, die sich ganz nahe an den Spiegel beugte, stieß einen kleinen Freudenschrei aus.

»Wie machst du das nur?« Sie wandte sich zu Lavinia um. »Das ist etwas ganz Besonderes. Und den Hut«, wollte sie wissen, »den du da trägst, hast du den auch entworfen?«

Lavinia nickte mit einem strahlenden Lächeln. »Ja, und auch selbst angefertigt.« Sie stellte sich neben Irene vor den Spiegel und rückte den kleinen Hut mit den Organzablüten zurecht.

»Ich sehe schon, in ein paar Jahren werden alle Frauen in

Europa sich um deine Kreationen reißen«, lachte Irene. Doch dann erstarb ihr Lachen. Stumm sahen die drei Frauen sich an. Wie sah die Zukunft wohl aus?

Irene fröstelte, als sie in ihr Zimmer ging. Doch ihre Rückkehr aus dem Nachbarhaus war nicht unbemerkt geblieben. Kaum hatte sie die Tür hinter sich zugezogen, wurde diese von ihrer Mutter wieder geöffnet.

»Ich wünsche dir alles Glück dieser Welt!« Ungewohnt überschwenglich umarmte Klara Sandner ihre Tochter.

»Mama, das weiß ich doch.« Irene schob ihre Mutter weg. »Vorsicht! Du ruinierst mir noch die Frisur und Lavinias schönen Kranz.«

»Eines sollst du wissen, dein Vater und ich sind immer für dich da, auch wenn wir nächsten Monat nach Zürich gehen.«

»Ja, schon gut.«

Aber dann brach es plötzlich aus Irene heraus: »Es ist so unfair. Ihr habt mich im Glauben gelassen, wir nagten schon am Hungertuch, und dann finden Christians Steuerberater und Anwälte heraus, dass Vater seit Jahren Geld in die Schweiz gebracht hat.« Als Christian Irene davon berichtet hatte, war sie aus allen Wolken gefallen.

»Davon wusste ich doch auch nichts«, verteidigte sich die Mutter. »Das musst du mir glauben. Aber jetzt kannst du doch froh sein. Wir werden in der Schweiz leben und euch nicht auf die Nerven gehen.«

»Großvater würde sich im Grab umdrehen! Papa treibt die Firma in den Ruin, indem er seit Jahren hohe Summen abzweigt.«

»Nein, ganz so ist es auch nicht. Dein Vater ist einfach kein besonders guter Geschäftsmann. Er hat sich mehr als einmal verkalkuliert. Und, wie gesagt, jetzt könnt ihr beide hier ganz allein leben mit eurem Kind.«

Wie würde das Leben in der Villa ohne ihre Eltern sein? Christian hatte wieder Personal eingestellt, also musste sie nicht länger selbst die Kittelschürze anziehen, um irgendwo im Haus zu putzen, zu scheuern oder die Böden einzuwachsen und zu bohnern. Ihre Hände würden wieder denen einer »Dame der Gesellschaft« ähneln, wie ihre Mutter gern betonte.

»Und wann wolltet ihr es mir sagen?«, fragte sie nun ihre Mutter.

»Jetzt, vor deiner Hochzeit, natürlich. Und nun komm, wir müssen in die Kirche.« Klara Sandner beendete das Gespräch, indem sie das Zimmer verließ. »Irene!«, rief sie wenig später aus der Halle nach oben. Langsam erhob sich Irene und warf noch einen letzten Blick in den Spiegel.

»Ich habe ja dich«, flüsterte sie und legte die Hände auf ihren Bauch. »Ich werde nie mehr allein sein«, tröstete sie sich über das Gefühl der Ratlosigkeit und der Enttäuschung hinweg. »Und ich habe dich so furchtbar lieb, das spürst du doch, oder?« Irene hatte sich in den vergangenen Wochen angewöhnt, mit ihrem ungeborenen Kind zu sprechen. Sie meinte, dass dadurch ein tiefes Band zwischen ihnen beiden entstand, und die kurzen Gespräche gaben Irene in Momenten der Unsicherheit Kraft. »Weißt du, heute heiraten dein Vater und ich. Du wirst eine gesicherte Zukunft haben. Ich möchte, dass es dir immer gutgehen wird, mein Schatz. Du sollst glücklich sein und ein schönes Leben haben.«

Es war ein kühler Nachmittag und Lavinia fror, als sie in Frauenkirchen vor der Basilika »Maria auf der Heide« stand. Hier würden Irene und Christian heiraten. Es war Zeit, in die

Kirche zu gehen, doch Ellen, Irenes Wiener Freundin, mit der Lavinia sich unterhielt, wollte noch die Ankunft der Braut abwarten. Sie standen beide etwas abseits und sprachen über das anschließende Fest. Ellen bedauerte, dass Irene keine Hochzeitsreise unternehmen würde. »Ihr Ehemann will es nicht«, sagte sie bedeutungsvoll.

Lavinia nickte nur freundlich, ging aber auf diese Bemerkung nicht ein. Sie hoffte aus ganzem Herzen, dass Irene glücklich werden würde. Sie bekam ein Baby, war das nicht schon Glück genug?

Lavinia selbst konnte keine Kinder bekommen, darum war ihre Freude so groß gewesen, als sie erfuhr, dass ihre Schwägerin Leah nach sechs Ehejahren schwanger war. Dann aber dachte sie daran, dass Eliah und Leah nach Amerika gehen wollten. Was sollte sie ihnen wünschen? Dass es ihnen gelang zu emigrieren? In dem Fall würde Lavinia das Kind nicht aufwachsen sehen.

Sie war zutiefst besorgt, denn sie hatte die Spannungen zwischen ihrem Bruder und seiner Frau gespürt. Sie vermutete, dass Eliah sich nicht auf das Kind freute, sondern es als Grund ansah, warum sie nicht schon längst in Amerika waren. Tiefe Sorge um Leah ergriff Lavinia. Sie ahnte, in welchem Zwiespalt sich ihre Schwägerin befand, wie schwer diese Monate für sie gewesen sein mussten. Doch bald würde das Kind auf der Welt sein, und dann konnten die beiden das Land verlassen.

Wehmut und Traurigkeit erfassten Lavinia. Als sie bemerkte, dass sie beobachtet wurde, blickte sie sich um. Ein großer, schlanker Mann sah zu ihr herüber, und ihre Blicke trafen sich, verfingen sich ineinander. Lavinias Herz schlug schneller, als er auf sie zukam.

Da begannen die Glocken zu läuten, jemand hakte sich bei dem Unbekannten ein und zog ihn zur Kirche hin.

Da erst erkannte Lavinia ihn. Es war Christian Rheinberg, der Mann, den Irene heute heiraten würde.

Langsam schritt Irene am Arm ihres Vaters zum Altar, wo Christian sie erwartete. Neben ihm stand sein Trauzeuge, Eduard Fassbinder. Er war nicht nachtragend gewesen und hatte sich inzwischen mit einem Mädchen aus Wiens bester Gesellschaft verlobt.

Die Orgel setzte ein und *Treulich geführt* … brauste durch die Kirche, während Irene Schritt für Schritt dem Altar entgegenging, ihren üppigen Brautstrauß vor ihren Körper gepresst. Die Basilika war über und über mit ihren Lieblingsblumen, gelben Rosen, geschmückt. In dieser Kirche hatten schon ihre Großeltern und Eltern geheiratet, Irene war hier getauft worden und zur Kommunion gegangen. In den vergangenen Monaten hatte sie oft am Nachmittag in einer der Reihen gesessen, die Stille auf sich wirken lassen und an ihr künftiges Leben gedacht. Sie hatte Trost gesucht, doch keine Antwort auf die Frage gefunden, ob sie das Richtige tat. Dann aber hatte sie entschieden: Für das Kind, das sie erwartete, war es die richtige Entscheidung. Und für sie? Wie konnte sie ein Leben mit einem Mann ertragen, der sie aus vielen Überlegungen heraus heiratete, nur nicht aus dem einzigen, dem richtigen Grund? Sie würde die Liebende sein, und er?

Jetzt glitt ihr Blick über die voll besetzten Bänke. Auf der einen Seite saßen die Freunde ihrer Eltern, elegante Frauen in Pelzen und ihre erfolgreichen Männer an der Seite. In der ersten Reihe hatten neben ihren Eltern, ihre alte Tante Bea und ein paar Wiener Freundinnen Platz genommen. Auf der

Seite des Bräutigams saß nur ein Ehepaar aus dem Bekanntenkreis von Christian. Ansonsten waren die Bänke besetzt mit Leuten aus der Stadt Frauenkirchen und den Angestellten der Firma *Walter Sandner Schuhe,* die die Hochzeit ihres neuen Chefs, denn das war Christian jetzt, neugierig beobachteten.

Treulich geführt ziehet dahin, wo euch der Segen der Liebe bewahrt …

Immer näher kamen Irene und ihr Vater dem Altar, immer näher dem gutaussehenden Bräutigam, der viele verstohlene und bewundernde Blicke auf sich zog. Wie würde ihr Leben an seiner Seite aussehen? War es wirklich die richtige Entscheidung? Wieder stiegen Zweifel in ihr auf. Während Irene Christian mit einem Lächeln auf den Lippen langsam entgegenschritt, sah sie es deutlich vor sich: Sie würde in der Villa leben, bei schönem Wetter die Tage unten am See verbringen, Tennis spielen und sich um ihr Kind kümmern. Vielleicht würde sie noch ein Kind bekommen. Doch sonst war sie immer allein. Denn ihr Ehemann würde sich mit aller Kraft in die Sanierung der Firma stürzen oder geschäftlich in München sein, das hatte Christian schon angekündigt.

Treulich geführt, ziehet dahin, wo euch der Segen der Liebe bewahrt …

Einen Moment lang verharrte sie, ihre Füße wollten nicht mehr weiter. War es das Leben, das sie führen wollte?

Plötzlich brach ihr der Schweiß aus, und sie taumelte. Ihr Vater stützte sie und zwang sie, mit ruhigen Schritten weiterzugehen.

In guten wie in schlechten Tagen … Konnten sie beide dieses Versprechen halten?

Doch als sie Christian ansah, da wusste Irene, dass sie ihn liebte, und ihre Zweifel lösten sich in nichts auf.

Eines Tages, schwor sie sich, wirst du mich lieben lernen, irgendwann.

In der Hochzeitsnacht ging Irene zu Christian in sein neues Schlafzimmer. Sie trug noch ihr Hochzeitskleid. Ihre Eltern hatten sich in die Gästezimmer zurückgezogen.

»Ich möchte bei dir sein«, sagte sie leise zu ihm.

Christian lehnte am offenen Fenster und blickte in die klare Frühlingsnacht hinaus. Nun drehte er sich zu ihr um. »Komm! Ich habe auf dich gewartet. Es wird kühl draußen.« Er schloss das Fenster, kam auf sie zu und nahm sie in seine Arme.

»Woran denkst du?«, fragte er, als Irene schwieg und sich nur an seine Schulter lehnte.

»An den fünfzehnten Dezember«, antwortete sie, »als du mir unten am See den Heiratsantrag gemacht hast. Ich dachte damals ja, du lässt mich im Stich«, sagte Irene mit einem Lachen, das leicht und locker klingen sollte.

»Wieso? Ich hatte dir versprochen, dass ich für dich da sein werde. Für dich und das Kind. Komm!«, flüsterte er, während er langsam die Verschnürung ihres Kleides öffnete, und es zu Boden fiel.

Es war das zweite Mal, dass sie miteinander schliefen. Christian war behutsam und streichelte Irene, fragte sie, was sie gern wollte und ob er vorsichtig sein sollte.

»Wir müssen auf unser Kind aufpassen«, lachte er leise. Entspannt und zärtlich streichelte er ihre vollen Brüste, küsste sie und strich vorsichtig über ihren Bauch.

Er liebt mich, dachte Irene. Könnte er sonst so zärtlich

sein? Er hatte einfach noch nicht den Moment gefunden, es ihr zu sagen. Doch irgendetwas in ihr blieb misstrauisch.

Nachdem Christian eingeschlafen war, stand Irene leise vom Bett auf, ging ans Fenster und sah hinunter auf den See. Kühl und dunkel lag er im Licht des silbernen Mondes. Irene presste ihre Stirn gegen die Fensterscheibe. Wieder ergriff sie ein Gefühl von Panik, von einer Endgültigkeit des Lebens, vor der sie tiefe Angst empfand. Sie brauchte die Liebe von Christian, wie sonst würde sie dieses Leben in seiner Eintönigkeit ertragen können? Vielleicht würde die Geburt des Kindes, dieses große Ereignis, sie zusammenführen, Liebe entstehen, sie wachsen lassen, so dass sie eine richtige Familie wurden. Doch tief in ihrem Herzen begriff Irene, dass sie sich selbst etwas vorgaukelte.

Fröstelnd lief sie zum Bett zurück und legte ihre Arme um Christian, der ruhig weiterschlief.

Sechzehn

Eine Woche nach der Hochzeit verließen Walter und Klara Sandner die Villa. Ein Umzugswagen kam, um ihre Möbel abzuholen; sie selbst fuhren mit dem Zug, erster Klasse. Irene war sich sicher, dass ihre Eltern auch in Zürich ihr glamouröses Leben weiterführen würden.

»Irgendwann wird ihnen auch dort das Geld ausgehen«, prophezeite Christian mit einem Lächeln. Irene wusste, dass er seine Schwiegereltern mochte, ihre unkonventionelle Art gefiel ihm. Er hatte sich köstlich amüsiert, als Irene ihm erzählte, wie ihre Mutter ihren Schmuck und das Tafelsilber im Garten vergraben hatte, um sie vor dem Gerichtsvollzieher zu retten.

»Im Grunde«, hatte Christian gesagt, »war das die beste Idee. Wo sollte sie die Sachen sonst verstecken? Ein Schließfach hätte sie angeben müssen, Freunden wollte sie sich in dieser schwierigen Situation nicht anvertrauen. Da hätte sie sich ihnen ausgeliefert gefühlt und wäre zum Mittelpunkt von Klatsch und Tratsch geworden. Also, sehr erfinderisch, denke ich.« Die kostbaren Gemälde mit den Jagdszenen kaufte Christian seinem Schwiegervater am letzten Tag noch ab, und das zu einem völlig überhöhten Preis. »Sie gefallen mir«, erklärte er Irene.

»Aber, wenn sie auch in Zürich irgendwann wieder mittellos dastehen, was dann?« Irene machte sich jetzt schon Sorgen um ihre Eltern.

»Dann werden wir weitersehen«, antwortete Christian

lächelnd. »Noch ist es nicht so weit, und letztendlich haben sie einen reichen Schwiegersohn, der lässt sie nicht im Stich.«

Irene war darüber glücklich, es zeigte eine Seite von Christian, die sie bislang nicht kannte. Er, sonst ein kühler Geschäftsmann, zeigte unerwartete Großzügigkeit und Verständnis für die Sandners, die mit Geld nicht umgehen konnten.

»Deine Eltern lieben das Leben, sie besitzen eine Leichtigkeit, die mir fehlt«, sinnierte Christian. »Ich bin so ganz anders erzogen worden. Mein Vater saß auch am Sonntagmorgen in Anzug und Krawatte am Frühstückstisch, und für meine Mutter sind Disziplin und Pflichtgefühl zur Lebensmaxime geworden.«

Wie für dich, dachte Irene. Und wie schon so oft, stellte sie sich die Frage, ob Christian überhaupt tiefe Gefühle für einen anderen Menschen entwickeln konnte. Hatte er jemals eine Frau wirklich geliebt und würde er sein Kind lieben?

*

Leahs Tochter kam am 30. April 1939 auf die Welt. Die Geburt dauerte sechsunddreißig Stunden, und Leah verlor sehr viel Blut dabei.

»Sie braucht Ruhe, sie darf keinen Besuch bekommen«, erklärte Eliah, als er Irene anrief, um ihr die freudige Nachricht zu überbringen. Trotzdem fuhr Irene am nächsten Tag ins Krankenhaus nach Frauenkirchen.

»Du kannst jetzt nicht zu ihr ins Zimmer. Sie ist immer noch vollkommen erschöpft und gerade erst eingeschlafen. Unsere Tochter ist so zart, wir wissen nicht, ob sie überhaupt durchkommt.« Eliah brach auf dem Krankenhausgang in Tränen aus und schluchzte hemmungslos.

Irene erschrak zutiefst. »Es wird alles gut werden«, sagte sie leise in dem Versuch, ihn zu trösten. Doch sie selbst brauchte auch Trost, die Angst um ihre Freundin saß so tief, dass sie im Krankenhaus blieb und Stunden um Stunden auf dem Gang wartete. Dann kehrte sie, müde und ausgelaugt, nach Hause zurück. Erst nach mehreren Tagen durfte sie Leah endlich sehen.

Irene öffnete vorsichtig die Tür zum Krankenzimmer. Leahs Augen waren geschlossen, und Irene griff scheu nach ihrer Hand, drückte sie leicht. Doch Leah schlief noch. So zog sich Irene leise einen Stuhl heran und sah sich in dem kargen, weißgestrichenen Raum um. Ein einfacher Holztisch, noch zwei weitere Stühle, ein großes Fenster, von dem aus man auf eine große Kastanie im Innenhof sehen konnte, die ihre fast noch kahlen Äste in den grauen Himmel streckte. Irenes Blick wanderte wieder zurück und blieb an dem großen Foto über dem Tisch hängen.

Ein Bild Adolf Hitlers.

»Es wird Krieg geben«, hatte Christian am Abend zuvor gesagt.

»Woher weißt du das?«, Irene war tief bestürzt gewesen.

»Ich weiß es eben«, hatte seine knappe Antwort gelautet. Krieg.

Irene war im Jahr 1914, kurz vor Ausbruch des Weltkriegs geboren worden. Wie war es damals im Krieg? Sie erinnerte sich, dass ihr Vater nicht an die Front musste, da er stark kurzsichtig war. Ihre Eltern hatten ihr einmal von einer Schlacht in Frankreich erzählt, bei der Hunderttausende deutsche und französische Soldaten ums Leben kamen, an einem Ort, der Verdun hieß. Und nun drohte wieder ein Krieg.

Nachdenklich strich Irene ihrer Freundin die Haare aus der Stirn. Sie war erschrocken über Leahs Aussehen. Ihre Haut war wächsern, und tiefe bläuliche Schatten lagen unter den Augen.

»Irene«, flüsterte Leah plötzlich und schlug die Augen auf. Sie konnte kaum die Hand heben, um ihre Freundin zu begrüßen. »Hast du sie gesehen?«

Irene schüttelte leicht den Kopf, während sie Leah beruhigend anlächelte. »Nein, noch nicht. Sie ist so zart, man darf sie nicht stören, wurde mir gesagt. Aber ich gratuliere dir von ganzem Herzen, ich freue mich so, dass deine Tochter jetzt auf die Welt gekommen ist.«

»Ich habe Angst, dass man sie mir wegnimmt.« Leah versagte fast die Stimme. »Die Stationsschwester weiß, dass wir Juden sind und ich …« Sie konnte nicht weitersprechen.

Irene war ratlos. Leahs Anblick verunsicherte sie zutiefst, trotzdem versuchte sie, die Freundin zu beruhigen.

»Das hier ist ein Krankenhaus. Hier wird jedem geholfen, du musst keine Angst haben.«

Doch Leah schüttelte nur den Kopf. »Ich habe gehört, wie die Schwester draußen gerufen hat: ›Bringt das Judenkind her.‹ Ich will nach Hause«, flüsterte sie, »ich kann nicht stillen, und vielleicht gibt man meiner Kleinen verdorbene Milch, damit sie stirbt.«

Tränen liefen über das blasse Gesicht.

»Soll ich einmal mit deinem Arzt oder der Schwester reden?«, schlug Irene vor.

Leah schüttelte wieder den Kopf. »Ich will nur weg.«

»Erlaubt dir Professor Leitner, dass du gehst?«

»Nein.«

»Also kannst du nicht heim, sondern musst im Krankenhaus bleiben.« Irene versuchte, sich die Sorgen, die sie sich um Leah machte, nicht anmerken zu lassen.

»Nein«, erwiderte Leah in höchster Erregung. »Er meint, wir dürfen nicht weg! Er hat gesagt, es könnte meinen Tod bedeuten zu verreisen. Und es ist fraglich, ob unsere Tochter eine Reise überleben würde.« Leah war so entkräftet, dass ihr leises Schluchzen jetzt in ein schwaches Wimmern überging. Irene setzte sich auf die Bettkante, und während sie Leah sanft über das Gesicht streichelte, wurde sie von tiefer Trauer und Mitleid ergriffen. Leahs gesundheitliche Verfassung nahm den Weizmanns die letzte Hoffnung auf eine Flucht, die Hoffnung, in New York ein freies Leben führen zu können. Der Fluchtplan war gescheitert.

Leah wollte noch etwas sagen, deshalb neigte Irene ihren Kopf ganz nahe an ihre Lippen. »Eliah hat mir verboten, darüber zu sprechen«, wisperte sie, »aber es ist alles organisiert. Freunde bringen uns von Wien nach Rotterdam. Wir haben Schiffspassagen für eine Überfahrt nach Amerika. Sie holen uns in zehn Tagen ab. Wir müssen weg.«

Irene schwieg. Die Verzweiflung ihrer Freundin übertrug sich auf sie, und sie wusste, es gab nichts Tröstliches, das sie sagen konnte. Stattdessen versuchte sie, Leah abzulenken.

»Ist Lavinia gekommen? Hat sie ihre Nichte schon gesehen?«

Leah nickte mit einem kleinen stolzen Lächeln. »Sie ist vernarrt in die Kleine. Sie hat gesagt, sie hat noch nie ein hübscheres Baby gesehen.«

»Wie lange bleibt sie denn?«

»Nur kurz. Sie und Hanno haben Probleme, aber darüber will sie nicht sprechen.« Leah schloss erschöpft die Augen.

»Habt ihr schon einen Namen für eure Tochter?«, wollte Irene wissen.

»Rachel«, flüsterte Leah, »Rachel, der Name steht auf der Liste.«

»Was für eine Liste?«, fragte Irene nach, doch Leah war bereits wieder eingeschlafen. Irene blieb noch einen Moment auf dem Bett sitzen und schlich dann leise aus dem Zimmer. Während sie auf dem Gang wartete, um sich von Eliah zu verabschieden, kam ihr die Stationsschwester entgegen, eine große kräftige Frau mit blonden Haaren. Die Schwester blieb vor ihr stehen und musterte sie mit abschätzendem Blick.

»Sind Sie eine Freundin von der Jüdin?«, fragte sie und warf Irene einen verächtlichen Blick zu.

»Ja, ich bin die Freundin von Leah Weizmann«, antwortete Irene laut und deutlich. »Und ich bin die Frau von Christian Rheinberg.«

Die Stimme der Schwester wurde freundlicher. »Ach ja, über Ihre Hochzeit habe ich in unserem Lokalblatt gelesen. Ihr Mann ist Deutscher, nicht wahr?«

Irene nickte, zwang sich, der Schwester gewinnend zuzulächeln und verabschiedete sich höflich von ihr, in der Hoffnung, die Freundschaft mit dem deutschen Ehepaar Rheinberg käme Leah zugute.

Beim Abendessen erzählte Irene ihrem Mann von Leahs Ängsten. »Das ist nicht so abwegig«, bestätigte Christian. »Eliah sollte seine Frau und das Kind schnellstmöglich nach Hause holen.«

Irene war geschockt. »Meinst du wirklich …«

»Es ist eine Vorsichtsmaßnahme, mehr nicht«, unterbrach Christian sie und nickte ihr beruhigend zu.

»Leah kann nicht stillen«, sprach Irene weiter. »Und der einzige Hof hier in der Nähe ist der Schweigerhof, dort wird man ihr keine Milch für ihr Kind verkaufen.«

In diesem Moment kam Kathi herein und deckte die Suppenteller ab. Christian wandte sich an das Hausmädchen.

»Kathi, Sie sind doch aus dieser Gegend. Wissen Sie, auf welchem Hof man gute frische Milch bekommen kann? Außer dem Schweigerhof.«

Kathi überlegte einen Moment. »Ja, bei den Fisslers. Der Hof liegt nicht weit weg, und die haben gesunde Kühe und einen großen Hof.«

»Wenn Frau Leah Weizmann aus dem Krankenhaus zurückkommt, werden Sie jeden Tag frische Milch dort holen. Aber sagen Sie nicht, dass sie für das Kind der Weizmanns ist. Sagen Sie, die Milch sei für Rheinberg. Wenn es Schwierigkeiten gibt, bieten Sie den doppelten Preis an. Dann wird es schon klappen.«

Kathi gefiel die Aussicht, täglich über die Wiesen zum Fissler-Hof zu laufen. Dann machte sie noch einen Vorschlag: »Die Milch muss abgekocht und verdünnt werden, einen Kochapparat haben wir noch zu Hause«, erzählte sie. »Bei meinem jüngsten Bruder konnte meine Mutter nicht mehr stillen. Wenn Sie wollen, bringe ich ihn mit.«

»Na, dann ist ja alles geklärt.« Christian lächelte sie an. »Den Apparat kaufen wir Ihnen natürlich ab.«

Seine Hilfsbereitschaft überwältigte Irene. In diesem Moment beugte sie sich über den Tisch und küsste ihn spontan auf die Wange.

»Nanu? Für was ist das denn?«, fragte er erstaunt.

»Ich bin glücklich, dass du meiner Freundin hilfst.«

»Dann bist du aber leicht glücklich zu machen.« Christian

lachte. »Das ist nur ein kleines Geschenk für Leah zur Geburt«, fügte er hinzu. »Du musst Eliah davon überzeugen, dass er seine Frau sofort nach Hause holt. Wenn sie Hilfe braucht, dann schicke Kathi oder Marie zu ihr. Leah soll sich nicht anstrengen, sie braucht Ruhe.«

Irene schossen Tränen in die Augen. Sie griff nach Christians Hand. »Danke«, sagte sie.

Schweigend aßen sie weiter. Irene war ganz in ihre Gedanken versunken.

»Leah will ihre Tochter Rachel nennen. Sie sprach von einer Liste. Weißt du, was sie damit meint?« Sie schaute Christian fragend an.

»Ja. Die Liste wurde letztes Jahr herausgegeben. Sie schreibt Namen vor, die ein jüdisches Ehepaar seinem neugeborenen Kind geben darf. Die Namen sollen möglichst fremd klingen, damit man die nicht-arische Abstammung sofort erkennen kann.«

»Das ist ja entsetzlich.«

Christian zuckte die Achseln und stand auf. »So ist es nun einmal. Und sicher ist es das Beste, die Weizmanns richten sich danach.«

»Lavinia war auch da«, erzählte Irene, »du weißt schon, die Schwester von Eliah, aber sie konnte nur kurz bleiben.«

»Kenne ich sie?«, wollte Christian wissen.

»Ich weiß es nicht, sie war bei unserer Trauung dabei, aber zum Fest ist sie dann nicht mehr gekommen. Ihr Mann wollte es so.«

»Ihr Mann?«

»Lavinia ist mit Hanno Schwarz verheiratet. Die beiden leben in München.«

»Hanno Schwarz, der bekannte Regisseur?«, rief Christian überrascht aus.

Irene nickte.

»Ich habe schon mal eine seiner Inszenierungen in Bayreuth gesehen, das war unglaublich beeindruckend.« Christian zeigte sich begeistert.

»Ach ja? Das wusste ich gar nicht.« Irene verstand nur wenig von Musik, aber jetzt konnte sie sich vorstellen, in die Oper zu gehen und die Musik, die Christian liebte, zu hören, um dadurch einen Weg zu ihm zu finden, einen Weg, der sie einander näherbringen würde.

Vier Tage später brachte Eliah seine Frau und die kleine Rachel nach Hause. Kathi holte jeden Tag für die Tochter der Weizmanns Milch vom Fissler-Hof. Mehr noch, sie brachte Obst mit, Quark und Kartoffeln. Einmal hatte sie sogar ein geschlachtetes Huhn dabei, aus dem die Köchin Frieda eine kräftige Brühe für Leah kochte.

»Wenn es frisches Gemüse gibt, bekommst du es auch«, erzählte Irene Leah bei einem Besuch. Die kleine Rachel lag in ihren Armen und schlief. »Sie ist so süß«, erklärte Irene fast andächtig und strich dem Baby zart über das Köpfchen. Ansonsten überließ sie es Kathi, sich um Leah zu kümmern und ihr auch den Haushalt zu führen. Kathi nahm ihre Pflichten sehr ernst. Jeden Morgen holte sie frische Milch, kochte sie ab und verdünnte sie mit Haferschleim. Irene und Leah hatten unterdessen wieder angefangen, sich täglich Briefe zu schreiben, die das Hausmädchen hin- und herbrachte.

Einmal kam Eliah in die Villa, um sich bei Christian für die Fürsorge zu bedanken. »Ich hoffe, ich kann mich einmal revanchieren«, sagte er und streckte Christian seine Hand entgegen.

»Was ich getan habe, ist selbstverständlich«, antwortete Christian ruhig.

Nach allem, was er für seine Familie getan hatte, vertraute Eliah Christian, und so erzählte er, dass er die Schiffspassagen jemand anderem verkauft habe. »Das war kein leichter Entschluss, aber diese Gelegenheit ist vorbei.« Eliah war tief verzweifelt.

»Es wird sich wieder eine neue Möglichkeit ergeben, verlieren Sie nicht die Hoffnung«, machte Christian ihm Mut. »Und wenn ich Ihnen einen Rat geben darf: Leben Sie so weiter wie bisher, möglichst unauffällig, so, dass sie keinen Neid erregen und niemandem die Gelegenheit geben, Sie zu denunzieren. Versuchen Sie, Ruhe zu bewahren. Und wenn Sie etwas brauchen, wir helfen Ihnen.«

Die nächsten zwei Monate vergingen. Die kleine Rachel erholte sich, doch sie blieb ein zartes Kind. Leah kränkelte weiterhin, sie hatte sich eine Nierenbeckenentzündung zugezogen. Auch nach der Geburt verbrachte sie die Tage auf dem Sofa oder auf einem Liegestuhl im Garten. Ihre Ängste wuchsen, und sie zog sich immer mehr in sich zurück. Als es in Frauenkirchen wieder zu antijüdischen Demonstrationen kam, zog Eliah aus Angst vor weiteren Ausschreitungen Konsequenzen: Die Weizmanns verließen ihr Haus nicht mehr, sie hielten die Fensterläden stets geschlossen und ließen den Garten verwildern. Das Anwesen machte bald einen verlassenen Eindruck. Eliah und Leah gingen nicht mehr ans Telefon. Irene und Kathi schlichen sich nachts heimlich hinüber, um ihnen Lebensmittel und die Milch für Rachel zu bringen. Doch auch wenn Irene sich ganz auf die bevorstehende Geburt ihres eigenen Kindes konzentrierte, stand sie immer wieder am Fenster und sah hinüber zum Weizmann-Haus. Niemand hätte vermutet, dass dort noch jemand wohnte, Leah lebte mit ihrem Kind und ihrem Mann vollkommen im Dunkeln. Es war ein unwürdiges und gefährliches Leben. Wann würden die Weizmanns Österreich verlassen können, ohne ihr Leben zu riskieren? Jedes Mal, wenn Irene hinübersah, hoffte sie inständig, dass alles gutgehen würde. Doch tief im Inneren wusste sie, dass die Gefahr mit jedem Tag, der verging, wuchs und ihr Wunsch immer mehr zur Illusion wurde.

Siebzehn

Ende Juni 1939

Irene hatte mit Professor Meisner vereinbart, schon ein paar Tage vor dem errechneten Termin in die Klinik zu kommen.

Zwei Tage vor ihrer Abfahrt konnte sie die ganze Nacht nicht schlafen. Das Kind strampelte und trat, und sie hatte das Gefühl, es drängte mit aller Macht auf die Welt. Müde setzte sie sich auf und klingelte nach Kathi. Sie wollte im Bett frühstücken. Da hörte sie Christian die Treppe heraufkommen und den Gang entlanglaufen. Er betrat ihr Zimmer, ohne anzuklopfen.

»Mein Vater liegt im Sterben.« Christian setzte sich auf einen Stuhl neben dem Bett. Für einen Moment blieb er ganz ruhig, doch bevor Irene ihr Mitleid aussprechen konnte, erhob er sich bereits wieder.

»Er ist ja schon seit langem schwer herzkrank. Aber nun verschlechtert sich sein Zustand zusehends, die Atembeschwerden sind für ihn unerträglich geworden, und im ganzen Körper staut sich Wasser.« Seine Stimme war tonlos. »Es geht dem Ende zu«, schloss er nach einer kurzen Pause.

»Das tut mir furchtbar leid«, sagte Irene betroffen.

»Meine Mutter hat mich gebeten, nach Hause zu kommen.« Christian warf seiner Frau einen unsicheren Blick zu.

»Und? Wirst du fahren?« Irenes Stimme klang sachlich, doch ihre Enttäuschung war groß. In ihrer Fantasie hatte sie sich den Moment ausgemalt, wenn Christian sein Kind zum ersten Mal im Arm halten würde. War das nicht der Augenblick, in dem Liebe entstand? Der ganz besondere, der einmalige Moment im Leben eines Paares, die Geburt des gemeinsamen Kindes? »Ja, ich nehme den Nachtzug nach München«, hörte sie Christian sagen, der ihren Gedanken damit ein abruptes Ende bereitete. Aber vielleicht würde er ja noch rechtzeitig zurückkommen? Dann aber erschrak Irene über diesen Gedanken, denn das bedeutete, dass sein Vater gestorben war. »Wann kommst du zurück?«, fragte sie trotzdem und verdrängte ihre Visionen vom familiären Glücksmoment. »Die Geburt steht bevor, es ist bald so weit.«

Christian beugte sich zu ihr hinunter und küsste sie flüchtig auf die Wange. »Irene, ich kann nicht anders«, sagte er. »Du kommst allein zurecht, du bist eine starke Frau. Du schaffst das! Außerdem bist du bei Professor Meisner in den besten Händen. Mein Vater stirbt, und jeder Tag mit ihm ist kostbar.«

»Ja, natürlich«, antwortete Irene, zutiefst enttäuscht. War jetzt ihr Traum von großer Liebe und Familienglück geplatzt? Christian würde nicht an ihrem Bett stehen, das Neugeborene nehmen und sie küssen, vor Bewunderung, dass sie sein Kind zur Welt gebracht hatte. Die Hoffnung, dadurch Liebe bei ihm zu wecken, war zerbrochen.

»Ich muss noch einiges erledigen.« Schon wandte Christian sich zum Gehen. An der Tür drehte er sich noch einmal um. »Ruf deine Eltern an, sie sollen kommen und dich unterstützen«, sagte er noch. Dann war er weg. Irene lauschte seinen Schritten auf dem Gang nach, bis die Tür zu seinem Schlafzimmer zufiel.

Sie blieb unbeweglich sitzen, dann legte sie ihre Hände über den Bauch. »Ich habe ja dich«, flüsterte sie. »Ich habe ja dich, und ich freue mich schon so sehr, wenn du da bist.«

Irene erzählte Leah von Christians bevorstehender Reise.

»Das musst du verstehen«, meinte die Freundin, »sein Vater stirbt, er will bei ihm sein.«

»Ja, natürlich. Aber er schließt mich aus seinem Leben aus.«

»Du bist enttäuscht, das ist verständlich«, tröstete Leah sie. »Aber wir erwarten vielleicht zu viel von unseren Männern. Eliah hat sich seit vergangenem November ganz in sich zurückgezogen, ich fühle mich sehr allein. Fast schuldig, dass ich darauf bestanden habe, das Kind zu bekommen.«

Während sie sich noch leise unterhielten, kam Eliah die Treppe herunter. Er hatte sich oben ein Arbeitszimmer eingerichtet und versuchte, von zu Hause aus seine Firma am Leben zu erhalten. Von Leah wusste Irene, dass er sich manchmal nachts in die Firma schlich, um dort die Unterlagen durchzugehen und sich heimlich mit dem Geschäftsführer zu treffen, dem Einzigen, dem er noch vertrauen konnte.

»Wieso kommst du am Tag?«, herrschte er Irene an. »Wenn dich jemand vom See aus sieht, wie du das Haus betrittst, weiß man sofort, dass wir noch hier sind. Bitte, komm nur, wenn es dunkel ist!«

»Eliah!«, wandte sich Leah ihrem Mann zu. »Ohne Irene, ihren Mann und auch Kathi könnten wir nicht überleben. Also zeig Irene gegenüber wenigstens etwas Dankbarkeit.«

Schweigend drehte Eliah sich um und ging die Treppe wieder hoch. An Leahs gereiztem Ton erkannte Irene, wie sehr die Nerven des Ehepaares angespannt waren, und sie fragte sich besorgt, wie lange die beiden das Leben in der Dunkelheit noch ertragen konnten.

Am Nachmittag ging Irene zum See hinunter und setzte sich auf die Bank. Irgendwann kam Christian ihr nach und versuchte, ihr noch einmal zu erklären, dass er nicht anders konnte, er musste zu seinem sterbenden Vater fahren.

»Ja«, Irenes Stimme klang fest und klar. »Du hast die richtige Entscheidung getroffen.«

Auf seinem Gesicht spiegelte sich Erleichterung über ihre Reaktion. »Hast du deine Eltern angerufen?«, wollte er wissen.

»Ja, das habe ich«, erklärte Irene, »doch sie waren nicht begeistert von meinem Vorschlag. Aber sie überlegen es sich«, setzte sie leise hinzu.

»Dann ruf sie bitte noch einmal an. Ich wäre sehr beruhigt, wenn sie kämen«, antwortete Christian. »Und für dich ist es sicher auch schön, sie hier zu haben.«

In diesem Augenblick sah Irene Lavinia mit dem Fahrrad auf den Steg zufahren. »Da kommt Schneewittchen«, sagte sie lächelnd.

»Wer?«, fragte Christian erstaunt.

»Ach, ich nenne sie so. Lavinia, die Schwester von Eliah, ich habe dir doch von ihr erzählt.«

Christian drehte sich um und sah eine junge Frau in halsbrecherischer Fahrt näher kommen. Erst direkt vor ihnen sprang sie ab und begrüßte Irene.

»Ich wusste nicht, dass du hier bist, Lavinia.« Irene hauchte ihr einen Kuss auf die Wange.

»Ich bin auch nur für zwei Tage da, fahre aber heute Abend schon wieder ab. Ich hatte einfach so große Sehnsucht nach meiner kleinen Nichte und wollte sie unbedingt besuchen.«

Lavinia lächelte, sah aber dabei an Irene vorbei auf Christian.

»Lavinia, das ist mein Mann Christian Rheinberg. Ich glaube, ihr seid euch noch nicht vorgestellt worden«, sagte

Irene. »Christian kennt die Situation, du kannst also ruhig offen sprechen«, setzte sie noch hinzu.

Lavinia schüttelte Christian die Hand. »Wir haben uns an Ihrer Hochzeit kurz gesehen, vor der Kirche.«

»Ja, ich erinnere mich«, erwiderte Christian kühl, während sich Lavinia bereits wieder Irene zuwandte. »Ich war in Rust und habe dort ein paar Babysachen gekauft.«

»Das ist leichtsinnig«, wies Irene sie zurecht. »Die Leute hier sind neugierig und fragen sich wohlmöglich, warum du hier bist, wenn die Weizmanns angeblich längst weg sind.«

»Du hast recht«, stimmte ihr Lavinia betroffen zu. »Ich werde aufpassen, wenn ich ins Haus gehe. Auf Wiedersehen, Irene, und alles Gute für die Geburt.« Lavinia warf plötzlich das Fahrrad auf den Boden und umarmte Irene fest. »Gib mir Bescheid, wenn das Kind da ist, bitte.«

»Das mache ich«, versprach Irene.

»Es wird alles gutgehen. Du hast ja deinen Mann an deiner Seite«, meinte Lavinia aufmunternd und hob das Fahrrad wieder auf.

»Nein, Christian muss nach München zurück, sein Vater liegt im Sterben«, erklärte Irene. Christian schwieg und Lavinia musterte ihn prüfend. Ihre Blicke trafen sich für einen kurzen Moment, dann wandte sich Lavinia wieder Irene zu. »Du wirst es schaffen, da bin ich mir ganz sicher.« Ihre Stimme klang voller Zuversicht und Anteilnahme. »Also ich muss dann«, sie nickte den beiden noch einmal zu und schob das Rad bis ans Ende des Stegs und weiter zum Haus der Weizmanns hoch.

»Lavinia ist mir bei unserer Hochzeit aufgefallen, weil sie einen verrückten kleinen Hut trug«, sagte Christian in die Stille hinein.

»Sie fällt jedem auf, nicht nur wegen ihrer Hüte. Sie ist einfach wunderschön.« Irene sah Lavinia nach.

»Komm, lass uns ins Haus gehen«, schlug Christian vor, »wir können noch zusammen Kaffee trinken.«

An diesem Abend brachte Irene ihren Mann zum Hauptbahnhof in Wien.

»Ich hoffe, mein Vater lebt noch, wenn ich ankomme. Er wünscht sich so sehr, mich noch einmal zu sehen«, sagte Christian mit leiser Stimme.

Irene erkannte seine Unsicherheit und Nervosität daran, dass er sich immer wieder durch die Haare fuhr.

»Ich wünsche dir alles Gute und viel Kraft. Ich denke ganz fest an dich.« Irene küsste ihn auf beide Wangen.

»Danke dir«, antwortete er, mit den Gedanken offenbar schon weit weg.

»Mit mir wird alles gutgehen«, versicherte sie ihm, »um mich musst du dir keine Sorgen machen«.

Als der Zug bereits abgepfiffen worden war und die Türen zugeschlagen wurden, verabschiedete sich Christian von ihr mit einem zärtlichen Kuss und stieg ein. Er lehnte sich aus dem Fenster und winkte, bis der Zug am Ende des Bahnsteigs um die Kurve fuhr. Zum ersten Mal hatte Irene das Gefühl von Vertrautheit zwischen ihnen gespürt. Auch wenn es nur ein kurzer Moment gewesen war.

Aber wann würde sie Christian wiedersehen?

Achtzehn

Christian Rheinberg

In der Klinik »Sonnberger Mühle«,
Sommer 1979

Am Morgen war er müde und kraftlos aufgewacht. Und als er im Bad vor dem Spiegel stand, sah er sich an, plötzlich ganz ohne Illusionen. Er konnte den Mann, der er einst gewesen war, nicht mehr in sich erkennen. Er war nur noch ein alter Kerl, der sich ans Leben klammerte, aber nicht mehr in der Lage sein würde, das Unternehmen zu leiten, das er bis vor einem Jahr noch erfolgreich geführt hatte. Da hatte ihn die Krankheit schon im Griff. Sie hatte sich in sein Leben geschlichen, nun zwang sie ihn bösartig in die Knie. Genau so war auch sein Vater gestorben, langsam, einem quälenden Herztod ausgeliefert. Bereits vor dem Frühstück war Christian beim Arzt gewesen, der ihm eingeschärft hatte, endlich mit dem Rauchen aufzuhören. Er habe erfahren, dass Christian sich hinten im Park öfter eine Zigarre genehmige.

Und jetzt saß er also im Garten an »seinem« Tisch, den die Oberschwester Lisa gut im Auge behalten konnte, ihn überwachen, wie er es nannte. Jedes Mal, wenn sie auf der Terrasse erschien oder sich mit einem anderen Patienten beschäftigte, warf sie ihm einen strengen Blick zu. Jetzt winkte er ihr zu, als sie einen schwachen, gebeugt gehenden Mann zum letzten Tisch auf der Terrasse führte. Alle hier waren alt und gebrechlich, er selbst fiel also nicht weiter auf. Das zumindest war beruhigend. Dalia würde einen alten, dünnen Mann mit eingefallenen Wangen sehen. Er versuchte, es mit Humor zu nehmen, zu ein wenig Leichtigkeit zu finden, doch es gelang ihm nicht. Leichtigkeit hatte ihm immer schon gefehlt, so sehr er sich danach gesehnt hatte.

Es war schattig unter dem Baum, die Sonne kam nicht an ihn heran, trotzdem trug Christian Rheinberg seinen Hut, vielleicht ließ er ihn ein wenig jünger aussehen. Dalia sollte nicht erschrecken, wenn sie ihn sah. Er war müde und schloss die Augen. Der Duft des blühenden Lindenbaums, unter dem er saß, machte ihn so schläfrig, wie sein Herz schläfrig war, müde, einfach müde … lebensmüde.

Hier in der Stille des Sanatoriums beschäftigten sich seine Gedanken ausschließlich mit der Vergangenheit. Sie liefen kreuz und quer, oft kamen ihm Erinnerungen an das Schicksalsjahr 1939. Ein besonderes Jahr, nicht nur, weil der Krieg ausbrach, sondern weil für ihn ein neues Leben begann. Am 13. April 1939 hatten Irene und er sich in der Kirche von Frauenkirchen das Jawort gegeben. *Eine Heirat bedeutet, an die Zukunft zu glauben,* das waren die überraschenden Worte seines Schwiegervaters Walter gewesen. Glaubte er, Christian, damals an eine Zukunft mit Irene, an ein Leben an ihrer Seite? Er richtete seinen Blick stets nur auf das Nächstliegende, und das war: Verantwortung für das Kind zu übernehmen. Weiter gingen seine Gedanken nicht. Man würde sehen, meinte er damals. Aber der Krieg, die Ereignisse im Sommer 1939 veränderten alles.

Nach Kriegsende stürzte er sich in die Arbeit, denn er wollte vergessen: Die erste Zeit in Polen, später Russland, seine Verwundung, das Sterben vieler seiner Kameraden, die Heimkehr. Doch den Sommer 1939 konnte er nie vergessen. Die kurze Zeit seiner Liebe, der großen Liebe: Lavinia. Schneewittchen. Christian lächelte, als ihm dieser Spitzname jetzt wieder einfiel. Schneewittchen, die damals im selben Zug nach München gesessen hatte wie er. Sie war auf dem Weg zurück zu ihrem Mann gewesen, er zu seinem sterbenden Vater.

*

Lavinia und Christian,
München, Sommer 1939

Als er am Münchner Hauptbahnhof auf den Chauffeur seiner Familie wartete, sah er sie am Taxistand vergeblich nach einem freien Wagen Ausschau halten. Er ging zu ihr und schlug vor, sie nach Hause zu fahren. Zuerst lehnte sie höflich ab, doch als immer noch kein freies Taxi kam, nahm sie sein Angebot an. Sie nannte ihre Adresse, und er stieß einen erstaunten Ruf aus.

»Dann wohnen Sie ja ganz in der Nähe von uns.«

»Ja, ich kenne die Rheinberg-Villa«, erzählte sie, »ein wunderschönes Haus.« Dann aber wandte sie ihr Gesicht ab und sah durch das Fenster hinaus auf das nächtliche München. Schweigend fuhren sie am Haus der Deutschen Kunst vorbei, hoch zum Friedensengel, weiter bis zum Prinzregentenplatz und bogen dann in die Straße ein, in der Lavinia mit ihrem Mann lebte.

»Da sind wir«, sagte sie und wartete, nachdem der Chauffeur angehalten hatte, bis Christian ausstieg, um den Wagen herumlief und ihr die Tür öffnete.

»Also, vielen Dank fürs Mitnehmen. Wahrscheinlich würde ich jetzt immer noch am Bahnhof stehen und auf ein Taxi warten.«

Sie gab ihm die Hand und zog sie schnell wieder zurück.

Christian konnte nicht anders, er beugte sie zu ihr, berührte mit seinen Lippen rasch ihre Wange und spürte die Zartheit ihrer Haut. Er handelte ohne zu überlegen, fasziniert von ihrer Schönheit und der Intensität ihrer Nähe. Hatte er sich in diesem Moment in sie verliebt? Hatte ihn, den kühlen, rational denkenden Mann, die Liebe überrascht, mehr noch, überwältigt? Unwillig wandte sie ihren Kopf zur Seite und warf einen Blick hinauf in den vierten Stock. Denn dort erkannte man eine Silhouette am dunklen Fenster, ihr Ehemann Hanno.

»Darf ich Sie anrufen?«, rief Christian ihr nach. Ihr energisches »Nein!« war das Letzte, was er von ihr hörte, bevor sie im Haus verschwand.

Der Chauffeur wendete die Limousine. Christian saß im Fond des Wagens, drehte sich noch einmal um, als erwartete er, Lavinia noch im Licht der Laterne zu sehen. Aber sie hatte ihn unmissverständlich zurückgewiesen, indem sie ihr Gesicht abwandte. Wie hatte er sie einfach küssen können? Er, für den Höflichkeit und Distanz stets höchste Priorität hatten. Doch dieses Mal war er einem Impuls gefolgt, einer Regung, die er selbst nicht ganz verstand. Hatte er sie verschreckt, empfand sie ihn als aufdringlich? Der Wagen hielt vor der Villa der Rheinbergs. Hier lebte seine ganze Familie, auch seine beiden jüngeren Brüder Carsten und Otto mit ihren Frauen und Kindern. Das Haus bot Platz für alle.

Als Christian die Eingangshalle betrat, kam ihm seine Mutter entgegen und umarmte ihn. Sie wollte ihn kaum mehr loslassen.

»Endlich! Vater erwartet dich schon.« Sie führte ihren ältesten Sohn in den englischen Salon, in dem man das Bett des Sterbenden aufgebaut hatte. Er brauche Weite um sich, hatte Gernot Rheinberg erklärt, den Blick nach draußen ins Grüne.

Der alte Mann lag halb aufgerichtet zwischen Seidenkissen und Polstern. Sein Kopf war zur Seite gefallen, der Mund in dem grauen Gesicht leicht geöffnet, ein rasselnder, gequälter Atem kam über seine Lippen. Der Anblick des Todkranken war ein Schock für Christian. Gernot Rheinberg war nie sehr groß gewesen, doch jetzt im Sterben erkannte man den einst vitalen Mann kaum mehr, klein und zerbrechlich lag er zwischen den vielen aufgetürmten Kissen. Christian erschrak zutiefst.

Die Augen seines Vaters blieben zunächst geschlossen, als Christian näher trat.

»Er kann im Liegen nicht mehr schlafen, er bekommt keine Luft«, flüsterte seine Mutter ihm zu.

In dem Moment schreckte der Sterbende auf und wandte seinem ältesten Sohn das Gesicht zu. Seine Augen leuchteten auf, und die grauen eingefallenen Wangen bekamen ein wenig Farbe.

Christian beugte sich über seinen Vater und umschloss mit seinen Fingern fest dessen kalte, zitternde Hand.

»Ich bin da«, flüsterte er.

»Bleibst du auch?«, kam heiser die Bitte zurück.

Christian stiegen die Tränen in die Augen. Er brachte kein Wort über die Lippen, so nickte er dem Sterbenden nur zu.

Die Tage und Nächte des Wartens auf den Tod von Gernot Rheinberg zogen sich qualvoll in die Länge. Christian blieb hauptsächlich in der Villa und war nur selten in seiner Schwabinger Wohnung.

Nach einer weiteren schlaflosen Nacht, die er am Bett seines Vaters verbracht hatte, ging er mit der Dogge seines Vaters hinunter an die Isar. Das war sonst die Aufgabe des Butlers, doch Christian wollte sich ein wenig die Beine vertreten.

Er war noch nicht lange unterwegs, da rief jemand seinen Namen. Als er sich umdrehte, sah er Lavinia auf dem Fahrrad näher kommen.

Sie sprang ab, und nach der Begrüßung fragte sie ihn, wie es seinem Vater gehe.

»Es ist quälend, seinem Sterben zuzusehen«, bekannte Christian. »Man fühlt sich so hilflos. Aber noch schrecklicher ist es, dass meine Familie bereits die Beerdigung plant. Es müssen sehr viele Leute bei der Einladung berücksichtigt werden.«

»Das tut mir leid.« In Lavinias dunklen Augen erkannte er tiefes Mitgefühl. »Haben Sie eine enge Beziehung zu Ihrem Vater?«

Christian konnte gerade noch nicken, da zog ihn die Dogge an der Leine energisch weg.

»Ein schrecklicher Hund«, rief er Lavinia noch schnell zu. »Völlig unerzogen.«

Lavinia blieb neben ihrem Fahrrad stehen und sah ihm lachend nach. Er ärgerte sich, denn er wollte sich vor dieser schönen Frau nicht lächerlich machen.

Zurück in der Villa erklärte er, das sei das erste und letzte Mal gewesen, dass er mit diesem unerzogenen Hund spazieren gehe.

»Sie hat mich nur hinter sich hergezogen.«

»Ja, Hella hat ihren ganz eigenen Kopf«, bestätigte der Butler und verkniff sich ein leichtes Grinsen.

In den nächsten Tagen telefonierte Christian mehrmals mit der Klinik von Professor Meisner in Wien und erfuhr, dass es Irene gutging, das Baby aber noch auf sich warten ließe.

Schließlich, nach einer Woche, erreichte ihn ein Telegramm, aufgegeben von Irene.

»Wir haben eine Tochter – stop – eine kleine hübsche Dalia – stop – bin so glücklich – stop – ich hoffe, der Name gefällt dir – stop!«

Einige Tage später folgte ein Brief von ihr:

Lieber Christian,
Mutter und Kind sind wohlauf, wie man immer so schön sagt. Mir geht es ganz prächtig, ich kann so gut stillen, dass ich fast Amme für die kleine Rachel von Leah werden könnte! Aber sie hat sich natürlich an die Milch von Bauer Fisslers Kühen gewöhnt und Kathi nimmt ihre Pflicht, die Milch zu holen und sie abzukochen, sehr ernst.
Ich kann es kaum erwarten, was Du zu unserer Tochter sagen wirst. Sie ist – natürlich – das schönste Kind, das Du jemals gesehen hast. Aber ich weiß, dass deine Rückkehr bedeuten würde, dass Dein Vater gestorben ist, und so spreche ich den Wunsch, Dich bald wiederzusehen, besser nicht aus.
Wenn Du Deine Frau an Deiner Seite brauchst, kann ich jetzt gern mit Dalia nach München kommen. Ich denke, wir beide sind gesund und kräftig genug, um eine Reise gut zu überstehen. Anbei das erste Foto von der glücklichen Mutter mit dem hübschen Kind.
Ach ja, übrigens. Du hattest doch vorgeschlagen, meine Eltern sollten mich nach der Geburt besuchen, um mir zu helfen. Als ich sie noch einmal anrief, erklärte meine Mutter, sie seien sehr beschäftigt, schließlich müssten sie sich einen neuen Bekanntenkreis aufbauen, und mein Vater meinte, Babys würden eh nur schlafen und sähen alle gleich aus. Sie kämen

dann irgendwann, wenn Dalia größer wäre. Nun habe ich ihnen den Tag von Dalias Einschulung für ein erstes Treffen vorgeschlagen.

Deine glückliche Irene

Immer wieder betrachtete Christian das Foto seiner Tochter. Er konnte es kaum glauben: *seine* Tochter. *Sein* Kind.

»Ich werde dir ein guter Vater sein«, murmelte er, und sah mit einem Lächeln auf das kleine runde Gesicht. »Und ich freue mich schon auf dich.«

Christian ließ Irene Blumen schicken und beauftragte den bekanntesten Juwelier Wiens, zu ihr ins Krankenhaus zu fahren und ihr ein Rubinarmband in seinem Namen zu überreichen.

Als er seine Familie über die Geburt seiner Tochter informierte, gratulierten ihm alle, doch die Reaktion blieb ein wenig unterkühlt.

»Man sieht wenig von ihr, schade«, meinte seine Schwägerin und gab das Foto zurück.

»Ich finde sie sehr süß«, verteidigte Christian sein Kind.

An diesem Abend saß die ganze Familie Rheinberg im Speisesaal um den langen Tisch. Lilien schmückten die weiß gedeckte Tafel, und das Licht der Kronleuchter spiegelte sich in den Kristallgläsern. Christians Mutter saß aufrecht am Tischende, der Stuhl ihr gegenüber blieb leer, es war der Platz des Vaters. Elisabeth Rheinberg war immer noch eine beeindruckende Persönlichkeit. Die weißen Haare waren makellos frisiert, um den Hals trug sie eine vierreihige Perlenkette, und das graue Seidenkleid warf nicht das geringste Fältchen.

»Wir bedauern es sehr, dass du nach Wien gegangen bist.« Carsten, der jüngere Bruder, sprach aus, was die ganze Familie dachte. »Wir brauchen dich hier in der Bank, das weißt du doch.«

»Es ist der größte Wunsch deines Vaters, dass du sie leitest«, fügte seine Mutter hinzu.

»Ich habe immer gesagt, dass ich aussteigen werde, das hat mit Wien nichts zu tun«, entgegnete Christian ruhig. »Ich distanziere mich lediglich von der Bank, die Adolf Hitler den Wahlkampf finanziert hat.«

»Wir sind nicht die Einzigen, die ihn unterstützt haben«, widersprach seine Mutter, »die ganze deutsche Industrie steht hinter ihm.«

»Das mag schon sein, aber ich habe diese Entscheidung für mich selbst getroffen. Ich habe eine Firma übernommen, die ich wieder in die schwarzen Zahlen führen will.«

Seine Mutter lachte auf, und auch seine Brüder schmunzelten verstohlen, während ihre Frauen die Kinder ermahnten, die Teller leer zu essen und die Servietten zu benutzen.

»Es macht mir Freude«, verteidigte Christian seine Pläne, »es ist eine Aufgabe, wie ich sie mir gewünscht habe. Und das hat nichts mit meiner Frau zu tun.«

»Wann lernen wir sie und deine Tochter kennen?«, fragte Carstens Frau Sophie neugierig.

»Irgendwann, vielleicht im Herbst«, wich Christian aus, da er die Ablehnung auf dem Gesicht seiner Mutter bemerkte. Er wusste, dass sie Irene vorwarf, Christian mit ihrer Schwangerschaft zur Ehe gezwungen zu haben. »Billiger geht es ja wohl nicht.« Diese verächtlichen Worte waren seiner Mutter herausgerutscht, als er ihr von seinen Hochzeitsplänen erzählt hatte.

Verstohlen beobachtete Christian den Kreis seiner Familie, lauschte den leisen Gesprächen, in denen alles vermieden wurde, was mit ihm und seiner Ehe zu tun hatte. Irene würde sich hier niemals wohl fühlen. Unkonventionell, lebhaft wie sie war, erzogen von Eltern, die ihre letzten Kostbarkeiten im Garten vergruben, um sie vor dem Gerichtsvollzieher zu retten. Er dachte an Klara, seine Schwiegermutter, und musste lächeln. Ihr würden die Rheinberg-Villa und diese Atmosphäre von Reichtum und Tradition gefallen. Die weitläufigen Räume, die teuren Gemälde an den Wänden, die kostbaren Teppiche und das zahlreiche Personal.

Nach dem Essen ging er zu seinem Vater. Er beugte sich über ihn und erzählte ihm mit sanfter Stimme, er habe eine Tochter bekommen. Da lächelte der alte Rheinberg, nickte ihm zu und versuchte, nach der Hand seines Sohnes zu greifen. Mit Tränen in den Augen beugte sich Christian noch tiefer über ihn und strich ihm über die wächserne Stirn. Er blieb so lange bei seinem Vater sitzen, bis Gernot Rheinberg eingeschlafen war. Dann erhob er sich leise, ging aus dem Salon und blieb unschlüssig in der Halle stehen. Er verspürte keine Lust, zu seiner Familie zurückzugehen, die im Kaminzimmer zusammensaß. So verließ er das Haus.

Ziellos lief er durch die Straßen. Kurz überlegte er, ob er nach Schwabing in seine eigene Wohnung fahren sollte. Doch der späte Abend war warm, und die Linden verströmten ihren zarten Duft. Christian fühlte sich einsam, und seine Gedanken beschäftigten sich immer wieder mit seiner Ehe. Er dachte an jenen Dezemberabend, als er Irene den Heiratsantrag gemacht hatte. Sie hatte ihn angenommen, aber sie hatte keine große Freude gezeigt. Sicher empfand sie genauso wie er.

Zwar erinnerte er sich an die Nacht im *Sacher,* als sie ihm gesagt hatte, sie liebe ihn, aber das war im Moment der Leidenschaft gewesen.

Christian lief weiter, über den Prinzregentenplatz, bog ab, bis er vor dem Haus stand, in dem Lavinia wohnte. Es war reiner Zufall, er hatte gar nicht gemerkt, wohin er ging. Er sah hoch zum vierten Stock. Dort brannte Licht, also war sie wohl zu Hause. Was wollte er hier überhaupt? Er hatte oft an sie gedacht, wie es ihr ging, was sie machte, ob sie glücklich war. Offenbar hatte ihn sein unbewusster Wunsch, sie zu sehen, hierhergeführt. Rasch wandte er sich ab. Da bemerkte er den dunklen Wagen schräg gegenüber vom Haus. Drei Männer saßen darin, und sie beobachteten ihn, als er sich langsam umdrehte und zum Prinzregentenplatz zurückging.

Neunzehn

Einige Tage später rief Christian Lavinia an, um ihr von der Geburt seiner Tochter zu erzählen. Er empfand das tiefe Bedürfnis, sie an diesem Ereignis teilhaben zu lassen. Lavinia hatte sich bei der Begegnung in den Grünanlagen voller Mitgefühl nach seinem Vater erkundigt, so dass er überzeugt war, sie würde sich jetzt auch mit ihm freuen. »Sie ist gesund, und Irene hat ihr den Namen Dalia gegeben. Ein wenig ungewöhnlich, aber …«

»Dalia?«, rief Lavinia in den Hörer. »Das ist ja der Name, den ich mir für meine Nichte gewünscht hätte, doch leider ging das nicht. Dalia«, sprach sie weiter, »das ist ein schöner Name, auch Leah hat er so gut gefallen.«

Lavinia fragte noch, wie es Christians Vater gehe, und er erzählte ein wenig über das langsame, qualvolle Sterben. Er hatte das Gefühl, Lavinia höre ihm aufmerksam zu, und so gab er mehr von seiner eigenen Trauer preis, als er gewollt hatte. Christian war es niemals leichtgefallen, über sich und seine Gefühle zu sprechen, doch bei Lavinia schien es ihm ganz natürlich zu sein. »Ich muss jetzt wieder zurück zu meinem Vater, aber … wenn Sie Lust haben, würde ich mich freuen, wenn wir uns treffen könnten. Auf einen Kaffee«, schlug er vor und Lavinia willigte ein.

Sie hatte nicht einmal gezögert.

Es war ein regnerischer Nachmittag, Lavinia hatte sich unter ihren Schirm verkrochen, und wartete vor dem Café auf ihn.

Sie setzten sich ganz hinten in eine Ecke, und Christian erzählte ihr, dass die Rheinberg-Bank ganz in der Nähe ihren Hauptsitz habe.

»Ich weiß«, war Lavinias einsilbige Antwort. »Woher hatten Sie unsere Telefonnummer?«, fragte sie ihn dann unvermittelt.

»Meine Sekretärin in der Bank hat sie herausgefunden. Ich war überrascht, dass ein so berühmter Regisseur wie Hanno Schwarz keine Geheimnummer hat.«

Lavinia schien nervös, sie hörte nicht richtig zu, und Christian fiel die Blässe in ihrem Gesicht auf. Bereute sie es, sich mit ihm zu treffen? Schließlich war sie verheiratet, und durch seine Einladung hatte er ihr sein persönliches Interesse gezeigt. Empfand sie das so? Während der Kellner ihre Bestellung aufnahm, griff sie immer wieder nach ihrem Seidenschal und zog ihn sich um den Hals. War sie einfach nur unsicher?

Christian zog das Foto seiner Tochter aus der Brieftasche und zeigte es Lavinia. Er war erstaunt und sehr erfreut, wie begeistert sie reagierte. Er war stolz auf seine Tochter, und er freute sich, dass Lavinia seine Freude teilte.

»Sie ist so süß, unglaublich süß. Sicher können Sie es gar nicht erwarten, sie endlich zu sehen.«

»Im Moment kann ich nicht weg, schließlich ist es der letzte Wunsch meines Vaters, dass ich in München bleibe. Aber ich freue mich natürlich schon auf sie.«

»Wie geht es Ihrem Vater?«, fragte sie, während sie sich verstohlen im Café umsah. Hatte sie Angst, beobachtet zu werden?

»Es wird nicht mehr lange dauern«, antwortete er leise. Erst am Morgen hatte der Arzt ihm erklärt, dass allmählich alle Organe versagen würden.

Eine halbe Stunde lang bemühten sie sich um ein Gespräch, doch die Atmosphäre zwischen ihnen blieb gezwungen. Sie unterhielten sich höflich und distanziert. Seit Christian hier in München war, hatte er oft an Lavinia gedacht, doch als er ihr jetzt gegenübersaß, fehlten ihm die richtigen Worte.

Schließlich erzählte Lavinia, dass sie in einem Hutsalon ganz in der Nähe arbeite.

»Macht Ihnen das Spaß?« Sein Interesse war geweckt.

»Sehr.« Zum ersten Mal glitt ein Lächeln über ihr blasses Gesicht. »Ich mache es noch nicht lange, aber Hüte zu entwerfen, das ist einfach wunderbar.«

»Was sagt Ihr Mann dazu?«

Lavinias Lächeln erstarb. »Es gefällt ihm nicht«, gab sie unumwunden zu. »Er akzeptiert gerade noch, dass ich wieder Klavierstunden nehme und spiele, aber da bin ich ja zu Hause.«

Christian fragte nicht weiter. Er hatte sofort begriffen, dass Hanno Schwarz seine Frau ans Haus binden wollte und ihr kein eigenes Leben zugestand. So wechselte er schnell das Thema, und sie unterhielten sich ein wenig über die Unterschiede zwischen München und Wien. Immer wieder blickte Lavinia verstohlen auf ihre Armbanduhr. Als sie den Kopf wandte, verrutschte ihr Schal, und Christian konnte die blauen Flecken am Hals sehen, die sie zu verbergen versucht hatte. Ohne ihn anzusehen, schlang sie sich hastig den Schal wieder um den Hals.

Christian war befremdet, zuerst entschied er sich, gar nichts zu sagen, doch nachdem sie schweigend ihre Torte gegessen hatte, fragte er beiläufig, ob sie sich gestoßen habe. »Entschuldigen Sie«, setzte er hinzu, »ich will nicht aufdringlich sein.«

»Ich bin die Treppe hinuntergefallen«, erwiderte sie in bestimmtem Ton, doch dabei kratzte sie nervös mit ihrer Kuchengabel die Krümel vom Teller. Spontan griff er nach ihrer Hand.

»Wenn Sie Hilfe brauchen, ich bin für Sie da, Lavinia.«

Rasch entzog sie ihm ihre Hand und erwiderte, das sei nicht nötig. Und überhaupt müsse sie jetzt gehen.

Draußen auf der Straße, als sie sich gegen den Regen duckte, der mit einer Windböe am Schirm und an ihrem Mantel zerrte, sagte sie plötzlich: »Rufen Sie mich bitte nicht mehr an, nie mehr!«

»Wollten Sie mich treffen, um mir zu sagen, dass wir uns nicht treffen können?« Er versuchte, seine Stimme locker klingen zu lassen, doch ihre Ablehnung hatte ihn getroffen.

»Es ist einfach besser so«, antwortete sie, »Sie wissen das genauso gut wie ich.«

»Ja«, antwortete er, »aber sollten Sie Hilfe brauchen, bin ich für Sie da.«

»Danke, aber das wird nicht nötig sein. Also auf Wiedersehen.«

Bevor auch er sich verabschieden konnte, lief sie bereits die Straße entlang. Sie trat in Pfützen und das Wasser spritzte an ihren Seidenstrümpfen hoch, doch sie achtete nicht darauf und rannte weiter.

Christian ging langsam zu Fuß nach Hause. Er überquerte den Odeonsplatz, lief durch den Hofgarten und weiter am Haus der Kunst vorbei. Klatschnass kam er schließlich in der Rheinberg-Villa an.

Er drückte dem Butler seinen durchweichten Mantel in den Arm und ging ins Konferenzzimmer, wo sich sein Bruder Carsten meist aufhielt, wenn er nicht in der Bank war.

»Was weißt du über Hanno Schwarz?«, fragte er seinen

Bruder schon in der Tür. Carsten war, wie alle der Familie Rheinberg, Mitglied der NSDAP. Alle außer Christian.

»Setz dich erst einmal«, schlug Carsten vor. »Du siehst ja furchtbar aus. Wo bist du so nass geworden?«

Ungeduldig nickte Christian, kam der Aufforderung aber nach. Carsten schwieg zunächst, bevor er sehr vorsichtig formulierte, es gäbe eine Geheimakte Hanno Schwarz. Der Regisseur sei ein Protegé des Führers, und niemand dürfe wissen, dass Adolf Hitler Bewunderer eines jüdischen Künstlers sei. Nur darum könnten sich Hanno Schwarz und auch dessen Frau Lavinia frei bewegen und sogar ins Ausland fahren.

»Doch in der letzten Zeit hat es wohl Ausfälle von Schwarz gegeben«, erzählte Carsten. »Er hat einen berühmten deutschen Dirigenten – Anhänger des Führers übrigens – als Nazischwein beschimpft. Das wurde vertuscht. Doch dann hat er in einem Lokal auf einen Reporter eingeschlagen und ihn ebenfalls als dreckigen Nazi bezeichnet. Seitdem gibt es viele Stimmen gegen ihn.«

»Woher weißt du das alles?«

Carsten zuckte die Schultern. »Man weiß es eben.«

Christian wusste, dass sein Bruder Verbindungen zu hohen Funktionären der Nationalsozialisten hatte.

»Es wird Krieg geben«, flüsterte Carsten ihm noch zu, als hätten die Wände Ohren. »Der Führer rüstet auf, es gibt Pläne …« Plötzlich brach er ab und sah seinen Bruder unsicher an. »Das bleibt doch alles unter uns, auch was ich dir über Hanno Schwarz gesagt habe, oder? Versprich es mir!«

»Natürlich, Carsten. Aber ich denke, das ist schon länger kein Geheimnis mehr.«

Bei diesen Worten erhob sich Christian und ging zur Tür. »Danke für deine Hilfe.«

»Der Schutz für Lavinia und Hanno Schwarz wird nicht mehr lange bestehen, wenn er sich weiterhin so aufführt. Er scheint gewalttätig zu sein, hat einem Sänger bei einer Probe Prügel angedroht, wenn er sich nicht nach seinem Regiekonzept richten würde.«

Sofort dachte Christian an Lavinia und die blauen Flecken an ihrem Hals.

»Komm mal mit!«, forderte Carsten ihn jetzt auf und ging voraus in die Bibliothek.

»Hier«, er griff nach einem Ordner, »das sind die Summen, mit denen unsere Familie die Festspiele in Bayreuth fördert. Und hier siehst du den Jahresbericht, Fotos der Sänger, Dirigenten, Regisseure. Da«, er legte den Finger auf ein Foto, »das ist Hanno Schwarz.«

Christian beugte sich über das Bild. Es zeigte einen fülligen Mann mit weißen Haaren, einen weißen Schal um den Hals, der in die Kamera lächelte.

»Das ist er? Wie alt ist er denn?«

»Hier, da steht es doch.«

»Achtundfünfzig«, rechnete Christian nach. Er konnte sich nicht beruhigen. Der Ehemann der jungen schönen Lavinia war dreißig Jahre älter als sie selbst. Hatte sie Hanno Schwarz geheiratet, weil er berühmt war? Oder bewunderte sie ihn als Künstler? »Lavinia Schwarz ist seit acht Jahren seine Frau«, fügte Carsten hinzu, »ich habe die beiden neulich erst im Nationaltheater bei einem Bankett getroffen.«

Christian wollte nichts mehr hören, am Ende würde Carsten noch erzählen, wie glücklich das Ehepaar sei. Und er musste zugeben, dieser Gedanke gefiel ihm nicht. War er etwa eifersüchtig?

Christian verbrachte nun noch mehr Zeit am Sterbebett seines Vaters. Er las ihm Gedichte vor, Passagen aus den *Buddenbrooks* von Thomas Mann, seinem Lieblingsschriftsteller. Am Nachmittag, wenn sein Vater schlief, ging Christian manchmal in seine eigene Wohnung.

Irgendwann las er im Kulturteil der Zeitung, dass in Berlin Gespräche mit Hanno Schwarz über einen Musikfilm, die Verfilmung einer Wagner-Oper, angelaufen seien.

Dem Artikel zufolge hielt Hanno Schwarz sich in Berlin auf. Also war Lavinia allein. Er konnte sie treffen, sie sehen. Ohne nachzudenken, sprang Christian auf und lief zum Telefon. Erst jetzt erkannte er, wie sehr er sich danach sehnte, sie wiederzusehen.

Er verwarf alle Bedenken, er verdrängte jeden Gedanken an Irene und seine Tochter, nur ein einziges Gefühl beherrschte ihn: Lavinia. Er konnte sie treffen, ohne dass sie nach einer halben Stunde schon nervös auf die Uhr sah. Sie konnten Zeit miteinander verbringen, Zeit, um zu reden, um sich näherzukommen.

Die Sonne schien an diesem Nachmittag, als Christian und Lavinia im Englischen Garten im Gras saßen, an den knorrigen Stamm einer alten Eiche gelehnt. Sie berührten sich nicht, trotzdem spürte jeder die Nähe des anderen.

»Wissen Sie, dass Irene Sie *Schneewittchen* nennt?«, fragte Christian.

Lavinia hatte einen Grashalm abgezupft und kaute darauf herum. Jetzt lachte sie. »Wirklich, macht sie das immer noch? Ich glaube, sie war acht Jahre alt, da stand sie eines Nachmittags am Zaun und erklärte mir, so wie mich stelle sie sich Schneewittchen vor. ›Aber hier gibt es keine Zwerge‹, habe ich zu ihr gesagt und kam mir mit meinen zwölf Jahren sehr erwachsen vor.« Lavinia lachte wieder, und Christian konnte sich an ihrem Gesicht, an ihrem Mund, den strahlenden Augen nicht sattsehen.

Sie lehnte den Kopf an den Baumstamm, schloss die Augen und hielt ihr Gesicht der Sonne entgegen.

»Leben Sie schon lange in München?« Christian fühlte sich in ihrer Gegenwart unsicher. Vielleicht, weil er so oft an sie gedacht hatte.

»Seit meiner Heirat vor acht Jahren. Mein Mann wurde damals ans Nationaltheater verpflichtet, vorher hat er viel in Wien gearbeitet.«

»Wie haben Sie ihn kennengelernt?« Er hoffte, dass sie diese Frage nicht als aufdringlich empfand.

»Mit neunzehn Jahren bin ich in Wien auf die Schauspielschule gegangen. Irgendwann hielt der berühmte Regisseur Hanno Schwarz einen Vortrag zum Thema ›Künstler werden und Künstler sein‹.«

Lavinia öffnete die Augen und sah Christian an. Sie hatte sich von dem Baum gelöst und zupfte wieder ein paar Halme Zittergras ab. »Er sprach sehr ernst und eindringlich, führte uns vor Augen, dass Talent nur circa dreißig Prozent ausmache, Disziplin und Fleiß die anderen siebzig. Arbeit bestimme das Leben eines Künstlers, und es sei trotzdem keine Garantie für eine Karriere. Man habe Geldsorgen, Existenzängste und dergleichen.«

»Und?«, fragte Christian, der ihr interessiert zuhörte.

»Das verunsicherte mich«, gestand Lavinia. »Ich hatte schon vorher das Gefühl, die Schauspielerei sei nicht wirklich das Richtige für mich. Ich war mir einfach nicht klar darüber, wie meine Zukunft aussehen sollte. Neben dem Schauspielunterricht lernte ich Klavier, aber da reichte mein Talent erst recht nicht aus. Als mich Hanno nach dem Vortrag zum Essen einlud, fühlte ich mich unglaublich geschmeichelt.«

Lavinia machte eine kleine Pause, beugte sich zur Seite und zupfte am Boden neben sich wieder einen Grashalm aus. »Alle Mädchen beneideten mich«, erzählte sie dann weiter. »Nur mein Bruder Eliah mochte Hanno vom ersten Moment an nicht. Trotzdem heiratete ich ihn dann, als ich volljährig war. Ich war eben sehr verliebt.«

»War?«, entfuhr es Christian. Er wusste, seine Frage war indiskret, und doch war es wichtig für ihn, die Antwort zu erfahren. Lavinia wandte ihm erneut ihr Gesicht zu. »Das ist eine ziemlich persönliche Frage, finden Sie nicht?«

»Ja, aber ich ziehe sie nicht zurück.«

Statt einer Antwort schloss Lavinia wieder die Augen und lehnte sich gegen den Stamm. »Ich weiß es nicht mehr«, sagte sie nach einer Weile.

Christian war überrascht, dass sie so offen sprach, bisher hatte sie nicht viel von sich preisgegeben. Eine tiefe Sehnsucht ergriff ihn, und er zog sie an sich, vorsichtig, um ihr nicht weh zu tun, zärtlich, da er seine Gefühle für sie nicht leugnen konnte. Als er sie sanft küsste, verdrängte er den Gedanken an seinen sterbenden Vater und an die Frau, die er geheiratet hatte. Und er dachte auch nicht an seine Tochter Dalia, die gerade erst auf die Welt gekommen war.

Sie umarmten sich in der Sonne des warmen, stillen Sommertags und vergaßen die Welt, vergaßen die Unmöglichkeit, eines Tages wirklich zusammenzugehören. Denn dieser Nachmittag gehörte ihnen allein.

Als sie sich längst getrennt hatten, wollten seine Gedanken sie nicht loslassen. Er hatte sie überrumpelt, als er sie an sich zog und küsste. Aber sie hatte es zugelassen, sich nicht gewehrt. Sie hatten beide in diesem Moment alles vergessen, dass sie verheiratet waren, die Angst, gesehen zu werden. Sie hatten nur die Nähe des anderen spüren wollen.

Christian erkannte, dass im Leben nur ein einziger Moment nötig war, um zu wissen, dass das Schicksal entschieden hatte.

Er und Lavinia liebten einander, aber es gab keine Zukunft für sie beide. Sie hatten nur wenige Augenblicke, um daraus kostbare Erinnerungen werden zu lassen.

Einige Male trafen sie sich im Café Luitpold, wo sie, gut versteckt hinter einer Palme, in Ruhe miteinander sprechen konnten. Sie kamen getrennt und gingen getrennt. Einmal hatten sie eine Verabredung in der Alten Pinakothek, aber Lavinia sah sich immer wieder nervös um, ob sie beobachtet wurden, so dass sie sich bereits nach kurzer Zeit wieder trennten. Auch Christian war an diesem Tag unruhig, er wollte zurück zu seinem Vater, dessen Zustand sich am Morgen rapide verschlechtert hatte. Obwohl immer eine Krankenpflegerin zugegen war, löste sich die Familie nachts am Bett des alten Gernot Rheinberg ab. Der Sterbende wollte im Grunde nur seinen ältesten Sohn bei sich haben, weshalb Christian jede Nacht am Bett des Vaters saß und seine Hand hielt. Manchmal wandte ihm Gernot Rheinberg sein Gesicht zu, und die tiefliegenden Augen leuchteten noch einmal auf, wenn er Christian ansah.

*

Gernot Rheinberg starb am 14. August 1939. Er schlief gegen Morgen ein, genau in der Stunde, als Christian sich übermüdet zurückgezogen hatte. Für den alten Mann war der Tod eine Erlösung, aber auch die Familie war erleichtert, nicht mehr dem qualvollen Sterben zusehen zu müssen.

Wenn Christian sich Jahre später an die Beerdigung erinnerte, dachte er an das heftige Gewitter an jenem Tag, an den Regen, der auf die vielen Hundert Menschen aus Wirtschaft und Politik niederprasselte, die gekommen waren, um dem einflussreichen Bankier die letzte Ehre zu erweisen. Die Beisetzung wurde zum gesellschaftlichen Ereignis, zur Demonstration von Macht und Geld.

Irene war nicht angereist. Christian hatte ihr am Telefon davon abgeraten, die Anstrengung sei für sie und das Baby zu groß. Irene war sofort einverstanden gewesen. Ahnte sie, dass sie in seiner Familie nicht willkommen war?

»Sie gehört nicht zu uns«, befand seine Mutter kalt, »auch wenn du sie geheiratet hast.« Nach der Beerdigung bat sie Christian, noch zu bleiben, bis der Nachlass geregelt sei. »Du weißt, dein Vater wollte das so.« Und er blieb.

In diesen Tagen sah er Lavinia nicht wieder, denn die Trauer um seinen Vater hielt ihn gefangen. Auch wenn der Tod für den alten Gernot Rheinberg eine Erlösung gewesen war, für Christian war das Gefühl des Verlustes übermächtig, die Endgültigkeit des Todes bedrückte ihn.

Er brauchte auch Abstand, Zeit nachzudenken. Zum ersten Mal erkannte er die Realität seiner Ehe. Er hatte in der Kirche ein Versprechen gegeben und sich für immer an Irene gebunden. Aber er liebte Lavinia mit einer Leidenschaft, die er vorher noch nie empfunden hatte. Und sie erwiderte seine Gefühle. Beide wussten sie es, doch außer einem zarten Kuss war nichts zwischen ihnen passiert. Noch gab es nichts, weswegen sie sich Vorwürfe machen mussten.

Oder war dieses große Gefühl bereits ein Betrug an Irene?

Und an Hanno Schwarz?

Christian beschloss, Lavinia nicht mehr zu treffen. Sie durften sich nicht mehr sehen.

Doch sie taten es trotzdem.

Zwanzig

An einem schönen Sommertag trafen sie sich wieder im Englischen Garten am Kleinhesseloher See. Dieses Mal hatten sie einen Biergarten gewählt, der um diese frühe Morgenstunde kaum besucht war. Dort saßen sie an einem langen Holztisch unter Kastanienbäumen. Christian hatte sich verspätet, nun erzählte er von der Firma *Walter Sandner Schuhe,* die er von Irenes Vater übernommen hatte. »Leider verstehe ich wenig von der Branche, ich bin Bankier. Aber es ist mir gelungen, einen sehr guten Geschäftsführer einzustellen, er hat viele Jahre bei einem international anerkannten Schuhhersteller gearbeitet. Ich gebe das Geld, und er führt die Firma.«

Lavinia lachte. »Nun, so einfach wird es ja nicht gerade sein.«

»Nein, das nicht, aber ich vertraue diesem Mann, er kann die Firma in meiner Abwesenheit alleine leiten. Das gibt mir ein beruhigendes Gefühl.«

»Das kann ich mir vorstellen.« Lavinia seufzte auf. »Mein Bruder Eliah glaubt, ohne ihn laufe in seiner kleinen Firma, der *Juventus Sport GmbH,* gar nichts. Und es ist in diesen Zeiten so furchtbar schwierig, Wander- und Tennisschuhe zu verkaufen.«

Irgendwann aber begann Christian von seiner tiefen Beziehung zu seinem Vater zu erzählen. Er sprach auch über seine Kindheit, die von Disziplin und Leistung geprägt war.

»Ich habe meine Mutter sehr geliebt«, sagte Lavinia nachdenklich. »Ich fand es nicht richtig, dass mein Vater die Trauerzeit nicht einhielt und so kurz nach ihrem Tod mit ihrer Schwester Lotte nach Amerika ging. Sie war eine reiche Witwe, mit ihr konnte er ein neues Leben beginnen. Ich habe ihn dafür gehasst«, erzählte sie weiter. »Bevor er abreiste, überschrieb er meinem Bruder die Firma und das Haus. Aber es kam zum endgültigen Bruch zwischen unserem Vater und uns.«

»Was war mit Ihnen?«, fragte Christian behutsam nach.

Lavinia zuckte die Achseln. »Eliah war vierundzwanzig, und ich neunzehn, es war kurz bevor ich dann nach Wien ging. Mein Vater wies meinen Bruder an, für mich einen guten Ehemann zu suchen. Damit verabschiedete er sich.«

Etwas in ihrem Ton ließ Christian aufhorchen. »Haben Sie noch Kontakt zu Ihrem Vater?«

Sie schüttelte den Kopf. »Nein, der Bruch war endgültig, zumindest für mich. Aber Eliah hat sich vor kurzem erst an ihn gewandt.« Sie warf Christian einen prüfenden Blick zu. »Ich möchte nicht darüber reden, bitte.«

»Natürlich, das müssen Sie auch nicht.«

Lavinia hatte ihr Schnittlauchbrot fertig gegessen und sammelte gedankenverloren die Krümel auf dem Holztisch zusammen. Christian betrachtete sie, er konnte den Blick nicht von ihr wenden; jede Geste, jedes Lächeln von ihr sog er in sich auf.

Sie erzählte ihm auch von der Trauerfeier für ihre Mutter und wie ihr Vater seine Hand nicht von seiner Schwägerin Lotte lassen konnte und seinen Schenkel gegen ihren presste.

»Ich habe mich für meinen Vater geschämt«, erklärte sie, »und ich empfand es als Demütigung, die er meiner verstorbenen Mutter zufügte. Aber Eliah sieht das nun anders. Er braucht ihn jetzt.«

Danach sprach sie nicht weiter, sondern hob die Augen und warf ihm einen unsicheren Blick zu.

»Auch wenn Sie nicht vergessen können, vielleicht können sie aber verzeihen?«, schlug Christian ihr vorsichtig vor.

»Ich denke darüber nach«, war ihre Antwort.

Sie lauschten auf das Geräusch des Wassers, den leichten Wind, und atmeten den Geruch einer frisch gemähten Wiese ein. Sie hörten das ferne Rufen von Kindern, sogen den Sommertag ein. Jeder spürte die Nähe des anderen, die Liebe, die sie füreinander empfanden und längst nicht mehr aufgeben konnten.

Ein paarmal berührten sich ihre Hände leicht, und als sie einander zulächelten, beugte sich Christian über den Tisch und küsste Lavinia. Immer würde er sich an diesen Moment am See erinnern, an den Duft des Sommers und an die Berührung ihrer Lippen, die sich für seinen Kuss bereitwillig öffneten. Als sie sich voneinander lösten und er sich langsam wieder setzte, sah er in ihren Augen die Sehnsucht, die auch er empfand. Er erhob sich.

»Komm«, flüsterte er und Lavinia nickte.

Seite an Seite gingen sie durch den Park zu seiner Schwabinger Wohnung. Schweigend betraten sie den Aufzug, und schweigend standen sie sich in der Diele gegenüber, bis er ihren Arm nahm und sie in sein Schlafzimmer führte.

Er streichelte sie zärtlich, küsste leidenschaftlich ihren Hals, ihre Brüste, und während er immer neue Liebesworte erfand, die sie lächeln ließen, entkleidete er sie.

»Du bist so schön«, flüsterte er, »noch nie habe ich eine so schöne Frau gesehen.«

Da lachte sie und presste sich an ihn. Lavinia schien jede Vorsicht über Bord zu werfen, so, als stürzte sie sich in diese

Beziehung mit Christian, in seine Umarmungen, seine Liebe, um die Erinnerung an diese kostbaren Momente für ihr weiteres Leben in ihrem Herzen zu bewahren.

Denn beide wussten, dass es keine Zukunft für sie gab.

Ein paar Tage später rief Lavinia Christian in seiner Wohnung an und erklärte, sie könnten sich nicht mehr treffen, nie mehr. Sie weinte, und bevor er fragen konnte, was geschehen sei, hatte sie eingehängt.

Christian sprang auf, rannte aus der Wohnung und fuhr nach Bogenhausen. Er wartete im Auto, ob sie das Haus verließ, doch es war umsonst. Wieder fiel ihm ein dunkler Wagen auf, der gegenüber am Straßenrand stand. Einer der Insassen war ausgestiegen und lehnte an der Wagentür, während er sich eine Zigarette anzündete. Sie beobachteten ihn, also fuhr Christian langsam wieder an, bog um die Ecke und blieb dort stehen. Er wusste, dass es einen Hintereingang gab, der direkt in den Innenhof und von dort ins Treppenhaus führte. Fast war er entschlossen, sich dort einzuschleichen, um dann unvermittelt vor der Tür von Hanno und Lavinia Schwarz zu stehen. Er musste wissen, was passiert war. Er war in Sorge, denn er hatte die blauen Flecken, die Lavinia damals im Café zu verdecken versucht hatte, nicht vergessen. Er musste sie sehen, sich vergewissern, dass es ihr gutging. Noch einmal fuhr er um den eleganten Wohnblock herum, vorbei an dem dunklen Wagen, weiter bis in die Straße, wo der Hintereingang lag. Die Zeit verging, doch Lavinia kam nicht aus dem Haus. Er wusste ja nicht einmal, ob sie in der Wohnung war. Schließlich fuhr er entmutigt nach Schwabing zurück. Während er die Treppen zu seiner Wohnung hinauflief, hörte er den Aufzug hochfahren. Als sich die Tür öffnete, stand Lavinia vor ihm. Stumm umarmten sie sich. Lavinia zitterte und er hielt sie fest, bis sie sich beruhigt hatte. Schließlich hob sie den Kopf.

»Ein Sänger hat uns neulich im Englischen Garten gesehen und es Hanno erzählt. Er ist vollkommen ausgerastet«, flüsterte sie.

»Komm erst einmal rein«, forderte er sie auf.

»Was meinst du mit ausrasten?«, wollte er dann wissen.

Sie zog ihre Jacke aus, und Christian sah die blauen Flecken an ihren Armen und an den Schultern.

Er war so erschüttert, dass er sich nicht bewegen konnte und sie nur ansah. Lavinia, die Frau, die von seinem Schicksal nicht mehr zu trennen war, wurde misshandelt, und er musste hilflos zusehen.

»Lavinia«, seine Stimme war nur ein Hauch, als er sie an sich zog, zart, um ihr nicht weh zu tun, zärtlich, um ihr seine ganze Liebe zu zeigen. »Du musst ihn verlassen.«

Doch da löste sie sich aus seiner Umarmung und setzte sich auf das Sofa.

»Du musst mir zuhören, ich werde es dir nur einmal sagen.«

Dann sprach sie über Eliah und Leah. »Ich denke, Irene hat dir einiges erzählt, aber vielleicht nicht, dass die beiden Ende November Österreich verlassen wollen. Hanno aber hat gedroht, sie an die Gestapo zu verraten, wenn ich dich noch einmal treffe.«

Christian schwieg, er musste erst einmal verkraften, was sie da sagte. Dann versuchte er, Lavinia zu beruhigen.

»Er droht dir sicher nur, mehr nicht, er will dich einschüchtern.« Unfassbare Wut stieg in ihm hoch. »Er wird es sicher nicht wirklich tun.«

»Wahrscheinlich hast du recht. Aber trotzdem. Es geht um meine Nichte Rachel«, sagte Lavinia und sah auf ihre Hände, die sie nervös faltete und wieder löste. »Sie ist doch erst ein Baby. Ich denke auch, dass Hanno mich nur erpressen will, aber ich gehe kein Risiko ein.«

Sie erhob sich wieder. Er wollte sie festhalten, aber sie machte sich los. An der Wohnungstür drehte sie sich noch einmal um.

»Hanno Schwarz«, sagte sie, »war mir acht Jahre lang ein sensibler, einfühlsamer Ehemann. Er liebte mich. Ich habe ihn bewundert und geachtet. Doch vor einigen Monaten fing er an, sich zu verändern. Er ist nicht nur krankhaft eifersüchtig, er kommt mit der Situation hier, mit seinem ganzen Leben nicht mehr zurecht. Hanno hat Kontakt mit Künstlern in Amerika aufgenommen. Es gibt dort eine Organisation, die jüdischen Künstlern hilft, einzureisen. Sie holen viele Künstler aus Europa nach Amerika, doch sie wollen ihn nicht unterstützen.«

»Warum nicht?«

»Weil Hanno zu sehr mit dem Mythos Richard Wagner verbunden ist und sie ihn für einen Freund der Nationalsozialisten halten. Hanno liebt den Komponisten schon seit seiner Jugend, doch inzwischen ist der Name Richard Wagner eng mit Adolf Hitler verbunden, da der deutsche Führer seine Werke so sehr schätzt. Hanno ist ein Protegé des Führers. Für ihn ist es furchtbar, dass er als Jude Adolf Hitler als Freund und Bewunderer akzeptieren muss. Er hasst sich selbst dafür.«

»Das gibt ihm nicht das Recht, dich, seine Frau, mit dem Leben ihrer Familie zu erpressen und sie zu schlagen!«, stieß Christian heftig hervor.

»Nein, das nicht. Aber es ist eine Erklärung.«

Lavinia wandte sich rasch ab, doch bevor sie die Tür öffnen konnte, hielt Christian sie auf und küsste sie. Lavinia erwiderte den Kuss, verzweifelt und voller Leidenschaft. Tränen liefen ihr über die Wangen. Sie wehrte sich nicht, als er sie ins Schlafzimmer führte und sanft aufs Bett gleiten ließ.

Später dann löste sie sich aus seiner Umarmung, nahm ihre Kleider vom Boden und ging ins Bad. Dieses Mal hinderte Christian sie nicht daran, die Wohnung zu verlassen. Er folgte ihr, blieb aber hinter der geschlossenen Tür stehen. Er lauschte dem Klappern ihrer Absätze auf den Marmorstufen nach, bis unten im Erdgeschoss die Haustür zufiel.

Lavinia war fort. Und Christian wusste, es war für immer.

Als Christian zwei Tage später in die Rheinberg-Villa kam, sagte ihm der Butler, sein Bruder Carsten warte im Konferenzzimmer auf ihn.

»Ihre Mutter hat heute Abend ihre Bridgerunde«, fügte er noch hinzu, doch Christian hörte diese letzte Bemerkung schon nicht mehr, er eilte zu Carsten.

Sein Bruder stand am Fenster und sah in die Dunkelheit hinaus. Als sich hinter ihm die Tür öffnete, drehte er sich um und kam Christian entgegen.

»Endlich«, begrüßte er seinen Bruder.

»Was ist los?«, fragte Christian nervös.

»Nun, ich denke, du solltest es wissen. Heute läuft eine große Verhaftungsaktion an. Das Ehepaar Schwarz …«

»Wann?«, unterbrach Christian ihn.

Carsten hob abwehrend beide Hände. »Es sind nur Gerüchte«, wich er aus. »Mehr nicht.«

Christian wandte sich stumm ab, doch Carsten hielt ihn

auf. »Ich weiß nicht, warum du dich so engagierst, wenn es um das Ehepaar Schwarz geht. Ich hoffe nicht, dass es das ist, was ich denke.«

»Und was denkst du?«, fuhr Christian seinen Bruder an.

»Dass du eine Affäre mit Lavinia Schwarz hast. Das könnte dir sehr schaden. Außerdem bin ich sehr erstaunt, dass ausgerechnet du, das Vorbild an Integrität, eine Affäre hast, nachdem deine Frau gerade ein Kind bekommen hat. Wo sind deine vielzitierten Moralvorstellungen?«

»Lass mich einfach gehen, ja?«, entgegnete Christian, doch die Worte seines Bruders trafen ihn. Hatte Carsten nicht recht?

Grußlos rannte Christian aus der Villa zu seinem Wagen. Er versuchte, sich zu beruhigen, aber Carsten hatte einen wunden Punkt getroffen. Er fühlte sich Irene gegenüber schuldig. Sie hatte sein Kind bekommen und er ließ sie jetzt im Stich, er schob familiäre Angelegenheiten vor, um nicht zu ihr an den Neusiedler See zu fahren. Sein Verhalten Irene gegenüber war ungerecht. Auch wenn er nie von Liebe gesprochen hatte, hatte er ihr vor der Hochzeit zugesichert, die Verantwortung für sie und das Kind zu übernehmen. Für die Tochter, die er bis jetzt noch nicht einmal gesehen hatte. Irene schrieb ihm Briefe, in denen sie ihm begeistert von der kleinen Dalia erzählte, wie sie ihr Mündchen verzog und lächelte, was sie bereits für einen starken Willen habe, wenn ihr etwas nicht passte. Sie ist so süß, betonte Irene immer wieder. Sie wollte ihn damit locken, endlich nach Hause zu kommen. Er wusste es, und mit jedem Brief, den er von ihr bekam, wuchs sein Schuldgefühl.

Langsam startete er den Wagen, aber es war viel Verkehr, so musste er einen Umweg nehmen. Die Prinzregentenstraße war wegen einer Kundgebung der NSDAP gesperrt.

Schließlich ließ er das Auto stehen und rannte zu Fuß weiter. Vor Lavinias Wohnhaus sah er sich um. Wieder fiel ihm der dunkle Wagen auf, und er bemerkte auch, wie die Männer darin ihn beobachteten. Ob sie ihn wiedererkannten? Er konnte nicht einfach läuten, sie würden aussteigen und ihn fragen, zu wem er wollte. So hob er die Hand zum Hitlergruß, schlenderte an ihnen vorbei und bog in die nächste Straße ein. Das Tor zum Innenhof war geschlossen, so dass er davor warten musste, bis ein Mann mit einem Rad herauskam. Christian hastete durch den begrünten Innenhof, über die Stufen in den Keller und dann hoch ins Treppenhaus.

Die Portiersloge war leer. Immer zwei Stufen auf einmal nehmend eilte er die Treppe hinauf zu Lavinias Wohnung. Er hatte keinen Plan, keine Idee, was er machen sollte. An die Tür klopfen, klingeln, rufen?

Die Angst schnürte ihm die Kehle zu, als er um die letzte Treppenbiegung kam. Da sah er, dass die Wohnungstür eingetreten war. Er stieß sie auf und schob sich vorsichtig in die Wohnung. Möbel waren umgestoßen, doch sonst gab es in der Wohnung keine Anzeichen von Gewalt.

»Lavinia?«, rief er leise. »Lavinia?« Seine Stimme klang heiser, kaum brachte er einen Ton heraus.

Er lief durch alle Räume, sah auf dem Küchenbalkon nach, doch die Wohnung war leer.

Er war zu spät gekommen.

Am nächsten Tag fuhr er wieder zu Lavinias Haus. Und wieder stand ein dunkler Wagen da. Warteten die Männer auf Hanno oder Lavinia? Die Eingangstür des Hauses stand offen, und so ging Christian hinein und fragte den Portier nach dem Ehepaar Schwarz. Er wisse von nichts, erklärte der Mann, er habe das Paar schon einige Zeit nicht mehr gesehen.

Christian kam es vor, als befände er sich in einem Alptraum. Auch Carsten half ihm nicht weiter, sondern beteuerte, nichts zu wissen. Er versprach ihm aber, sich zu erkundigen.

Vier Tage waren vergangen, Tage des vergeblichen Wartens, des Hoffens und der tiefsten Angst.

Als Christian am fünften Tag nach Lavinias Verschwinden morgens aufstand, sah er einen Zettel auf dem Boden vor seiner Wohnungstür in Schwabing liegen. Jemand musste ihn durch den Briefschlitz geworfen haben.

Freitag, 22.40 Uhr, Hauptbahnhof München, Zug Nummer 318 nach Brüssel

Es konnte eine Falle sein.

Trotzdem riskierte Christian es, am nächsten Tag zum Hauptbahnhof zu gehen. Er lief am Gleis Nummer 14 entlang, wo der Zug nach Brüssel zur Abfahrt bereitstand.

Viele Menschen drängten sich auf dem Bahnsteig. Christian suchte fieberhaft in der Menge nach Lavinia. Die Nachricht konnte nur bedeuten, dass sie heute hier abfuhr. Er war sich ganz sicher.

Verzweifelt sah er sich um. Die Abfahrt des Zuges rückte unerbittlich näher.

Und da fiel ihm eine Frau auf, die eine rasche Bewegung in seine Richtung machte, ihm ein Zeichen mit der Hand gab. Sie hatte blonde Haare und trug einen kleinen Hut mit einem Schleier. Als sie ihn kurz lüftete, erkannte er Lavinia. Er wollte zu ihr gehen, sie umarmen, sie beschwören, bei ihm zu bleiben. Doch sie schien seine Gedanken zu ahnen und schüttelte leicht den Kopf. Ein letzter Blick, mehr nicht. Er drängte sich zu ihr durch und stand wie zufällig neben ihr, ohne sie zu berühren.

Als Christian zwei SA-Männer sah, die am Zug entlangliefen, erschrak er zutiefst. Gleichzeitig bemerkte er einen Mann, der sich jetzt dicht neben Lavinia stellte, sie fürsorglich am Arm nahm und offenbar auch ihren Koffer trug.

Einen Moment noch, eine Sekunde, ein allerletzter Blick, seine Augen suchten die ihren, die hinter dem Schleier verborgen waren. Ein einziges Wort noch, etwas, das er mit in die Zukunft nehmen konnte.

Doch sie schwieg.

Als die beiden Männer in den braunen Uniformen näher kamen, drehte Christian sich um und ging. Weg vom Zug, weg von der Frau, die er liebte. Erst am Ende des Bahnsteigs blieb er stehen und sah sich wie zufällig um.

Die Abfahrt des Zuges wurde durch den Lautsprecher bekannt gegeben. Und mit ihm glitt Lavinia aus seinem Leben. Wie konnte er es ertragen, wie atmen, existieren ohne sie?

Langsam durchquerte Christian die Bahnhofshalle, und als er seine Hand in die Tasche seines Trenchcoats steckte, erfühlte er einen weiteren Zettel. Es war ein kurzer Brief von Lavinia, den sie ihm unbeobachtet zugesteckt haben musste.

Er blieb mitten in der Halle stehen und las die Zeilen.

Christian, mein Liebster,
heute muss ich fort, und wir werden uns nicht mehr wiedersehen. Du hast eine Frau und eine Tochter, sei ihnen ein guter Ehemann und Vater.

Versuche nie, mich zu finden, es wäre zwecklos.
Wir haben unsere Erinnerung, wir haben unsere Liebe, die uns das ganze Leben begleiten wird.

Der Brief war nicht unterschrieben. Lange starrte Christian auf die wenigen Zeilen. Er versuchte, etwas herauszulesen, was ihm Hoffnung gab. Dann steckte er den Zettel langsam zurück in seine Tasche. In diesem Moment stellte sich eine unauffällig gekleidete Frau neben ihn. Sie hängte sich bei ihm ein, lachte ihn an, und als er unwillig ihren Arm abschütteln wollte, flüsterte sie ihm zu, Lavinia gehe in vier Tagen in Tilbury an Bord eines Schiffes in Richtung New York.

Sie reise unter anderem Namen und werde von einem Fluchthelfer bis nach Tilbury begleitet. Lavinia habe darum gebeten, dass man ihn verständige.

Die Frau lachte und gab vor, mit ihm zu flirten, und Christian ging darauf ein. Sie küsste ihn auf die Wange und flüsterte ihm ins Ohr, Hanno Schwarz habe es nicht geschafft, er sei verhaftet worden.

»Lavinia war nicht in der Wohnung, als sie kamen. Sie hat Glück gehabt. Ich denke …« Die Frau lachte noch einmal auf und schmiegte sich an ihn, sprach dann leise weiter: »Ich denke, sie wollte zusammen mit ihm nach Amerika gehen.«

Dann löste sich die Unbekannte von Christian und verschwand in der Menge. Er aber blieb wie betäubt stehen und versuchte zu begreifen, was er nicht begreifen wollte: Hatte Lavinia wirklich die Absicht gehabt, zusammen mit ihrem Mann Deutschland zu verlassen?

Diese Frage, diese Ungewissheit ließ ihn nicht mehr los. Warum wollte Lavinia zusammen mit Hanno Schwarz nach Amerika gehen?

Die nächsten Tage verbrachte Christian in der Rheinberg-Villa. Er wartete auf die Informationen, um die er Carsten gebeten hatte. Aber sein Bruder wusste nicht viel. Das Vermögen des Regisseurs sei arisiert worden, berichtete er kurz.

»War Hanno Schwarz denn so reich?«

»Ja.« Sein Bruder nickte. »Er kam aus einer sehr wohlhabenden Familie und hat sein eigenes Vermögen in Bildern angelegt, alles Impressionisten.« Was mit Hanno selbst passiert war, wusste Carsten jedoch nicht.

Schließlich traf Christian eine Entscheidung. Er wusste längst, dass es an der Zeit war, zu Irene und seiner Tochter zurückzukehren. Doch am Morgen vor seiner Abfahrt, als er ein letztes Mal mit der Familie beim Frühstück saß, legte seine Mutter ihm schweigend ein amtliches Dokument vor.

»Dein Einberufungsbefehl. Du wirst deinem Vaterland dienen. Ich bin sehr stolz auf dich.«

Einundzwanzig

Christian

In der Klinik »Sonnberger Mühle«,
Sommer 1979

Christian schrak aus seinem Halbschlaf hoch. Er brauchte Zeit, um wieder in die Wirklichkeit zurückzufinden. War Lavinia nur ein Traum gewesen?

Die Erinnerung kam und ging, manchmal ließ sie sich nicht festhalten und verflog, manchmal aber zehrte sie an ihm, ließ ihn noch erschöpfter als vorher zurück.

Träume, Erinnerungen.

Oft, wenn er sich in ihnen verlor, spürte er diese Liebe so intensiv, als sei sie gerade erst geendet, denn der Schmerz hörte nicht auf.

Er brauchte jetzt dringend eine Zigarre, doch als er versuchte aufstehen, sackte er in den Knien wieder ein und fiel auf die Bank zurück. Er würde ohne sein Laster auskommen müssen. Wahrscheinlich war es besser so.

Zum ersten Mal in seinem Leben war er zum Nichtstun verurteilt, das tat ihm nicht gut. Die Gedanken ließen ihn nicht los, die bittere Erkenntnis, alt zu sein, die Aussicht, dass die verbleibenden Jahre eine Zeit der Einsamkeit sein würden. Er sehnte sich immer noch nach Schönheit, nach dem Lachen einer geliebten Frau. Nach Lavinia.

Zwei Jahre nach Irenes Tod hatte er in New York Erkundigungen über Lavinia anstellen lassen. Er hatte keine Kosten gescheut, bis er endlich die entscheidende Nachricht erhalten hatte: Lavinia war verheiratet. Ihr Mann war Dozent an der Columbia University. Christian hatte sich nicht gegen die Gefühle der Eifersucht wehren können, auch wenn Jahre vergangen waren. Sie hatte ein neues Leben in Amerika begonnen. Sicher liebte sie ihren Mann. Einen Moment lang hatte er überlegt, Kontakt zu ihr aufzunehmen, doch dann beschloss er, es nicht zu tun. Es war besser, für sie, für ihn, für sie beide. Vielleicht fürchtete er auch, in ihrem Leben nicht willkommen zu sein, vielleicht – und dieser Gedanke war ihm unerträglich – hatte sie die kurze Zeit mit ihm vergessen, oder er hatte ihr nicht wirklich etwas bedeutet. Das hätte er nicht ertragen können.

Bis heute aber quälte ihn die Frage, ob Lavinia damals mit Hanno nach Amerika gehen wollte. War seine Liebe für sie so belanglos gewesen? Hatte sie gelogen, als sie sagte, sie liebe ihn? Auch jetzt noch, vierzig Jahre später, bereitete ihm diese Vorstellung tiefen Schmerz.

Er fühlte sich einsam, nachts überfiel ihn Panik, kamen Gedanken an den Tod. Wenn er starb, wer würde um ihn weinen? Wer begleitete ihn auf seinem letzten Weg?

Natürlich die Männer des Vorstands, die gesamte Riege in ihren eleganten dunklen Anzügen des neuen Mailänder Designers Georgio Armani.

Feodora würde kommen, er hatte ihr bereits Anteile an *Walter Sandner Schuhe* überschrieben. Letztendlich verdankte die Firma ihren Aufstieg zum großen Teil ihren Entwürfen.

Frau Karl, die langjährige Haushälterin, würde ihn pflichtschuldigst beweinen.

Einige Angestellte, ein paar Freunde, die er selten traf, nur ab und zu zum Golfspielen.

Wer noch? Dalia? Das hing davon ab, wie das heutige Gespräch verlaufen würde.

Er hatte Dalia geliebt, aber er blieb ihr gegenüber immer

zurückhaltend. Sein Kopf sank auf die Brust, erneut fuhr er hoch. Es musste doch schon Nachmittag sein, vielleicht hatte Dalia angerufen und mitgeteilt, sie könne nicht kommen, und man hatte vergessen, ihn zu informieren?

Vorne auf der Terrasse erschien Tabea, eine junge Schwester, die Lisa in ihrer Schicht ablöste. Sie brachte ein Tablett zu den beiden Patienten, die an einem Tisch unter dem nächsten Baum saßen. Tabea lächelte ihm zu, winkte kurz und verschwand über die Terrasse ins Haus. Sie war nicht zu ihm gekommen, also hatte Dalia auch nicht abgesagt.

Dalia. Wie oft hatte er in letzter Zeit einen Schritt auf sie zu machen wollen. Er war alt, ihm blieb nicht mehr viel Zeit. Er hatte in seinem Leben zu viele Fehler gemacht, er musste wenigstens einen wiedergutmachen.

Sollte er ihr von dem Verdacht erzählen, den er mit sich herumtrug, über den er aber nie gesprochen hatte? Ein Verdacht, den er seit Weihnachten 1939 hegte, als er Heimaturlaub hatte? Er hatte sich auf seine kleine Tochter gefreut, die er an diesem Abend zum ersten Mal sah. Dann aber war ein erstes Misstrauen bei ihm entstanden, wuchs sich zu einem Verdacht aus, der später dann zur Gewissheit wurde. Irgendwann hatte er mit Irene darüber sprechen wollen, doch die Zeit verging, und letztlich unterließ er es. Der richtige Moment war verstrichen, und jetzt war es zu spät, um mit Dalia darüber zu reden. Er würde schweigen. Hatte sie durch den Selbstmord der Mutter nicht genug gelitten? Das reichte an Trauer für ein ganzes Leben.

Aber tief im Inneren wusste er, dass er ein Mensch war, der im privaten Bereich Auseinandersetzungen scheute, Probleme immer verdrängt hatte, in der Hoffnung, sie lösten sich irgendwann von allein.

»Ihr Vater sitzt im Park.« Schwester Tabea beobachtete Dalia verstohlen, während sie sie durch die hohe Flügeltür über die Terrasse und in den gepflegten Park führte. Offiziell kannte niemand den Namen des Patienten von Zimmer 9, doch ihre Kollegin Lisa hatte recherchiert, und es war nicht schwer gewesen, herauszufinden, wer er war: einer der bekanntesten Unternehmer der Nachkriegszeit, ein Mann mit Vergangenheit, der Jahre zuvor häufig in den Schlagzeilen der Boulevardpresse aufgetaucht war.

»Es geht ihm nicht gut. Auch wenn er das nicht wahrhaben will. Er verträgt keine Aufregungen«, schärfte die Schwester Dalia noch ein, während sie mit ihr über den gepflegten Rasen auf eine Sitzgruppe zuging. Ein alter Mann mit Hut saß allein auf der weißen Bank, eingebettet in Kissen, eine Decke über den Knien.

Tabea war nicht entgangen, wie nervös Dalia war, die einen Blumenstrauß in der Hand hielt, von dem sie offenkundig nicht genau wusste, was sie mit ihm machen sollte.

»Geben Sie mir die Blumen«, schlug sie vor, »ich stelle sie in eine Vase ins Zimmer Ihres Vaters.«

Dalia hörte sie nicht, sie spürte kaum, wie ihr Tabea die Blumen aus der Hand nahm, sich umdrehte und zurück zum Haus lief.

Dalia blieb stehen. Schlief ihr Vater? Der Hut war tief ins Gesicht gezogen. Ihr fiel auf, dass er immer noch den Borsalino trug, den beigen Strohhut mit dem schwarzen Band und dem schwarzen Rand. Wie viele Hüte besaß ihr Vater eigentlich? Sie erinnerte sich, dass er stets sehr elegant gekleidet gewesen war und dass er eine große Leidenschaft für Hüte besaß.

Ihr Vater bewegte sich nicht, nichts deutete darauf hin,

dass er sie bemerkt hatte. Zögernd blieb Dalia stehen. Wie sollte sie ihn anreden? Vater? Papa? Wie hatte sie ihn früher angesprochen? Sie wusste es nicht mehr. Wahrscheinlich war es das Beste, eine direkte Anrede zu vermeiden.

»Du kannst ruhig näher kommen«, rief Christian ihr zu, als er ihr Zögern bemerkte. Seine Stimme klang jung und lebendig, und passte nicht zu dem blassen Gesicht und der mageren Gestalt, die sich jetzt langsam an der Lehne der Bank hochzog. Dabei schob er den Hut in den Nacken wie ein alter Cowboy aus einem Western. Ein gebrochener Held, schoss es Dalia durch den Kopf, und sie musste unwillkürlich lächeln. Es war rührend, wie er sich bemühte, seine Gebrechlichkeit zu verbergen, immer noch der starke Mann zu sein.

»Hallo«, mehr fiel ihr nicht ein, als sie jetzt vor ihm stand. Ein feiner Duft stieg ihr in die Nase. Sein Rasierwasser, er benutzte also immer noch dasselbe. Tränen schossen ihr in die Augen. Nur nicht weinen, schärfte sie sich ein. Nicht weinen!

Sie hatte eine genaue Liste aller Fragen im Kopf, die sie ihm stellen wollte. Leah, Eliah, ihre Mutter. Wann genau war das gewesen und wann …

»Setz dich, willst du einen Kaffee? Ich darf keinen trinken, aber wenn du gern einen hättest? Oder einen Tee?«

Dalia zuckte die Schultern. »Nein, im Moment nichts, danke.«

Sie setzte sich auf den Stuhl ihm gegenüber.

»Hast du gut hergefunden?«, wollte er wissen.

Dalia nickte. »Ja, Dr. Küppers hat mir eine ausführliche Wegbeschreibung mitgegeben. Ich habe nur eine knappe Stunde gebraucht.« Sie sah ihm jetzt direkt in die Augen, sie waren immer noch von diesem intensiven dunklen Blau.

»Kräutertee«, erklärte er, als er nach seiner Tasse griff und sie mit leicht zitternder Hand an den Mund führte. »Er schmeckt fürchterlich.«

Dalia zog es bei diesem Anblick das Herz zusammen. Sie hatte ihn als einen schönen Mann in Erinnerung, voller Energie, stark und unnachgiebig. Sein Anblick schmerzte sie tief.

»Wie geht es dir?«, fragte sie. Fiel ihr denn nichts Besseres ein? Sie biss sich auf die Lippen.

»Ich werde nicht sterben, jedenfalls jetzt noch nicht. Das ist die gute Nachricht.«

»Ja, das ist eine sehr gute Nachricht«, bestätigte sie etwas unbeholfen und versuchte, mit einem Lächeln ihre Unruhe und Betroffenheit zu überspielen. Er sah aus, als wäre er dem Tod weit näher als dem Leben.

Sie war eigentlich gekommen, um von ihm Dinge zu erfahren, die sonst niemand wusste, und um ihm ihre Gefühle von damals zu erklären. Warum sie weggelaufen war und sich nie mehr gemeldet hatte. Warum sie ihm die Schuld am Selbstmord ihrer Mutter gab. Sie wollte Rechenschaft von ihm, vielleicht sogar eine Entschuldigung.

Doch sie hatte nicht erwartet, dass der Anblick ihres Vaters sie so sehr treffen könnte, sie dermaßen hilflos machte.

»Ich glaube, ich möchte jetzt doch einen Tee, einen schwarzen.« Sie erhob sich rasch. »Ich kann ihn mir holen, sicher gibt es doch eine Cafeteria.«

»Es gibt ein Restaurant, ein Café und eine Lounge«, erklärte ihr Christian Rheinberg lächelnd. »Aber sag einfach Schwester Tabea Bescheid, sie steht da vorne auf der Terrasse.«

Dalia ging hinüber zu der Schwester und bat sie, ihr einen schwarzen Tee zu bringen.

Dann kam sie langsam zurück.

»Gut siehst du aus.« Ihr Vater lächelte sie an. »Du warst immer schon ein hübsches Mädchen, aber heute bist du eine wirklich schöne Frau. Das darf ich doch sagen, oder?«

Jetzt lächelte Dalia, und das Eis war gebrochen.

»Und wie geht es dir?«, fragte Christian, während sie auf den Tee warteten. »Ich habe von dem Unfall deines Mannes in der Zeitung gelesen, das ist für einen Pianisten bestimmt eine Tragödie.«

»Ja, aber Tamás arbeitet eisern an seinem Comeback. Ich denke, er schafft das auch.«

»Und du? Warum bist du keine Pianistin geworden?« Als sie schwieg, sprach er weiter: »Ich erinnere mich, du warst schon mit zehn Jahren ein Wunderkind, dem man eine außergewöhnliche Karriere voraussagte.«

»Ich bin froh, dass mein Mann das verhindert hat«, sagte Dalia und lachte. Doch ihr Lachen klang gekünstelt, und sie spürte, dass auch ihr Vater es so empfand.

Tabea kam mit einem Tablett an den Tisch. »Ich habe Ihnen noch ein Stück Mirabellenkuchen mitgebracht. Mit Sahne.«

»Danke, ich liebe Mirabellenkuchen.«

»Das Essen hier ist ausgezeichnet.« Christian wies auf den Kuchen. »Auch die Patisserie ist sehr gut.«

Dalia erinnerte sich, dass ihr Vater immer gern Süßigkeiten gegessen hatte. Einmal war sie mit ihm im *Café Demel* gewesen. Das lag lange zurück.

Christian sah Schwester Tabea nach, und erst als sie außer Hörweite war, sprach er weiter. »Ich weiß, Dalia«, begann er – auch er hatte sich offenbar auf das Gespräch vorbereitet – »dass du mir die Schuld am Selbstmord deiner Mutter gibst. Ich denke«, fuhr er fort, nachdem er einen weiteren Schluck seines Kräutertees getrunken hatte, »ich denke, du hast einen Schuldigen gebraucht.«

»Ja, so war es«, bekannte Dalia ehrlich. »Aber inzwischen bin ich der Meinung, ich war … ungerecht«, beendete sie den Satz.

»Du warst jung und konntest mit dem Schmerz noch nicht umgehen. Es ist verständlich, dass du so gedacht hast.« Christian wandte sein Gesicht ab. Sein Blick wanderte über den Rasen, die Blumenbeete, die Sitzgruppen unter hellen Sonnenschirmen. Beide schwiegen, keiner fand die richtigen Worte, um seine Gefühle auszudrücken, um nach so vielen Jahren zueinanderzufinden.

»Neulich«, setzte Dalia schließlich mit einem Zögern an, »habe ich in Paris in einem Geschäft Modelle von *Walter Sandner Schuhe* gesehen. Direkt neben dem Restaurant Ladurée.«

Christian sah Dalia an, und er lächelte, ein kleines verhaltenes Lächeln. »Ich kenne die Besitzerin des Geschäfts, sie bringt mir jedes Mal Macarons von Ladurée mit«, erzählte er. »Die besten, die es gibt. Aber um auf die Schuhe zurückzukommen: Es war ein harter Kampf, das Label auf dem internationalen Markt zu etablieren. Es hat Jahre gedauert, bis der große Erfolg kam, und das haben wir der Designerin zu verdanken.«

Ihre Blicke trafen sich.

»Du meinst Feodora Mancini?«

»Ja, Dalia, und sieh mich nicht so an. Es ist über zwanzig Jahre her, seit wir eine Beziehung hatten. Es war keine hässliche Affäre, wie die Boulevardpresse es nannte. Ich habe ihr auch keinen Vertrag gegeben, weil sie mit mir schlief. Das hatte nichts miteinander zu tun. Ich war verliebt in sie. Ich konnte mit ihr lachen, und ich fühlte mich wieder jung. Inzwischen ist Feodora seit vielen Jahren glücklich verheiratet. Nur ich bin immer noch der böse Kerl, der seine Frau durch eine Affäre in den Selbstmord getrieben hat.«

»Das ist doch Unsinn, das ist längst vergessen«, versuchte Dalia etwas Tröstliches zu sagen.

»Ach ja? Ich dachte, die Boulevardpresse hat die alte Geschichte gerade wieder ausgegraben. Hier sagt mir niemand etwas, ich bekomme nur Zeitungen mit guten Nachrichten.«

»Ach, gibt es die überhaupt?«, fragte sie und lachte ihn an, und Christian lächelte zurück. »In der Villa ist es ruhig«, erzählte sie dann. »Ich habe keinen Paparazzo weit und breit gesehen«.

»Es war wohl ein einmaliger Versuch, noch einmal Kasse mit meiner Vergangenheit zu machen, aber das Interesse hält sich offensichtlich in Grenzen. Ich hoffe, da kommt nichts mehr nach.«

Plötzlich fielen Dalia die mysteriösen Anrufe ein. Steckte ein Reporter dahinter? Sollte sie mit ihrem Vater darüber sprechen? Aber es würde ihn sicher aufregen, so schwieg sie. »Weißt du, ich habe das ganze Haus nach einem Abschiedsbrief abgesucht. Ich wollte unbedingt wissen, warum sie es getan hat. Es war auch die erste Frage, die mir die Polizei stellte. Es war eigenartig, dass sie nichts hinterlassen hatte.«

»Ja, das ist richtig«, stimmte Dalia ihm zu. »Nun, wer weiß schon, was ein Mensch fühlt, wenn er sich das Leben nehmen will.«

Das hatte Tamás zu ihr gesagt. Er hatte recht. Jahrelang hatte sie geglaubt, die Beweggründe ihrer Mutter zu kennen und daher die Schuld bei ihrem Vater gesucht. Es war die einfachste Erklärung gewesen.

Beide schwiegen. Dalia aß ein wenig von dem Mirabellenkuchen, und Christian trank seine Tasse Tee aus.

Wieder gingen Dalia so viele Fragen nach der Vergangenheit durch den Kopf, doch anstatt sie zu stellen, erzählte sie ihm, dass sie die Modelle der letzten Kollektionen im oberen Stockwerk entdeckt hatte. »Ich konnte nicht widerstehen«, bekannte sie, »ich habe mir die roten Sandalen genommen. Kann ich sie behalten, oder …«

»Natürlich«, unterbrach er sie. »Die Kollektionen werden immer in der Größe 38 angefertigt. Wenn sie dir also passen, nimm dir jedes Paar, das dir gefällt.«

»So etwas musst du einer Frau nicht zweimal sagen.« Dalia erkannte, dass es ihrem Vater Spaß machte, ihr eine Freude zu bereiten.

»Ich verkaufe gerade meine Unternehmen«, wechselte er das Thema. »Vielleicht hast du davon in den Zeitungen gelesen.« Als Dalia den Kopf schüttelte, sprach er leise weiter: »Das fällt mir nicht leicht. Ich muss sehr oft an meine Anfänge denken, den Aufbau der verschiedenen Firmen, die ersten Erfolge. Besonders liegt mir die *Juventus Sports* am Herzen. Anfang der fünfziger Jahre gelang mir mit Golfschuhen der große Durchbruch.« Er machte eine Pause und schien nachzudenken. »Ich war Banker, und plötzlich verkauften sich meine eigenen Ideen, das war ein gutes Gefühl. Von der *Juventus Sport GmbH* war ja nach dem Krieg gar nichts mehr übrig. Die Bestände waren geplündert, das Gebäude zerstört, nur den Namen gab es noch. An das erinnerst du dich sicher nicht mehr, ich lebte ja in Wien und du draußen am See. Du warst auch ganz verfangen in deiner Musik.«

Dalia schwieg, sollte sie jetzt erwähnen, dass sie die Schenkungsurkunde im Safe gefunden hatte, oder würde ihr Vater dann vermuten, sie habe herumgeschnüffelt? Aber sie war hergekommen, um mehr über die Vergangenheit zu erfahren. Über ihre Mutter. Deren Selbstmord. Deren beste Freundin Leah. Als habe ihr Vater ihre Gedanken erraten, erzählte er: »Sicher weißt du von deiner Mutter, dass mir der Mann ihrer Freundin Leah sein Unternehmen geschenkt hat. Das war ungewöhnlich, und ich war sehr erstaunt, denn ich hatte für die beiden nur wenig tun können, als es ihnen schlechtging. Aber dann empfand ich es als meine Pflicht, die Firma aufzubauen.« Christian Rheinberg atmete schwer, rang jetzt angestrengt nach Luft. »Es geht mir nicht so gut, Dalia«, erklärte er. »Lass uns nicht mehr über die Vergangenheit reden, man kann ja nichts mehr ändern. Das alles ist lange vorbei.«

»Ja«, pflichtete Dalia ihm sofort bei. Die Erinnerungen schienen ihn stark aufzuregen. »Lassen wir das.« Sie war enttäuscht über den Gesprächsverlauf, bis jetzt hatte sie noch nichts erfahren, was sie nicht eigentlich schon wusste. Doch sie erschrak, als sie erkannte, wie sehr ein Gespräch über die Vergangenheit ihrem Vater zusetzte. So sagte sie nur leise: »Es ist gut, dass ich nach Hause gekommen bin.«

»Ja, das glaube ich auch.« Wieder richteten sich seine blauen Augen auf sie, und der Blick machte sie verlegen.

Sie war entschlossen, einen Schlussstrich unter die Vergangenheit zu ziehen, sie wollte vergessen, doch dann brach es aus ihr heraus: »Weißt du, es gibt Dinge, die mich seit Jahren beschäftigen. Ich habe mich immer gefragt, warum du so ablehnend mir gegenüber gewesen bist. Habe ich dich enttäuscht? Oder hatte es mit Mutter zu tun?«

Ihr Vater schien tief getroffen über ihren Gefühlsausbruch. Er schwieg, offenbar suchte er nach den richtigen Worten.

»Einmal«, fuhr Dalia fort, »hat mir Mutter erzählt, ihr

hättet heiraten *müssen.* Ich habe erst sehr viel später begriffen, was sie damit gemeint hat. Wolltest du kein Kind? War das der Grund, warum du mich immer so kühl behandelt hast?« Sie brach ab, überwältigt von ihren Erinnerungen. Ein ungewolltes Kind. Wenn Dalia heute darüber nachdachte, schien ihr das die Erklärung für das Verhalten ihrer Mutter zu sein. Manchmal hatte Irene sie mit Zärtlichkeiten überhäuft, um sie wenig später kaum mehr zu beachten. Ihre Stimmungsschwankungen waren von Jahr zu Jahr größer geworden.

Dalia sah ihrem Vater direkt in die Augen. »Du hast die Frau geheiratet, die von dir schwanger war. Hast du das letztlich so sehr bereut, dass du mich nicht lieben konntest?« Sie war so erregt, dass sie die Tischkante mit ihren Händen fest umklammerte. Eigentlich hatte sie gar nicht über ihre Gefühle sprechen wollen, die sie seit Jahren verdrängte, aber es war einfach aus ihr herausgebrochen. Ungünstiger hätte sie den Moment nicht wählen können. »Es tut mir leid«, entschuldigte sie sich hastig, »ich bin nicht gekommen, um dir Vorwürfe zu machen. Entschuldige bitte …«, stammelte sie, als sie erkannte, wie tief sie ihren Vater verletzt hatte.

Er rang mit sich, bevor er antwortete: »Ich habe es bereut, Irene geheiratet zu haben, das ist richtig. Aber … wie soll ich das sagen, ich … Bitte verzeih mir, wenn du es so empfunden hast, als würde ich dich nicht lieben. Das habe ich nicht gewollt.« Er war grau im Gesicht geworden und atmete schwer. Dalia versuchte, ihre Worte zurückzunehmen.

»Nein, nein, es war nicht so schlimm, wirklich nicht, ich muss immer übertreiben, es tut mir leid.«

»Lass uns das nächste Mal darüber sprechen«, bat er leise.

Dalia sprang erschrocken auf. Sie setzte sich neben ihren Vater auf die Bank und griff nach seiner kalten Hand.

»Entschuldige«, bat sie noch einmal, »entschuldige, ich werde nicht mehr davon anfangen.«

Da wandte er ihr sein Gesicht zu, ein trauriges und wissendes Lächeln lag darauf. Schließlich strich er ihr mit einer Hand über die Wange.

»Auch ich bedaure vieles, glaub mir das. Aber der Mensch macht Fehler, und das müssen wir akzeptieren und auch verzeihen können.«

»Ja«, Dalia konnte nur nicken, sie spürte, wie die Tränen ihr heiß in die Augen stiegen. Was hatte sie sich nur dabei gedacht, hierherzukommen und ihrem Vater Fragen zu stellen, die ihn derartig verletzten? Einen schwerkranken Mann, der vielleicht bald sterben würde.

Sie atmete tief durch und versuchte, sich zu beruhigen.

»Ich werde einige Zeit im Haus bleiben«, entschied sie in diesem Moment, »also auch Zeit haben, dich zu besuchen, wenn du willst«, fügte sie hinzu.

»Das würde mich freuen. Wirklich, sehr sogar.«

Ihr Vater sah sie immer noch an, und Dalia wurde von einem plötzlichen tiefen Gefühl für ihn ergriffen. Spontan küsste sie ihn auf die Wange.

»Ich freue mich auch, dich bald wiederzusehen«, flüsterte sie fast schüchtern.

»Bist du gern in der Villa?«, fragte er unvermittelt. »Gefällt dir, wie ich sie habe umbauen lassen?«

Dalia wusste, auf welchen Umbau er anspielte: das ehemalige Badezimmer ihrer Mutter.

»Ja, ich finde, es gut so. Es ist richtig«, erwiderte sie fest.

»Es ist dein Haus, das weißt du doch.«

»Nein, das wusste ich nicht.«

»Das kommt davon, wenn man nie miteinander spricht. Es

ist das Haus, das dein Urgroßvater für die Familie Sandner hat bauen lassen. Ich habe es für dich damals von der Bank zurückgekauft, sämtliche Hypotheken abgelöst. Aber«, fuhr Christian Rheinberg vorsichtig fort, »du hast keine Kinder, nicht wahr?«

Dalia schüttelte den Kopf. »Nein, mein Mann Tamás wollte keine, er hat schon drei aus zwei vorherigen Ehen«, antwortete sie rasch. Sie wollte nicht darüber sprechen.

»Erzähl mir ein wenig von deinem Mann«, lenkte ihr Vater ab. Spürte er, dass er mit seiner Frage einen wunden Punkt bei ihr getroffen hatte?

»Was willst du wissen?«, fragte sie und sah ihm ins Gesicht.

»Ihr lebt in Paris? Eine sehr schöne Stadt, ich habe sie immer geliebt.«

»Wir wohnen erst seit fünf Jahren dort. Die erste Zeit unserer Ehe lebten wir in München, dann am Comer See, später in London. Aber in Paris fühlen wir uns sehr wohl«.

»Ein Künstlerleben, eben.«

»Eher ein Zigeunerleben«, stellte Dalia fest. »Ich wäre gern irgendwo sesshaft geworden. Am ehesten hatte ich noch am Comer See das Gefühl, zu Hause zu sein. Doch da wollte Tamás sehr schnell wieder weg.«

»Warum?«

Dalia lachte. »Ihn haben die vielen deutschen Touristen gestört, die in Scharen am Haus vorbeizogen, um Konrad Adenauer beim Bocciaspielen zuzuschauen.«

Ihr Vater erwiderte ihr Lachen. »Ich kann gut verstehen, dass ihn das gestört hat.«

»Vor allem, als sie hörten, dass in dieser Villa der berühmte ungarische Pianist Tamás Marai wohnt. Da blieben sie mit gezücktem Fotoapparat vor dem Haus stehen. Manche mieteten sich sogar ein Boot, um uns beim Schwimmen zu fotografieren.«

»Das muss lästig gewesen sein«, stimmte Christian zu. »Aber ich höre heraus, dass du ein gutes Leben führst«.

Er wollte, dass sie glücklich war. Dalia spürte es, und in ihr zerbrach etwas, der Kokon, in den sie sorgfältig ihre Enttäuschung über ihren Vater eingesponnen hatte. »Ja, ich denke schon, aber jetzt will ich erst einmal hier in der Villa bleiben.«

»Und du kommst zurecht? Frau Karl hat Urlaub, oder?«

»Ja, bis nächsten Freitag.«

»Fühlst du dich nicht einsam in dem großen Haus?«

»Nein, nein, das ist schon in Ordnung.«

»Danke übrigens«, fuhr ihr Vater fort, »dass du das mit dem Safe und der Dokumentenmappe übernommen hast.«

»Die Unterlagen werden aber erst am Dienstag abgeholt.«

»Ja, ich weiß, Dr. Küppers hat mich informiert. Nun, auf einige Tage hin oder her kommt es nicht an.«

»Das sagte Dr. Küppers auch.«

In diesem Moment sahen sie Schwester Tabea über den Rasen auf sie zukommen. »Ihr Vater braucht jetzt wieder Ruhe«, sagte sie mit leicht vorwurfsvollem Ton zu Dalia. »Ihr Besuch hat ihn sicherlich angestrengt.«

Prüfend sah Tabea den Patienten an. Schon griff sie nach seinem Arm, um ihm beim Aufstehen zu helfen. Doch er lehnte jede Hilfe ab und zog sich allein an der Lehne hoch. Aufrecht stand er vor Dalia.

»Wann darf ich wiederkommen?«, fragte sie ein wenig unsicher. Sie wollte noch nicht gehen, sie wollte hierbleiben, mit ihm sprechen, nachholen, was sie jahrelang versäumt hatte.

»Wann du willst. Morgen, übermorgen, ich freue mich.«

»Dann bis bald. Ach, eins noch«, wandte sie sich an ihn, »gibt es irgendwelche alten Fotos? Ich habe nur ein paar Briefe an Mutter gefunden, von ihrer Freundin Leah. Sie lagen in einem Gedichtband von Heine, sonst nichts. Hast du alles weggeworfen?«

»Bei den Umbauarbeiten und Renovierungen ist viel weggekommen. Ich bin nicht der Mensch, der an alten Fotos hängt oder Souvenirs aufbewahrt. Aber für dich habe ich einen kleinen Karton mit Fotos zusammengestellt. Viel ist es nicht. Ich denke, er steht in deinem früheren Zimmer. Wenn nicht, musst du Frau Karl fragen.«

Immer noch zögerte Dalia. Was konnte sie ihn noch schnell fragen? Sie wollte noch so vieles wissen, doch jetzt fiel ihr nichts anderes ein, als ihm die Frage zu stellen, ob die gelben Rosen auf dem Grab ihrer Mutter von ihm stammten.

Erstaunt schüttelte ihr Vater den Kopf. »Nein, von mir sind sie nicht«, betonte er. »Ich lasse das Grab zwar pflegen. Aber Rosen ... nein, das war ich nicht.«

»Na, ja, vielleicht hat der Gärtner sie ausgewählt.«

»Vielleicht«, antwortete er, ohne Überzeugung.

»Also, es tut mir wirklich leid, aber Sie sollten jetzt gehen.« Schwester Tabea wurde energisch.

Dalia verabschiedete sich von ihrem Vater. Sie wollte schon gehen, als er nach ihrer Hand griff und sie für einen Moment ganz fest hielt.

»Dalia, du musst dein eigenes Leben führen, nicht das deines Mannes. Fang wieder mit dem Klavierspielen an! Das war deine Bestimmung, oder nicht?«

»Dazu bin ich zu alt«, protestierte Dalia und entzog ihm ihre Hand.

»Man ist nie zu alt, um etwas Neues zu beginnen.« Als ihr

Vater das sagte, erkannte Dalia in ihm wieder den Mann, der er gewesen war. Da lächelte sie ihm zu, nickte und versprach, sie würde darüber nachdenken. Dann löste sie sich endgültig und ging zum Haus. Dort drehte sie sich noch einmal um und winkte ihrem Vater zu. Er blickte ihr nach und winkte zurück. Er stand immer noch aufrecht am Tisch.

Wie einsam er wirkte.

Alt und einsam.

Es zog Dalia das Herz zusammen, ihn so zu sehen. Und tiefes Bedauern erfasste sie, dass sie nicht früher zurückgekommen war. Wie hatte sie so egoistisch sein können, so gedankenlos? Warum hatte sie niemals seinen Standpunkt verstehen wollen?

Hatte sie jemals über seine Gefühle nachgedacht? Was mochte er empfunden haben, als sein Leben durch die Presse gezerrt wurde, und er sein Ansehen und seine Integrität verlor? Was hatte das für ihn bedeutet? Dalia drehte sich noch einmal nach ihm um. Er stand immer noch da und winkte ihr ein letztes Mal zu.

Zweiundzwanzig

Als Dalia nach Hause kam, stellte sie ihr Auto an der Seeseite ab und ging die Stufen zum Haus hoch. Das Sonnenlicht glitt durch die Blätter der Birken, die in der Sonne leicht zitterten. Da spürte sie, dass genau dieses Haus ein fester Punkt in ihrem Leben sein könnte. Nicht im Leben von Tamás, sondern in ihrem. Es gehörte ihr, das war bei der Hochzeit ihrer Eltern notariell festgelegt worden. Ein Haus, um es von Generation zu Generation weiterzugeben.

Dalia drehte sich um und sah zum See hinunter, der in der Nachmittagssonne glitzerte. Langsam ging sie ums Haus herum und schloss die Eingangstür auf. Als sie eintrat, läutete das Telefon. Rasch lief sie durch die Halle und hob ab. Doch wieder bewies ihr nur ein leises Atmen, dass jemand am anderen Ende der Leitung war.

Dalia drückte auf die Gabel. Diese Anrufe machten sie allmählich sehr nervös. Der Besuch bei ihrem Vater hatte sie in tiefste Unruhe versetzt. Sie bereute es tief, nicht schon längst diesen Weg nach Hause und zu ihm gegangen zu sein. Sie hatte Zeit verloren, Zeit, in der sie beide einander hätten näherkommen können.

Dalia ging durch das Wohnzimmer auf die Terrasse und setzte sich auf die Mauer neben einen Topf mit blühenden weißen Rosen. Ein warmer Wind wehte den Duft der Jasminhecke zu ihr herüber. Da hörte sie ein Geräusch im Haus nebenan, doch als sie sich umdrehte, sah sie gerade noch, wie sich die Terrassentür schloss. Sie wartete, ob sich die Tür noch einmal öffnete, doch alles blieb still.

Dalia dachte an ihren Vater, dessen Einsamkeit sie tief berührt hatte. Wen gab es noch in seinem Leben? Eine Frau, einen Freund, der sich um ihn sorgte? Seine eindringlichen Worte, sie solle ihr eigenes Leben führen, klangen in ihr nach. Es war schön gesagt, ihr Vater wollte ihr Mut machen, noch einmal anzufangen. Als ob das so einfach wäre.

Eine Erinnerung stieg in ihr auf, an den Abend nach ihrem Vorspielen bei Tamás. Sie hatte sich in die kleine Familienpension geflüchtet, in der Maria Slomka ein Zimmer für sie reserviert hatte. Die ganze Nacht über weinte sie, wusste nicht, wie es weitergehen sollte. Bis am nächsten Morgen Tamás in der Pension anrief und sie zum Abendessen einlud.

Und so hatte sie sich in die Beziehung mit dem berühmten Pianisten gestürzt. Der Presse war die blutjunge Geliebte nicht lange verborgen geblieben.

»Hat Tamás Marai eine Affäre mit einer Minderjährigen?«, hieß es.

»Wir heiraten!«, war Tamás' Reaktion auf diese Schlagzeile.

»Wegen der Schlagzeile?«, hatte Dalia ihn lachend gefragt.

»Ich liebe dich«, rief er laut, »ich liebe dich, und du wirst meine Frau.«

»Das ist wie … wie im Märchen …«, hatte sie gestammelt. Sie hatte es nicht glauben können.

Viele Jahre waren seitdem vergangen, in denen ihr Leben das der Frau an seiner Seite gewesen war. Die Journalistin, die in ihrem Artikel behauptete, sie hätte die eigene Karriere für Tamás aufgegeben, hatte sie verärgert, sogar verletzt.

Aber warum? Sie war doch zufrieden mit ihrem Leben, aber … bist du auch glücklich, flüsterte es in ihren Gedanken.

Dalia erhob sich mit einem Ruck und ging die Treppe hoch in ihr früheres Zimmer. Sie hatte vergessen, sich bei ihrem Vater zu bedanken, dass er darin nichts verändert hatte. Hatte er gehofft, dass sie eines Tages zurückkommen würde?

Sie suchte das Zimmer ab, bis sie den kleinen Karton fand, von dem er gesprochen hatte. Dalia setzte sich aufs Bett und öffnete ihn. Es war nicht viel darin, einige Fotos, die sie neugierig betrachtete. Fotos aus ihrer Kindheit und eines, das Irene mit Leah zeigte: Eng umschlungen lachten die Freundinnen in die Kamera.

Ein anderes Bild zeigte Dalias Großeltern, die auf der Terrasse saßen und Kaffee tranken. Dalia hatte sie bis zu ihrem Tod öfter in Zürich besucht, doch nie ein wirklich enges Verhältnis zu ihnen gehabt.

Das nächste Foto war eine Aufnahme von Dalias Kommunion. Sie trug ein sehr schönes, schlichtes weißes Kleid. Ihre Mutter hatte immer Stilgefühl besessen und schon damals sehr auf die Kleidung ihrer Tochter geachtet.

Das nächste zeigte ihren Vater am See. Wie gut er ausgesehen hatte. Er lehnte lässig am Geländer des Stegs und lächelte in die Kamera. Wann war das gewesen? Es stand kein Datum darauf.

Dalia entnahm dem Karton noch ein paar Ansichtskarten aus Lausanne, die Irene während ihres Studiums an ihre Eltern geschrieben hatte sowie ein Foto von einer Gruppe Studenten vor der Universität. Wieder lachte Irene in die Kamera. Dann fand Dalia noch ein altes, fast schon zerfleddertes Album im Karton mit weiteren Aufnahmen: ihre Mutter Irene am ersten Schultag, dann später als junge Frau im Tennisdress. Sie hob einen Pokal hoch und schaute strahlend in die Kamera.

Auf jedem Foto lachte ihre Mutter, fröhlich und unbekümmert. Man bekam den Eindruck, Irene sei eine glückliche Frau gewesen.

Wieder Lausanne auf einer alten Postkarte, und ein Foto von Irene mit Freundinnen vor der Universität. Dann eines von Irene mit einem hübschen jungen Mann, darunter stand: *Etienne und ich im Café de la Paix. Lausanne, Sommer 1934.*

In der Kiste gab es nur ein einziges Babyfoto von Dalia. Es war mit dem Datum des Tages nach ihrer Geburt versehen. und sie lag schlafend auf dem Arm ihrer Mutter. Das Bild steckte in einem Album und war rundherum mit kleinen Steinchen und getrockneten Blumen in Form eines großen Herzens verziert. Alle anderen Seiten des Albums waren leer. Als Dalia genau hinsah, erkannte sie, dass auf den Seiten Fotos eingeklebt gewesen waren. Offenbar hatte sie jemand herausgenommen.

Dalia fand auch noch ein paar Briefe, die sie jetzt durchlas. Leah und Irene schienen sich 1939 vom Sommer bis in den November hinein oft geschrieben zu haben. Sie erwähnten eine Kathi, die ihre Briefe hin- und herbrachte.

Kleine nichtssagende Mitteilungen.

Aber dann fielen Dalia zwei Briefe in die Hand, die ihre Betroffenheit von Wort zu Wort wachsen ließen.

Liebe Irene,
jetzt ist schon fast November, und wir haben keine Chance mehr, Österreich zu verlassen. In Wien soll es in der Leopoldstadt Sammellager für Juden geben, von dort werden sie

in irgendwelche anderen Lager transportiert, wo man sie angeblich alle ermordet. Der Name Mauthausen wird oft genannt. Das kann doch einfach nicht wahr sein!
Ich weiß nicht, wie es weitergehen soll, ich weiß nicht, wie ich mein Kind hier schützen kann. Wir werden es nicht mehr schaffen.
Ich weine die Nächte durch, gerade jetzt, da ich allein bin. Eliah ist seit gestern verschwunden, er wollte mir nicht sagen, wohin er fährt. Ich soll im Haus bleiben, niemandem öffnen. Ich denke, er ist doch noch mal in die Firma gefahren und wollte es mir nur nicht sagen, da es gefährlich ist.
Ich bin natürlich auch so furchtbar müde, weil meine Kleine und ich diese Grippe erwischt haben, die gerade grassiert.
Ich habe Angst, Irene, furchtbare Angst.

Leah

Der letzte Brief war nur ein flüchtig beschriebener Zettel, herausgerissen aus einem Heft.

Ich kann nicht mehr atmen, nichts denken. Ich finde keine Worte. Ich komme später, wenn es Nacht ist, zu Dir. Auch ich habe Entsetzliches … ich weiß nicht mehr weiter … ich … schiebe diesen Zettel schnell in unser Fach in der Mauer. Auch ich habe etwas Entsetzliches … Eliah … mein Eliah …
… ich sehe keine Möglichkeit …

Die Sätze klangen wie gestammelte Worte. Leahs Angst und Verzweiflung mussten so groß gewesen sein, dass es ihr nicht mehr gelungen war, ihre Gedanken zu artikulieren.

Dreiundzwanzig

Leah und Irene

Neusiedler See,
2. November 1939

Irene stand am Fenster ihres Schlafzimmers und sah zum Haus der Weizmanns hinüber. Wieder war eine Nacht vergangen, in der *sie* nicht gekommen waren, um Leah und Eliah abzuholen. Auf Irene lasteten Angst und Müdigkeit, auch Einsamkeit.

Es war die große Sorge um Leah, ihre Furcht vor der Gestapo, den Nationalsozialisten, die bald kommen würden und ihr die Freundin nahmen. »Ach Leah, warum ausgerechnet du?«

Nebenan hausten die beiden mit der kleinen Rachel im Dunkeln. Abgeschottet von der Welt, und das schon seit Monaten. Sie schlichen durchs Haus, jedes Geräusch, jedes heranfahrende Auto, jede unbekannte Stimmte versetzte sie in Panik. Die Angst vor Gefangenschaft und Tod quälte sie Tag und Nacht.

Irene ließ ihre Hand mit Leahs Brief sinken. Noch zwei Wochen mussten die Weizmanns durchhalten, dann würden Freunde sie abholen kommen und nach Rotterdam zum Schiff bringen. Das hatte Eliah neulich noch erzählt. Und dann? Eliahs Vater sollte für sie bürgen, doch sie hatten seit Monaten nichts von ihm gehört. Es sei alles vereinbart, hatte Eliah mit fester Stimme erklärt. Sein Vater kenne nur noch nicht das genaue Datum ihrer Ankunft in New York. Das würde er ihm während der Überfahrt noch mitteilen, alles andere sei bereits besprochen. Leah meinte, Eliah wolle der Wahrheit nur nicht ins Gesicht sehen. Sein Vater wollte ihm nicht helfen oder er konnte es nicht, wer wusste schon, ob er überhaupt noch in New York lebte und die Briefe seines Sohnes bekommen hatte? Der Brief der Freundin klang hoffnungslos und verzweifelt.

Wir werden es nicht mehr schaffen ...

Auch Irene war jeden Tag mehr davon überzeugt, dass den Weizmanns die Flucht nicht gelingen würde.

Leah war auch sechs Monate nach der Geburt ihrer Tochter immer noch schwach, sie kränkelte. Wie sollte sie sich auch erholen, wenn sie seit Monaten unter größter Anspannung im Dunkeln leben musste?

Rachel, das zarte kleine Wesen, war zwar etwas kräftiger geworden, aber sie wirkte noch immer nicht wie ein Kind von sechs Monaten. Sie und Dalia schienen gleich alt zu sein.

Kathi war neben den Rheinbergs die einzige, die wusste, dass die Weizmanns noch im Haus wohnten. Eliah blieb ihr gegenüber misstrauisch. Mehrfach hatte er verlangt, man solle Kathi gegenüber behaupten, die Weizmanns seien über Nacht verschwunden. Irene hatte ihm jedes Mal widersprochen. Lief Kathi nicht immer noch regelmäßig zum Fissler-Hof, um Milch für Rachel zu holen?

»Sie kommen gegen Morgen«, hatte Kathi im Dorf gehört, und sie und Irene hatten sich stumm angesehen.

So schlief Irene bereits ab ein Uhr nachts kaum mehr. Sie lag angespannt in ihrem Bett, horchte nach draußen und schickte Stoßgebete in den Himmel. »Lieber Gott, mach, dass sie es schaffen«, murmelte sie auch jetzt automatisch, während sie in den grauen Tag hinaussah.

Dann löste sie sich vom Fenster und schlich leise an das Gitterbett von Dalia. Die Wangen des Kindes waren gerötet, und der kleine Mund im Schlaf ein wenig geöffnet. Ihre Augenlider zuckten.

»Du träumst sicher, mein Schatz«, flüsterte Irene und beugte sich über ihre Tochter. Tiefe Liebe erfüllte sie, ein so starkes Gefühl, wie sie es noch niemals empfunden hatte.

Irene hörte, wie unten das Telefon ging und Kathi in den Hörer sprach. Ein heftiges Aufschluchzen, kurz darauf kam sie langsam hoch. Irene erschrak und empfing das Hausmädchen an der offenen Schlafzimmertür.

Kathis Mutter war vor drei Monaten gestorben, und Irene wusste, dass ihr Vater mit den drei jüngeren Geschwistern allein den Hof versorgte. Mit ihrem Lohn unterstützte Kathi ihre Familie, ohne dieses Geld wären sie nicht ausgekommen. Im August hatte Irene das übrige Personal, das Christian eingestellt hatte, wieder entlassen. In der Zeit, in der sie zusammen mit ihrer Mutter Haus und Garten versorgt hatten, war ihr die Arbeit zur Gewohnheit geworden, die körperliche Betätigung tat ihr gut und lenkte sie von ihren Gedanken ab. Sie und Kathi bewohnten nur einige Zimmer in der Villa, die anderen hatten sie abgeschlossen und die Möbel darin mit Tüchern abgedeckt.

Irene blickte Kathi besorgt an. »Was ist denn los?«

»Mein Vater hat angerufen. Mein kleiner Bruder ist krank, es ist diese schwere Grippe, an der bereits einige Menschen gestorben sind.«

»Steht es schlimm um deinen Bruder?«

Kathi nickte. »Diese Grippe ist für Kinder sehr gefährlich«, erklärte sie weinend. »Mein Vater möchte, dass ich nach Hause komme. Für immer«, setzte sie hinzu und vergrub ihr Gesicht in den Händen. Kathi arbeitete sehr gern in der Villa, und sie hing an Irene und der kleinen Dalia.

»Du kannst uns doch nicht im Stich lassen!« Irene erschrak.

»Ich muss«, weinte Kathi weiterhin. »Ich nehme den Bus um ein Uhr, mein Vater holt mich dann mit seinem Pferdewagen an der Haltestelle ab«.

»Moment!« Irene stellte sich ihr in den Weg. »So geht das nicht. Ohne dich schaffe ich das alles nicht allein. Du musst mir helfen. Bitte!«

»Ich kann nicht anders, Irene, bitte, verstehe mich. Unten im Dorfladen bekommst du alles, auch Milch für Rachel, du musst nicht unbedingt bis zum Fissler-Hof laufen«.

Irene blieb wie versteinert an der Schlafzimmertür stehen. Kathi lief eilig an ihr vorbei, und verschwand in dem hintersten Zimmer des Ganges, das sie seit Dalias Geburt bewohnte, um in der Nähe zu sein und Irene jederzeit helfen zu können.

Dalia war inzwischen aufgewacht und weinte.

»Komm, mein Schatz«, zärtlich hob Irene sie aus ihrem Bett. »Sicher hast du Hunger. Kathi macht dir jetzt deinen Grießbrei, und dann baden wir dich.« In diesem Moment wurde ihr klar, dass sie ab sofort auf sich allein gestellt war. Auch für die Weizmanns musste sie zukünftig sorgen. Ratlos setzte sich Irene mit der weinenden und strampelnden Dalia im Arm aufs Bett. Dann entschied sie sich, hinunterzugehen. Als sie unten in der Halle stand, hörte sie Kathi bereits oben auf dem Gang. Dann erschien das Mädchen an der Treppe und zog ihren Koffer von Stufe zu Stufe hinunter.

»Ich hole den Rest irgendwann ab«, erklärte sie, als sie unten ankam.

»Du hast so schnell gepackt?«, wunderte sich Irene, die

mit Dalia auf und ab gelaufen war, um die Kleine zu beruhigen. Tatsächlich hatte sie aufgehört zu schreien.

»Ich habe mich beeilt, um für Dalia noch den Grießbrei machen zu können und sie zu füttern«, antwortete Kathi und ging in die Küche hinunter. Irene folgte ihr langsam, Dalia immer noch auf dem Arm. Seit einer Woche bekam Dalia einmal am Tag Grießbrei, den die Kleine mit Begeisterung aß.

Eine Stunde später verließ Kathi nach einem tränenreichen Abschied die Villa, in der sie mehrere Jahre als Hausmädchen gearbeitet und gelebt hatte.

»Ich war so gern hier«, schluchzte sie, als sie bereits an der Tür stand. Dalia hatte den Brei verweigert, nun strampelte sie wieder wild in Irenes Armen, schrie und wandte den Kopf zur Seite, als Kathi sie zum Abschied küssen wollte.

»Sie spürt, dass du sie verlässt«, war Irenes vorwurfsvolle Erklärung. Sie vermisste Kathi jetzt schon. »Kannst du nicht wenigstens bis zum Ende des Monats bleiben?«, versuchte Irene sie zu überreden.

»Wenn Emil nicht krank wäre«, war Kathis Antwort. »Aber mein Vater ist einfach überfordert mit allem. Ich muss jetzt an meine Familie denken.«

In gewisser Weise verstand Irene sie, doch wie sollte sie ganz allein zurechtkommen?

»Ich höre mich um«, versprach Kathi noch, »damit du schnell Ersatz für mich findest.«

»Vielleicht kannst du irgendwann zurückkommen«, hoffte Irene.

Doch Kathi schüttelte den Kopf. »Das denke ich nicht. Mein Vater wollte schon die ganze Zeit, dass ich ihm mit meinen Geschwistern helfe, sie sind ja noch so klein.«

Nachdem Kathi weggefahren war, badete Irene ihre Tochter und aß den Rest von Dalias Grießbrei.

Auf dem Küchentisch lagen eine Packung Grieß, Haferflocken und getrocknete Aprikosen. Das alles war für die Weizmanns bestimmt. Irene entschloss sich, rasch zu ihrer Freundin zu laufen, auch wenn es Tag war. Das Wetter war ja trüb, und dichter Nebel hing über den Gärten. Niemand konnte sie von der Seeseite aus beobachten.

Hastig zog Irene ihren Mantel über, packte Dalia in eine dicke Strickjacke und huschte mit dem Kind auf dem Arm und einer gefüllten Einkaufstasche zu den Weizmanns.

Es dauerte, bis Leah auf ihr Klopfen hin öffnete und sich Irene durch den Spalt der Terrassentür ins Wohnzimmer drücken konnte.

»Ich wollte euch nur die Sachen bringen, die Kathi vergessen hat.«

»Danke dir«, seufzte Leah. »Eliah ist oben bei Rachel. Unser kleiner Schatz ist krank.«

Leahs Stimme klang so müde und hoffnungslos, dass Irene nur schweigen konnte. Was gab es jetzt schon Tröstliches zu sagen?

»Du solltest jetzt lieber gehen«, sagte Leah. Irene stellte die Tasche auf den Tisch, blieb aber mit Dalia auf dem Arm stehen.

»Irene, was ist los?«

Mit einem Seufzen erzählte Irene von Kathi, verschwieg aber, wie allein sie sich dadurch fühlte.

Leah hatte sich wieder auf dem Sofa ausgestreckt.

»Du magst dein Sofa gar nicht mehr verlassen, oder?«

Irene versuchte, mit einem kleinen Scherz ein Lächeln auf

das gequälte Gesicht ihrer Freundin zu zaubern. Sie wollte ihre Bestürzung nicht zeigen, die sie bei Leahs Anblick befiel. Sie schien von Tag zu Tag schwächer zu werden.

»Ich fühle mich schlecht«, flüsterte Leah, »und deswegen sollst du auch so schnell wie möglich wieder gehen, sonst steckt ihr beide euch noch an. Ich glaube, ich bekomme auch noch diese Grippe.«

»Und Rachel? Was hat sie? Auch die Grippe?«

Leah nickte stumm.

»Aber ihr geht doch nie aus dem Haus, wo habt ihr euch denn bloß angesteckt?«

Leah richtete sich ein wenig auf und erzählte mit müder Stimme, Eliah gehe seit einer Woche wieder regelmäßig nachts in die Firma, um verschiedene Unterlagen und die Bilanzen zu prüfen.

»Er kontrolliert seinen Geschäftsführer, er hat plötzlich Angst, der würde die Vollmachten missbrauchen.«

»Aber wieso? Wenn ihr weg seid, kann es Eliah doch egal sein, was aus der Firma wird.«

Leah seufzte auf. »Die *Juventus Sport GmbH* ist sein Kind, er hängt daran. Es ist absurd, ich weiß. Außerdem hofft er, sein Vater würde sich vielleicht in der Firma melden, unser Telefon hier ist ja abgeschaltet. Wir haben seit Wochen nichts mehr von ihm gehört, Eliah macht sich Sorgen.« Erschöpft streckte sich Leah wieder aus.

»Und du meinst, dein Mann hat die Grippe ins Haus geschleppt.«

Leah antwortete mit einem schwachen Nicken.

»Du brauchst einen Arzt«, sagte Irene bestimmt, doch Leah wehrte nur mit einem stummen Kopfschütteln ab.

»Vor allem«, fuhr Irene unbeirrt fort, »muss Rachel ärztlich versorgt werden. Die Grippe ist für Kinder sehr gefährlich«, wiederholte sie Kathis Worte.

»Das geht nicht, dann fliegt alles auf. Es ist zu riskant.«

»Ich werde euch Dr. Mühlbauer schicken. Schließlich ist ein Arzt an seine Schweigepflicht gebunden, und er kennt dich.«

Irene war zutiefst besorgt über das blasse und kranke Aussehen ihrer Freundin.

Leah wollte davon nichts wissen. »Vielleicht für Rachel, ja, aber für mich ist es ...«

»Was meinst du?«, Irene spürte plötzlich einen Kloß im Hals.

»Ich bin am Ende meiner Reise angekommen«, flüsterte Leah. »Ich habe das schon lange gespürt. Ich wollte es nur nicht aussprechen, aber es ist so, Irene, ich ... ich kann nicht mehr.«

»Welcher Reise?«, fragte Irene tonlos. »Was meinst du damit?«

»Meines Lebens, Irene, ich will, ich kann nicht mehr, und Eliah ist so überfordert. Eine Flucht ist längst illusorisch geworden. Ich denke nur noch an Rachel. Was wird aus ihr werden?«

Irene setzte sich erschrocken neben ihre Freundin und griff nach ihrer Hand, während sie Dalia immer noch auf dem Arm hielt.

»Du fühlst dich schlecht, darum glaubst du, ihr schafft es nicht. Du und Rachel, ihr müsst erst einmal wieder gesund werden. Das ist das Wichtigste, und dann kann alles gutgehen. Der Mensch erträgt mehr, als er glaubt.«

Jetzt huschte ein Lächeln über Leahs blasses Gesicht. »Wenn du meinst.« Irenes Worte schienen sie aufzubauen.

Auch wenn sie sicherlich spürte, dass der Optimismus der Freundin nur gespielt war.

»Geh jetzt lieber«, drängte sie Irene, »sonst fangt ihr euch noch die Grippe ein.«

Irene zögerte, doch dann beschloss sie, Leahs Rat zu befolgen. An der Terrassentür drehte sie sich noch einmal zu ihr um.

Leah lag auf dem Sofa, ihr rechter Arm hing über den Rand des Sofas, sie wirkte beinahe leblos.

Wie eine welke Blume, schoss es Irene durch den Kopf. Doch dann wehrte sie sich erschrocken gegen diesen Vergleich.

Stumm verließ sie das Weizmann-Haus.

Vierundzwanzig

In dieser Nacht wurde Dalia krank. Irene durchlebte einen Alptraum, als sie mitansehen musste, wie das Fieber auf einundvierzig Grad stieg und ihre Tochter erst unruhig wurde, viel schrie und weinte und dann in Apathie verfiel.

Sie hatte sich offensichtlich bei den Weizmanns angesteckt. Irene machte sich heftige Vorwürfe, dass sie Leah besucht hatte. Als sie Dr. Mühlbauer mitten in der Nacht anrief, reagierte er ungehalten, sagte aber zu, am nächsten Tag zu kommen.

»Wann?«, wollte Irene wissen.

»Das kann ich Ihnen nicht sagen, ich muss die ganze Gegend hier versorgen. Aber ich komme«, versprach er. »Machen sie stündlich kalte Umschläge bei ihrem Kind, messen Sie Fieber und geben Sie ihm genügend zu trinken.«

»Hören Sie, meiner Tochter geht es wirklich schlecht. Ich kann nicht so lange auf Sie warten.« Irene fing zu weinen an. »Soll ich sie nicht lieber ins Krankenhaus bringen?«

»Das können Sie, natürlich, aber ich rate Ihnen ab. Das Kreiskrankenhaus ist zum Lazarett umfunktioniert worden, da hat man für Kinder mit einer Grippe wenig Zeit. Die Fürsorge einer Mutter ist immer noch das Beste.«

»Aber vielleicht hat Dalia etwas Schlimmeres, vielleicht …«

»Die Symptome, die Sie mir genannt haben, weisen eindeutig auf die grassierende Influenza hin«, unterbrach Dr. Mühlbauer sie ungeduldig. »Aber ich lasse Ihnen aus der Apotheke

Tropfen und Zäpfchen bringen. Und machen Sie ihr Wadenwickel. Von den Tropfen geben sie ihrer Tochter stündlich zwanzig. Ich versuche morgen untertags zu kommen, spätestens aber am Abend.«

Dr. Mühlbauer hängte ein.

Am nächsten Morgen kam ein Mitarbeiter der Apotheke vorbei und brachte Irene das Fläschchen mit den Tropfen und die Schachtel mit den Zäpfchen. Zuerst schien Dalia darauf gut zu reagieren, aber gegen Abend zeigten sie keine Wirkung mehr. Das Fieber stieg wieder an.

Immer wieder versuchte Irene, den Arzt zu erreichen, doch in der Praxis von Dr. Mühlbauer nahm niemand ab. So hoffte sie inständig, dass der Arzt unterwegs zu ihr war.

Irene schrieb Leah einen Zettel, der Arzt käme, wann wisse sie leider nicht, aber sie würde ihn dann auch zu ihr schicken. Sie huschte zum Weizmann-Haus und klemmte die Nachricht in die Terrassentür. Hoffentlich würde Leah sie dort finden.

Endlich kam Dr. Mühlbauer.

»Es tut mir leid, aber ich konnte nicht früher. Die Tropfen haben doch sicher geholfen?«

Irene war so voller Sorge, dass sie nur stumm den Kopf schütteln konnte.

»Das ist ungewöhnlich«, meinte Dr. Mühlbauer und berichtete weiter: »Die Grippe ist wie eine Seuche, jeden Tag gibt es neue Fälle«, seufzte er. »Wo ist die Kleine?«

Während Irene mit ihm hoch ins Schlafzimmer ging, bat sie den Arzt noch, auch nach ihrer Freundin und dem Kind zu sehen. Sie hatte es Leah versprochen.

Dr. Mühlbauer schien über ihre Bitte überrascht. »Ich

dachte ...«, er zögerte, »die Weizmanns sind nicht mehr hier, das habe ich irgendwo gehört.«

»Doch ... doch«, erwiderte Irene nur kurz und führte ihn sofort an das Gitterbett ihrer Tochter. Dort lag Dalia apathisch in den Kissen.

Dr. Mühlbauer untersuchte das Kind, gab der kleinen Patientin eine Spritze und verordnete noch einmal: »Viel trinken und weiterhin stündlich die Tropfen einnehmen. Und vergessen Sie nicht die kalten Wadenwickel. Aber, ich muss Ihnen leider sagen, dass es sehr bedenklich ist, dass das Fieber nicht fällt.«

Irene erschrak so sehr, dass sie zuerst nichts erwidern konnte. »Was meinen Sie damit? Was soll das heißen?«, fragte sie schließlich mit erstickter Stimme.

Dr. Mühlbauer gab keine Antwort. Er schwieg auch noch, als er sich im Erdgeschoss seinen Mantel überzog. Erst dann sagte er: »Frau Rheinberg, ich kann Ihnen keine großen Hoffnungen machen. Es tut mir leid«, setzte er hinzu. »Wissen Sie, ich fahre nur noch von Haus zu Haus, gebe Spritzen, verordne Tropfen. Das ist alles, was ich tun kann. Es ist eine sehr gefährliche Influenza.«

»Aber ... ich meine ...«

»Frau Rheinberg, ich denke, ich muss Ihnen die Wahrheit sagen. In den vergangenen Tagen gab es mehrere Todesfälle durch diese Influenza, gerade bei kleinen Kindern. Es geht sehr schnell, hohes Fieber und ... Aber Ihre Dalia ist ja ein kräftiges kleines Ding, wollen wir nicht gleich das Schlimmste annehmen.«

Irene weigerte sich, solche Gedanken zuzulassen. Doch tiefe Angst legte sich um ihr Herz.

»Also, alles Gute für Sie und das Kind. Ich gehe jetzt noch

schnell rüber zu den Weizmanns. Ist die Familie denn wirklich zu Hause? Ich habe gesehen, es ist alles vollkommen dunkel.«

»Klopfen sie dreimal an der Terrassentür«, flüsterte Irene mit erstickter Stimme. »Sie können von unserer Terrasse aus durch das Gartentürchen in der Mauer hinübergehen, das ist kürzer«, fügte sie automatisch hinzu. Sie wartete nicht mehr ab, bis Dr. Mühlbauer das Haus verlassen hatte, sondern rannte hoch zu ihrer Tochter. Sie nahm Dalia auf den Arm, wickelte sie in eine flauschige Decke ein und trug sie nach unten ins Wohnzimmer. Sie sprach zärtlich auf sie ein, denn auch auf die Spritze schien Dalia nicht zu reagieren, sondern blieb weiter apathisch. Aber das war vielleicht noch zu früh, die Besserung würde sicher noch eintreten. Bereits nach kurzer Zeit klopfte Dr. Mühlbauer wieder an die Terrassentür.

»Ich habe vergessen, Ihnen etwas zu sagen. Ich muss heute Nacht endlich einmal schlafen. Aber mein Kollege Dr. Mayer vertritt mich. Eigentlich ist er schon im Ruhestand, aber er ist mir jetzt eine große Hilfe.«

Wieder seufzte Dr. Mühlbauer tief, wischte sich den Schweiß von der Stirn und strich sich sorgenvoll durch seinen dicken grauen Schnurrbart.

»Hier ist die Karte von Dr. Mayer«, murmelte er und zog aus seiner Arzttasche eine zerknitterte Visitenkarte, die er Irene in die Hand drückte. »Ihre Freundin hat mir außerdem diesen Zettel für Sie mitgegeben. Sie schien sehr aufgeregt zu sein.«

Irene griff danach.

»Wie geht es Rachel?«, wollte sie wissen.

»Der Kleinen geht es wieder recht gut, erstaunlich gut sogar, sie ist doch ein so kleines zartes Ding. Frau Weizmann selbst ist nicht an der Influenza erkrankt, sie ist nur vollkommen erschöpft.«

Der Arzt nickte Irene zu und lief in der Dunkelheit vorsichtig die Stufen zur Seeseite hinunter.

»Also, rufen Sie Dr. Mayer an, wenn irgendetwas ist«, rief er im Weggehen.

In ihrer Sorge um Dalia vergaß Irene, die Terrassentür richtig zu schließen. Sie setzte sich neben ihre Tochter auf das breite Sofa und hob sie zärtlich hoch. Sie dachte an die Worte des Arztes, er könne ihr wenig Hoffnung machen. Erst jetzt wurde ihr die Tragweite dieses Satzes bewusst. Mit einem Schluchzen beugte sie sich über den kleinen Körper.

Drei Stunden vergingen, drei entsetzlich lange Stunden. Dalia lag ruhig auf dem Sofa. Zweimal gab Irene ihr die Tropfen. Dazwischen nahm sie Leahs kurzen Brief vom Tisch, er war nur ein paar Zeilen lang. Die Freundin musste in ihrer Verzweiflung so schnell geschrieben haben, dass Irene viele Wörter gar nicht entziffern konnte.

Sie legte den Brief zurück, griff nach dem Medizinfläschchen und zählte die Dosis von zwanzig Tropfen ab. Doch als sie den Löffel an Dalias kleinen, halb geöffneten Mund hielt, nahm das Kind die Flüssigkeit nicht auf. Die Tropfen liefen zwischen seinen Lippen heraus. Dalia wimmerte auch nicht, bewegte sich nicht, ihre Augen waren geschlossen.

»Dalia«, flüsterte Irene, »dir geht es besser, nicht wahr? Du schläfst nur so tief, deshalb schluckst du die Tropfen nicht, oder?« Doch die Brust des Kindes hob und senkte sich nicht mehr. Und als Irene ihre Tochter hochnahm und an sich drückte, spürte sie keinen Atem.

Irene weigerte sich zu begreifen, was ihr Herz nicht zulassen konnte. »Atme, du musst atmen«, schluchzte sie, »bitte, mein Schatz, bitte, du musst atmen … bitte atme …!« Schließlich legte sie ihre Lippen auf den kleinen Mund ihrer Tochter und hauchte ihren Atem hinein, besessen von dem Gedanken, damit ihrer Tochter Leben einzuhauchen. »Ich gebe dir von meinem Leben«, flüsterte sie, »nimm es auf, bit te, bitte …«

Irene hatte jedes Gefühl für Zeit verloren, versteinert saß sie auf dem Sofa, im Dunkeln ihr Kind an sich gedrückt. Immer wieder legte sie ihr Ohr an das Herz des Kindes, versuchte, seinen Puls zu fühlen, lauschte auf Atemgeräusche. Sie hatte sich bestimmt getäuscht, sicher atmete Dalia noch, nur einfach so schwach, dass sie es nicht wahrnahm.

»Du kannst doch nicht aufgeben«, schluchzte sie. »Dalia, bitte, Dalia, du lebst, nicht wahr? Dein Herz klopft nur so leise, dass ich es nicht höre. Ach, Dalia, bitte mach die Augen auf.«

Das Geräusch an der Terrassentür ließ sie kaum aufsehen. »Sie war nur angelehnt«, hörte sie Leah flüstern, die durch den finsteren Raum näher kam. Als die Freundin stolperte, hörte Irene das Seufzen eines Kindes.

»Dalia«, lachte sie glücklich, »Dalia, du …«

»Das war Rachel.« Leah flüsterte immer noch. »Ich habe sie mitgebracht.«

Irene reagierte nicht. Sie sah auch nicht auf, als Leah die Tür schloss, die Vorhänge zuzog und die kleine Lampe neben dem Sofa anknipste. Irene nahm nicht wahr, dass Leah in der Mitte des Raums stehen blieb. Erst, als Leah mit tonloser Stimme sagte: »Eliah ist tot«, hob Irene den Kopf.

»Was sagst du da?«, brachte sie nur heraus.

»Der Geschäftsführer war da, um es mir zu sagen. Man hat

Eliah verhaftet, als er in die Firma kam. Man hatte ihn offenbar beobachtet. Als sie ihn ins Auto stoßen wollten, versuchte er zu fliehen, da haben sie ihn von hinten erschossen.«

Irene nahm nicht auf, was ihre Freundin erzählte, sie starrte nur auf ihr Kind. »Ich muss Dr. Mayer anrufen«, sagte sie dann, legte Dalia in ihrer Decke aufs Sofa, stand auf, griff nach der Visitenkarte des Arztes und ging in die Halle.

»Er kommt in einer Stunde«, erklärte sie bei ihrer Rückkehr, setzte sich und nahm Dalia wieder hoch.

»Du hast mir nicht zugehört, nicht wahr?«, fragte Leah und sah sie starr an.

Irene nickte nur. »Doch, doch.«

»Was ist mir dir?«, schrie Leah plötzlich gequält auf. »Mein Mann ist tot! Tot, verstehst du es nicht? Tot!«

Jetzt erst begriff Irene allmählich. »Wie … wer …?«, flüsterte sie.

»Eliahs Geschäftsführer hat es mir gesagt, das habe ich doch gerade erzählt. Und die Männer, die Eliah erschossen haben, meinten, seine Frau würden sie sich morgen früh schnappen. Irene, sie werden mich holen!«

Irene konnte nichts sagen, sich nicht bewegen. Sie starrte Leah nur ausdruckslos an und beobachtete stumm, wie die Freundin die schlafende Rachel auf einen Sessel legte und sich aufs Sofa setzte.

Als Irene immer noch nicht auf das reagierte, was sie gesagt hatte, fragte Leah vorsichtig: »Was ist mit Dalia?«

»Dr. Mayer kommt. Er wird ihr helfen, er muss ihr helfen. Sie ist so klein, sie kann doch nicht sterben, sie hat doch noch gar nicht gelebt. Sie schläft nur, es geht ihr besser«, stammelte Irene. »Ich habe mich getäuscht, und sie schläft nur, sie schläft. Ja, ich bin mir sicher. Sie kann doch nicht einfach so … so … sterben.« Ein trockenes Schluchzen stieg in Irenes Kehle hoch.

»Gib sie mir doch einmal.« Leah sprach ganz sanft auf die Freundin ein und streckte vorsichtig die Hände nach dem Kind aus, doch Irene weigerte sich, die Kleine loszulassen.

»Bitte, gib sie mir.« Doch Irene schüttelte stumm den Kopf und presste ihr Kind noch fester an sich.

Da beugte sich Leah ganz tief über die kleine Dalia, nahm ihre kleine Hand und fühlte den Puls.

»Irene«, flüsterte sie, »es tut mir so leid. Sie … ich glaube, ach, Irene, sie lebt nicht mehr.« Als Irene einfach nicht reagierte, strich Leah ihrer Freundin voller Mitleid über die Haare. »Du musst die Wahrheit sehen. Dalia ist … sie ist …« Leah scheute sich, es auszusprechen, sie legte den Arm um die Schultern ihrer Freundin und drückte sie zart an sich. »Du musst jetzt ganz stark sein. Sie ist tot.«

»Nein, nein, das stimmt nicht, das stimmt nicht!« Irene schüttelte heftig den Kopf und sprach hastig weiter: »Sie kann nicht innerhalb so kurzer Zeit sterben, das geht nicht so schnell. Der Arzt wird ihr helfen.«

Da legte Leah den Arm um ihre Freundin und zog Irenes Kopf an ihre Schulter. »Es tut mir so leid, Irene, so furchtbar leid.« So verharrten sie, bis Leah leise weitersprach: »Ich bin gekommen, um mich zu verabschieden.«

»Eliah ist tot?«, wiederholte Irene, die jetzt erst begriff, was Leah zuvor gesagt hatte.

»Ja, und morgen früh holen sie mich.«

Jetzt hob Irene den Kopf. »Dann musst du gehen, schnell!«

»Wohin denn, Irene, wohin? Ich stehe auf der Fahndungsliste, mein Pass ist abgelaufen, Geld habe ich nicht. Die ganze Zeit hat Eliah mich im Glauben gelassen, Freunde würden uns bald abholen. Aber es gibt gar keine Schiffspassagen, Eliah hat sich nur so lange in Illusionen verrannt, bis er selbst daran geglaubt hat. Vor ein paar Tagen hat er es seinem Geschäftsführer gestanden.«

»Ich kann dir Geld geben, oder du versteckst dich mit Rachel oben im Dachgeschoss.«

Leah schüttelte den Kopf. »Nein.« Mehr sagte sie nicht.

»Aber auch wenn man dich in ein Lager bringt, dann hast du doch eine Chance zu überleben.« Jetzt erst reagierte Irene, doch ihre Stimme klang müde und hoffnungslos. Ihr Kind war tot, alles schien sinnlos.

»Nein, Irene«, widersprach Leah, »ich bin zu schwach, schon seit Rachel geboren wurde. Ich habe mich entschieden.«

Als Irene die Freundin, zum ersten Mal an diesem Abend, direkt ansah, fiel ihr auf, dass sich Leahs Gesicht verändert hatte. Die Qual und die Angst der vergangenen Monate waren verschwunden. Leah strahlte Ruhe und Entschlossenheit aus. Da wusste Irene, dass ihre Freundin ihre Entscheidung getroffen hatte. Es gab kein Zurück mehr.

»Wenn sie mich holen«, erklärte Leah, »mache ich es wie Eliah. Ich laufe weg, und wenn sie mich erschießen, hat alles ein Ende. Mir bleiben noch ein paar Stunden«, sprach sie leise weiter. »In dieser Zeit muss ich für Rachel eine Lösung finden. Sie soll leben.«

Die beiden Frauen saßen schweigend nebeneinander, jede spürte die Trauer, das Entsetzen, die Hoffnungslosigkeit der anderen. Und die Gefahr, die mit jeder Minute größer wurde, und greifbarer.

Irene hielt noch immer ihr totes Kind im Arm. Als die kleine Rachel sich im Schlaf bewegte und leise seufzte, erhob sich Leah, nahm ihr Kind und setzte sich mit ihm neben Irene.

»Vielleicht kann ich Rachel retten, vielleicht können *wir* Rachel retten«, flüsterte sie in die Stille hinein. Sie löste die kleine Dalia aus den Armen ihrer Freundin und legte stumm die schlafende Rachel in deren Schoß.

Langsam hob Irene den Kopf. Sie und Leah waren so vertraut miteinander, sie mussten nicht reden, sie konnten sich schweigend verständigen, sie fühlten gleich und sie dachten gleich. Lange sahen sie sich schweigend an. Sie trafen eine Entscheidung, die ein Leben rettete, da ein anderes bereits verloren war.

Irene beugte den Kopf und spürte den Atem des Kindes auf ihrem Arm, seine Wärme, seine Bewegungen, da, wo sie gerade noch einen leblosen Körper gespürt hatte. Dann hob sie langsam den Kopf. Sie sah Leah an, und Leah erwiderte in stummer Bitte ihren Blick.

»Wir werden sagen, Rachel ist eine Patientin von Dr. Mühlbauer. Du bist zu mir gekommen, da du Angst hast, mit deinem kranken Kind allein zu sein.«

Leah nickte nur und stand dann auf. »Ich werde ein paar Sachen von Rachel holen«, sagte sie, »mit eingestickten Initialen. Die werden wir Dalia anziehen müssen.« Sie legte den leblosen Körper vorsichtig in den Sessel, dann lief sie rasch hinüber in ihr Haus. Irene starrte ihr nach und nahm dann ihr totes Kind in den Arm. »Dalia«, flüsterte sie, »Dalia. Dalia … Dalia.« Immer wieder.

Leah kam bald zurück, sie hatte eine Decke, einen Strampelanzug und ein Jäckchen auf dem Arm, dazu ein Kleidchen und einen Schlafanzug.

»Komm, wir haben nicht viel Zeit.«

Sie legte noch eine schmale Mappe auf den Tisch, doch darauf achtete Irene nicht. Sie musste sich wegdrehen, denn sie konnte nicht zusehen, wie Leah mit schnellen Griffen Dalia entkleidete und ihr dann den Strampelanzug mit den Initialen ihrer eigenen Tochter überstreifte.

»Hilf mir!«, stieß Leah zwischen den Zähnen hervor. »Schnell! Wir wissen nicht, wann Dr. Mayer kommt.«

Irene zog Rachel die kleinen Bettschühchen von Dalia an. Leahs Tochter war wach und sah Irene mit ihren großen Augen aufmerksam an. Irene durchlief plötzlich ein Zittern. Sie schaffte es nicht, dem Kind über die Wange zu streichen oder es anzulächeln. Ein Schluchzen stieg in ihrer Kehle hoch und leidenschaftliche Abwehr gegen dieses Kind überfiel sie. »Ich kann das nicht«, dachte sie, »ich kann das einfach nicht.«

»Bring sie nach oben in Dalias Zimmer!«, bat Leah flüsternd. In diesem Moment spürte Irene, dass die Freundin ihre letzte verzweifelte Kraft für ihr Kind einsetzte. Und da erkannte sie, sie musste es tun. Für Leah, ihre Freundin. Stumm ging Irene die Treppe hoch und legte »ihre« Tochter in das Gitterbett. Sie starrte auf die kleine Rachel, die jetzt genau da lag, wo vor kurzem noch Dalia gelegen, geatmet und gelebt hatte. Weinend brach Irene zusammen, umfasste verzweifelt mit den Händen die Stäbe des Bettes, während sie davor kauerte und ihr Körper sich vor Schmerz krümmte.

Es hatte bereits mehrmals unten an der Haustür geläutet, bis Irene sich hochgezogen hatte und die Treppe hinunterkam. Im Vorbeigehen sah sie Leah am Tisch im Esszimmer sitzen und etwas schreiben. Als Irene kurz darauf mit dem Arzt zurückkam, saß Leah auf dem Sofa im Wohnzimmer über das tote Kind gebeugt.

»Wo ist Ihre Tochter? Ist sie das?«, fragte Dr. Mayer und ging auf Leah zu.

Irene versagten fast die Knie, so dass sie sich am Türrahmen anlehnte.

»Nein, nein«, antworte sie hastig. »Dalia geht es besser, viel besser«, erwiderte sie, und es gelang ihr, die Stimme ruhig klingen zu lassen. »Ich habe Sie nicht wegen Dalia gerufen, sondern wegen Rachel, der Tochter meiner Freundin. Sie ist ebenfalls eine Patientin von Dr. Mühlbauer.« In diesem Moment versagte fast ihre Stimme, doch Dr. Mayer schien nichts zu bemerken.

»Ich habe mit ihm telefoniert«, erzählte der Arzt und stellte seine Tasche auf dem Tisch ab. »Er sagte, dass die kleine Rachel Weizmann die Grippe ganz gut überwunden hat … Ihre Tochter dagegen …«

»Es ist nun anders gekommen«, unterbrach Irene ihn hastig.

»Wo ist Ihre Tochter, ich möchte sie mir ansehen. Deswegen bin ich ja wohl hier.« Er sah sich um und wandte sich dann zur Tür, doch Irene trat ihm entgegen.

»Sie schläft, sie schläft sich gesund.«

»Wollen Sie eine Beurteilung nicht mir überlassen?«, Dr. Mayer zeigte offen seine Verärgerung.

»Bitte, Doktor«, rief Leah ihm flehend nach, »schauen Sie doch nach meiner Rachel. Ich glaube, sie ist … sie ist … vor einigen Stunden ging es ihr doch noch gut und jetzt …«

Ein Schluchzen hinderte sie am Weitersprechen. Sie hatte Angst, furchtbare Angst, ihr Plan könnte entdeckt werden. Da drehte sich Dr. Mayer ihr zu und nahm das Kind aus ihren Armen. Wieder sah er sich um, dann ging er nach nebenan ins Esszimmer, breitete die flauschige Decke, in die Dalia eingehüllt war, aus und untersuchte das Kind. Leah hatte sich erhoben und stand neben Irene im Türrahmen. Beide starrten schweigend auf Dr. Mayer. Sie hielten sich an den Händen und spürten nichts außer ihrer grenzenlosen Verzweiflung.

Dr. Mayer hob den Kopf und blickte lange nachdenklich von einer zur anderen. »Sie ist schon seit circa einer Stunde tot«, stellte er fest.

Die beiden Frauen konnten nur nicken.

Plötzlich erschraken sie zutiefst. Hatten sie nicht ein Auto gehört, das gerade vor dem Weizmann-Haus hielt?

Ihre Hände umklammerten sich noch fester.

»Ich habe Sie doch gerufen«, flüsterte Irene, »wir dachten, Sie könnten noch helfen.«

»Und Sie sagen, Ihre Tochter Dalia schläft?« Er sah Irene scharf an, und sie wusste, Dr. Mayer erkannte den großen Schmerz in ihren verweinten Augen. »Nun, dann wollen wir sie schlafen lassen«, fuhr er langsam fort. Er blieb stehen und betrachtete die tote Dalia. Dann blickte er wieder zu den beiden Frauen, deren Furcht spürbar war und die immer noch einander an den Händen hielten, um nicht zusammenzubrechen. Irene aus Schmerz um ihr totes Kind, Leah aus Angst, sie könne ihr Kind nicht retten.

Die Stille wurde unerträglich.

Da erlöste Dr. Mayer sie aus ihrer Verzweiflung.

»Ich werde den Totenschein ausstellen«, sagte er mit ruhiger Stimme. »Also, der Name Ihrer Tochter ist Rachel?«

»Ja«, nickte Leah, »Rachel Weizmann. Ich habe die Geburtsurkunde da, wenn Sie sie brauchen. Alles … ich habe alles da … auch meine Heiratsurkunde, falls Sie sie brauchen.«

Dr. Mayer stand vor den beiden Frauen und beobachtete sie schweigend.

Nachdenklich runzelte er die Stirn. »Wissen Sie, das ist alles … ich weiß nicht. Ich werde Ihre Tochter noch einmal untersuchen und dann Dr. Mühlbauer anrufen«, wandte er sich an Irene.

Da packte Leah ihn am Arm. »Ich habe alle Familiendokumente mitgebracht«, sagte sie und versuchte, gefasst zu bleiben, »da ich nicht mehr hinübergehen werde. Mein Mann wurde erschossen, und auch ich soll heute noch verhaftet werden.«

Dr. Mayer zögerte, dann setzte er sich schweigend an den Tisch im Esszimmer, holte einen Stift und eine Schreibmappe aus seiner Arzttasche. Leah hatte ihm die Geburtsurkunde von Rachel hingelegt, doch er warf nur einen kurzen Blick darauf. Dann stellte er den Totenschein aus, erklärte, andere Patienten warteten auf ihn, und verabschiedete sich.

Beide Frauen begleiteten ihn zur Eingangstür. »Ich werde Dr. Mühlbauer sagen, Dalia sei wieder gesund, er müsse nicht mehr kommen. Ein kleines Wunder, dass sie lebt. Ich wünsche Ihnen alles Gute. Ihnen beiden.« Seine Stimme klang ernst, und als er Leah ansah, hob er die Hand und strich ihr über die Haare. »Gott schütze Sie!«

Dann aber wandte er sich an Irene.

»Ich werde die Formalitäten mit dem Beerdigungsinstitut regeln. Sie werden das Kind morgen früh abholen.«

Dann ging er. Leah und Irene verharrten bewegungslos, bis sein Wagen abfuhr.

»Er weiß es«, flüsterte Leah mit heiserer Stimme, und Irene nickte.

»Aber er wird schweigen.«

Zusammen gingen sie zurück ins Esszimmer. Da überreichte Leah Irene das Schreiben, an dem sie vor der Ankunft des Arztes gesessen hatte.

»Was ist das?«

»Eine Schenkungsurkunde für die *Juventus Sport GmbH*

an deinen Mann. Er war einer der wenigen, die uns geholfen haben. Die Schenkung ist ein Dank dafür. Es ist nichts im Gegensatz zu dem, was du jetzt für mich und mein Kind tust ... ich ... aber mehr kann ich nicht tun.« Sie konnte nicht mehr weitersprechen. Ihre Stimme versagte.

»Leah, wann ...«

»Vorhin, als du oben warst. Ich habe Eliahs Unterschrift gefälscht«, erklärte Leah mit klarer Stimme. »Niemand wird es merken, und du darfst es Christian nicht sagen, niemals.«

»Leah, bitte. Selbst wenn sie dich holen, du kannst zurückkommen. Nein, du *wirst* zurückkommen, bitte, du *musst* zurückkommen.«

»Nein, Irene. Das werde ich nicht. Eliah ist tot. Er war die Liebe meines Lebens, egal, was in dem vergangenen Jahr zwischen uns passiert ist. Ich will nicht leben ohne ihn. Du wirst mein Kind großziehen. Pass auf sie auf, sei ihr eine gute Mutter und lass nicht zu, dass sie jemals die Wahrheit erfährt. Sie soll als dein Kind aufwachsen und darf niemals wissen, dass sie unter falscher Identität lebt. Sie soll nie erfahren, wie grausam die Menschen mit ihren leiblichen Eltern umgegangen sind.« Leah wandte sich ab und öffnete die Terrassentür.

»Willst du Rachel nicht noch einmal sehen?«, fragte Irene mit heiserer Stimme.

»Rachel ist tot.«

Irene hörte die Uhr in der Halle viermal schlagen. Vier dumpfe lange Schläge.

Sie kommen im Morgengrauen, schoss es ihr durch den Kopf.

Sie lief Leah nach, folgte ihr fast bis zum Gartentürchen in der Mauer, doch die Freundin drehte sich nicht mehr um.

*

Sie kamen vom See herauf, als der Himmel sich ein wenig heller färbte und man den neuen Tag erahnen konnte.

Irene stand an der Terrassentür und blickte reglos zum Weizmann-Haus hinüber. Und da sah sie die Männer, sie umstellten das Haus und traten die Terrassentür ein.

Es dauerte nicht lange, dann waren sie zurück, Leah in ihrer Mitte. Sie stießen sie, bis sie hinfiel, dann zerrten sie sie hoch und stießen sie weiter. Da drehte sich Leah noch einmal um und sah zu Irene hoch.

Irene nickte ihr zu, und es bedeutete: Leah, ich bin in Gedanken bei dir, Leah, ich werde dich nie vergessen, Leah, ich werde für dein Kind sorgen.

Irene wusste, was nun geschehen würde. Verzweifelt drückte sie beide Hände auf ihre Ohren. Doch sie hörte den Schuss, noch einen … und dann noch einen dritten. Dann war es still. Irene wandte sich ab und ging zu ihrem toten Kind. Sie hielt es noch im Arm, als gegen acht Uhr der Leichenwagen vorfuhr und man Dalia in einen kleinen Sarg legte.

Rachel Weizmann, geboren am 30. April 1939, gestorben am 2. November 1939, so stand es auf dem Totenschein.

Fünfundzwanzig

Dalia

Neusiedler See, 1979

… Ich bin natürlich auch so furchtbar müde, weil meine Kleine und ich diese Grippe erwischt haben, die rund um den See grassiert.
Ich habe Angst, Irene, furchtbare Angst.

Leah

Noch einmal las Dalia diesen Brief, bevor sie ihn zurück in den Karton legte. Er hatte etwas Unheimliches, es war nicht greifbar, aber er weckte in ihr dieses Gefühl, das damals etwas Schreckliches geschehen war.

Dalia durchwühlte den Karton noch einmal, doch sie fand keine weiteren Briefe mehr. Lange blieb sie dort sitzen. Schließlich sprang sie auf und ging hinunter ins Musikzimmer.

Musik war immer ein Teil ihres Lebens gewesen.

»Wenn Gott einem Menschen ein so großes Talent schenkt, dann ist es Sünde, nichts daraus zu machen«. Ihre Mutter hatte sie unterstützt – ihr aber auch alles abverlangt.

Ihr Talent, ihr ganzes Können basierte auf jahrelangem Üben, auf unermüdlicher Arbeit und großem Verzicht. Als sie Tamás kennenlernte, hatte sie dieses Glück weggeworfen. Hatte sie das wegen ihm getan? Weil er ihr Talent als mittelmäßig empfand? Sie hob den Deckel des Flügels hoch, ließ ihre Hände über die Tasten gleiten, spielerisch, doch sie waren steif und wollten nicht greifen. Da schloss sie den Deckel mit einer energischen Bewegung, stand auf und verließ das Musikzimmer. Sie holte ihre Tasche und die wenigen Kleidungsstücke und brachte alles hinauf in ihr früheres Zimmer. Langsam fand sie den Anschluss an ihr eigenes Leben wieder, an die Vergangenheit, die mehr war, als nur der Tod ihrer Mutter, eine Vergangenheit, die sich mit der Gegenwart verband.

Es war früher Abend, lange Schatten breiteten sich über dem Garten aus, die Bäume verloren ihre Konturen, verschwammen in der einsetzenden Dämmerung. Dalia ging ins Wohnzimmer, sie stand im Halbdunkel und sah zum See hinunter, als sie plötzlich eine Bewegung draußen auf der Terrasse wahrnahm. Ein Schatten, eine Gestalt huschte lautlos zur Seite und war schon verschwunden.

Hatte sie sich getäuscht? Sie war zutiefst erschrocken, sie dachte an die Anrufe, das Schweigen, das Klicken, wenn eingehängt wurde. Sie musste die Polizei verständigen, aber was konnte sie sagen? Da war irgendjemand auf dem Grundstück gewesen, den sie nicht erkennen konnte, und es gab einen anonymen Anrufer, der einhängte, sobald sie abhob? Die Polizei würde dem sicher nicht nachgehen.

Wieder klingelte das Telefon. Dalia stieß einen kleinen Schrei aus, sie versuchte, ihren Atem zu beruhigen, nicht in Panik auszubrechen. Dann eilte sie in die Halle zurück und nahm den Hörer ab.

Es war Tamás.

»Ich warte schon seit Stunden auf deinen Anruf.« Vorwurf klang aus seiner Stimme heraus. Erst jetzt spürte Dalia, wie stark ihr Herz schlug und wie groß ihre Erleichterung war, dass Tamás am anderen Ende der Leitung war.

»Du wolltest mir doch von dem Besuch bei deinem Vater erzählen? Wie ist es gelaufen?«

»Es war sehr nett, wir haben uns gut unterhalten«, erwiderte sie kurz angebunden.

»Nur nett? Dalia, ist irgendwas?«

»Ich weiß nicht.« Sie zögerte mit ihrer Antwort. »Ich glaube, da war jemand auf der Terrasse.«

»Was? Sind alle Türen und Fenster zu?«, fragte er besorgt.

»Ja, ja«, bestätigte Dalia, aber ihr Atem ließ sich nicht beruhigen.

»Es gibt doch sicher eine Alarmanlage. Und eine Überwachungskamera, oder etwa nicht?«

»Doch, natürlich. Aber ich habe einfach vergessen, beides einzuschalten«, unterbrach Dalia ihn nervös. Das war Leichtsinn, sträflicher Leichtsinn, sie wusste es selbst. Sie bekam mysteriöse Anrufe und schaltete nicht einmal die Überwachungskameras und den Alarm ein. Aber es war ja noch nicht Abend, es dämmerte ja erst.

»Dann mach das jetzt gleich«, schlug Tamás vor. »Soll ich solange warten?«

»Nein, nein, das ist nicht nötig«, wehrte Dalia ab.

»Gut, dann schalte jetzt den Alarm ein, und zwar sofort. Und wenn irgendetwas ist, ruf die Polizei. Und melde dich dann noch mal, bitte.«

»Ja, ist gut. Mach dir keine Sorgen, es ist alles okay«, behauptete sie.

»Eigentlich wollte ich dir von meiner neuesten Idee erzählen«, sagte Tamás noch, »aber wir können auch später darüber reden.«

»Nein, schieß los«, entgegnete Dalia unkonzentriert und blickte vorsichtig durch die offene Tür ins Wohnzimmer bis zur Terrassentür.

»Also, pass auf. Ich komme am Dienstag nach Wien, und wir fahren zusammen ein paar Tage nach Budapest. Die Visa habe ich schon beantragt. Ich war so viele Jahre nicht mehr in meiner alten Heimat. Die Stadt wird dir gefallen. Was hältst du davon?«

»Und dann?«

»Dann fliegen wir wieder zusammen nach Paris zurück.«

Als Dalia schwieg, rief er besorgt »Hallo«? in den Hörer, doch da antwortete sie ihm schon, dass sie das nicht wollte. »Ich möchte hierbleiben, allein.«

Es dauerte einige Zeit, bis Tamás darauf reagierte. »Und darf ich fragen, wie lange?«

»Tamás, bitte, lass mir einfach ein paar Tage Zeit.« Während Dalia noch sprach, ging sie mit dem Telefon so weit ins Wohnzimmer hinein, wie es das Kabel erlaubte. Jetzt hatte sie die Terrasse gut im Blick. Draußen wurde es rasch dunkler.

»Ich muss Schluss machen, Tamás. Ich will die Alarmanlage und die Kameras einschalten.«

»Nun, das ist eine gute Idee.« Tamás blieb zurückhaltend, und Dalia erkannte, dass sie ihn gekränkt hatte. »Das mit der Reise müssen wir ja nicht sofort entscheiden«, beendete Tamás das Gespräch in steifem Ton.

Dalia legte den Hörer auf, dann stellte sie den Alarm ein und machte auch die Scheinwerfer an. Sofort war das ganze Anwesen in helles Licht getaucht, einschließlich der Terrasse. Dalia schlich sich durch das dunkle Wohnzimmer, stellte sich hinter den Vorhang und sah vorsichtig hinaus auf die strahlend beleuchtete Terrasse.

Doch dann erstarrte sie.

Es war jemand hier gewesen, sie hatte sich nicht getäuscht. Auf der Terrasse, direkt vor der Tür, lag ein dickes Kuvert. Dalia überlegte fieberhaft. Es war etwas, das sie der Polizei zeigen konnte. Sie würde es liegen lassen, wo es war, es nicht aufheben, nicht ins Haus holen.

Doch dann las sie durch die Glasscheibe der Terrassentür die Aufschrift auf dem hellen Kuvert: *Für Dalia von Irene Rheinberg.* Es war die Handschrift ihrer Mutter, große, schwungvolle Buchstaben und die Worte weit auseinandergezogen.

Das konnte nicht sein.

Dalias erster Impuls war, wegzurennen, doch dann setzte sie sich auf den Boden, ihre Beine gaben einfach nach. Wer hatte das Kuvert dorthingelegt?

War es ein Brief ihrer Mutter, den irgendjemand jetzt, Jahre nach ihrem Tod, hier auf der Terrasse deponierte?

Warum nur hatte sie die Kameras und die Scheinwerfer nicht schon früher eingeschaltet? Erlaubte sich jemand einen bösen Scherz mit ihr?

War das ein Köder?

Vorsichtig kroch sie auf den Knien zur Tür; um nicht gesehen zu werden, öffnete sie einen winzigen Spalt breit, so dass sie gerade mit ihrer Hand durchreichen konnte, dann griff sie nach dem Kuvert, warf die Tür zu, erhob sich und verriegelte sie. Sie ließ die Jalousien herunter, riss mit zitternden Händen das Kuvert auf und da hielt sie in Händen, was sie seit Jahren so sehr vermisst hatte, was ihre Gedanken beschäftigte und ihre Gefühle nie zur Ruhe kommen ließ.

16. Januar 1958

Mein liebes Kind,
ich habe mir viel Zeit genommen, um Dir zu schreiben. Es ist mein Abschiedsbrief an Dich, und ich habe lange überlegt, um die richtigen Worte zu finden, Dir alles zu erzählen.

Vor vielen Jahren gab ich ein Versprechen. Ich gab es Leah, meiner Freundin, aus tiefer Verbundenheit mit ihr, dem Menschen, der so viel leiden musste und einen grausamen Tod fand. Sie bat mich, das Leben ihres Kindes zu retten, und ich erfüllte ihr diesen letzten, großen, verzweifelten Wunsch. Ich gab ihr mein Wort, das Versprechen niemals zu brechen. Doch schon seit längerer Zeit weiß ich, dass ich die Wahrheit nicht mehr verschweigen kann, denn es betrifft jemanden, der mir viel bedeutet und der ein Recht darauf hat, sie zu erfahren, und das bist Du.
Ich habe Dir den Teil meiner Vergangenheit aufgeschrieben, der Dich betrifft. Wenn Du ihn gelesen hast, wirst Du vielleicht verstehen können, warum ich oft ablehnend zu Dir war und Dir sicher nicht die Mutter gewesen bin, die Du verdient hast. Ich habe aber etwas für Dich getan, worauf ich sehr stolz bin: Ich erkannte Dein Talent und habe Dich gefördert, von dem Tag an, als Du Dich bereits mit fünf Jahren ins Musikzimmer geschlichen und an den Flügel gesetzt hast, auf dem in unserer unmusikalischen Familie sonst nie jemand gespielt hatte.
Du wolltest von diesem Moment an nur eines: Klavier spielen. Du warst verfangen in der Musik, alles andere machte ich. Ich engagierte die besten Musiklehrer, ich suchte die passenden

Wettbewerbe aus, traf die richtige Wahl für Deine Schule, damit Du nachmittags genügend Zeit zum Üben hattest.
Die Musik schaffte Nähe zwischen uns, wir teilten die Freude, wenn Du einen Wettbewerb gewannst.
Vor zwei Jahren gelang es mir, Frau Slomka zu überreden, Dich zu unterrichten. Vor einigen Tagen rief sie mich an. Sie wollte mein Einverständnis, um Dich nach München zu dem berühmten Tamás Marai zu schicken. Er ist bekannt dafür, herausragenden jungen Talenten eine Chance zu geben. Er nimmt sie auf seine Klavierabende mit, lässt sie vor seinem Auftritt ein kleines Solo spielen oder etwas Vierhändiges zusammen mit ihm als Zugabe. Du wirst die erste weibliche Schülerin sein, die er sich anhören wird. Es ist ein so großer Erfolg und ich bin stolz auf Dich, noch mehr als je zuvor.
Sollte Tamás Marai nicht von Deinem Talent überzeugt sein, lass Dich nicht verunsichern, mach weiter. Eine künstlerische Arbeit wird immer subjektiv beurteilt, also lass Dich nicht entmutigen.

Gestern habe ich an dieser Stelle aufgehört zu schreiben, ich war ausgelaugt vor Müdigkeit. Es strengt mich an, die Erinnerungen zuzulassen, niederzuschreiben, was ich versuchte, zu vergessen.
Der Gedanke, meinen Tod selbst zu bestimmen, hat mich schon lange beschäftigt und seit ich diese Entscheidung getroffen habe, fühle ich mich endlich frei. Und nun ist der richtige Zeitpunkt da. Jahrelang war ich gefangen in Einsamkeit und tiefer Traurigkeit, einer inneren Leere, die mir zur Qual wurde. Die Diagnose lautete bereits vor acht Jahren: Depressionen. Von da an nahm ich Tabletten und ging in Therapien, in den vergangenen zwei Jahren sogar bei dem

berühmtesten Psychotherapeuten Wiens, doch ich konnte nicht über das sprechen, was ich nie verwunden habe.
Niemand trägt die Verantwortung für meine Entscheidung.
Bitte fühle Dich niemals schuldig, geh Deinen Weg, den Du auch durch mich gefunden hast. Ich glaube so sehr an Dich.
Wie wirst Du begreifen können, was ich Dir jetzt schreibe, wie überhaupt verkraften? Aber Du bist stark, und ich bin sicher, Du wirst es schaffen.
Es gab eine Nacht, in der Leah und ich eine Entscheidung trafen. Mein eigenes geliebtes Kind Dalia war gerade gestorben. Bitte erschrick nicht zu sehr.
Der Tod von Dalia hat Dir das Leben gerettet, sie starb und Du durftest leben. Da ich Dich, Rachel, Tochter von Leah und Eliah Weizmann, als mein Kind annahm. Aber mein ganzes Leben trauerte ich um mein eigenes kleines Mädchen, Dalia.
Ich war allein mit meiner Trauer, der Last meines Versprechens, denn auch Christian kennt dieses Geheimnis nicht. Er hat einen anderen Verdacht, dass Du nicht sein Kind bist, aber darüber kann ich nicht mehr schreiben, will es auch nicht. Ich will Dir nur so viel sagen, dass ich Christian mein ganzes Leben lang geliebt habe. Oft dachte ich, es wäre besser gewesen, wir hätten nicht geheiratet aus diesem verdammten Pflicht- und Verantwortungsgefühl heraus. Das waren die Dinge, die er mir, uns geben wollte.
Doch diese Gedanken sind müßig und jetzt ohne Bedeutung.

Dalia ließ die Hand mit dem Brief sinken und die vielen Seiten flatterten zu Boden.

Sie spürte nichts, gar nichts, kein Herzklopfen, keine Erregung, vielleicht Verwunderung.

Eine emotionale Starre, um dann erst langsam zu begreifen? Ihre ganze Existenz, ihre Wurzeln hier in diesem Haus, das Fundament ihres Lebens, wie gebaut auf Sand.

»Rachel …«, murmelte sie. Rachel Weizmann. Ein fremder Name, mehr nicht. Sie kniete sich nieder, sammelte die numerierten Blätter wieder ein und legte sie aufs Sofa. Sie konnte nicht einfach so weiterlesen, die Buchstaben verschwammen vor ihren Augen, als sie den Brief wieder hochnahm. Da stand sie auf, zog die Jalousie wieder hoch und stolperte im gleißenden Licht der Scheinwerfer auf die Terrasse. Sie legte die Hand als Schutz vor dem grellen Licht über die Augen, und sah hinüber zum Nachbarhaus, das vollkommen im Dunkeln lag. Dort drüben wohnte jetzt jemand, zu dem sie gehörte. Ein Fremder oder eine Fremde. Dalia erinnerte sich an das Klavierspiel drüben im Haus am Abend ihrer Ankunft. Ihr Talent, geerbt von irgendwelchen fremden Menschen, die aber ihre Familie waren?

Sie musste weiterlesen, sie musste die ganze Geschichte erfahren, auch wenn sie plötzlich Angst verspürte vor weiteren Wahrheiten, die sie in tiefen Schmerz stürzen könnten. Sie drehte sich um, ging zurück, ließ die Jalousie wieder herunter, und während sie sich aufs Sofa setzte, griff sie nach den sorgfältig numerierten Seiten des Briefes.

Am 5. November 1939, einem kalten regnerischen Herbsttag, begleitete ich mein Kind Dalia auf seinem letzten Weg. Die kurze Zeremonie wurde von einem katholischen Priester gehalten, der sich zuerst geweigert hatte, ein jüdisches Kind auf »seinem« Friedhof zu beerdigen. Ich flehte ihn an, argumentierte damit, auf dem jüdischen Friedhof in Wien seien vor einem Jahr, am 9. November, viele Gräber zerstört worden und man könne nicht wissen, ob das nicht noch einmal passieren würde. Ich bettelte, ich hätte Leah Weizmann versprochen, ihre Tochter zu begraben. Ich weinte so sehr, dass es ihn rührte, auch ohne zu ahnen, dass es mein eigenes Kind war, das ich hier begrub.

Auf dem Arm trug ich Dich, mir so fremd, so wenig vertraut, auch wenn ich Dich gut kannte. Du warst das Tageslicht nicht gewöhnt, denn Du hattest mit Deinen Eltern lange Zeit ausschließlich im Dunklen gelebt. Jetzt hast Du Dich erstaunt umgesehen und geblinzelt, auch wenn der Himmel an diesem Tag grau und regnerisch war. Du hast Dich gegen mich gewehrt, und geweint. Das traf mein Herz, und ich erkannte, dass auch Du verwirrt warst. Trauer verband uns beide. Aber Du warst erst sechs Monate alt, Du würdest Deine Trauer vergessen. Doch was war mit mir? Würde ich jemals meinen Schmerz überwinden? Den Schmerz, den ich nicht zeigen durfte? Wenn ich hierherkam, ging ich ans Grab von Rachel Weizmann, wer wusste schon, dass mein eigenes, geliebtes Kind hier lag? »Dalia … Dalia … «, flüsterte ich mit erstickter Stimme.

Rachel, jetzt bist Du meine Tochter Dalia. Als ich Dir das zuflüsterte, hast du die Augen zugepresst und geweint.

Plötzlich wurde ich von hinten angesprochen.

»Frau Rheinberg?«

Erschrocken fuhr ich herum. Ein Mann stand hinter mir, er trug einen Regenmantel und einen Hut, von dessen Krempe der Regen tropfte. Die Augen waren darunter verborgen, doch als Erstes fiel mir sein Adolf Hitler Bärtchen auf.

»Ja?« Ich versuchte, meine Stimme ruhig klingen zu lassen.

»Wieso haben Sie das jüdische Kind auf diesem Friedhof begraben lassen? Das ist eine Schande für den ganzen Ort!«

Bei seinen Worten fiel mir ein, wer dieser Mann war. Ich hatte ihn öfter schon gesehen. Es war Hubert Klein, Leiter der örtlichen Dienststelle der NSDAP.

Er kam einen Schritt näher.

Ruhig, bleib ruhig, dachte ich, du hast das Schlimmste durchgemacht, was es gibt, den Verlust des eigenen Kindes, den Tod von Leah, auch das hier stehst du durch. Während ich noch schwieg, sprach er schon weiter: »Sie stehen hier am Grab des Judenkindes? Sie wohnen neben den Weizmanns und wollen nicht gewusst haben, dass sie sich über Monate hinweg in ihrem Haus versteckt hatten?«, bohrte Klein weiter. »Warum haben Sie das nicht gemeldet?«

Mir wurde schwindlig, doch auch tiefe Wut erfasste mich. Aber ich musste Gelassenheit demonstrieren.

»Das wusste ich nicht, ich hatte andere Sorgen. Meine Tochter wurde geboren und mein Mann ist an der Front. Ich hatte kein Interesse an meinen Nachbarn. Das Haus schien ja auch verlassen zu sein.«

»Sie wussten es nicht? Obwohl jeder sagt, dass sie und Leah Weizmann befreundet waren?«

»Wer sagt das?«, stellte ich eine Gegenfrage, um Zeit zu gewinnen.

»Nun, Bauer Schweiger zum Beispiel.« Hubert Klein sah mich durchdringend an. Ahnte er meine Nervosität? Erkannte er die Lüge hinter meinen Worten? »Ich kann Sie zum Verhör auf meine Dienststelle holen lassen.«

Ich zuckte die Schultern, als würde mich das nicht irritieren. »Ja, das könnten Sie«, erklärte ich mit beherrschter Stimme, während mein Herz raste. »Und es ist richtig, dass ich Leah Weizmann gekannt habe, aber befreundet kann man das nicht nennen.«

Verzeih mir, Leah, flehte ich in Gedanken, ich muss lügen, ich tue es für dein Kind.

»Und?«, hörte ich die Stimme von Hubert Klein.

»Nun ja, wie gesagt, wir kannten uns flüchtig, wie sich Nachbarn eben so kennen. Irgendwann kam sie zu mir und erzählte, sie und ihr Mann würden Österreich verlassen. Aber ich kann mich nicht mehr genau erinnern, wann das war. Wir verabschiedeten uns, und das war alles. Ich hatte keine Ahnung, dass die beiden noch hier waren.«

Klang das glaubwürdig? Mein Herz raste wieder. Was war mit Kathi? Sie wusste, wie eng Leah und ich befreundet gewesen waren. Wenn Hubert Klein Nachforschungen anstellte, wenn … mir drehte sich alles. Ich hielt Dich ganz fest in meinem Arm, als suchte ich Halt bei Dir.

Klein kam einen Schritt näher und starrte mich unter seinem Hut an.

»Aber Sie müssen es gewusst haben, denn Sie haben gerade das Kind der Weizmanns hier beerdigen lassen.«

»Ja, das schon. Aber nur, weil das Kind tot in meinem Haus lag. Frau Weizmann war ja verhaftet worden. Und das Kind bis nach Wien auf den jüdischen Friedhof bringen zu lassen, das war mir einfach zu viel«, behauptete ich kühl.

»Und wie kam es dazu?«, hakte Klein nach. Wollte er mir gegenüber nur seine Macht ausspielen?

»Ich war sehr erstaunt«, erzählte ich in gefasstem Tonfall, »als Frau Weizmann plötzlich auf meiner Terrasse stand. Das war am Abend des 2. November. Ich bin ziemlich erschrocken, wenn ich ehrlich bin. Sie hatte ihre Tochter auf dem Arm und flehte mich an, sie ins Haus zu lassen. Ihr Kind sei sehr krank. Hätte ich sie auf der Terrasse stehen lassen sollen?« Ich sah Herrn Klein forsch an.

»Und weiter?«, wollte er wissen.
»Meine eigene Tochter Dalia hatte auch diese furchtbare Grippe, aber es ging ihr schon besser. Trotzdem hatte ich den Arzt für sie gerufen. Er untersuchte auch die kleine Rachel. Aber es war zu spät.«
»Wer hat den Totenschein ausgestellt?«
Ich nannte ihm den Namen von Dr. Mayer.
Da wandte Klein sich grußlos ab und verschwand. Ich konnte Dich nicht mehr tragen, obwohl Du Dich ganz still verhalten hattest. Fast war es so, als hättest Du die Gefahr gespürt, die auch für Dich bestand.
Wie konnte ich verhindern, dass mein Betrug doch noch aufflog? Was würde Dr. Mayer sagen, wenn man ihn fragte? Ich hatte verschwiegen, dass Dr. Mühlbauer vorher im Haus gewesen war und ich ihn zu den Weizmanns geschickt hatte. War das ein Fehler, ein tödlicher Fehler?
Und würde Dr. Mayer über seinen Verdacht sprechen? Doch damit würde er sich selbst in Gefahr bringen.
Diese Überlegung beruhigte mich einigermaßen.
Aber wenn sich Klein an den katholischen Pfarrer wandte, und der ihm von meinem Betteln und meinen Tränen erzählte?

Der Regen hörte auf, am Nachmittag schien eine fahle Sonne, als ich oben in meinem Schlafzimmer Dalias Fotoalbum herausholte. Ich wollte mir Bilder meines verstorbenen Kindes ansehen. Doch da erschrak ich zutiefst. Jetzt erst wurde mir bewusst, wie wenig Ähnlichkeit zwischen Dir, Rachel, und Dalia bestand. Dalia hatte die blauen Augen ihres Vaters und meine rötlichen Haare geerbt. Deine Augen dagegen waren von einem dunklen Braun, wie auch die

Haare, die sich in kleinen Locken auf Deinem Köpfchen kringelten.
Ich fröstelte, ich zitterte vor Angst und Nervosität. Weder Leah noch mir war das überhaupt eingefallen, es schien uns nicht wichtig zu sein. Ich setzte Dich in das Gitterbett, nahm meine Einkaufstasche und rannte aus der Villa. Ich stieß im Weizmann-Haus die eingetretene Terrassentür auf und lief hinauf in Leahs Zimmer. Ich griff nach dem Foto, das sie gemeinsam mit Dir zeigte und das in einem silbernen Rahmen auf dem Nachttisch stand. Suchend sah ich mich weiter um und nahm das Fotoalbum an mich, das auf ihrer Kommode lag.
Während ich mich mit wehem Herzen noch weiter in Leahs Zimmer umsah, hörte ich aus dem Garten Rennen und laute Stimmen.
Erstaunt warf ich einen Blick aus dem Fenster. Von allen Seiten kamen Leute angerannt. Ich hörte sie unten im Erdgeschoss, schon hasteten Schritte die Treppe herauf. Wie erstarrt blieb ich stehen, als die Tür aufflog und ein paar Frauen mich zur Seite stießen, Leahs Schrank öffneten und die Kleider herauszerrten. Sie warfen die Kleidungsstücke in ein paar Körbe, die sie mitgebracht hatten. Andere kamen nach, nahmen die Bilder von der Wand, die Vase vom Tisch. Zwei Männer trugen das kleine Sofa hinaus, ein anderer den Sessel. Es war wie ein Spuk. Durch das Begräbnis wusste plötzlich jeder im Ort, dass die Weizmanns fort waren und ihr Haus leer stand. Schnell und gierig wurde nach allem gegriffen, was im Raum stand oder hing. Fassungslos ging ich die Treppe hinunter, und dort bot sich mir das gleiche Bild: Einige Männer trugen die Möbel hinaus, zwei davon das Klavier, auf dem Leahs Schwester Lavinia so gern gespielt hatte.

Da sah ich Frau Gremlinger, eine der Verkäuferinnen vom Bäcker, wie sie Leahs Biedermeierstuhl hochhob. Ich rannte zu ihr und riss ihr den Stuhl aus der Hand, doch sie hielt ihn fest, und wir fielen beide hin. Meine Einkaufstasche landete auf dem Boden, Leahs Bild im silbernen Rahmen fiel heraus. Frau Gremlinger schlug auf mich ein und schrie mich an, ich sei eine dreckige Judenfreundin und sie habe ein Recht, den Stuhl zu holen, die Weizmanns hätten ihr Geld geschuldet. Jemand half ihr hoch, während ich mich mühsam aufrappelte, hastig nach meiner Tasche griff, das Foto wieder hineinsteckte und aus dem Haus flüchtete.

Ich hatte nichts, was mich an Leah erinnerte, und ich bedauerte es zutiefst, nicht in den vergangenen Tagen schon hinübergegangen und etwas herausgeholt hatte, um es als Andenken an meine geliebte Freundin zu bewahren. Doch nun musste ich schnell handeln. Ich dachte an Hubert Klein und wusste, ich hatte keine Zeit zu verlieren.

Ich rannte zurück in unser Haus und verriegelte alle Türen, schloss die Fenster und zog die Vorhänge zu. Sehr vorsichtig sah ich hinüber zum Weizmann-Haus, aber niemand war mir gefolgt. Aufatmend eilte ich ins Schlafzimmer. Ich nahm die Fotos von Dalia aus ihren Rahmen, löste all die, die ich bereits sorgfältig in ein Album gesteckt hatte, heraus. Ich suchte alle Foto von ihr zusammen. Keines durfte bleiben. Noch an diesem Nachmittag verbrannte ich sie im Kamin in der Bibliothek. Ich weinte und schluchzte, kaum fand ich die Kraft dazu. Mir kam es so vor, als würde Dalia ein zweites Mal sterben. Nur ein einziges Bild konnte ich nicht vernichten: das allererste Foto, ein paar Stunden nach ihrer Geburt aufgenommen. Ein süßes Baby, ein kleines rundes Gesicht mit zugekniffenen Augen.

Während mir die Tränen über die Wangen liefen und mein Herz nach meiner Tochter schrie, griff ich nach den wenigen Fotos, die ich von drüben mitgebracht hatte und die es von Dir, Rachel, gab. Als ich sie in Dalias Album kleben wollte, zitterte meine Hand so sehr, dass ich sie schließlich einfach in einen kleinen Karton warf. Ich brachte es nicht über mich, ein Album von ihr zu gestalten, auch wenn das vielleicht ein Fehler war. Ein Fehler, schoss es mir durch den Kopf, den die Hubert Kleins dieser Welt erkennen würden. Doch ich konnte es trotzdem nicht.

Nur das Foto von Dalia klebte ich ein, und während mir die Tränen über die Wangen liefen, malte ich in Herzform kleine Blüten darum, die ich mit Glitzersteinen beklebte. Ich fand einen kleinen Trost darin.

Dann ging ich von Zimmer zu Zimmer, um zu prüfen, ob ich irgendwo ein Bild übersehen hatte, zuletzt noch einmal in die Bibliothek. Ein Foto von Dalia lag vor dem Kamin. Es musste mir aus der Hand gerutscht sein.

Ich hob es auf – wie alt war sie da gewesen? Drei Wochen? Mein Kind sah mich an, ernst, mit großen Augen schien es mich zu bitten, es niemals zu vergessen. Schluchzend presste ich das Foto an mein Herz. Ich hörte Dich oben im Kinderbett weinen, aber ich war nicht bereit, zu Dir zu gehen. Ich konnte Dich nicht in den Arm nehmen, nicht trösten, ich selbst brauchte Trost, einen Halt, einen Weg aus meiner tiefen Trauer und Verzweiflung.

Am Abend rief mich Dr. Mayer an, er erzählte, dass Hubert Klein bei ihm gewesen sei und sich von ihm habe schildern lassen, was in der Nacht vom 2. November passiert war.

»Ich zeigte ihm meine Unterlagen, und dann ging er wieder.

Ich habe es ihm so geschildert, wie es gewesen ist«, betonte der Arzt. »Ich wurde von Ihnen gerufen, da ihre Tochter Dalia krank war. Als ich ankam, war überraschend Frau Leah Weizmann mit ihrem Kind anwesend. In ihrer Verzweiflung war sie mit ihrer kranken Tochter herübergekommen. So habe ich das Kind natürlich auch untersucht, konnte aber nur noch den Tod der kleinen Rachel feststellen. Ich habe es so geschildert, wie es gewesen ist«, sagte Dr. Mayer noch einmal nachdrücklich. Bevor er einhängte, wünschte er mir alles Gute und bot mir an, jederzeit zu kommen, wenn es meinem Kind, das betonte er, wieder schlechter gehe oder ich selbst medizinische Hilfe brauche. Mein Dank kam nur stammelnd und weinend über meine Lippen.

Hubert Klein aber gab nicht auf. Er spürte, dass etwas nicht so gewesen sein konnte, wie ich es schilderte, auch wenn Dr. Mayer meine Aussage bestätigt hatte. Ich lebte daher in ständiger Angst, verhaftet zu werden und überlegte, in die Schweiz zu meinen Eltern zu flüchten. Denn meine Gedanken kreisten andauernd um Hubert Klein, er war für mich, für Rachel eine akute Gefahr. Wie konnte ich mich nur vor ihm schützen? Ich wagte mich nicht mehr aus dem Haus und hatte auch nicht den Mut, auf den Friedhof ans Grab meiner Tochter zu gehen, obwohl es mich dorthin zog.

Und eines Morgens, als ich die Vorhänge an der Terrassentür zurückzog, saß Hubert Klein draußen auf der Mauer. Er grinste mich an, erhob sich und klopfte, als ich nicht öffnete, gegen die Scheibe. Ich rannte aus dem Wohnzimmer, weg von ihm. In der Halle blieb ich stehen und versuchte, durchzuatmen. Angst schnürte mir die Kehle zu, Angst, die sich

langsam in Wut verwandelte, in Hass auf diejenigen, die meine Freundin Leah in den Tod getrieben hatten.
Nachdem sie monatelang im Dunkeln verbringen musste, ein unwürdiges Leben für eine Frau, die nichts verbrochen hatte, die nur leben, ihr Kind lieben und es aufziehen wollte. Eine Frau, die ihr Leben in tiefster Verzweiflung beendete, um wenigsten noch im Tod einen Rest der Würde zu bewahren, die man ihr längst genommen hatte.
Da fiel mein Blick auf den Gewehrschrank meines Großvaters. Er war ein leidenschaftlicher Jäger gewesen und hatte mir beigebracht, mit einem Gewehr umzugehen. In diesem Moment bestand ich nur aus kaltem Hass, ohne Gedanken an Konsequenzen, ich spürte nur diesen hilflosen unglaublichen Hass. Ich war ganz ruhig, als ich zum Schrank ging, eines der Gewehre herausholte und es lud. Mit der Waffe in der Hand ging ich zurück und blieb vor der Terrassentür stehen. Ich atmete tief durch, dann öffnete ich sie.
Hubert Klein hatte es sich wieder auf der Mauer bequem gemacht. Ich erinnere mich noch, wie er mich ansah, erst erstaunt, dann erstarrte er. Ich sehe es immer noch vor mir, wie sich sein Mund in Furcht öffnete, als ich die Arme hob und das Gewehr anlegte. Ich schoss, einmal, zweimal, jedes Mal knapp an ihm vorbei.
Dann erst zielte ich direkt auf ihn.
»Sie haben unbefugt mein Grundstück betreten, und ich habe das Recht, auf Einbrecher zu schießen«, sagte ich kalt. »Wenn Sie nicht verschwinden …« Ich kannte die Rechtslage nicht, aber es war mir egal, ich schrie es ihm ins Gesicht, da ich sein Zögern erkannte.
Er lachte, unsicher geworden, da er meine Entschlossenheit spürte. Die beiden ersten Schüsse hatten ihm Angst eingejagt.

»Das werden Sie bereuen«, zischte er.
»Das denke ich nicht«, erwiderte ich, beinahe heiter, als ich sah, wie weiß er im Gesicht wurde und wie der Schweiß auf seine Stirn trat. »Ich möchte Sie hier nie mehr sehen«, drohte ich. »Wissen Sie überhaupt, wer ich bin?« Immer noch mit dem Gewehr an der Wange, erklärte ich ihm, ich sei die Frau des deutschen Offiziers Christian Rheinberg, dessen Familie den Wahlkampf des Führers mitfinanziert habe.
»Ich werde mich an höchster Stelle über Sie beschweren«, bekräftigte ich mit fester Stimme. Da drehte er sich um und rannte fast die Stufen hinunter, ohne sich noch einmal umzudrehen.
Ich habe Hubert Klein nie wieder gesehen.

Diese Gefahr hatte ich von uns abgewendet, doch ich lebte trotzdem in ständiger Furcht. Niemals durfte ich meine Trauer um mein totes Kind zeigen.
Ich musste lächeln, wenn jemand sagte, was für ein hübsches Kind ich hätte, und das bist Du auch gewesen, doch jedes Mal verspürte ich einen Stich im Herzen.
Bereits eine Woche nach der Plünderung des Weizmann-Hauses, zog eine Familie Jahn dort ein. Kein einziges Mal wechselte ich auch nur ein Wort mit dem Ehepaar, sie mieden mich wie eine Aussätzige, und das war ich wohl auch für sie. Eine »Judenfreundin« wie ich in der ganzen Umgebung genannt wurde.

Irgendwann, ich glaube, es war um den 1. Dezember herum, denn es schneite ein wenig, da stand Kathi Wintersberger, unser früheres Hausmädchen, in der Halle. Du musst wissen, meine Eltern hatten sie engagiert, als ich in Lau-

sanne studierte und nach meiner Rückkehr freundeten wir uns etwas an, da wir gleichaltrig waren. »Ich wollte dich besuchen«, sagte sie und warf mir einen eigenartigen Blick zu. »Wir gehen zu Verwandten nach Kufstein.«

»Also wolltest du dich verabschieden?«

»Ja, und meine restlichen Sachen abholen.«

»Ich bringe sie dir rasch«, sagte ich schnell, plötzlich voller Panik. Ich hatte nicht daran gedacht, dass sie ihre Sachen noch holen kam, ich hatte es einfach vergessen. Und Kathi … sie kannte euch beide, Dich und Dalia.

»Ich habe schon alles hier«, entgegnete sie, »dein neues Mädchen ist mit mir hochgegangen. Ich habe nur noch auf dich gewartet.«

»Das ist lieb von dir«, mehr brachte ich nicht über die Lippen. Mein Herz schlug heftig, und mein Atem ließ sich kaum beruhigen. Da kam sie auf mich zu und umarmte mich.

»Ich kann dich leider nicht zu Dalia lassen«, sagte ich hastig, »sie ist …«

»Ich war bei ihr, sie macht gerade ihren Mittagsschlaf.«

Kathi sah mich an, und unsere Blicke trafen sich.

»Ich habe im Dorf gehört, dass man Eliah und kurz darauf Leah erschossen hat. Auch«, hier machte Kathi eine kleine Pause, in der sie mich eindringlich musterte: »Auch, dass Rachel an dieser Grippe gestorben ist und du sie hast begraben lassen.«

Meine Kehle war wie zugeschnürt, ich brachte keinen Ton heraus.

»Es ist gut, wie es ist«, sprach Kathi ruhig weiter, und ich nickte nur stumm. Und da konnte auch ich sie umarmen und an mich drücken, während mir die Tränen über die Wangen liefen.

»Danke, Kathi, danke«, flüsterte ich ihr zu. Auch sie weinte und hielt mich lange fest, bevor sie sich löste und das Haus verließ.

Weihnachten 1939, das erste »Kriegsweihnachtsfest«.
Meine Eltern kamen zu Besuch, da sie ihr Enkelkind endlich kennenlernen wollten, und auch Christian hatte seinen ersten Fronturlaub.
Die Nächte vor ihrer Ankunft konnte ich nicht schlafen, auch nichts essen. Jetzt kam der Augenblick, in dem ich die Menschen, die mir nahestanden, belügen musste. Vorspielen, unser Kind, Christians Tochter, lebe und wüchse heran und würde von mir geliebt und verwöhnt, während mein Herz vor Trauer oft so schwach schlug, dass ich dachte, irgendwann würde es stehenbleiben.
Würde ich es durchstehen, Christian zu belügen? Hatte ich überhaupt das Recht, ihm die Wahrheit vorzuenthalten?
Aber würde Christian, der Pflichtbewusstsein, Verantwortungsgefühl und Sinn für Recht und Ordnung verkörperte, meine Lüge akzeptieren können? Christian hatte mir zwei Briefe aus Polen geschrieben, er war auf einem Gut in der Nähe von Krakau stationiert. Auch wenn es nur kurze Berichte waren, kühl und unpersönlich abgefasst, freute ich mich darüber Aber konnte ich denn mehr erwarten? Er hatte mir seine Gefühle vor der Hochzeit erklärt, wieso sollte er mich plötzlich lieben, nur weil er vielleicht einsam war und Heimweh hatte? Ich aber war glücklich, dass er lebte. Die vergangenen Wochen seit dem Tod meines Kindes war ich erfüllt von meiner Trauer, so dass meine Gefühle für Christian nicht mehr so stark schienen. Und jetzt stand ich auch noch vor der großen Frage, ob ich ihm die Wahrheit sagen

sollte oder … musste ich das überhaupt tun? Wenn ich das tat, verriet ich Leah, deine Mutter.
»Sie soll als dein Kind aufwachsen und darf nie erfahren, dass sie unter einer falschen Identität lebt.« Das war ihr Wunsch.
Von Zweifel gepeinigt, verbrachte ich die letzten Tage vor Weihnachten in tiefster seelischer Not. Dann war es so weit.

Am Nachmittag des Heiligabends 1939 fuhr ich nach Frauenkirchen, um im Dom die Messe zu besuchen. Ich suchte Trost in dieser Kirche, in der ich vor nicht allzu langer Zeit geheiratet hatte, ich brauchte Heilung für meine gepeinigte Seele. Ich saß zwischen den Menschen, die ihre Köpfe senkten, ihre Hände falteten, als gemeinsam das Vaterunser gesprochen und anschließend um Frieden in der Welt gebetet wurde. Viele weinten, doch meine Augen blieben trocken. Ich fand nichts außer innerer Leere und Verzweiflung.
Danach fuhr ich zurück und hielt in der Nähe des Friedhofs. Ich hatte ein kleines gebundenes Tannenbäumchen dabei, an das ich Christrosen, silberne Kugeln und Schleifen befestigt hatte. Es war einsam auf dem Friedhof, nur in der Kapelle brannte Licht. Dennoch konnte ich mich kaum lösen von dem stillen Grab, in dem mein Kind lag.
»Ich liebe dich so, Dalia« flüsterte ich, »ich liebe dich so sehr.« Es waren unsinnige Worte einer Trauer, die niemals vergehen würde. »Wie soll ich ohne dich leben? Wie kann ich ein anderes Kind an deiner Stelle annehmen. Ich schaffe das nicht, ich schaffe das nicht«, schluchzte ich.
Doch in dieser dunklen Stunde nahm ich mir vor, am nächsten Tag mit Christian hierherzukommen. Ihn an der Hand zu nehmen und zum Grab unserer Tochter zu führen, um ihm die Wahrheit zu gestehen. – »Hier liegt unser Kind.«

Lange verharrte ich, bis ich mich endlich abwandte und nach Hause ging.
Wie sollte ich meinen Eltern und Christian entgegentreten? Ich musste eine strahlende, glückliche Mutter vortäuschen. Mein Mann und auch meine Eltern kannten nur das Foto, das sie von Dalia bekommen hatten, eine Aufnahme, die noch im Krankenhaus am Tag nach ihrer Geburt gemacht worden war. Ein Baby auf einem Kissen mit zugekniffenen Augen, das kleine Gesicht umrandet von einer gerüschten Mütze, eigentlich sah sie aus wie alle Neugeborenen. Als ich die Haustür aufschloss, überlegte ich noch einmal, gar nichts zu erzählen, die Wahrheit einfach zu verschweigen. Ich fühlte mich schwach, nicht stark genug, Argumenten, Entsetzen oder Ablehnung zu begegnen. Wie würde Christian darauf reagieren, dass ich Leahs Kind angenommen hatte, dass ich mich und letztendlich auch ihn einer unglaublichen Gefahr aussetzte? Würde er tiefe Trauer über Dalias Tod empfinden, Trauer, die wir teilen konnten? Würde er mich vielleicht sogar in die Arme nehmen und mir sagen, er verstehe mich?
Das Haus war erfüllt vom Duft der Zimtsterne, die die neue Köchin gebacken hatte, und vom Duft des Tannenbaums, den der Chauffeur in der Halle aufgestellt hatte. Ich ging direkt ins Wohnzimmer.

Meine Eltern standen am Kamin, meine Mutter hielt Dich in den Armen, hob Dich gerade hoch und schwenkte Dich durch die Luft. Und Du hast gelacht. Es war das erste Mal, dass ich Dein Lachen hörte, seit Du bei mir warst. Es machte mich betroffen, denn hatte ich unbewusst den Verlust meiner eigenen Tochter an Dir ausgelassen? Hast Du gespürt, dass ich Dir nicht die ganze Liebe entgegenbrachte, die ein Kind verdient?

Ich blieb in der Tür stehen und sah auf dieses trügerische Bild einer glücklichen Familie, die Großeltern, die ihr Enkelkind zum ersten Mal sahen, das Kind, das sie anlacht und sich freut, der Vater, der im Hintergrund in einem Sessel gesessen hatte und sich jetzt zu den Schwiegereltern gesellte. Es war wie ein Film, der vor meinen Augen ablief; es hatte nichts mit mir zu tun.

»Ach, da bist du ja endlich! Wir überlegen gerade, wem sie ähnlich sicht«, rief mir meine Mutter als Begrüßung entgegen. Christian war auf mich zugekommen, begrüßte mich mit zwei Küssen auf die Wangen, als meine Mutter weitersprach: »Hast du mir nicht geschrieben, sie hat blaue Augen? So blau wie die ihres Vaters? Aber sie sind doch braun. Keiner aus unserer Familie hat so dunkle Augen. Ich kann beim besten Willen keine Ähnlichkeiten mit einem von euch beiden erkennen.«

Röte stieg mir ins Gesicht. Hatte ich das wirklich geschrieben?

»Die hatte sie auch«, erklärte ich dann rasch und versuchte, mir die Nervosität nicht anmerken zu lassen. »Die meisten Babys haben bei der Geburt blaue Augen, ich dachte eben, sie bleiben ihr.«

Während ich das sagte, sah ich Christian nicht an. Es war die erste Lüge an diesem Abend, und es sollten noch viele folgen.

»Walter, kennst du jemanden in deiner Verwandtschaft mit braunen Augen?« Meine Mutter gab sich nicht so schnell zufrieden. Mein Vater zuckte nur die Schultern und griff sich einen Zimtstern aus der großen Schale mit Plätzchen.

»Das ist nicht wichtig«, war seine Meinung, »jedenfalls sind die Augen sehr hübsch, sie wird mal eine kleine Schönheit werden, egal, ob sie jemandem aus der Familie ähnlich sieht.« Als ich Christian ansah, erkannte ich in seinen Augen Irritation, dann Ungläubigkeit. Ich erwiderte den Blick, nervös, unruhig. Hegte er irgendeinen Verdacht? Aber das konnte nicht sein, niemand wusste irgendetwas.

Wieder packten mich Zweifel. Sollte ich wirklich die Wahrheit sagen? Meine Eltern würden Dich, das hübsche kleine Mädchen lieben, und auch Christian würde Dich als sein Kind annehmen. Wieso auch nicht?

Doch konnte ich ihn wirklich dauerhaft anlügen? Ihm vorgaukeln, es sei seine Tochter, die meine Mutter und mein Vater im Arm hielten, während sein Kind tot war?

Den ganzen Abend über beobachtete ich Christian, versuchte zu ergründen, was in ihm vorging.

Nachdem sich alle umgezogen hatten, versammelten wir uns in der Halle um den Weihnachtsbaum.

Die Kugeln schimmerten im Kerzenlicht, das Lametta funkelte, wir umarmten uns und sangen mit, als im Radio »Stille Nacht, heilige Nacht« erklang. Ich hatte Dich auf dem Arm und versuchte, meine Tränen zu verbergen, indem ich mein Gesicht ganz in das rosa Kleidchen mit den gestickten Blümchen presste. Ein Kleid, das ich schon Monate vor Dalias Geburt gekauft hatte, da es mir so gut gefiel. Ich war mir einfach so sicher gewesen, dass ich eine Tochter bekommen würde. Meine Mutter reagierte mitfühlend, sie glaubte, ich könne es nicht ertragen, dass mein Mann nur einige Tage Heimaturlaub hatte. Mein Vater, der keine Tränen bei Frauen sehen konnte, wandte sich verlegen ab und warf Christian einen auffordernden Blick zu, sich um mich zu kümmern. Doch mein Mann stand hölzern und aufrecht in der Halle und beobachtete mich nur schweigend. Damals wusste ich noch nicht, welchen Verdacht er hegte.

Später saßen wir mit unserem Personal um den langen, mit weißem Porzellan und Tafelsilber eingedeckten Tisch herum. Mein Vater hatte sogar Champagner mitgebracht. Beim Dessert fragte er Christian, wie es in Polen gewesen sei.

»Müssen wir uns vorstellen, du sitzt im Schützengraben?«

»Das wäre ja entsetzlich«, warf meine Mutter besorgt ein.

Christian schüttelte den Kopf, dann erzählte er, er sei auf der Burg von Krakau beim Generalgouverneur Hans Frank stationiert. Er berichtete, dass die Moldau über die Ufer getreten war und die deutsche Besatzung hier helfend eingreifen musste.

»Was meinst du?«, fragte wieder mein Vater. »Wie lange dauert's noch?«

»Der Krieg wird im Sommer vorbei sein«, war Christians Antwort. »Alle auf der Burg sind dieser Ansicht.«

»Da sind wir aber erleichtert«, seufzte meine Mutter auf. »Etliche unserer Freunde in Zürich sind jüdische Emigranten. Sie werden dann endlich nach Deutschland zurückkönnen.«

»Wenn Adolf Hitler siegt«, erklärte Christian kurz angebunden, »dann nicht mehr.«

»Du bist Offizier, sicher bist du stolz darauf«, meinte meine Mutter, ohne auf seine Bemerkung einzugehen.

»Nein«, antwortete Christian, »ich habe die Armee immer geliebt, doch seit ich in Polen bin, hasse ich sie.«

Mein Vater schaute betreten zur Seite, meinte dann, Christian habe doch gute Beziehungen, ob er nicht irgendetwas arrangieren könne, damit er nicht an der Waffe dienen müsse?

»Ich erfülle meine Pflicht dem Vaterland gegenüber«, war Christians ablehnende Antwort. »Ich möchte auch nicht darüber reden. Entschuldige bitte.«

»Natürlich, natürlich, das ist verständlich«, pflichtete mein Vater ihm sofort bei, froh darüber, nicht über den Krieg reden zu müssen. Er erzählte von Zürich, von neuen Freunden, von einer Bergtour im Herbst.

Während meine Eltern und Christian sich unterhielten, brachte ich Dich ins Bett und versuchte, ein Lächeln auf Dein Gesicht zu zaubern, doch es gelang mir nicht. Wie immer hast Du mich mit Deinen großen dunklen Augen fragend angesehen. Ich konnte das kaum ertragen. Zum wiederholten Mal rief ich mir das Versprechen ins Gedächtnis, das ich Leah gegeben hatte. Ich wollte Dich lieben wie mein eigenes Kind, doch würde die Zeit meine Tränen trocknen und meinen Kummer um Dalia lindern?

Als ich Dein Zimmer verließ, holte ich schnell die Schenkungsurkunde und übergab sie noch am Heiligen Abend an Christian. Ich dachte, im Beisein meiner Eltern wäre die beste Gelegenheit dafür. Christian würde dann nicht so viele Fragen stellen.

Er war erstaunt darüber, fragte zwar nach, schien aber nicht argwöhnisch zu sein. Er misstraute weder der Unterschrift noch hinterfragte er das Datum.

Ich erzählte von Eliah und Leah, dass sie sich beide hatten erschießen lassen, um dem Tod im Konzentrationslager zu entgehen.

Da weinte meine Mutter, sagte, wie sehr sie Leah immer gemocht habe, und ich stimmte in ihre Tränen mit ein.

»Und das Kind?«, wollte meine Mutter dann wissen. »Sie hat doch im April eine Tochter bekommen.«

Mir wurde heiß, dann lief es mir eiskalt den Rücken herunter.
»Ja, die kleine Rachel. Sie ist an einer schweren Grippe gestorben, am Abend bevor Leah verhaftet wurde.«
»Wer weiß«, mischte sich mein Vater ins Gespräch, »was dem armen kleinen Wurm dadurch erspart geblieben ist.«
Wieder seufzte meine Mutter und weinte.
»Ach ja«, fiel ihr plötzlich ein, »da gab es doch noch die Schwester von Eliah, dieses bildschöne Mädchen, das den berühmten Regisseur geheiratet hat. Na, jetzt fällt mir der Name einfach nicht ein.«
»Lavinia«, sagte Christian, »Sie heißt Lavinia, und sie ist nach Amerika gegangen.«
»Woher weißt du das?«, wunderte sich mein Vater.
»Ich habe sie in München getroffen«, erwiderte Christian leise. »Ich sah auf und unsere Blicke trafen sich. Bevor ich weitere Fragen stellen konnte, erzählte er bereits weiter, Lavinias Mann, dieser berühmte Regisseur Hanno Schwarz sei verhaftet worden. Auf Wunsch des Führers sollte er eigentlich wieder freigelassen werden, doch nach einigen Wochen in Haft war er so geschwächt, dass er kurz vor seiner Freilassung an Lungenentzündung starb.«
»War da Lavinia schon in Amerika?«
»Das nehme ich an.« Christians Antwort kam kurz und knapp. Mir war nicht entgangen, wie anders seine Stimme geklungen hatte, als er von Lavinia sprach. Er bemerkte meinen misstrauischen Blick und erhob sich. »Entschuldigt«, »aber ich bin sehr müde und gehe jetzt schlafen.«
»Natürlich, unser Kriegsheld muss Kraft tanken.«
Ich schämte mich an diesem Abend für meine Eltern und ihr gedankenloses Geplapper, und ich bewunderte Christian dafür, geduldig alle ihre Fragen beantwortet zu haben.

Als auch meine Eltern endlich ins Gästezimmer gingen, lief ich ungeduldig in mein Schlafzimmer hinauf. Ich hoffte so sehr, Christian würde dort auf mich warten, aber ich wurde enttäuscht. Ich blieb lange wach, ich sehnte mich nach ihm, aber es war vergeblich. Auch die nächsten Nächte blieb er meinem Schlafzimmer fern. Es hatte sich nichts geändert zwischen uns, er verspürte keine Sehnsucht nach mir, nicht die Freude, mich wiederzusehen, so wie ich es tat. Wieder musste ich mir vor Augen führen, dass er seinen Standpunkt schon vor einem Jahr klargemacht hatte. Er wollte seine Pflicht als Vater erfüllen, aber von Liebe hatte er nie gesprochen. Ich durfte mir nichts vormachen, aber irgendwie wollte ich die grausame Realität nicht erkennen.

Meine Eltern waren schon abgereist, Silvester war vorbei, als ich das nächste Mal Dalias Grab besuchte. Sollte ich heute, am letzten Abend von Christians Fronturlaub, mit ihm sprechen, ihm die Wahrheit gestehen?

Nachdem ich wieder nach Hause zurückgekommen war, ging ich hinunter zum See. Es war still, und zarter Schnee rieselte vom Himmel. Ich fror und zog mir meinen Mantel fest um die Schultern. Doch es war mehr ein inneres Frieren, eine Nervosität, ein Zweifeln an mir selbst.

Als ich Schritte hinter mir hörte, drehte ich mich um. Ich sah in der Dunkelheit nur seine Silhouette, bis er näher kam und sich bei mir einhängte. Mein Herz klopfte vor Freude, dass er meine Nähe suchte.

»Als Kind«, erzählte ich Christian, da ich nach einem unverfänglichen Thema suchte, »fand ich es großartig, dass der See so flach ist und man gut darin schwimmen kann, Später bedauerte ich es, denn es geht nur, solange man klein ist.«

Christian antwortete nicht. Erst als das Schweigen drückend wurde, sagte er, er müsse mit mir reden. »Komm, lass uns ins Haus gehen!«

Unwillkürlich entzog ich mich seinem Griff. Ahnte er etwas? Hatte ich etwas gesagt, das ihn die Wahrheit erkennen ließ? In der Halle zog ich meinen Mantel aus und warf ihn achtlos auf einen Sessel, dann folgte ich ihm in die Bibliothek. Die Stehlampe war eingeschaltet, und das Hausmädchen hatte den Kamin angezündet. Schweigend setzte ich mich auf die Kante des Sofas und wartete, bis Christian mir gegenüber Platz genommen hatte.

»Ich möchte dich nicht verletzen«, begann er und ahnte sicher schon, dass es nicht ausbleiben konnte. Ich beobachtete ihn, wie er sich eine Zigarette anzündete und einen tiefen Zug machte.

»Ich habe mir meine Entscheidung nicht leichtgemacht«, sprach er vorsichtig weiter.

Ich sah ihn an. »Was meinst du damit?«

»Aber ich denke, auch du bist nicht glücklich. Das spüre ich doch.«

»Was heißt auch?« War es wirklich meine Stimme, die so dünn und hilflos klang?

»Wir wissen doch beide«, fuhr Christian unbeirrt fort, »dass wir diese Ehe nur um unserer Tochter willen geschlossen haben.«

Stumm sah ich ihn an.

»Was meintest du mit auch?«, hakte ich nach.

»Auch bedeutet, dass ich nicht glücklich bin, ebenso wenig wie du. Und deshalb denke ich, eine Trennung ist das Beste für uns beide.«

Ich brauchte eine Weile, bis ich begriff. Ich hatte alles

erwartet, jede Frage in Bezug auf Dich, aber nicht den Vorschlag einer Trennung.
»Ich … wieso … «, stammelte ich. »Wir haben doch erst vor einigen Monaten geheiratet. Warum gibst du uns nicht eine Chance?«
»Ich habe sehr viel nachgedacht, es kann nicht funktionieren. Wir haben geheiratet, aber wir kannten uns nicht. Heute weiß ich, das war ein Fehler.«
Seine Worte trafen mich zutiefst.
»Du hast gesagt, du wirst immer zu mir stehen.« Ich versuchte, mich zu beruhigen. Wollte er sich von mir trennen? Ich sah ihn an und ich erkannte, wie groß meine Liebe zu ihm war. Aber er hatte recht, wir kannten uns ja kaum, als wir im April geheiratet hatten. Und er gab mir nicht die Chance, ihm meine Liebe zu zeigen.
»Das tue ich auch.« Seine Stimme klang gefasst, und seine Augen sahen mich nachdenklich an. »Ich werde immer für dich und das Kind da sein, immer, das habe ich versprochen, und dieses Versprechen werde ich halten. Aber ich habe dir nicht versprochen, dich zu lieben, Irene. Es tut mir sehr leid, aber ich denke«, fügte er hinzu, da ich schwieg, »du tust es auch nicht.«
Der Schmerz überwältigte mich, und ich brach in Tränen aus.
»Bitte, verlass mich nicht!«, bettelte ich und griff nach seinem Arm. Als er sich erhob und sich zu entziehen suchte, klammerte ich mich an ihn. Sanft löste er sich aus meinem eisernen Griff.
»Von Liebe haben wir nie gesprochen«, sagte er noch einmal, »Wenn der Krieg vorbei ist, werde ich mir in Wien eine Wohnung nehmen. Aber wie gesagt, ich werde mein

Versprechen halten. Du wirst niemals finanzielle Sorgen haben, Irene. Ich werde die Firma deiner Eltern zurück zum Erfolg führen und mich auch um die Juventus Sports von Eliah Weizmann kümmern, da er sie mir anvertraut hat. Ich werde da sein, wenn es Probleme gibt. Auch um Dalia werde ich mich kümmern. Doch das ist alles, mehr kann ich dir nicht geben.«

»Wann, ich meine, wann hast du diese Entscheidung getroffen?«

»Schon vor längerer Zeit«, wich er meiner Frage aus.

»Nun, dann ist ja alles gesagt.« Wie betäubt stand ich auf und verließ die Bibliothek. Christian hielt mich nicht zurück. Ich wollte ihn nicht weiter bitten und betteln, mich zu lieben. Er ging davon aus, dass auch ich ihn nicht liebte. War er denn wirklich so blind? Wieso war er überzeugt, auch ich hätte ihn nur aus Verantwortung dem Kind gegenüber geheiratet?

So dumm, so verbohrt bist du, warf ich ihm in Gedanken vor. Warum fragst du mich nicht einfach, ob ich dich liebe? Doch mein eigener Stolz verschloss mir die Lippen, niemals würde ich ihm meine Liebe gestehen, nicht mehr nach diesem Gespräch.

Ich ging nach oben zu Dir. Du hast nicht geschlafen, sondern mich angesehen. Mit Deinen schönen, dunklen Augen. Und dann hast Du mich plötzlich angelacht.

»Ach, Rachel«, weinte ich und nannte Dich bei Deinem Namen. Aber in diesem Augenblick weinte ich vor Freude, da ich zum ersten Mal das Gefühl hatte, dass Du, Leahs Tochter, auch mir Liebe entgegenbrachtest. Du warst Leahs Kind und doch auch mein Kind, und so hob ich Dich hoch und drückte Dich sanft an mich. In diesem Moment begriff

ich, dass Christian sich nur Deinetwegen auch weiter um mich kümmern würde. Er hatte eine Trennung vorgeschlagen, doch er bestand nicht auf einer Scheidung.
Und da entschloss ich mich, niemals das Geheimnis zu lüften. Ich erkannte schmerzlich, dass ich Christian nicht verlieren wollte und deswegen die Wahrheit verschwieg. Ich hatte Leah das Versprechen eines Schweigens gegeben, doch geglaubt, Christian gegenüber müsse ich es brechen, ich dürfe den Mann, den ich liebte, nicht belügen. Das hatte ich mir zumindest vorgenommen, auch wenn ich in den letzten Tagen immer wieder gezögert hatte. Doch jetzt war die Situation eine andere, und ich traf die endgültige Entscheidung: Ich benutzte Dich, das unschuldige Kind, um ihn an mich zu binden.
»Irgendwann werde ich es ihm erzählen, irgendwann, wenn er mich wirklich lieben gelernt hat.« Das nahm ich mir vor, doch ich wusste auch, dass ich mich selbst belog. Denn ich ahnte eine andere Wahrheit: Ich liebte Christian, doch Christian liebte Lavinia. Ich hatte die Veränderung an ihm wahrgenommen, als die Sprache auf sie gekommen war. Er hatte sie in München getroffen, und ich war sicher, es war nicht nur einmal gewesen. Hatte ich nicht Unsicherheit, Unruhe in seinem Blick und seinem Verhalten gespürt? Die Wärme in seiner Stimme, als er von ihr erzählte? Und da fiel mir der Moment im Sommer vorigen Jahres ein, als Christian mir unten am Steg erklärt hatte, er müsse zu seinem sterbenden Vater nach München. Und in diesem Moment war Lavinia mit dem Rad auf uns zugefahren. Sie war Eliahs Schwester, also Deine Tante. Eine wunderschöne Frau. Und ich erinnerte mich, mit welchem Blick Christian sie angesehen hatte. Niemals hatte er mich auf diese Weise angesehen.

In den vergangenen Monaten ließen mich die Gedanken an die Jahre 1939–45, also bis Kriegsende, nicht mehr los.
Ich war einsam, ich lebte allein mit Dir, die Bewohner der anderen Villen in unserer Wiesenstraße mieden mich, da ich eine »Judenfreundin« war. Die Jahns neben uns taten ihr »Bestes«, um mich zu diskriminieren.
Auch das Personal, das Christian eingestellt hatte, verließ mich bald wieder.
Tagsüber kam Frau Miller, eine ältere, resolute Frau, um den Haushalt zu versorgen. Unsere Lebensmittel bezogen wir von Kathis Onkel, dem Bauern Wintersberger. Er war als Einziger bereit, uns mit dem Nötigsten zu versorgen. Erinnerst Du Dich?
Wir waren so allein, so furchtbar allein. Vielleicht begannen damals schon meine Depressionen, diese unermessliche Traurigkeit, die mich jedes Mal überfiel, wenn ich Dalias Grab besuchte.
Du bist ein so ernstes Kind gewesen. Du hast gefühlt, wie es mir ging, Du hast mich weinen sehen, und ahntest doch nicht den wahren Grund.
Ich will nicht mehr viel schreiben, es ist gesagt, was für Dich wichtig ist. Und ich bitte Dich, vergiss nie, wie groß Dein Talent ist und lasse Dich durch nichts und niemanden jemals von dem abbringen, was Dir am meisten bedeutet: die Musik und das Klavierspiel.
Das wird Dir helfen, die Vergangenheit zu begreifen und auch über meinen Tod hinwegzukommen. Und wer weiß schon, vielleicht bin ich dort, wo ich jetzt hingehe, mit meiner Tochter wieder vereint.
Ich umarme Dich, mein Kind, denn das bist Du auch geworden, aber verzeih mir, dass ich Dich nie so lieben konnte, wie Du es verdient hättest.

Du bist Rachel, Leahs Tochter, das einzige Kind der Frau, die nicht leben durfte, weil sie Jüdin war.
Ich umarme Dich ein letztes Mal.

Irene

Dalia saß unbeweglich auf dem Sofa. Sie sah hinunter auf die Blätter in ihren Händen, und da verschwammen die Buchstaben vor ihren Augen, bis sie spürte, dass sie weinte. Sie saß einfach nur da, unbeweglich, und starrte weiterhin auf den Brief, blätterte ihn noch mal durch, ein Brief, geschrieben vor einundzwanzig Jahren, bestimmt für sie. Sie war eine Weizmann, sie gehörte auch nicht zu Christian, ihrem Vater. Irene sprach von einem Verdacht, den er all die Jahre hegte, aber was sie damit meinte, hatte sie nicht geschrieben.

Doch der Brief enthielt auch eine Botschaft für sie:

Sollte Tamás Marai nicht von Deinem Talent überzeugt sein, lass Dich nicht verunsichern, mach weiter! Künstlerische Arbeit wird immer subjektiv beurteilt …

Lass Dich durch nichts und niemanden von dem abbringen, was Dir am meisten bedeutet: die Musik und das Klavierspiel.
Irenes Wunsch war gewesen, dass sie nicht aufgab.

Aber genau das hatte sie getan. Wäre es anders gekommen, wenn sie Irenes Brief damals erhalten hätte? Ihre leibliche Mutter, Leah Weizmann, hatte alles getan, damit sie auf die Welt kommen konnte, sie hatte ihr eigenes Leben riskiert und es verloren, damit sie, Rachel, leben durfte. Zwei mutige Frauen, Irene und Leah, tief verbunden miteinander, zwei Frauen, die ihr das Leben ermöglichten, ihr ein neues gaben, als Irenes Kind starb.

Dalia sprang auf und lief in die Halle, um Tamás anzurufen, doch kaum hatte sie den Hörer in der Hand, legte sie wieder auf. War es überhaupt Irene, die diese Beichte verfasst hatte? Wieso lagen diese Seiten jetzt, einundzwanzig Jahre später, vor der Terrassentür?

Rachel … Rachel … Rachel Weizmann.

Dalia sah sich in der Halle um, als sei es das erste Mal, dass sie hier stand. Gehörte sie nicht mehr in dieses Haus? Doch bei ihrer Rückkehr hatte sie stark gespürt, dass ihre Wurzeln hier lagen. Langsam ging sie zurück ins Wohnzimmer. Als sie noch einmal in den Umschlag griff, erfühlte sie noch ein kleineres Kuvert. Es war ein Brief, adressiert an ihren Vater, Christian Rheinberg. Irene hatte offenbar auch ihm einen Abschiedsbrief geschrieben.

Später wusste sie nicht mehr, wie lange sie im Wohnzimmer gestanden hatte, unfähig, einen Gedanken zu fassen, unfähig zu handeln. Dann aber ging sie wieder zum Telefon und hob den Hörer ab. Sie zögerte, legte ihn auf die Gabel zurück. Aber sie hatte Tamás versprochen, sich noch einmal zu melden. So rief sie ihn kurz an und versicherte ihm, dass alles in Ordnung sei.

»Es war also niemand auf der Terrasse?«, wollte er wissen.

Sie zögerte, doch dann sagte sie nur, er müsse sich wirklich keine Sorgen um sie machen. »Morgen erzähle ich dir mehr.« Rasch verabschiedete sie sich und legte auf. Sie hatte ihm nichts von den Briefen erzählen wollen. Er hätte vorgeschlagen, sofort zur Polizei zu gehen, und er hätte die Echtheit der Aufzeichnungen in Frage gestellt.

Dalia aber zweifelte nicht daran. Es war eindeutig Irenes Handschrift. Hatte irgendjemand diesen Brief gefunden und ihr heimlich vor die Tür gelegt, um keine Schwierigkeiten zu bekommen?

Sie war verwirrt, zu keinem klaren Gedanken fähig. Rachel Weizmann ... Sie war Rachel Weizmann.

Dalia lief ins Musikzimmer, blieb am Flügel stehen und hob den Deckel hoch. Hierher hatte sie sich geflüchtet, wenn es ihr nicht gutging, wenn sie Trost brauchte, wenn sie unglücklich gewesen war. Aber auch in sehr glücklichen Momenten hatte sie am liebsten Klavier gespielt. Hier an dem Flügel war der Mittelpunkt ihres Lebens gewesen, bis zu dem Tag, an dem Irene sich das Leben nahm.

Sie rückte sich den Klavierhocker zurecht, setzte sich und fing an, leise zu spielen. Langsam, vorsichtig. Jetzt ging es schon besser, der Kopf, die Hände, sie erinnerten sich, ein paar Takte Tschaikowsky, Klavierkonzert Nr. 1, eines ihrer Lieblingsstücke. Immer wieder probierte sie es, immer die gleiche Stelle. Noch einmal und noch einmal. Es ging besser, endlich. Aber noch lange nicht gut. Als sie die Hände von den Tasten nahm, war sie in Schweiß gebadet, doch sie spürte wieder dieses Gefühl von Lebendigkeit, von Glück, das sie so lange nicht mehr empfunden hatte.

Würde sie jemals wieder so spielen können wie früher? Konnte sie zurückfinden zu dieser technischen Perfektion, die sie bereits mit achtzehn Jahren beherrschte? Besaß sie noch diese Bereitschaft, ihr Gefühl, ihre Sehnsucht, ihre Leidenschaft in die Musik zu legen, rückhaltlos?

Oder war es vorbei? Ließ die jahrelange Pause sich nicht mehr aufholen, die Vergangenheit nicht zurückholen?

Gib nicht auf ..., fast hörte sie Irene, ihre dunkle, immer etwas traurige Stimme.

Konnte sie, Dalia, Rachel, ihr eigenes Schicksal begreifen? Und würde sie es jemals lernen, in ihrer neuen Identität zu leben? *Die Musik wird Dir helfen, über alles hinwegzukommen,* hatte Irene ihr geschrieben. *Musik ist Deine Welt.* Irgendwann hob sie den Kopf, auch im Nachbarhaus spielte jetzt jemand Klavier. Ein Mitglied der Familie Weizmann, das nicht wusste, dass sie, Rachel, damals nicht gestorben war. Aber gab es in dieser Familie überhaupt jemanden, dem es wichtig war, dass Rachel noch lebte, der sich erinnerte, dass da einmal dieses Kind war, das nicht gestorben war, nicht auf dem Friedhof lag? Jemand hatte das kleine Grab gepflegt, das war ihr aufgefallen, als sie es besucht hatte. Dalia wandte den Kopf zum Fenster und lauschte, doch das Klavierspiel hörte auf und es blieb still.

Sechsundzwanzig

Irgendwann war sie ins Bett gegangen. Sie konnte nicht einschlafen, sondern hatte immer wieder auf die Uhr gesehen, wann die Nacht endlich vorbei sein würde. Erst als es bereits hell wurde, dämmerte sie in einen unruhigen Schlaf hinüber.

Der Brief lag neben ihrem Bett auf dem Nachttisch, mehrmals noch hatte sie ihn während der Nacht durchgeblättert, als sie nicht schlafen konnte. Jetzt quälte sie sich hoch und ging ans Fenster. Im Weizmann-Haus waren die Fensterläden angelehnt, sicher wegen der Hitze, die seit zwei Tagen herrschte.

Sie ging unter die Dusche und machte sich fertig. Den Brief an sich gedrückt, lief sie ins Wohnzimmer, zog die Jalousien hoch und sah auf die Terrasse hinaus. Keine Spur von dem gestrigen Eindringling.

Immer und immer wieder stellte sie sich diese Frage. Wer? Wer hatte gestern den Brief ihrer Mutter auf die Terrasse gelegt? Sollte sie überhaupt jemandem von den Aufzeichnungen erzählen? Was würde passieren, wenn sie die Wahrheit für sich behielt? Das Kuvert war verschlossen gewesen, also hatte der gestrige Eindringling den Brief nicht gelesen, ihn nur jahrelang aufbewahrt. Oder war das Kuvert geöffnet und dann wieder vorsichtig zugeklebt worden? Aber das ergab keinen Sinn. Genauso wenig, dass der Besitzer des Kuverts es erst jetzt auf die Terrasse gelegt hatte.

Aber war es heute noch wichtig, dass sie Rachel Weizmann war und dass nicht Irene, sondern Leah sie geboren hatte?

Als sie in die Küche hinunterging und sich einen starken Kaffee kochte, warf sie wieder einen Blick zum Weizmann-Haus hinüber. Wer immer aus Amerika zurückgekommen war, es musste ein Verwandter von ihr sein, jemand, der gern Klavier spielte, wenn auch nicht besonders gut.

Sie trank ihren Kaffee in der Küche, dann ging sie in die Halle hinauf. Es rief niemand mehr an. Das war für sie der Beweis, dass der Anrufer und der Eindringling dieselbe Person gewesen sein mussten.

Sie beschloss, Tamás anzurufen. Sie musste ihn sprechen, ihm von dem unglaublichen Abschiedsbrief erzählen. »Ich habe nicht viel Zeit«, sagte er bedauernd, »du weißt doch, dass Frank kommt.«

Dalia hatte kein Zeitgefühl mehr. Sie hatte vergessen, dass der Physiotherapeut jeden Tag, auch am heutigen Sonntag, um halb eins kam und mit Tamás Übungen zur Kräftigung der Muskulatur machte und die Hand anschließend massierte.

»Gestern Abend warst du so eigenartig, fast hätte ich noch einmal zurückgerufen. Was war denn los?«, wollte er wissen.

»Ach«, Dalia atmete durch. Sollte sie wirklich darüber reden? »Es ist etwas passiert«, begann sie. Plötzlich verspürte sie Scheu, über das Gelesene zu sprechen. Vor allem, da Tamás so wenig Zeit hatte. Dann aber erzählte sie von Dalia, die als Baby starb, von Rachel Weizmann, die eigentlich sie war, von Irene, ihrer Mutter, die so großen Mut besessen hatte, das Kind ihrer jüdischen Freundin großzuziehen.

»Das ist unglaublich, aber bist du sicher, dass deine Mutter diese Aufzeichnungen selbst geschrieben hat?«

Dalia lächelte in sich hinein. Sie kannte ihren Mann zu gut. Vielleicht hatte sie deswegen nicht gleich mit ihm sprechen wollen. Gestern Abend hätte sie keine Zweifel, keine Irritationen verkraften können.

»Ja«, erklärte sie mit fester Stimme, »sie sind echt.«

»Woher weißt du das?«

»Ich kenne die Schrift meiner Mutter. Und so, wie sie unser Leben beschrieben hat, das kann sich niemand ausdenken. Sie sind echt«, betonte sie.

»Wenn du also Rachel Weizmann bist, wie gehst du dann mit den Behörden um. Wirst du es melden?«

»Ich weiß noch gar nichts, Tamás. Lass uns später noch mal telefonieren, bitte!«

»Natürlich, wie du meinst. Frank ist auch schon da.«

Nach dem Gespräch ging Dalia zurück ins Wohnzimmer, nahm den Brief und hielt ihn unentschlossen in der Hand. Sie blätterte die Seiten durch, bis sie an der Stelle hängenblieb, an der Irene von Maria Slomka erzählte.

Dann lief sie wieder in die Halle, rief die Auskunft an und ließ sich die Nummer ihrer früheren Lehrerin geben. Aber konnte sie Maria Slomka am Sonntag anrufen? Doch dann nahm sie den Hörer ab und wählte. Dalia ließ es lange läuten, bis sich Maria Slomka endlich meldete. Dalia erkannte sie sofort an ihrer Stimme. »Hier ist Dalia Rheinberg«, meldete sie sich mit ihrem Mädchennamen, »entschuldigen Sie bitte, dass ich Sie am Sonntag störe ...«

Sie konnte nicht weitersprechen, da Maria Slomka sie mit einem kleinen Aufschrei unterbrach.

»Dalia. Wie schön, dass du dich endlich an deine alte Lehrerin erinnerst.«

»Es tut mir wirklich leid«, entschuldigte sich Dalia sofort, »dass ich mich so lange nicht gemeldet habe.«

»Ist schon gut, Mädchen, von wo aus rufst du an?«

Dalia erzählte, dass sie in ihrem Elternhaus am Neusiedler See sei. »Es gibt einiges zu … zu regeln«, beendete sie ihren Satz.

»Du bist zum ersten Mal wieder da? Seit … seit damals?«, wollte Maria wissen.

»Ja«, bestätigte Dalia, »ich konnte einfach nicht früher kommen.«

»Das verstehe ich. Aber es ist schade«, bedauerte die Lehrerin, »dass du dich nie mehr bei mir gemeldet hast.«

Dalia blieb stumm, wie sollte sie ihre Gefühle, von damals und jetzt, in ein paar Sätzen am Telefon erklären, nachdem sie jahrelang keinen Kontakt mehr mit Maria Slomka gehabt hatte. Maria wartete am anderen Ende der Leitung, doch als von Dalia keine Antwort kam, sprach sie weiter: »Als ich damals nichts mehr von dir hörte, rief ich Tamás an. Ich war neugierig, wie dein Vorspielen gelaufen war«, erzählte sie, »und ich bat ihn, dir auszurichten, dass ich einen weiteren Termin für dich hier in Wien arrangiert hatte. Ich kannte einige wichtige Leute, die immer wieder begabten Nachwuchs förderten. Hat er dir von meinem Anruf nichts erzählt?«

Dalia sagte immer noch kein Wort.

»Tamás wusste, dass ich dich für das größte Talent der vergangenen zwanzig Jahre hielt«, fuhr Maria Slomka fort. »Und ich muss gestehen, ich war sehr enttäuscht, nichts mehr zu hören, weder von Tamás noch von dir«, fügte sie noch hinzu. Dalia schwieg immer noch, zutiefst befremdet. Tamás hatte ihr nie von diesem Anruf erzählt. Nicht für wie begabt Maria Slomka sie gehalten hatte, und auch nicht, dass ihre Lehrerin einen weiteren Vorspieltermin für sie arrangiert hatte. Daran würde sie sich erinnern.

»Ja, und dann ging euer Hochzeitsfoto durch die gesamte Presse. Du in einem Traumkleid von Dior. Da wurde mir natürlich einiges klar.«

»Was meinen Sie?« Endlich fand Dalia ihre Sprache wieder.

»Ach, Kindchen, es lag auf der Hand. Tamás war weiterhin der große Pianist, aber *du,* wo bist *du* geblieben? Spielst du denn gar nicht mehr?«

»Frau Slomka, das ist alles so kompliziert, ich konnte einfach nicht mehr, nach dem … dem Tod meiner Mutter. Ich denke, ich kann das alles nicht so schnell am Telefon erklären.«

»Dann besuch mich doch«, schlug Maria vor.

Dalia überlegte nicht lange.

»Genau das wollte ich Sie fragen«, Dalia konnte ihre Freude kaum verbergen. »Und wissen Sie was? Ich würde so gerne wieder anfangen zu spielen. Geben Sie überhaupt noch Unterricht?«

Maria Slomkas dunkles rauhes Lachen klang an Dalias Ohr. Wie sehr hatte sie dieses Lachen vermisst.

»Mädchen, ich bin doch erst zweiundsiebzig, natürlich unterrichte ich noch, was soll ich denn sonst machen? Aber, Dalia, keiner meiner Schüler in den vergangenen Jahren konnte dir das Wasser reichen. Du warst ein Ausnahmetalent. Ich habe mich so oft gefragt, warum du aufgehört hast. War das der Wunsch von Tamás?«, setzte sie vorsichtig an.

»Nein«, erwiderte Dalia ruhig, »es war meine eigene Entscheidung«.

»Na gut, aber überredet hat er dich auch nicht, weiterzumachen.«

»Was meinen Sie?«

»Nichts, nichts, das ist mir so rausgerutscht, entschuldige.

Vergiss es einfach. Willst du nächsten Freitag kommen? Da nehme ich mir den ganzen Nachmittag für dich Zeit. Darf ich dich überhaupt noch duzen?«

Dalia lachte. »Natürlich, gern. Dann fühle ich mich wieder jung und ganz die Schülerin von Ihnen. Ich komme sehr gern am nächsten Freitag zu Ihnen.«

»Na, wenn es so ist, dann freue ich mich auf dich«, sagte Maria zum Abschied. »Ja, ich freue mich auch«, war Dalias Antwort, bevor sie einhängte.

Dalia dachte noch lange über das Telefon nach.

»Aber überredet hat er dich auch nicht, weiterzumachen«, Marias Satz ging ihr nicht aus dem Kopf. Tamás fand ihr Spiel damals ja mittelmäßig, warum sollte er sie also anspornen? Doch er wusste, dass Maria Slomka sie für sehr begabt hielt und einen weiteren Termin zum Vorspielen in Wien vereinbart hatte. War er so egozentrisch? Wollte er einfach verhindern, dass seine Ehefrau ebenfalls Pianistin wurde? Warum sonst hatte er ihr das Telefonat mit Maria Slomka damals verschwiegen? Oder ... hatte er es einfach nur vergessen?

Sie konnte nicht anders, sie rief zu Hause an und bat ihre Haushälterin Simone, sie mit ihrem Mann zu verbinden.

»Frank ist da, er will nicht gestört werden, Madame.«

»Es ist dringend, bitte verbinden Sie mich mit ihm«, drängte Dalia. Als Tamás ans Telefon kam, klang seine Stimme ungeduldig.

»Du weißt doch, dass ich jetzt nicht telefonieren kann.«

Dalia ließ sich nicht beirren. In knappen Worten berichtete sie, dass sie mit Maria Slomka gesprochen und ein Treffen mit ihr für den kommenden Freitag vereinbart hatte.

»Wieso Freitag? Ich dachte, ich hole dich am Dienstag ab,

und wir fahren ein paar Tage nach Budapest.« Die Ungeduld in seiner Stimme nahm zu.

»Tamás! Ich habe dir nicht gesagt, dass ich am Dienstag bereits abfahren will! Du kannst doch nicht einfach über mich verfügen!«

Aber hatte er das nicht immer getan?

Durchs Telefon spürte Dalia die Gereiztheit ihres Ehemanns. Unbeirrt sprach sie weiter: »Ich möchte eines von dir wissen, Tamás. Frau Slomka hielt mich damals für ein großes Talent und wollte mich fördern, da sie …«

»Und?«, unterbrach Tamás sie kühl. »Es war ihre Meinung. Nicht meine. Ich habe dir gesagt, was ich von deinem Talent gehalten habe. Mittelmaß! Keine Persönlichkeit, nichts Außergewöhnliches in deinem Spiel. Du hast mein Urteil akzeptiert, weil du gespürt hast, dass ich recht hatte, oder etwa nicht? Und damals bist du lieber mit mir in die *Bonne Auberge* zum Essen gegangen, als dich an den Flügel zu setzen. Und dann haben wir doch sehr schnell geheiratet. Ich verstehe dich jetzt einfach nicht. Ich habe dich nicht mit Gewalt vom Klavier weggezogen. Und plötzlich zweifelst du an meinem Urteil, unterstellst mir, dich manipuliert zu haben, nur weil eine alte Frau …«

»Unsinn«, jetzt war es Dalia, die ihn unterbrach. »Es geht darum, dass du mir nichts von diesem Anruf gesagt und mir damit die Möglichkeit genommen hast, woanders vorzuspielen. Ich hatte noch eine …« Dalia brach ab. Wäre sie überhaupt nach Wien zurückgefahren, wenn Tamás ihr von dem Anruf erzählt hätte? Dann aber sprach sie weiter, da Tamás stumm blieb. »*Sie* hat an mich geglaubt, *sie* war der Meinung, ich könne es schaffen, ich sei ein großes Talent.« Dalia hatte sich jetzt in Rage geredet.

»Und?« Die Stimme von Tamás klang ablehnend. »Waren die vergangenen Jahre mit mir so furchtbar? Haderst du jetzt mit deinem Schicksal? Na schön, ich habe es dir damals verschwiegen, mea culpa. Aber ich habe doch gespürt, in welcher desolaten Verfassung du warst, vor allem, nachdem du mir erzählt hast, was du in den zwei Monaten zuvor durchmachen musstest. Also, überlege es dir, wir hatten ein schönes Leben, bis jetzt zumindest«, setzte er hinzu, »schöner als wenn du einer mittelmäßigen Karriere nachgejagt wärst, meinst du nicht auch?« Tamás schien sie nicht zu verstehen. Oder er wollte es nicht. »Und damals, so denke ich jedenfalls, war die Zeit in München, die Zeit unserer ersten Liebe heilsamer für dich als in Wien von Vorspielen zu Vorspielen zu hetzen.«

»Das kann ich dir nicht beantworten, jetzt nicht mehr, Tamás. Ich weiß nur eines, du hast mir damals nicht die Wahrheit gesagt.«

»Natürlich habe ich das. Ich habe meine Meinung geäußert, und du warst ja gekommen, um mein Urteil zu hören und bei meinen Klavierabenden ein kleines Solo zu spielen, aber dafür warst du einfach nicht gut genug«.

»Aber du hast mir nicht erzählt, dass Maria Slomka dich noch einmal angerufen hat«, beharrte Dalia.

»Ist das jetzt so wichtig? Das ist doch Jahre her. Bitte, Dalia. Lass es auf sich beruhen!«

»Nein, Tamás, das kann ich nicht. Nicht nach allem, was ich heute erfahren habe. Es geht nicht. Um es kurz zu machen, ich werde nicht mit dir nach Budapest fahren«, erklärte sie bestimmt. »Ich werde erst einmal hierbleiben, wie lange, weiß ich noch nicht.«

»Aha. So ist das also. Du lässt dich von Maria Slomka gegen mich einnehmen.« Seine Stimme war scharf geworden.

»Unsinn. Aber als ich damals zu dir kam, da hatte ich Schlimmes erlebt. Ich war an diesem Nachmittag müde, hatte eine lange Fahrt hinter mir, es war kalt, die Heizung im Zug war ausgefallen. Warum hast du mir nicht vorgeschlagen, dir ein zweites Mal vorzuspielen?«

»Aber du hättest mich darum bitten können, es wäre kein Problem gewesen, doch du wolltest es ja gar nicht. Du warst glücklich mit mir, du hast dich sogar befreit gefühlt, so hast du dich ausgedrückt. Sollte ich dich da zurück nach Wien schicken? Dorthin, wo du kein Zuhause mehr hattest? Nur weil Maria Slomka dich für begabt hielt?«

»Du verdrehst die Tatsachen, Tamás.«

»So? Glaubst du das? Nein, du hast nur falsche Erinnerungen, du suchst jetzt in mir den Schuldigen, weil du keine große Karriere gemacht hast.«

»Ach, Unsinn, Tamás«, wehrte Dalia ab. »Es ging ums Spielen, nicht um die Karriere.«

»Das hättest du jederzeit tun können. Nicht ein einziges Mal hast du dich in all den Jahren an den Flügel gesetzt. Dalia, ich muss jetzt wirklich aufhören, Frank kann die Behandlung nicht ewig unterbrechen, tut mir leid. Ich denke, es ist auch alles gesagt, zumindest von meiner Seite aus. Für mich sind das alte Geschichten. *Tempi passati.* Wieso zerrst du sie jetzt wieder hervor? Du hast dich damals entschieden, mich zu heiraten. Hast du es jemals bereut?«

»Nein, natürlich nicht.« – »Na siehst du, damit ist doch alles gesagt. Aber ich denke, was du durch diese Aufzeichnungen erfahren hast, lässt dich sensibel werden und verwirrt dich. Das ist verständlich. Lass uns ein anderes Mal in Ruhe darüber reden. Und fang bitte nicht an, dein ganzes Leben in

Frage zu stellen. Ich komme am Dienstag, dann sprechen wir weiter. Salut.« Tamás hängte ein.

Es wurde Mittag. Im Weizmann-Haus rührte sich nichts. Das war auch besser so, entschied Dalia. Wie sollte sie es anstellen? Einfach läuten und sagen …

Aber was? Dass das Kind auf dem Friedhof nicht Rachel sei, denn die stünde vor der Tür?

Dalia hatte die Aufzeichnungen mehrmals gelesen, anschließend streifte sie wieder ziellos durch die Villa. Das Haus gehörte schließlich ihr, oder doch nicht?

Im Souterrain entdeckte sie ein Fahrrad und schleppte es die Treppe hoch. Draußen war es heiß, doch sicher würde eine Fahrt durch die Umgebung sie ein wenig ablenken.

Dalia nahm den Weg am See entlang, sie fuhr schnell, immer schneller, bis ihr der Atem ausging. Dann erst bremste sie, stieg ab und lief zu Fuß weiter. Bei einem Weingut, das eine Jause und den hauseigenen Wein anbot, stellte sie ihr Rad ab und ging durch das kühle alte Haus in den dahinterliegenden Garten. Unter einer Laube standen ein paar Tische, an denen einige Familien saßen und ihr neugierig entgegensahen.

»Servus«, rief ihr ein junger Mann entgegen, der die Schirmmütze eines Fußballvereins auf dem Kopf trug. Dalia grüßte zurück und setzte sich an einen Tisch im Schatten.

Sie bestellte eine Jause mit Speck, Bauernbrot, Butter und Radieschen und einen leichten Weißwein, einen Grünen Veltliner, dazu. Sie genoss den heißen Sommertag, und als sie den Wein trank, erinnerte sie sich an Abende in einem Heurigenlokal nahe bei Wien. Sechzehn war sie da gewesen, und sie hatte sich mit Fritz, ebenfalls ein Musikstudent von Maria

Slomka, heimlich zum Heurigen verabredet. Sie und Fritz sangen die Gstanzln mit und schunkelten im Takt der Melodien, die die Kapelle spielte. Der Wein, den sie nicht gewohnt waren, ließ ihre Schüchternheit vergessen, und so bekam Dalia an jenem Abend ihren ersten Kuss. Ihm folgten einige weitere ungeschickte Zärtlichkeiten. Doch auf der Heimfahrt peinigte sie ihr schlechtes Gewissen. Sie hatte Angst, ihre Mutter würde ihr ansehen, dass sie geküsst worden war, dass die Hände eines Mannes sie an Stellen berührt hatten, die ihr die Röte ins Gesicht trieben.

Und trotzdem traf sie sich wieder heimlich mit Fritz. Irgendwann lagen sie dann im Grünen. Sie ließ es zu, dass Fritz sie ungeschickt auszog und er schüchtern fragte, ob es auch für sie das erste Mal sei. Stumm hatte sie genickt. Dalia lächelte jetzt in Erinnerung an diesen Abend, als sie beide so unerfahren und doch so glücklich waren. Ihre Verliebtheit ließ sie unkonzentriert werden, nahm ihr die Lust am Üben. Ihr selbst war das nicht bewusst, doch Maria Slomka beorderte sie eines Abends in ihr Wohnzimmer. Mit strengem Blick und unerbittlicher Stimme erklärte sie Dalia: »Du kannst dich entscheiden, was dir im Leben wichtiger ist, eine Karriere oder das bisschen Poussieren mit einem dummen Jungen, von dem du vielleicht noch schwanger wirst.«

Dalia war zutiefst erschrocken. »Woher …?«

»Ich habe Augen im Kopf«, erwiderte Maria Slomka kurz angebunden. »Und mit Fritz habe ich auch schon gesprochen.«

»Poussieren«, das war so ein hässliches Wort, es zog ihre Verliebtheit herunter, fand Dalia damals. Es wertete sie ab. Außerdem hatte sie an eine Schwangerschaft überhaupt nicht gedacht. Wann genau konnte man denn schwanger werden?

Als sie ihren ganzen Mut zusammennahm und ihre Mutter danach fragte, wurde Irene misstrauisch. Sie versuchte, die Tochter auszuhorchen, doch Dalia gab nichts preis. Von diesem Moment an überwachte Irene Dalia und holte sie nach dem Unterricht in Wien ab. Dadurch hatte Dalia keine Möglichkeit mehr, Fritz heimlich zu treffen. Und eines Tages waren die Sehnsucht und das Herzklopfen verschwunden.

Dalia lächelte jetzt in Erinnerung daran. Sie war sehr verliebt in Fritz gewesen, der sie immer wieder mit ihrer Schwärmerei für den berühmten Pianisten Tamás Marai aufzog.

»Dann heirate ihn doch, wenn er dir so gut gefällt«, hatte er trotzig herausgefordert.

Und das tat sie auch. In einundzwanzig Jahren hatte sie ihre Ehe mit Tamás niemals in Frage gestellt, denn sie liebte ihn. In dem Telefonat hatte Tamás nichts beschönigt. Er hatte damals schon die Wahrheit erkannt, die er heute so klar ausgesprochen hatte. Nach dem Selbstmord der Mutter hatte sie sich zwei Monate lang intensiv mit Maria Slomka auf das Vorspielen bei Tamás vorbereitet. Wenn sie sich heute an diese Zeit erinnerte, war ihr Herz nicht vollkommen erstarrt gewesen, während sie wie betäubt geübt und geübt hatte? Und als er sie für Mittelmaß hielt, war sie da sehr verletzt? War ihre Welt zusammengebrochen? Nein. Sie war verliebt, sie hatte ihn geheiratet und versucht, den Selbstmord ihrer Mutter dadurch zu verdrängen.

Das Klavierspiel gab es von diesem Moment an nicht mehr. Und plötzlich erkannte Dalia, dass das Urteil von Tamás nur der Anlass gewesen war, um aufzugeben, doch der Grund, der wahre Grund war ein anderer: Die Musik, das Klavierspiel, hatte zwischen Irene und ihr ein Band geknüpft, so eng, so in sich verschlungen, aber durch Irenes Tod war dieses Band grausam durchschnitten worden. Die Freude, das Spielen, das Glück, wenn ihre Hände über die Tasten glitten und sie Gefühle in die Musik legen konnte, waren verlorengegangen. Es war Irene, mit der sie dieses Glück teilte. Und als sie starb, war dieses Glück vorbei.

Sie arbeitete, um nach München zu Tamás zu fahren, doch damals war die Freude am Spielen schon längst erloschen.

Es hatte nichts mit Tamás zu tun gehabt.

Am nächsten Tag ging Dalia gegen Mittag ins Musikzimmer und setzte sich an den Flügel. Sie nahm sich einen Klavierauszug mit der Klaviersonate Nr. 9 von Franz Schubert aus dem Stoß heraus, hob den Deckel hoch und fing vorsichtig, leise an. Unsicher, steif spielte sie, es klang noch nicht gut, aber sie spielte.

Gib nicht auf … Das war Irenes Wunsch gewesen.

Gib nicht auf …

Und sie spielte weiter, und erst gegen Abend nahm sie erschöpft die Hände von den Tasten.

Seit Jahren hatte sie sich nicht mehr so lebendig gefühlt wie in diesem Moment.

Siebenundzwanzig

Am Dienstagmorgen stand Dalia sehr früh auf. Sie holte die Dokumentenmappe aus dem Safe. Dabei kam ihr die Idee, Klaus Berends nicht nur Irenes Brief an Christian, sondern auch die anderen Aufzeichnungen mitzugeben.

Sie steckte die Blätter in ein neues Kuvert, legte den Brief dazu und verschloss es. Dann schrieb sie noch ein paar Zeilen an Christian, erklärte, dass es sich um Aufzeichnungen seiner Frau Irene handle, die gestern – nach einundzwanzig Jahren – unter mysteriösen Umständen in ihre Hände gelangt waren. Alles Weitere könnten sie persönlich besprechen, schlug sie vor. Vielleicht am Mittwochnachmittag, oder spätestens am Donnerstag. *Ich rufe in der Klinik an,* beendete sie ihre Zeilen.

Nach dem gestrigen Tag, den sie am Flügel verbracht und geübt hatte, fühlte Dalia sich frei und glücklich. Sie würde keine große Pianistin mehr werden, aber das war nicht wichtig. Das Glück zu spielen war es, das sie brauchte, um sich lebendig zu fühlen.

Um elf Uhr kam Klaus Berends, um die Unterlagen abzuholen. Dalia schärfte ihm ein, auf das Kuvert mit den Aufzeichnungen besonders gut aufzupassen.

Gegen Mittag wurde es unerträglich heiß. Immer wieder sah Dalia auf die Uhr. Hatte ihr Vater das Kuvert schon erhalten? Las er die Aufzeichnungen bereits? Wie aber würde er darauf reagieren? Hoffentlich setzte ihm die Wahrheit nicht so zu, dass es seinem Herzen schadete. Sie hätte ihn besuchen, und ihn vorsichtig auf das, was ihn erwartete, vorbereiten sollen.

Sie machte sich große Vorwürfe und rief in der Klinik an, ließ sich mit Oberschwester Lisa verbinden und informierte sie, dass ihr Vater heute alte Aufzeichnungen bekommen habe, deren Lektüre ihn sehr aufregen könnte.

Oberschwester Lisa versprach, öfter nach Christian zu schauen und erzählte, der Herr aus der Kanzlei sei da gewesen, aber bereits wieder gegangen. »Ihrem Vater geht es heute überraschend gut«, berichtete Lisa noch. Beruhigt hängte Dalia ein.

Nach wie vor quälte sie die Frage, wer ihr das Kuvert auf die Terrasse gelegt hatte. Immer wieder beobachtete sie das Nachbarhaus. Es blieb ruhig, die Fenster waren geschlossen. Dalia erschrak, hoffentlich waren die Angehörigen der Familie Weizmann nicht wieder abgereist. Dann hätte sie keine Möglichkeit mehr, sich ihnen vorzustellen. Wahrscheinlich war es aber sowieso das Beste, alles zu belassen, wie es war.

Dalia lief zum Steg, dann wieder zurück und bog schließlich in den Weg zum Friedhof ein. Lange stand sie vor dem Grab von Rachel Weizmann. Es fühlte sich eigenartig an, fast unheimlich. Die Sonne brannte auf die Gräber herunter, und in der Stille hörte Dalia jemand den Weg von der anderen Seite heraufkommen. Sie drehte sich um und sah eine ältere Frau, die gelbe Rosen auf Irenes Grab legte.

Dalia verhielt sich still, wartete ab, bis die Frau den Weg zurückging, ohne sie gesehen zu haben. Dann lief sie los, machte einen Bogen, kam von der anderen Seite zum Friedhofstor. Etwas atemlos sprach sie die Frau an:

»Guten Tag. Entschuldigen Sie, ich habe gerade beobachtet, wie Sie gelbe Rosen auf das Grab meiner … meiner Mutter gelegt haben. Haben Sie sie gekannt?«

Die Frau erschrak und nestelte nervös an den Knöpfen ihrer grauen Strickjacke herum.

»Ich habe keine Zeit«, wehrte sie ab, »ich muss wirklich nach Hause, mein Mann …« Sie hielt inne und schnaufte tief aus.

»Ich wollte doch nur wissen, ob Sie es sind, die immer die Rosen bringt, mehr nicht.« Dalia musterte die Frau eindringlich. Sie schien etwas zu verbergen, denn sie senkte den Blick und zupfte weiter an der Strickjacke. Sie musste ungefähr Mitte sechzig sein, überlegte Dalia. Ihre Kleidung war einfach, ihre melierten Haare trug sie kurz geschnitten.

»Wer sind Sie, wenn ich Sie fragen darf?«, Dalia ging behutsam vor. »Ja, ich kannte Ihre Mutter und auch … auch …«, die Frau kam ins Stottern. »Leah Weizmann.«

Dalias Herz fing an, heftig zu schlagen, und ihr Magen revoltierte, da ein Verdacht in ihr hochstieg.

»*Sie* haben gestern das Kuvert auf die Terrasse gelegt, nicht wahr?«

Ein stummes Nicken, ein unruhiger Blick.

»Und sind Sie es auch, die mich ständig anruft und dann einhängt?«

Wieder ein Nicken ohne Worte.

»Warum?« Dalia verlor die Nerven. »Warum?«, schrie sie die Frau an, die zusammenzuckte, sich rasch abwandte und weglaufen wollte. Doch Dalia hielt sie am Jackenärmel fest.

»Es tut mir leid, wirklich, aber mir gehen die Nerven durch«, entschuldigte sie sich. Sie kam nur mit Geduld weiter, sie durfte die Frau nicht einschüchtern.

»Wissen Sie, dass Sie mich mit diesen Anrufen sehr erschreckt haben?«, begann sie vorsichtig von Neuem.

Kopfschütteln und Schweigen waren die Antwort.

Fast verlor Dalia wieder die Geduld, doch sie zwang sich, tief einzuatmen, um sich zu beruhigen.

»Bitte, sagen Sie mir die Wahrheit. Offenbar kennen Sie mich, ich bin Dalia Marai, geborene Rheinberg. Wollen Sie mir nicht sagen, wer Sie sind?«

»Ich bin Kathi Wintersberger«, antwortete die Frau nach langer Pause.

»Kathi?«, fragte Dalia gedehnt, »*Die* Kathi, über die meine Mutter geschrieben hat?«

»Ja, genau die.« Kathi sah sich ängstlich um.

Dalia schwieg, sie brauchte einen Moment, um diese Neuigkeit zu verkraften. Dann ließ sie Kathis Jackenärmel los und sah sie fest an.

»Also, Kathi, warum rufen Sie mich an und sagen dann nichts. Können Sie sich nicht vorstellen, dass mir Ihre Anrufe Angst gemacht haben?«

Ein Achselzucken, Schweigen, wieder keine Antwort.

Dalia biss die Zähne zusammen. Nicht schreien, nicht die Nerven verlieren, ruhig bleiben!

»Ich muss jetzt wirklich gehen«, flüsterte Kathi mit versagender Stimme.

»Nur ein paar Minuten. Die müssen Sie mir jetzt geben, kommen Sie.«

Dalia fasste Kathi am Arm und ging mit ihr ein paar Schritte den Weg entlang bis zur Kapelle, deren Tür weit offen stand. Drinnen war es angenehm kühl und leer, und Dalia sah ungeduldig zu, wie Kathi ihre Hand in das Weihwasserbecken tauchte, sich bekreuzigte und einen tiefen Knicks machte. Dann setzten sich beide Frauen in die letzte der vier Bankreihen.

»Ich habe wirklich nicht viel Zeit«, flüsterte Kathi. Ihre Nervosität war nicht zu übersehen, als sie ihre Hände gefaltet in den Schoß legte.

»Sie brauchen keine Angst vor mir haben«, besänftigte Dalia sie leise, da Kathi immer noch beharrlich schwieg und den Kopf gesenkt hielt. »Also, warum haben Sie mich angerufen?«

»Ich wollte Sie sprechen, aber jedes Mal, wenn Sie sich gemeldet haben, hatte ich keinen Mut mehr.«

»Und da hängten sie einfach ein?«

Kathi nickte.

»Und dann haben Sie sich entschlossen, mir das Kuvert einfach so auf die Terrasse zu legen?«

Wieder nickte Kathi.

»Woher haben Sie diese Aufzeichnungen?«

Als Kathi ihren Kopf noch tiefer senkte, sprach Dalia in beruhigendem Ton auf sie ein. »Bitte, Frau Wintersberger, ich muss es wissen. Bitte! Ich schweige auch, versprochen«, setzte sie noch hinzu. Das schien Kathi etwas zu entspannen.

»Ich habe in Kärnten gelebt«, begann sie, »vor zweiundzwanzig Jahren bin ich mit meinem Mann hierher zurückgekommen. Wir wohnen nicht weit weg. Es dauerte nicht lange, da traf ich Irene wieder. Manchmal gingen wir sogar Kaffee trinken. Irgendwann gab sie mir einen Hausschlüssel für die Villa und meinte noch, es sei für den Fall, dass sie meine Hilfe brauche.«

»Und dann?«, hakte Dalia atemlos nach, da Kathi wieder schwieg.

»Am 17. Januar 1958, also … damals rief sie mich an. Sie

bat mich, am nächsten Tag um sechs Uhr abends zu ihr zu kommen. Sie schärfte mir ein, pünktlich zu sein und den Hausschlüssel nicht zu vergessen. Ich versprach es ihr.«

»Kam Ihnen das nicht seltsam vor?« Dalias Stimme klang belegt, sie brachte kaum ein Wort heraus, denn in diesem Augenblick begriff sie: Irene hatte ihren Selbstmord genau für den Tag geplant, an dem Dalia mit Maria Slomka ins Konzert gehen und dann bei der Lehrerin übernachten wollte. Sie hatte geplant, dass Kathi sie fand, und nicht sie, Dalia. »Und weiter?«, flüsterte Dalia, während ihr bereits die Tränen in die Augen schossen.

»Sie sagte noch, dass auf der Konsole unten in der Halle ein Päckchen für mich liegen würde, sie würde es mir anvertrauen.« Kathi machte eine Pause, sie senkte ihren Kopf, löste ihre gefalteten Hände und krampfte sie wieder ineinander. Dann sah sie hoch und Dalia direkt in die Augen.

»Aber ich bin nicht gekommen«, flüsterte sie, »mein Mann wollte nicht, dass ich bei dem Wetter mit dem Auto fahre. Ich war schwanger, müssen Sie wissen. Mit vierundvierzig bin ich plötzlich schwanger geworden. Also blieb ich zu Hause. Ich versuchte, Irene anzurufen, aber niemand ging ans Telefon.«

»Kam Ihnen das nicht seltsam vor?«

Kathi schüttelte den Kopf. »Nein, eigentlich nicht. Erst später wurde mir klar, was sie mit ihrer Bitte beabsichtigt hatte. Sie wollte, dass ich sie finde und nicht Sie. Irene wollte Sie schützen. Sie war so eine feine Frau.«

Dalia reagierte nur mit einem Nicken. Ihre Mutter hatte ihr den Anblick ersparen wollen, der sie jahrelang in Nächten und Träumen verfolgt hatte.

»Sie müssen nicht glauben«, erzählte Kathi weiter, »dass

ich mich nicht bemüht hätte. Ich wollte zur Beerdigung kommen, doch die Polizei riegelte den ganzen Friedhof ab, überall waren Reporter und Kameras, ich konnte gar nicht rein. Das Päckchen kam aber erst Tage später bei mir an. Frau Reisinger, die Haushälterin, hatte es entdeckt und an mich geschickt, da ja Irene meine Adresse draufgeschrieben hatte.«

»Und?«

»Ihr ist ein Fehler unterlaufen, sie hat die falsche Straße angegeben, so dauerte es bei der Post ziemlich lange. Ich glaube, es waren sogar drei Wochen, bis ich es bekam. Irene hatte mir einen Scheck reingelegt, damit ich mir was Schönes kaufen sollte. In einem kurzen Brief bat sie mich, das verschlossene Kuvert, das im Päckchen lag, Ihnen zu geben. Und nur Ihnen. Das wollte ich ja auch, aber Frau Reisinger sagte mir, sie seien verschwunden und auch Herr Rheinberg sei mit unbekanntem Ziel verreist. Ich wusste also nicht, was ich machen sollte. Irgendwann, aber das war schon viele Monate danach, rief mich Frau Reisinger an und erzählte, Sie seien mit einem berühmten Pianisten verheiratet und führten ein Künstlerleben, mal hier, mal dort.«

»Aber zuerst wohnte ich mit meinem Mann doch in München.«

»Ja, ja, das kann schon sein, aber das wusste ich nicht. Außerdem habe ich auch ein Leben«, verteidigte sich Kathi. »Ich bekam das Kind, das hat mich absolut gefordert, mein Mann wurde arbeitslos. Er hat mir verboten, Ihnen das Kuvert zu schicken. Er meinte, wir sollten uns da auf alle Fälle raushalten. Sonst könnten wir noch in einen Skandal verwickelt werden.«

»Und dann haben Sie das Kuvert einfach bei sich in der Schublade liegen lassen?« Dalia war außer sich, fast hätte sie

Kathi an den Schultern gepackt und geschüttelt. »Es ist *meine* Geschichte, die Geschichte meiner Herkunft, und Sie treffen die Entscheidung, sie mir nicht zu geben?«

»Das wusste ich doch nicht. Mein Mann wollte sogar, dass ich alles vernichte, aber ich habe es heimlich aufgehoben. Und als ich erfuhr, dass Sie jetzt zurückgekommen sind, da dachte ich, ich gebe Ihnen das Kuvert«, flüsterte Kathi verunsichert durch Dalias heftige Reaktion.

»Ach ja? Sie haben mir das Kuvert heimlich auf die Terrasse gelegt und Telefonterror veranstaltet.« Dalias Herz schlug heftig. »Sie hätten das Kuvert meiner Mutter auch an meinen Vater schicken können.«

»Dem?« Kathis Stimme klang verächtlich. »Niemals. Ich erinnere mich noch, dass er Irene schon bald nach der Hochzeit allein ließ. Außerdem hatte Frau Reisinger mir erzählt, dass Sie jeden Kontakt mit ihm abgebrochen hatten.«

Dalia schüttelte den Kopf. »Was die Frau Reisinger alles wusste. Woher hatte sie diese Information denn?«

Kathi zuckte nur die Schultern, »Keine Ahnung, es gab da eben Gerüchte. Außerdem sind Sie ja nie mehr zurückgekommen, da macht man sich schon so seine Gedanken. Aber jetzt habe ich meine Pflicht erfüllt, wenn auch spät. Dafür kann ich schließlich nichts. Ich habe ja auch ziemlich viel riskiert, denn ich habe Irenes und Leahs Geheimnis immer bewahrt. Selbst meinem Mann habe ich nichts gesagt.«

Plötzlich betraten mehrere Leute die Kapelle und nahmen in der Reihe vor ihnen Platz.

Jetzt erst bemerkte Dalia, dass die Kapelle über und über mit Blumen geschmückt war.

»Eine Beerdigung«, flüsterte Kathi, als sie sich umsah. »Da wird der Sarg gebracht.«

Dalia schauderte es. Sie erhob sich gleichzeitig mit Kathi, die wieder einen Knicks machte und sich bekreuzigte. Zusammen gingen sie hinaus in die glühende, helle Hitze.

»Also, ich habe Irene sehr bewundert. Ich hätte nicht den Mut gehabt, ein jüdisches Kind als mein eigenes auszugeben. Aber ich habe auch viel riskiert, als ich Lebensmittel und Briefe am späten Abend hin und her brachte«, betonte Kathi. »Wissen Sie«, jetzt wurde sie gesprächiger, »die beiden, Irene und Leah, waren so sehr miteinander verbunden, mehr als es Schwestern oft sind.«

»Sie haben sie gekannt. Bitte, können Sie mir nicht mehr über sie erzählen?«, drängte Dalia, doch Kathi zögerte.

»Das wäre so wichtig für mich. Bitte, Frau Wintersberger, Sie sind die Einzige, die Leah gekannt hat. Bitte!«, setzte Dalia nach.

»Nun ja, vielleicht«, wich Kathi aus. »Nächste Woche ist mein Mann für ein paar Tage weg, dann rufe ich Sie an«, versprach sie und wandte sich zum Gehen. Da hielt Dalia sie noch einmal fest.

»Wie sind Sie überhaupt auf die Terrasse gekommen?«

»Das war einfach, ich habe Ihre Nachbarin gefragt. Ich kenne sie doch noch von früher. Sie ließ mich in ihren Garten, und dann bin ich durch das Türchen in der Mauer geschlüpft.«

»Meine Nachbarin?«, fragte Dalia erstaunt.

»Ja, genau. Ich bin sehr froh, dass sie es damals geschafft hat, nach Amerika zu gehen.«

»Wer?«, flüsterte Irene, »wer ist es?«

Kathi sah sie erstaunt an. »Waren Sie noch nicht bei ihr?«

Dalia schüttelte den Kopf.

»Es ist Lavinia Weizmann. Aber ich muss jetzt wirklich nach Hause. Auf Wiedersehen.«

Doch Dalia ließ nicht los, sie packte Kathi und zwang sie, stehen zu bleiben.

»Lavinia?«

»Ja. Sie wollte wissen, warum ich das mache und den Brief nicht mit der Post schicke. Aber ich habe nichts gesagt«, bekräftigte Kathi. »Ich bin froh, dass ich meine Pflicht jetzt erfüllt habe«, wiederholte sie. Dann riss sie sich von der fassungslosen Dalia los und lief davon.

Achtundzwanzig

Lieber Christian,

als ich in den Zug nach Brüssel stieg, fühlte ich mich verlassen und voller Angst. Ich glaubte nicht mehr daran, dass meine Flucht gelingen würde.

Ich hatte Glück, das sagte mir jeder damals, Glück, nicht zu Hause gewesen zu sein, als sie kamen, und Glück, dass der alte Professor Bieber, der auf unserer Etage wohnte, plötzlich in dem Hutsalon stand, in dem ich arbeitete.

»Sie waren da! Sie können nicht mehr zurück«, flüsterte er mir zu, »darum bin ich schnell gekommen.« Der alte Mann war noch ganz außer Atem, und in seinen Augen erkannte ich Mitleid und Anteilnahme.

Hanno war verhaftet worden, und ich war auf mich allein gestellt. Ich besaß nur die Dinge, die ich am Körper trug und die sich in meiner Handtasche befanden. Ich stand noch bewegungslos da, als der Professor längst das Geschäft verlassen hatte. Edith, die Besitzerin des Salons, beobachtete mich, während sie einer Frau einen großen schwarzen Hut verkaufte. Sie kannte meine Situation und sie wusste, was passiert war, ohne dass wir es aussprachen. Als die Kundin das Geschäft verließ, kam sie zu mir und umarmte mich stumm. Dann schärfte sie mir ein, zu warten, und als sie aus dem Büro zurückkam, drückte sie mir ein dickes Kuvert in die Hand.

»Das wird reichen«, meinte sie. Ich sah auf meine Hände,

die das Kuvert umschlossen. Dieses Geld war für mich die Fahrkarte in ein freies Leben, wenn mir die Flucht gelang. Wenn …

Ich wusste, ab sofort stand ich auf der Fahndungsliste, und man suchte mich. Da zog ich meinen Ehering mit dem wertvollen Brillanten vom Finger, legte ihn still auf den Tisch und nickte Edith zu, die sich einer anderen Kundin zuwandte. Dann verließ ich den Salon.

Mein erster Impuls war, zu Dir, Christian, zu laufen, mich in Deine Arme zu stürzen. Aber ich wusste, dass das nicht möglich war. Nie mehr.

Ich kannte den Namen eines Anwalts, der unter Einsatz seines eigenen Lebens mit ein paar anderen mutigen Leuten Juden half, Deutschland zu verlassen. Ihn suchte ich an diesem Nachmittag auf, erzählte kurz, was geschehen war, und gab ihm das Geld. Fünf Tage später verließ ich meine Heimat.

Ich wusste nicht, was mit Hanno passiert war oder wie es mit Eliah, Leah und Rachel weitergehen würde. Als ich auf dem Bahnhof stand, sah ich mich unruhig um, denn ich hatte Dir ja eine kurze Nachricht überbringen lassen.

Würdest Du kommen? Endlich sah ich Dich. Den Mann, den ich liebte und den ich nicht einmal mehr zum Abschied umarmen konnte.

Was soll ich als Nächstes erzählen? Es gibt so vieles, was ich Dir sagen, was ich Dir schreiben will, doch womit soll ich anfangen?

Vielleicht damit, dass ich mich nach meiner Ankunft in New York mit meinem Vater versöhnen wollte. Ich war sehr unruhig, denn Eliah wartete immer noch auf Nachricht von ihm. Auf der langen Überfahrt hatte ich begriffen, dass man verzeihen muss. Selbst die Dinge, die man nicht vergessen kann, das hattest Du einmal zu mir gesagt.

Als ich in Brooklyn ankam, erfuhr ich von seiner Frau Lotte, dass mein Vater zwei Monate zuvor gestorben war. Er war von einer Pferdekutsche vor dem »Hotel Waldorf Astoria« überfahren worden und einige Stunden später bereits seinen schweren Verletzungen erlegen. Er war sehr kurzsichtig, doch immer zu eitel gewesen, eine Brille zu tragen.

Lotte bot mir an, in ihrem Haus zu leben, und ich blieb. Ich war zutiefst betroffen, als sie mir erzählte, nichts von einer Versöhnung Eliahs mit seinem Vater zu wissen. Er hatte nur einmal erwähnt, sein Sohn habe ihm geschrieben. Trotzdem warteten wir in den Wochen nach meiner Ankunft voller Angst auf Nachricht von Eliah. Oft ging ich an den Hafen, wenn ein Schiff aus Europa einlief, doch mein Bruder und seine Familie waren nicht dabei.

Erst nach Monaten trafen allmählich die Nachrichten ein: Hanno war tot und auch mein Bruder, seine Frau und … Rachel.

Ich weinte tagelang, denn ich erkannte meine völlige Einsamkeit, wusste, dass ich nun keine Familie mehr hatte. Keinen Menschen, mit dem ich durch Geburt verbunden war, zu dem ich gehörte, den ich lieben konnte.

Lotte half mir in dieser Zeit, und ich habe sie schätzen und lieben gelernt. Ich erkannte, dass auch sie Teil meiner Familie geworden war. Oft fragte ich mich, wie diese lebhafte Frau, die so gern lachte und sich des Lebens freute, mit meinem herrischen, eitlen Vater zurechtgekommen sein mochte, ihn lieben konnte.

Während Europa in Flammen aufging, eröffnete ich in Brooklyn meinen Hutsalon. Aus den Zeitungen erfuhr ich, dass Adolf Hitler Frankreich erobert hatte und am 10. Mai 1940 in Paris einmarschiert war. Ich sah damals ein Foto, dass die Wehrmacht auf den Champs-Élysées zeigte. Warst du dabei?
In all der Zeit konnte ich Dich nicht vergessen. Die ganzen Kriegsjahre über bangte ich um Dich. Ich wusste nicht, an welcher Front Du kämpftest.

Nach zehn Jahren in New York starb Lotte. Mein Salon lief sehr gut, doch abends saß ich allein in ihrem Haus in Brooklyn, das nun mir gehörte. Eines Tages betrat Fred Roth den Salon, um einen Hut für seine Tochter zu kaufen, die im Begriff war zu heiraten. Wir kamen ins Gespräch, trafen uns im Café und entdeckten gemeinsame Interessen. Fred war Witwer. Wir besuchten die Oper, verschiedene Konzerte und fuhren am Wochenende hinaus nach Long Island. Er war Professor an der Columbia University New York. Wir heirateten, da wir uns sehr gut verstanden. Fred gab mir ein Gefühl von Sicherheit und einer tiefen geistigen Verbundenheit. Fünfundzwanzig Jahre lang führten wir eine gute Ehe. Doch in all dieser Zeit gab es einen anderen Mann, den ich nicht vergessen konnte. Meine Liebe zu ihm begann in dem Moment, als ich vor der Basilika in Frauenkirchen stand, damit, dass er mich mit seinen blauen Augen ansah. Das war im April 1939. Und heute weiß ich, von einer großen Liebe kann man nie geheilt werden.

Langsam legte Lavinia ihren Füllfederhalter auf den Tisch neben den Brief. Sie hatte ihn noch nicht unterschrieben, aber sollte sie ihn überhaupt abschicken? Wie würde Christian reagieren? Dachte er noch an sie?

Sie war älter geworden, weiße Fäden zogen sich durch ihre dunklen Haare, und zarte Falten umschlossen ihre Augen. Er hatte sie als junge schöne Frau in Erinnerung, sollte sie dieses Bild wirklich zerstören?

Unruhig erhob sich Lavinia.

Sie hatte vor, den Brief an Christians Firma in Wien zu schicken, denn von Frau Hofer aus der Bäckerei hatte sie erfahren, dass er sich in einem Sanatorium aufhielt.

War Dalia deswegen zurückgekommen, weil es ihrem Vater schlechtging? Das zumindest vermutete die Bäckerin. Sie sei damals nach diesem Skandal geflohen, hatte sie ihr noch zugeflüstert, bevor Lavinia den Laden verließ.

Lavinia wusste, was sie damit meinte. Sogar eine amerikanische Boulevardzeitung hatte im Januar 1958 einen Artikel über den Selbstmord der Ehefrau von Christian Rheinberg, einem der erfolgreichsten Unternehmer weltweit berichtet. Die Zeitung erwähnte auch seine Beziehung zu der Schuhdesignerin Feodora Mancini. Aber nichts davon hatte heute noch Bedeutung. Die einzigen wichtigen Fragen waren, wie krank war Christian und ob sie den Brief abschicken sollte.

Lavinia ging auf ihre Terrasse und sah zur Villa hinüber. Die Terrassentür und die Fenster waren geschlossen, das Haus wirkte verlassen. Sie hatte nicht den Mut gehabt, einfach zu klingeln und sich vorzustellen. Sie kannte Dalia nicht, sie erinnerte sich nur an die Zeit, da Irene mit ihr schwanger war. Aber sie war Christians Tochter. Dalia konnte ihr sicherlich sagen, wie es ihm jetzt ging.

Mehrmals schon war sie an das Gartentürchen in der

Mauer getreten und hatte hinübergesehen, doch jedes Mal blieb alles still.

Mit einem Kopfschütteln dachte Lavinia an den gestrigen Nachmittag, als eine ältere Frau sie unten am See gebeten hatte, durch ihren Garten laufen zu dürfen, um einen Brief auf die Terrasse der Villa zu legen. »Er passt nicht in den Briefkasten«, hatte sie erklärend hinzugefügt. Die Frau war sehr nervös gewesen, und irgendwie war sie ihr bekannt vorgekommen.

Lavinia hatte ihr erlaubt, den Weg über ihr Grundstück zu nehmen, doch sie beobachtete genau, wie die Frau sich geduckt zum Haus schlich und das Kuvert im hohen Bogen auf die Terrasse warf. Bevor sie weitere Fragen stellen konnte, war die Frau mit erstaunlicher Schnelligkeit durch ihren Garten verschwunden, ohne sich zu verabschieden.

Erst am Morgen danach war Lavinia eingefallen, woher sie die Frau kannte: Sie musste das frühere Hausmädchen der Familie Sandner gewesen sein. Kathi.

Wieder überlegte sie, auf die Post zu laufen, um den Brief aufzugeben. Dann aber entschloss sie sich, erst zum Friedhof zu gehen. Auf dem Weg dorthin kam ihr Kathi entgegen. Kathi schien in großer Eile zu sein, fast hätte sie Lavinia umgerannt, blieb dann gerade noch rechtzeitig stehen.

»Ich habe nichts falsch gemacht«, rief Kathi ihr entgegen. »Nichts! Ich kann ja nichts dafür, dass sie so lange weg war, ich wusste doch nicht, wo sie lebte.«

Kathi rang nach Atem, ihr Kopf war hochrot, deshalb schlug Lavinia ihr vor, sich erst einmal zu beruhigen und sich auf die Bank zu setzen, die ein paar Schritte entfernt im Schatten stand.

Lavinia nahm Kathi fürsorglich am Arm, führte sie dorthin und setzte sich neben sie. Sie wurde nicht schlau aus den gestammelten Worten. Kathi erzählte unzusammenhängend, immer wieder erklärte sie, sie könne nichts dafür, es würde ihr auch leidtun, dass sie ihren Auftrag erst einundzwanzig Jahre danach ausführen konnte.

»Aber mein Mann«, jetzt schluchzte Kathi, und Lavinia legte den Arm um ihre Schultern und bat sie, ihr doch zu erzählen, warum sie weinte. »Mein Mann hat immer gesagt, ich solle mich bloß raushalten, es gäbe nur Ärger und überhaupt.«

»Was meinen Sie? Erzählen Sie, wenn Sie möchten. Aber bitte langsam und alles schön der Reihe nach.«

Und da erzählte Kathi Lavinia die Geschichte von Rachel und Dalia. Und von Irene, die das Kind ihrer jüdischen Freundin als ihres ausgab, nachdem das eigene gestorben war.

*

Kathi war aufgesprungen und wandte sich zum Gehen. Sie spürte, wie betroffen Lavinia durch ihre Erzählung war. »Ich hätte es Ihnen nicht sagen dürfen, hoffentlich bekomme ich jetzt nicht doch Schwierigkeiten.«

Lavinia saß starr auf der Bank, sie konnte nichts sagen, sich nicht bewegen. Sie musste das Ungeheuerliche, was ihr Kathi erzählt hatte, erst einmal begreifen.

War diese Frau überhaupt ganz richtig im Kopf? Kathi war schon weitergelaufen, da sprang Lavinia plötzlich auf und rannte ihr hinterher. Unten am Weg holte sie das frühere Hausmädchen ein. »Woher weiß ich denn, dass Sie die Wahrheit sagen?«

»Aber das steht doch in dem Brief, den ich gestern auf die Terrasse gelegt habe. Deswegen sitzt Dalia ja oben an der

Kirche. Jetzt lassen Sie mich aber in Ruhe, ich will nichts mehr davon hören und auch nichts mehr damit zu tun haben. *Nie* mehr!«

In dem Moment wurde Lavinia bewusst, dass Kathi die Wahrheit gesagt hatte.

Sie blieb kurz stehen, drehte sich dann um und lief den Weg zum Friedhof zurück. Langsam ging sie den Kiesweg bis zur Kapelle entlang. Die junge Frau, die dort kauerte, stand auf und sah ihr entgegen. Jeder Schritt brachte Lavinia dem Menschen näher, den sie damals so sehr geliebt hatte. *Rachel ... meine kleine Rachel ...* Lavinia hielt, von ihren Gefühlen überwältigt, inne und blickte auf die zarte Frau mit den kurzen schwarzen Haaren, die nicht weit von ihr entfernt stand. Wie schön sie geworden war!

»Rachel«, flüsterte Lavinia, als sie losging, ein fragendes Lächeln auf dem Gesicht. Ein Lächeln, das Dalia erwiderte.

»Lavinia?«, fragte Dalia leise, als sie ganz nah bei ihr war. Lavinia nickte. Tränen liefen ihr über die Wangen, bevor aus ihrem Lächeln ein ungläubiges, dann glückliches Lachen wurde.

Neunundzwanzig

Christian

In der Klinik »Sonnberger Mühle«,
Sommer 1979

Womit kann ein alter Mann, der gerade seine Firmen verkauft hat, seine Zeit verbringen? Das hatte er Oberschwester Lisa gefragt, und sie hatte geantwortet: »Mit Erinnerungen, das machen alte Leute so. Oder natürlich mit Bridge, Schiffsreisen, Konzerten. Sie haben Geld, Sie können sich doch alles leisten. Genießen Sie Ihren Lebensabend!«

Lebensabend, was für ein beängstigendes Wort.

Lisa und auch Schwester Tabea waren jung, sie dachten an die Freiheit, die das Alter mit sich brachte, wenn man Zeit und finanzielle Mittel besaß. Sie wussten noch nichts über die Einsamkeit des Herzens, die Sehnsucht nach Liebe, die im Alter stärker wurde, als die Jugend jemals begreifen konnte.

Erinnerungen, sie waren nichts als eine kalte Wintersonne, die nicht wärmt, nicht glücklich macht.

Heute Morgen, nachdem er Irenes Aufzeichnungen und ihren Brief gelesen hatte, erfasste ihn wieder starker Schwindel, heftiger als alle anderen Anfälle in den Wochen zuvor.

Sie standen seiner Genesung im Weg. Christian wusste es genau. Das besorgte Gesicht des Chefarztes hatte ihn in Unruhe versetzt. Er hatte Angst vor dem Tod, vor einem langen Sterben, wie sein Vater es durchleiden musste.

Christian nahm eines der Blätter hoch, die vor ihm auf dem Tisch lagen.

Wie einsam musste sich Irene gefühlt haben, als sie ihren

eigenen Tod plante. Als der Wunsch zu sterben größer wurde als der Wunsch zu leben.

Jahrelang hatte sie Schweigen bewahrt, niemals das Geheimnis verraten. Doch irgendwann war die Kraft aufgebraucht; die Trauer um das eigene Kind, die sie nie zeigen durfte, hatte sie zermürbt. Wäre sie auch an den schweren Depressionen erkrankt, wenn ihr eigenes Kind nicht gestorben wäre?

Christian erinnerte sich an ihre Trauung. Wie sie am Arm ihres Vaters in der Kirche auf ihn zuschritt. Plötzlich blieb sie stehen, sie war nicht gestolpert oder über ihren Schleier gefallen, sie blieb einfach stehen, nur kurz, niemand bemerkte es, aber ihm fiel es auf. Zögerte sie, ihm das Jawort zu geben? Damals dachte er noch, sie heirate ihn, um kein uneheliches Kind zu bekommen, weil ihre Eltern sie unter Druck setzten. Schließlich sahen die Sandners in ihm den großen Retter, den Mann, der ihnen helfen konnte. Solche Gedanken waren ihm damals durch den Kopf gegangen.

Als Nächstes erinnerte er sich an Weihnachten 1939, und tiefe Scham ergriff ihn. Es hatte ihn damals zutiefst getroffen, als seine Schwiegereltern keine Ähnlichkeit zwischen der kleinen Dalia und ihm entdecken konnten. Wie war es möglich, dass er Irene so wenig vertraute? Wie hatte er glauben können, dass sie ihn so hinterging?

Irene hatte zutiefst betroffen auf die Verwunderung ihrer Eltern reagiert. Und für ihn lag offen auf der Hand: Es war nicht sein Kind, sondern von diesem Etienne. Hatte Irene ihn nicht sogar getroffen, bevor sie zusammen die Nacht im *Sacher* verbrachten? Sie war an diesen Weihnachtsfeiertagen so abweisend zu ihm, wirkte geradezu verstört, wenn er sie nur ansah. Oft hatte sie morgens verweinte Augen gehabt, und er hatte sich eingeredet, sie vermisse diesen Kerl aus Lausanne.

Sein Vorschlag, sich zu trennen, kam überstürzt, aus seinem verletzten Stolz heraus. Er wollte klare Verhältnisse schaffen. Er, der sich als Unternehmer niemals scheute, in eine Auseinandersetzung zu gehen, Fragen zu stellen, Entscheidungen zu treffen, hatte im Privaten so furchtbar versagt. Er war ein Idiot gewesen.

Christians Herz ging schnell, unregelmäßig. Panik befiel ihn, er könne in diesem Moment sterben, bevor er sich mit Dalia ausgesprochen hatte. Ihm wurde schwarz vor Augen. Schweißgebadet rang er keuchend nach Luft. Es dauerte eine Weile, bis er wieder einen klaren Gedanken fassen konnte.

Da hob er den Brief hoch, den er bereits fast auswendig kannte.

17. Januar 1958

Lieber Christian,
ich habe für Dalia alles aufgeschrieben. Bis zuletzt war ich mir nicht sicher, ob ich ihr, Euch die Wahrheit schreiben sollte. Doch dann habe ich mich dazu entschlossen.
Ihr müsst keine Schuldgefühle haben. Seit ich die Entscheidung getroffen habe, aus dem Leben zu gehen, fühle ich mich frei. Wer diese schwere Krankheit kennt, weiß, was es bedeutet, zwischen Betäubung und Stimulation zu leben, eine Gratwanderung, die einen Menschen zerstören kann.

Eines will ich Dir noch sagen: Ich habe Dich geliebt, vom ersten Moment an, als ich Dich in der Bibliothek geküsst habe. Ich bedaure, dass wir nie miteinander geredet haben, nie über das sprachen, was zwischen uns stand.
Du hast irgendwann – schon an Weihnachten 1939? – geahnt, dass es nicht Dein Kind war, oder? Ich habe Dir damals nicht die Wahrheit gesagt, um Dich nicht ganz zu verlieren. Ich hatte Leah ein Versprechen gegeben, ich spürte, ich wusste eigentlich, dass Du das Recht darauf hattest, die Wahrheit zu erfahren. Aber ich schwieg. Ich wollte Dich nicht verlieren, denn war Dalia nicht das einzige Bindeglied zwischen uns? Manchmal glaubte ich, Du hättest einen anderen Verdacht, nämlich dass ich schon schwanger war, als ich zu dir kam. Doch diesen Gedanken verbot ich mir.
Was soll ich jetzt noch schreiben? Ich denke, es ist alles gesagt. Als Du mich geheiratet hast, sprachst Du von Pflichterfüllung und Verantwortung, ich aber dachte an Liebe und sprach es doch nie aus.
Wenn man geht, wünscht man sich, dass es den Menschen, die man liebt, immer gutgehen wird. Das wünsche ich mir für Dich und Dalia-Rachel.

Irene

Sie hatte ihn geliebt, und er hatte es nicht erkannt. War er so borniert gewesen? Aber Irene hatte ihm keine Signale gegeben, war stets ablehnend, bis hin zur Schroffheit geblieben. Wäre es anders gekommen, wenn sie zusammengefunden hätten?

Als er sich von ihr getrennt hatte, erschien ihm das fair, ihr und auch sich selbst gegenüber. So waren sie nicht aneinander gebunden und teilten doch die Verantwortung für das Kind.

Er hatte die richtige Entscheidung getroffen, oder etwa nicht? Es war so lange her, und Christian fühlte sich unsicher, in seinen Gefühlen verwirrt. Er wurde unruhig. Er musste mit Dalia sprechen. Wusste sie inzwischen, von wem die Aufzeichnungen kamen? Sie hatte angerufen und ihm ausrichten lassen, sie käme erst morgen, denn heute würde ihn noch jemand anderes besuchen.

Er hatte keine Idee, wen sie meinte, und so hatte er gewartet, aber niemand war gekommen. Vielleicht hatte er sie einfach falsch verstanden.

Jetzt lief die junge Schwester Tabea auf ihn zu, um ihn zum Abendessen zu holen, und Christian erhob sich mühsam, aber mit geradem Rücken.

Im Speisesaal hatte er einen Tisch am Fenster, zusammen mit zwei früheren Professoren, die ebenfalls herzkrank waren. Mit ihnen unterhielt er sich gerne, und heute erzählte er ihnen, dass am nächsten Tag seine Tochter käme. Da zogen die beiden Tischgenossen ihre Brieftaschen heraus und zeigten stolz die Fotos ihrer Töchter, Söhne und Enkel.

Das lenkte Christian ein wenig ab, er fand wieder in die Gegenwart zurück, und die panische Angst vor dem Tod wich einem heiteren Gespräch mit den Tischnachbarn.

Er wollte nicht sterben, noch lange nicht. Denn jetzt freute er sich, wenn Dalia kam. Jetzt konnten sie miteinander sprechen, da sie beide die ganze Wahrheit kannten. Er fühlte sich befreit vom Groll gegen Irene, denn sie hatte ihn nicht hintergangen, wie er so viele Jahre vermutet hatte. Sie war nicht von einem anderen Mann schwanger gewesen, als sie heirateten. Wie konnte er ihr nur so wenig vertrauen.

Sie hatte Mut bewiesen, Mut und die Größe. Sie war eine bewundernswerte Frau gewesen und das hatte er nie erkannt.

Nach dem Abendessen zog sich Christian zurück. Er wollte nach dem heutigen Tag, nach dem, was er gelesen hatte, allein sein.

Immer wieder stellte er sich die Frage, wieso er so blind gewesen war, unfähig, Irenes Liebe zu erkennen. Manchmal hatte sie ihn so abwägend angesehen, doch irgendwann hatte er sich nicht mehr gefragt, ob sich hinter diesem Blick etwas verberge.

Im Park war es still, die meisten Patienten hielten sich nach dem Abendessen in den Gesellschaftsräumen auf, sie unterhielten sich, lasen Zeitung oder gingen in den nahegelegenen Ort in einen Gasthof, um ein verbotenes Bier zu trinken. Er hatte Schwester Tabea gesagt, er wolle sich noch mal an seinen Tisch draußen setzen und den lauen Abend genießen. Die Grillen fingen zu zirpen an, und am Himmel ging der Mond auf. Von der Wiese stieg kühle Luft auf. Schwester Tabea hatte ihm eine Wolldecke auf die Knie gelegt, und eine dicke Kerze in einer Vase auf den Tisch gestellt, die im Abendwind unruhig flackerte.

In Christian regte sich Wehmut. Er schloss die Augen und fühlte sich so leicht, er spürte sein Leben. Oder war es das Sterben, kam der Tod? Sah er in seinen letzten Momenten das Leben vorüberziehen, wie man so sagte? Erschrocken öffnete er wieder die Augen.

Schwester Tabea erschien vorne an der Terrasse. Wollte sie ihn holen, um ihm seine abendliche Infusion anzulegen? Doch Tabea zeigte nur mit der Hand auf ihn. Eine Frau war neben ihr. Dann ging Tabea zurück ins Haus, und die Frau kam über den Rasen auf ihn zu. Doch dann zögerte sie und blieb im Licht einer Laterne stehen.

Christian sah ihr ungläubig entgegen. Beinahe nahm er an,

seine Augen, sein Herz spielten ihm einen üblen Streich. Bis sie ganz nah bei ihm war.

War er wirklich wach oder schlief er? War er schon tot oder nur gefangen in Träumen und Wunschvorstellungen? Schweigend stand sie da. Christian sah sich um, während er nach Atem rang. Nein, er träumte nicht. Er saß wirklich hier unter seinem Lieblingsbaum, und Frau Weber grüßte vom Nachbartisch zu ihm herüber. Er spürte sein Herz klopfen, seinen Atem keuchen, also lebte er noch. Er war noch nicht jenseits der Grenze, in diesem Vakuum von Licht und Halluzination. Sie kam direkt auf ihn zu. Vor seinem Tisch machte sie halt.

»Guten Abend, Christian«, sagte sie leise. Es war ihre weiche melodische Stimme aus den Tagen des längst vergangenen Glücks. Sie war Wirklichkeit, keine Traumvorstellung.

»Lavinia?«, flüsterte er, fast erstaunt. Mehr konnte er nicht sagen. Nur diesen Namen, den er so oft in Gedanken, in seiner Erinnerung ausgesprochen hatte.

»Wie schön du bist«, flüsterte er weiter, da sie stumm blieb. »So schön wie damals.« Er wusste nicht, wie er es ausdrücken sollte, wie sich rechtfertigen, dass er selbst so alt war. So verzweifelt, so hilflos in seinem Alter, und sie, Lavinia, immer noch so schön.

Da ging sie um den Tisch herum, setzte sich neben ihn und lehnte ganz leicht ihren Kopf an seine Schulter. Er spürte ihre Wärme, ihren Duft, der ihm immer noch vertraut war.

»Woher wusstest du, wo ich bin?«

»Dalia hat es mir gesagt.«

»Dalia, ach so, aber …« Er fand nicht die richtigen Worte. Ihm schoss nur die Frage durch den Kopf, die ihn damals schon gequält hatte und die er sich seither so oft gestellt hatte, nämlich ob sie damals mit Hanno nach Amerika gehen wollte. Doch er erkannte die Unsinnigkeit, sie jetzt noch, nach all diesen Jahren, danach zu fragen. So schwieg er und horchte, achtete auf jede noch so kleine Bewegung von ihr.

»Ich habe Dalia getroffen. Es war … ich kann es gar nicht beschreiben. Ich bin einfach glücklich«, flüsterte sie, und er spürte die Tränen, die ihr über die Wangen liefen.

»Ja«, erwiderte Christian, »es ist unglaublich. Ich frage mich, was gewesen wäre, wenn wir Irenes Aufzeichnungen gleich nach ihrem Tod bekommen hätten. Dalia wird immer meine Tochter bleiben, du wirst ihre Tante sein, sie wird zu uns beiden gehören. Aber …«, fuhr er leise fort, »jetzt, in diesem Moment, geht es um uns, Lavinia, um uns.« Er schwieg, bis sie den Kopf hob und ihn ansah, erst dann sprach er weiter:

»Lavinia, warum bist du hier?«

Das war es, was er wissen musste. Sie war gekommen, aber vielleicht nur kurz, vielleicht wollte sie bald schon zurück nach Amerika. Ihn ein zweites Mal verlassen.

Da nahm Lavinia seine Hand und legte sie gegen ihre Wange.

»Ich bin da, und ich werde bei dir bleiben, bis der Tod uns scheidet.« Es war ein Versprechen, und endlich fühlte Christian sich leicht und ohne Angst, voller Freude auf den Rest seiner Zukunft.

Dreißig

Dalia

Neusiedler See, 1979

Es war ein heller heißer Morgen, fast schon Mittag, als Dalia die Augen aufschlug.

»Bist du wach?«, flüsterte sie, doch Tamás antwortete nicht. Daher schmiegte sie sich an seinen Rücken und wartete, bis er sich bewegte, gähnte und sich schließlich zu ihr umdrehte. Er lächelte und zog sie fest an sich.

Sie hatten miteinander geschlafen, und Dalia wusste, Tamás würde jetzt glauben, es habe sich nichts geändert. In gewisser Weise war es auch so, sie liebte ihn nach wie vor. Doch etwas war anders, sie hatte sich verändert.

»Guten Morgen«, wiederholte er gähnend. Schweigend löste sie sich, stand auf und ging ins Badezimmer hinüber. Tamás war am Vorabend am Flughafen in Wien angekommen und hatte sich einen Mietwagen genommen. Sie hatten nicht darüber gesprochen, aber Dalia ahnte, dass er heute mit ihr nach Budapest fahren wollte.

Sie hatten bis spät in die Nacht auf der Terrasse gesessen, Wein getrunken, etwas gegessen, viel geredet. Dalia erzählte von Lavinia, und dem unverhofften Glück, eine Tante zu haben. Sie sprach nicht alles aus, was sie beschäftigte. Nicht die Fragen nach der eigenen Identität, der Zugehörigkeit zu einer jüdischen Familie, die nur noch aus Lavinia bestand. Es würde lange brauchen, bis sie das alles verarbeitet hatte.

Es drängte sie auch danach, mit ihrem Vater zu sprechen. Jetzt, obwohl sie die Wahrheit kannte, empfand sie Christian

Rheinberg umso mehr als ihren Vater. Sie verstand seine Ablehnung, die er nie offen gezeigt hatte, sogar verbergen wollen, die sie als Kind aber dennoch gespürt hatte.

Alles hatte sich verändert, alles, ihr ganzes Leben würde jetzt anders laufen. Denn das war ihr Wunsch. Ihre Wurzeln waren hier, hier in dieser Villa, in der sie aufgewachsen war. Und die ihr gehörte. Christian würde daran nichts ändern wollen, da war sie sicher. Sie würden Vater und Tochter bleiben und die Zeit, die ihm noch blieb, nutzen, um sich besser kennenzulernen und einander annähern zu können. Dalia hoffte inständig, dass sie noch viele gemeinsame Jahre haben würden.

Bevor sie schlafen gegangen waren, hatte sie Tamás noch die Villa gezeigt. Nachdem sie ihn durch alle Räume geführt hatte, waren sie schließlich in ihrem Zimmer zusammen ins Bett gegangen.

»Gestern Abend hat meine Tante Lavinia meinen Vater besucht«, rief sie jetzt aus dem Badezimmer, »ich habe ihr die Adresse des Sanatoriums gegeben.« *Meine Tante Lavinia,* wie schön das klang.

Sie kam aus dem Badezimmer, beugte sich über Tamás und küsste ihn lächelnd auf die Wange. Als sie sich wieder aufrichten wollte, zog Tamás sie über sich.

Dalia aber wehrte ihn ab. »Ich habe Hunger«, erklärte sie. »Ich mache uns Frühstück.«

Während sie kurz darauf auf der Terrasse saßen und Kaffee tranken, bemerkten sie die dunklen Gewitterwolken, die über dem See aufzogen. Doch Dalia sah immer wieder hinüber zum Weizmann-Haus.

»Lavinia ist nicht da, ob sie …?« Sie sprach nicht weiter. Konnte es sein, dass Lavinia im Sanatorium übernachtet hatte?

Tamás zeigte nicht das große Interesse, das sich Dalia von ihm wünschte, und deshalb schlug sie ihm vor, einen Spaziergang hinunter zum See zu machen.

»Den Steg muss ich dir noch zeigen, er hat historischen Wert.« Sie lachte. »Viele entscheidende Gespräche sind dort geführt worden.«

Tamás trank seinen Kaffee aus und schlug vor, eine Flasche Weißwein aus dem Kühlschrank mitzunehmen. Dalia ging in die Küche und kam mit der Flasche und zwei Gläsern wieder zurück auf die Terrasse.

Die Wolken verdichteten sich rasch, doch der See lag ruhig in der bleiernen Hitze und bewegte sich nicht. Nur Insekten schwirrten durch die Luft und surrten laut.

Dalia und Tamás gingen den Steg entlang und setzten sich auf die Bank. Tamás griff nach ihrer Hand, die sie ihm schweigend überließ. Mit der anderen Hand schenkte er den Wein ein und reichte ihr ein Glas.

Sie saßen eng nebeneinander und sprachen über die Reise nach Budapest, die Tamás mit ihr geplant hatte.

»Aber«, Tamás wandte sich ihr zu, »wir müssen auch nicht nach Budapest fahren, wenn du nicht willst. Wir fliegen heute Abend ganz einfach nach Paris zurück, dann sehen wir weiter.«

»Nein«, rief Dalia, »nein, nein.« Jetzt war der Augenblick gekommen, den sie seit gestern Abend vermieden hatte. »Tamás, ich habe dir schon am Telefon gesagt, dass ich noch hierbleiben will.«

»Ja, aber ich dachte, das sei nur eine Laune von dir.«

»Eine Laune? Ich habe dir erzählt, was passiert ist. Ich kann doch jetzt nicht nach Paris zurückfliegen und so tun, als sei nichts gewesen. Ich habe gerade erst erfahren, dass ich eigentlich Rachel Weizmann bin. Ich will mit meinem Vater die Gespräche führen, die wir nie hatten. Ich will Lavinia kennenlernen, ich möchte alles hören, was sie mir über meine leibliche Mutter Leah erzählen kann.« Dalia hatte sich in Erregung geredet und war aufgesprungen.

»Aber wie lange? Zwei Wochen, drei?« Auch Tamás erhob sich und stellte sich neben sie.

»Ich weiß es nicht, ich weiß es nicht. Ich denke, länger«, fügte sie dann hinzu.

»Was soll das heißen? Willst du dich von mir trennen?«

Dalia wandte sich ihm zu, fast musste sie lachen.

»Wie kommst du denn darauf? Das ist doch Unsinn.«

»So? Ist es das, Unsinn? Du nimmst mir übel, dass ich vorgestern am Telefon so schonungslos und ehrlich zu dir war. Ist es das?«

»Nein, es war gut, dass du so offen zu mir warst. Aber das hat nichts mit meiner Entscheidung zu tun. Versteh mich doch«, bat sie, da Tamás schwieg. »Es ist sehr wichtig. Für mich. Ich muss einfach hierbleiben. Außerdem will ich zu Maria Slomka gehen und mit ihr arbeiten.«

Tamás schwieg betroffen, bevor er sagte: »Ach so! Jetzt also kommen wir zur Sache, darum geht es. Du zweifelst mein damaliges Urteil an, nicht wahr? Du machst mich dafür verantwortlich, dass aus dir keine große Pianistin geworden ist. Du verzeihst mir meine Worte von gestern nicht!« Tamás redete sich in Rage. Weder er noch Dalia bemerkten die drohenden dunklen Wolken, die der aufgekommene Wind vor sich hertrieb, bis er an Dalias Haaren riss und ein fernes Donnergrollen ein starkes Gewitter ankündigte. Erst als die ersten dicken Tropfen fielen, sahen sie hoch.

»Wir sollten ins Haus gehen«, sagte Dalia. »Gleich fängt es richtig zu regnen an.«

Doch Tamás blieb stehen.

»Bitte, Dalia, fahr mit mir nach Budapest, oder …«, er machte eine kleine Pause, »flieg mit mir zurück nach Paris. Heute Abend, oder wenn du willst, komm morgen nach. Bitte.« Er ging auf sie zu und versuchte, sie an sich zu ziehen, doch sie wich zurück.

»Nein, so leicht mache ich es dir nicht. Nicht mehr«, fügte sie hinzu. Sie sah ihn an, sah das Unverständnis in seinen Augen, seine Ablehnung gegen die Gefühle, die sie im Moment erschütterten.

Da brach es aus ihr heraus.

»Einundzwanzig Jahre war ich nur für dich da. Das tut mir nicht leid«, setzte sie rasch hinzu, »jetzt aber muss ich an mich denken. Ich habe erlebt, was es mir bedeutet, wieder am Flügel zu sitzen und zu spielen. Und mich dadurch lebendig zu fühlen. Auch wenn ich letztendlich ganz von vorne anfangen muss. Von der Sache mit Lavinia, meiner Herkunft und meinem Vater mal abgesehen«, sprach sie weiter. Sie strich sich die Haare aus dem Gesicht, stemmte sich gegen den immer stärker werdenden Wind und horchte auf das dumpfe Grollen des Gewitters.

Tamás hatte sich schweigend umgedreht und ging mit großen Schritten zum Ende des Stegs. Dort erst drehte er sich um.

»Vor ein paar Tagen hast du mir gesagt, ich werde dich nicht verlieren«, rief er ihr zu.

Auf seinem Gesicht erkannte Dalia Unsicherheit und Angst, er habe sie schon verloren.

Da lief sie auf ihn zu und umschloss ihn mit ihren Armen.

»Das wirst du auch nicht, Tamás, das wirst du nicht.«

»Aber trotzdem kommst du nicht mit mir zurück.« Er verstand sie nicht, er wollte sie nicht verstehen.

So nickte Dalia nur schweigend und löste sich von ihm.

»Vielleicht, bald, irgendwann. Sicher komme ich zu dir zurück«, flüsterte sie noch. Aber Tamás hörte es nicht mehr, sondern wandte sich ab und rannte auf den Mietwagen zu.

»Du hast deine Tasche vergessen«, rief sie ihm nach, so laut sie konnte, um den starken Wind zu übertönen. »Und bleib doch noch! Bitte!«

Aber Tamás reagierte nicht auf ihr Rufen, sondern stieg ins Auto, wendete und fuhr mit quietschenden Reifen davon. Dalia wartete, ob er zurückkam. Doch sie wartete umsonst.

Da ging sie den Steg zurück, nahm die Weinflasche und die umgefallenen Gläser hoch, lief durch das schmiedeeiserne Tor und dann die Stufen hoch zur Villa.

Sie hatte eine Entscheidung getroffen, für sich, und nicht gegen Tamás, wie er glaubte. Trotz seiner überstürzten Abfahrt fühlte Dalia sich glücklich. Sie spürte eine neue Kraft, Freude auf eine Zukunft, die nur ihr gehörte. Sie blieb stehen und blickte zurück auf den dunklen See und sah zu, wie der Wind durch die Äste der Birken fuhr und an den Jasminsträuchern zerrte, deren Blüten herabwehten und wie ein weißer Teppich die Wiese bedeckten.

Ein bewegender Familienroman um ein dunkles Geheimnis, das die Jahrzehnte überdauert

Katja Maybach

Die Stunde der Schwestern

Roman

Warum ist sie dem in den 50er Jahren berühmten Mannequin Fleur wie aus dem Gesicht geschnitten? Dieser Gedanke lässt Bérénice keine Ruhe mehr, seit sie Fotos dieser Frau zum ersten Mal gesehen hat. Sie beginnt, Fragen zu stellen – und deckt die Geschichte zweier Schwestern auf, miteinander verbunden durch Liebe, Neid und Verrat …

Katja Maybach schreibt farbenprächtige große Romane: aufwühlend, unvergesslich, voller Gefühl!

KNAUR

Katja Maybach

Das Haus unter den Zypressen

Roman

1940: Erst nach dem Tod ihres Großvaters erfährt Giuliana etwas über jene skandalöse Affäre, die ihre Großmutter Sophia einst zum schwarzen Schaf der Familie machte. Als Giuliana sie nun in einem toskanischen Dorf aufspürt, entsteht zwischen den beiden Frauen sofort ein intensives Band. In Maria, einer jungen Frau aus dem Dorf, findet Giuliana zudem eine enge Freundin. Doch als die beiden einen deutschen Deserteur verstecken, werden aus den Freundinnen Rivalinnen – eine Feindschaft, die ein blutiges Opfer fordern wird …

KNAUR